Die Beile von Carnac

Für O. xxx

Lorenz Lynhard

Die Beile von Carnac

Roman

Bibliographische Informationen der Deutschen Nationalbibliothek

Die Deutsche Nationalbibliothek verzeichnet diese Publikation in der Deutschen Nationalbibliografie; detaillierte bibliografische Daten sind im Internet über http://dnb.d-nb.de abrufbar.

© Lorenz Lynhard
Herstellung und Verlag:
BoD - Books on Demand, Norderstedt
ISBN 9783743151826

1.

Um zwei Uhr morgens saß Friederike König noch immer vor ihrem Mac, um die neue Ausstellung zu konzipieren. Die großformatigen Bilder wollten sich nicht so recht in die neuen Galerieräume fügen. Nervös bewegte sie die Maus auf dem Schreibtisch ihrer großzügigen Altbauwohnung in der Berliner Torstraße, die ihr früher als geschützte Oase im turbulenten Berlin gedient hatte. Früher.

»Ganz ruhig«, mahnte sie sich und lehnte sich im Bürosessel zurück, um die Kaffeemaschine zu bedienen. Während das Mahlwerk leise surrte, die Milch durch das Kunststoffröhrchen angesaugt wurde, sich dann als heißer Schaum in das Glas ergoss, dem nach kurzer Pause der starke Kaffee folgte, dachte sie melancholisch an ihren ersten Milchkaffee vor mehr als dreißig Jahren zum Frühstück in Toulouse. Seitdem hatte sie viele *Cafés au lait* in Frankreich und *Cappuccini* in Italien getrunken, in den achtziger Jahren stolz eine Espressokanne für den Herd erstanden, später eine einfache elektrische Espressomaschine und schließlich ihren ersten Vollautomaten.

Die Kaffeekultur hatte ihre Jugend, ihre Karriere, ihr Leben begleitet, das jetzt an einen toten Punkt gelangt zu sein schien. Sie fühlte sich überfordert und ausgelaugt, hatte sich auf zu vielen Baustellen verzettelt.

Friederike trank einen Schluck und starrte durch den Bildschirm hindurch auf ein Leben, das aus den Fugen geraten war.

Eigentlich liebte sie Kunst und wollte mit ihr handeln, liebte den Umgang mit Künstlern, jungen, hoffnungsvollen, später etablierten. Das klang anspruchsvoll, aber klar, und so war es lange Zeit sogar gewesen. Die Galerie hatte sich in der jungen Berliner Kunstszene der neunziger Jahre überraschend schnell etabliert, und bald gehörte Friederike zu einem kleinen Kreis von tonangebenden Kunsthändlern. Warum sie dann gemeinsam mit anderen Galeristen einen nervenzehrenden, energieraubenden Krieg gegen das Berliner *Artforum*, die Messe und den Senat führen und sich Kartellbildung vorwerfen lassen musste, verstand sie heute nicht mehr. War es der Anflug eines Machtgefühls, oder hatte sie damals überzeugt und verbissen das falsche Konzept einer Kunstmesse bekämpft? Intrigen hatten ihr eigentlich nie gelegen. Leidenschaftlich streiten mochte sie nur für Kunst und ihre Künstler.

Dann forderte der durch die steigende Miete notwendig gewordene Umzug ihrer Galerie aus Mitte nach Schöneberg ihre begrenzten Kräfte. Immerhin verhieß er einen Neustart, mit den neuen Räumen neue Möglichkeiten für die Kunst. Auch ihn hatte sie nun hinter sich, wenn auch noch nicht recht verdaut.

Schließlich hatte der plötzliche und mysteriöse Tod ihres Freundes Michael vor wenigen Monaten zu einem folgenschweren Kurzschluss geführt. Sie hatte mit ihm einen großen Teil ihrer wenigen Freizeit verbracht, ihn geliebt – unglücklich, denn er war schwul. Und ihre Freundschaft, diese einseitige, nie erfüllte und nie abgeschlossene Liebe belastete all ihre Partnerschaften, die so nie lange währten.

Im Herbst hatten sie ein verlängertes Wochenende in den Dolomiten geplant. Doch ihr eifersüchtiger Partner Herbert hatte ihr mit dem Bruch der Beziehung gedroht, so dass sie schließlich absagte. Michael wollte eigentlich nicht alleine reisen – und war dann doch aus einem Klettersteig dreihundert Meter in die Tiefe gestürzt.

Sie machte sich für seinen Tod verantwortlich und natürlich Herbert, von dem sie sich trennte. Zugleich wuchsen die Zweifel an der Annahme, dass Michael, ein erfahrener und sehr vorsichtiger Alpinist, alleine in den Steilhängen geklettert sei. Sie war selbst einige Male mit ihm berggestiegen, hatte sich für seine Körperbeherrschung und die Präzision seiner Bewegungen begeistert, seine Sorgfalt und sein Verantwortungsbewusstsein geschätzt.

Mit den Zweifeln wuchs der Verdacht, dass Michael nicht verunglückt, sondern ermordet worden war. Denn Friederike, Michael, seine Schülerin Morgane und vier weitere befreundete Meister hatten eine Reform des ORDENS geplant, dieser geheimen und mächtigen Gemeinschaft, der sie alle angehörten, und die statt der Menschheit heute vor allem sich selbst und ihren Mitgliedern diente. Die Reform zielte nicht zuletzt gegen den willkürlich herrschenden Großmeister, den Friederike nun für Michaels Tod verantwortlich machte. An ihm hatte sie sich rächen wollen. Der plötzliche und übermächtige Rachedurst wäre ihr früher gänzlich fremd gewesen und hatte sie nun in eine verzweifelte Sackgasse getrieben.

Beim letzten Konvent war es nach ihrem leidenschaftlichen Plädoyer für eine Reform zum Eklat und offenen Bruch mit der ORDENS-Leitung gekommen. Statt erfolgreich Rache zu üben, hatte sie ihr Leben und das ihrer Mitstreiter in Gefahr gebracht. Sie kannte die Mechanismen des ORDENS und seine Macht gut genug, um diese Gefahr erkennen zu können. Sie wusste um Michaels Schicksal, das nun ihnen drohte. Doch das Verlangen nach Rache hatte sie geblendet – und war jetzt einem Gefühl von Leere, Ratlosigkeit und Angst gewichen. Sie war keine Kämpferin, die in der Gefahr über sich hinauswuchs, schien eher zu schrumpfen, wäre jetzt am liebsten ganz verschwunden.

Was war aus der jungen Kunstliebhaberin geworden, die enthusiastisch durch die großen und kleinen Sammlungen in Florenz, Rom, Paris, Madrid und Berlin gestreift war, um aus ihrem Hobby und ihrer Leidenschaft einen Beruf zu machen, was aus der renommierten Galeristin, die wegen ihres Gespürs für junge, aufstrebende Künstler geschätzt und beneidet wurde?

Friederike nippte gedankenverloren an ihrem Milchkaffee – als sich die Wohnungstür mit einem leisen Klicken plötzlich öffnete. Sie zuckte zusammen und sah fünf Gestalten in dunklen Kutten mit die Gesichter verhüllenden Kapuzen lautlos herein gleiten, direkt auf sie zu. Starr und ohnmächtig folgte sie der drohenden, langsamen Bewegung des geisterhaften Zugs. Sie wollte schreien.

Doch dann lehnte sie sich in ihrem Sessel zurück und wurde ganz ruhig, geradezu entspannt. »Ah, eine Gesandtschaft des ORDENS«, sagte sie lakonisch. Er würde das in ihr tobende Chaos jetzt auf seine Weise beenden. Der Tod kam ihrem Wunsch, zu verschwinden, wohl am nächsten. In der Hand der vordersten Gestalt erkannte sie ein Steinbeil aus Carnac, das im nächsten Moment mit einem gezielten Schlag ihre Schläfe zertrümmerte.

Morgane Guennec nahm ihren Aperitif wie fast jeden Sommerurlaubsabend im ›Bistrot du Bac‹ am Hafen ihres Geburtsorts *Sainte Marine* am malerischen Flüsschen *Odet*, das sich hier in einer Bucht zum Atlantik hin öffnete. Genauer gesagt befand sich *Sainte Marine* westlich seiner Mündung, so dass es gerade noch zum *Pays Bigouden*, dem westlichsten und damit authentischsten Zipfel der Bretagne gehörte. Hier am Ende des Kontinents genoss sie die Ruhe und die Erholung von ihrem turbulenten, aufregenden Leben in Berlin oder jetzt Paris.

Das ›Bistrot du Bac‹ bot abends die sonnigste Lage und den besten Blick auf die *Odet*-Mündung, das Städtchen *Benodet* auf der gegenüberliegenden Seite und das malerische Herz *Sainte Marines* mit der sich dunkel und gedrungen zwischen die stolzeren Häuser des Hafens duckenden Kirche; eine fast perfekte Idylle – zumindest bei Flut, denn bei Ebbe lagen die bunten Boote wie tote Fische auf dem grau-braun schlammigen Hafengrund. Morgane mochte die in der Bretagne besonders ausgeprägte Ebbe nicht besonders, denn dann wurden die Buchten zu Rinnsalen und der Strand stank dumpf nach Algen.

›Fast perfekte Idylle‹ beschrieb *Sainte Marine* ihrer Meinung nach am besten, denn der Ort wirkte eher bescheiden, hinterließ keinen starken Eindruck. Ihm fehlte die historische Bedeutung des westlich gelegenen Fischerorts *Loctudy* und er kam nie wirklich in Mode, anders als das malerische *Pont-Aven*, das durch die gleichnamige Schule von Malern um Paul Gauguin bekannt wurde, oder *Benodet*, das in den zwanziger Jahren des zwanzigsten Jahrhunderts zu einem Urlaubsort ersten Ranges mit einem mondänen Casino avanciert war. Gerade wegen des Fehlens aufgeregten Treibens konnte *Sainte Marine* bis heute seinen dörflichen Charme erhalten: Hier kaufte man Baguettes und Croissants noch in der kleinen *Boulangerie*, Lebensmittel in der *Epicerie* oder auf dem kleinen Wochenmarkt am Mittwochvormittag und das Mittagessen beim *Traiteur*.

Morgane, zahlte, leerte ihr drittes Glas Wein und spazierte Richtung Strand durch den kleinen Wald mit seinen niedrigen Bäumen, Büschen und Tümpeln auf einem von Bäumen, Hecken und Mauern begrenzten Weg, der sie von allen Seiten grün umschloss. Lag es an der Abendstimmung oder an einer Vorahnung, jedenfalls nahm sie die unscheinbare und doch einzigartige Vielfalt an grünen, braunen, gelben und grauen Moosen, die über Waldböden, Bäume, Pfade, Steinmäuerchen und Granitfassaden wucherten, heute besonders intensiv wahr.

In den Dünen von *Kermor* atmete Morgane dann die kühle Seeluft tief ein und genoss die ungewöhnliche Stimmung und Ruhe als ein wertvolles Geschenk, das sie jederzeit verlieren konnte. Über dem schwarzen Atlantik wölbte sich ein prächtiger Nachthimmel. Zum Greifen nah und dicht an dicht funkelten die Sterne. Immer wieder schienen neue, kleinere aus dem Dunkel des Firmaments aufzutauchen.

Erst vor wenigen Monaten hatte Morgane ihr nahe *Sainte Marine* südlich von *Quimper* gelegenes bretonisches Bauernhaus aus hellem Granitbruchstein mit schwarzem Schieferdach nach langjährigen Renovierungen bezogen, um ihrer Heimat zumindest im Urlaub wieder näher zu sein. Beide Eltern stammten aus dem *Pays Bigouden*, das sich rühmte, die bretonischen Traditionen am sorgsamsten zu pflegen. Hier in der zerklüfteten Westspitze Frankreichs, fern der Hauptstadt, überlebten die alte Kultur und die keltisch-bretonische Sprache am längsten; aber selbst hier waren schon zu Morganes Kindheit die Traditionen fast nur noch Folklore, die Sprache, die die Großmutter noch, die Eltern schon nicht mehr gesprochen hatten, praktisch tot. Nach dem zweiten Weltkrieg hatte Paris dem Bretonischen unter dem Vorwand der Kollaboration mit den Deutschen ein Ende gesetzt: Das letzte ›gallische Dorf‹ wurde vielleicht nie römisch, aber schließlich französisiert. Als man sich in den Siebzigerjahren der kulturellen Vielfalt besann und Bretonisch als Schulfach wieder einführte, war es zu spät. In den Familien wurde nur noch Französisch gesprochen, mehr als eine Generation hatte die Sprache der Vorfahren nicht mehr gelernt. Morgane erinnerte sich noch vage an ihren seltsamen Klang in den Märchen, die die Großmutter manchmal im Original erzählte.

Bei ihr war das Mädchen bis zum sechsten Lebensjahr aufgewachsen, da die Eltern immer beschäftigt schienen. Zu der einzigen Tochter hatten sie nie eine enge, vertrauensvolle Beziehung aufgebaut, vielmehr in einer merkwürdigen Distanz gelebt. Die Mutter hatte sehr stark gewirkt – wenn ihr nicht die schubweise und immer häufiger auftretende Krankheit Schmerzen bereitete. Und ausgerechnet diese tückische, von einigen Ärzten als Mutiple Sklerose diagnostizierte Krankheit hatte Morgane von ihr geerbt! Darüber hinaus hatte sie der Tochter scheinbar nur die Haltung mitgegeben, die *Contenance*, mit der sie sich gegen die Krankheit zu wappnen suchte. Als Kind hatte Morgane das Wort nicht verstanden, als Jugendliche fand sie es albern. Inzwischen begriff sie seinen Sinn, half ihr die *Contenance*, die eigenen Schmerzen zu ertragen.

Aus der ländlichen Idylle war die sechsjährige Morgane mit den Eltern schließlich nach Berlin umgezogen. Diese Veränderung erlebte das Mädchen wie ein Abenteuer. Sie passte sich der neuen Umgebung spielerisch an, lernte schnell die neue Sprache und Freunde kennen, ohne viele Gedanken an das bretonische Dorfleben und ihre zurückgelassenen Spielkameraden zu verschwenden. Dass sie nun in einer großen Stadt und nicht mehr in einem beschützten Fischerort am Ende der Welt lebte, machte sie sich erst viel später bewusst. Die einzige Verbindung in die ferne Heimat hielt sie über die Großmutter, die sie zwei- bis dreimal im Jahr besuchten.

Der Tod der alten Dame vor zwanzig Jahren markierte das Ende ihrer Kindheit. Denn obwohl sie sie nur noch selten gesehen hatte, zerbrach an diesem ersten großen Verlust jäh ihre kleine heile Welt: Die Großmutter hatte dem Kind nicht nur die Fürsorge geschenkt, die es bei den Eltern vermisste. Sie symbolisierte für die in Berlin Heranwachsende auch die stets sichere Verbindung in die

Bretagne, die Möglichkeit einer Wieder- oder gar Rückkehr. Ihr Tod zerstörte die Brücke in die Vergangenheit und in die Bretagne, die die Familie nach der Beerdigung nur noch einmal besuchte. Er hinterließ eine tiefe, wie eine physische Wunde schmerzende Trauer, und es dauerte lange, bis sich Morgane mit der sorgsam bewahrten Erinnerung als Brücke in die verlassene Heimat und die behütete Kindheit zufrieden geben konnte. In dieser Erinnerung lebte die Großmutter fort.

Der plötzliche Tod ihrer Eltern, die vor fünf Jahren mit dem Auto verunglückten, hatte unvermittelt ein starkes Heimweh in der jungen Frau geweckt. Seitdem fuhr sie wieder regelmäßig in die Bretagne, wo sie auf zahlreichen Wanderungen und Ausflügen mit den neugierigen Augen einer Fremden immer wieder auf Bekanntes und verschüttete Erinnerungen stieß. Manche Orte schienen ihr seltsam vertraut, obgleich sie sich nicht erinnerte, sie je gesehen zu haben. Leider gab es niemanden mehr, den sie fragen konnte, wenn sie irritiert und nachdenklich vor einer alten Kirche, einem Brunnen oder einer granitenen Stele stand, die im Bretonischen *Men-hir*, langer Stein, genannt wird. Diese Erde übte eine merkwürdig starke Anziehungskraft auf sie aus. Wirkte hier die Sehnsucht nach dem Leben auf dem Lande, die Magie ihrer entschwundenen Kindheit oder eine unbekannte, stärkere Macht? Um die Geschichten ihrer Kindheit zu lesen, hatte sie sogar Bretonisch lernen wollen. Doch es reichte am Ende lediglich für die Namen von Orten, Speisen und neolithischen Steinen.

Morgane genoss die abgeschiedene Ruhe ihrer zum Urlaubsort gewordenen Heimat. Hier reduzierten sich die vielfältigen Probleme des privaten und beruflichen Alltags auf spontane und gefühlsbestimmte Entscheidungen zu Einkauf, Kochen und Freizeitgestaltung: Wandern, Meer oder Lesen, auf der Terrasse, am Strand oder am Kamin?

Hier musste man sich mit niemandem abstimmen. Und hier gab es nur einen, allerdings sehr dominierenden äußeren Faktor: das Wetter. Natürlich konnte sie sich über tagelangen Landregen genauso (und sinnlos) ärgern, wie über eine falsche Entscheidung ihres Chefs. Aber menschliche Fehler störten sie immer mehr als das unvermeidbare schlechte Wetter. Dieses garantierte immerhin die große Vielfalt des lebensspendenden Wassers, das sich in dichten Nebeln hielt, oder reichlich vom Himmel fiel, um sich in Pfützen, Tümpeln, Quellen, Rinnsalen, Flüssen und Kanälen zu sammeln – und natürlich im nahen Meer, das Morgane besonders liebte.

Wer das ruhige, abgelegene Land seiner Geburt nie verlässt, kann sich zwar kaum nach den unbekannten Zentren der Zivilisation, der Kultur, des Wissens und der Macht sehnen. Doch verkümmerten neugierige, aufgeweckte Menschen wohl zu allen Zeiten in langweiligen Dörfern, wenn sie nicht ein Zufall, Glück oder Not, oder ein starker innerer Drang zum Aufbruch in die ›große Stadt‹ trieb. Andere gingen gerade dort unter, da sie der Komplexität der Möglichkeiten und Gefahren nicht gewachsen, sondern eigentlich für die Stabilität und Einfachheit des Dorflebens geschaffen waren. Vielleicht bestand die Lebenskunst gerade darin, das jeweils perfekte Gleichgewicht zwischen Stadt und Land, Vielfalt und Klarheit zu finden.

Gedankenverloren kehrte Morgane über den dunklen, wohlbekannten Deichweg zu ihrem malerischen Haus zurück.

Als die alte Standuhr zwei schlug, schreckte sie aus einem traumlosen Schlaf unvermittelt hoch. Im Fenster erschien im hellen Mondlicht ein in weißes Tuch gehülltes Skelett, das mit einer Sense grinsend grüßend auf einem knarrenden Wagen vorüberfuhr: *Ankou*!

In diesem Moment öffnete sich geräuschlos die Tür, und fünf düstere Gestalten mit schwarzen Mänteln und in die Gesichter gezogenen Kapuzen glitten herein. Vier hielten Morgane fest, während der fünfte zum Schlag ausholte!

Ein Beil aus Carnac, dachte sie erstaunt.

Morgane erwachte aus dem schrecklichen, prophetischen Traum. Die Standuhr schlug erst zwölf – Mitternacht. Bald war es soweit, sie würden kommen. Die bretonische Idylle fand ihr Ende. Sie hatte zwei Stunden, um spurenlos zu verschwinden. Trotz des Schreckens lächelte sie: *Ankou* hatte sie gewarnt! Durch zahlreiche bretonische Märchen ihrer Kindheit hatte sie der Knochenmann begleitet. Nach der Überlieferung erschien er nur Todgeweihten, doch für sie hatte er eine Ausnahme gemacht, hoffte sie.

Die anderen vier Beile vom Fuße des Schlangenmenhirs von Carnac waren sicher für ihre Freunde im ORDEN bestimmt! – Sie waren allerdings nicht fünf, sondern sechs.

Sie wollte sie warnen, aber das Mobilnetz war gestört, das Festnetz tot. In zwei Stunden würden sie sterben. Alle, oder nur vier? Morgane konnte nur noch versuchen, sich selbst zu retten. Schnell zog sie Jeans, T-Shirt und einen dicken Pullover an. Den großen Rucksack unter dem Bett hielt sie seit Monaten bereit. Sie verstaute ihn und das blaue Faltrad im Kofferraum ihres geleasten schwarzen 3er BMW. Dann fuhr sie über den unbefestigten Weg auf die Hauptstraße Richtung Benodet. Sie blickte noch einmal in den Rückspiegel, auf das vom Sternenhimmel überwölbte Bauernhaus, das ihr doch eigentlich als steinerne, also vermeintlich solide Verbindung in die Bretagne dienen sollte. Nun würde auch diese zerstört, musste sie ihre alte, gerade erst wiederentdeckte Heimat erneut verlassen. – Aufgeben würde sie sie nicht. Krächzend flog eine Krähe auf, schien dem Wagen zu folgen.

Auch ihr kleines Apartment in Paris durfte sie nicht mehr betreten.

Beide Wohnungen hatte sie mit den Möbeln der großen Berliner Altbauwohnung eingerichtet, als sie vor einem knappen Jahr als Austauschbeamtin des deutschen Auswärtigen Amts ihre Stelle im nach seiner Adresse ›*Quai d'Orsay*‹ oder einfach ›*Quai*‹ genannten französischen Außenministerium antrat.

Morgane hatte schnell Karriere gemacht und arbeitete nun als stellvertretende Beauftragte für die deutsch-französischen Beziehungen an der Seite eines französischen Staatssekretärs. Die sprachbegabte Deutsch-Französin schien für die Stelle prädestiniert, und eine erfolgreiche Laufbahn hatte vor ihr gelegen. *Hatte*, denn für unbestimmte Zeit befand sie sich jetzt auf der Flucht.

Sie galt als klug, zielstrebig, ehrgeizig, stark, besonders charismatisch und sehr attraktiv: sportlich und jugendlich, mit dunklen Augen und fast schwarzem Haar, das sie meistens zu einem langen Zopf geflochten trug.

Doch die in Schüben auftretende Krankheit, die sie dann nachts vor Schmerzen nicht schlafen ließ und so für den Tag ihrer Kräfte beraubte, bedrohte ihr verheißungsvolles Leben. Wenn sie unvermittelt ausbrach, im Abstand von Jahren früher, jetzt von Monaten oder Wochen, konnte sie die Schmerzen nur mit steigenden Mengen von Kortison in Schach halten. Und nun begrenzte der Vorrat an Medikamenten neben dem Bargeld ihre neue Freiheit, die Reichweite ihrer Flucht. Im Gegensatz zu den Kollegen im ›*Quai*‹ kannte der ORDEN diese Schwäche.

Morgane stellte sich das Leben als ein akrobatisches Spiel vor, in dem es die Bälle ihrer privaten und beruflichen Projekte und Probleme in der Luft zu halten galt. Häufig gelang ihr das mühelos, und sie fühlte sich gut, ruhig, im Gleichgewicht. Doch ab und zu brachte sie etwas aus dem

Gleichgewicht, fielen ihre Bälle auf den Boden, wie beim Tod ihrer Großmutter, ihrer Eltern oder zuletzt ihres Mentors Michael. Dann geriet für sie alles durcheinander, musste sie die Bälle mühsam aufsammeln, in die Luft werfen und einen Rhythmus finden, bis sich eine neue Ordnung einstellte. Das war ihr, der Optimistin, bisher noch immer gelungen, und selbst jetzt hatte sie den starken Willen, zu überleben, drängende Fragen zu beantworten und vielleicht doch noch wichtige Veränderungen zu bewirken. Sie durfte sich nur nicht verkrampfen, musste entspannt und konzentriert bleiben, die Bälle in der Luft halten, wollte sie sich dem Zugriff des ORDENS erfolgreich entziehen. Aber der dunkler werdende Schatten der Krankheit nahm der Balance immer mehr von ihrer Leichtigkeit. Und sie war allein.

Mit dem frei gewählten Alleinsein konnte sie zwar sehr gut umgehen, nicht indes mit dem allein gelassen werden, ihrem Trauma seit sie wegen guter Schulnoten als vermeintliche Streberin in der Schule gemobbt worden war. Obwohl sie sich später durch Bescheidenheit und Hilfsbereitschaft bei ihren Mitschülern wieder Anerkennung erworben und als Studentin schnell einen großen Freundeskreis aufgebaut hatte, ertrug sie es immer noch nicht, wenn Gruppen sie ausschlossen, sich Freunde von ihr abwandten, Partner von ihr trennten. Sie litt schon unter dem zeitweiligen, tatsächlichen oder vermeintlichen, bewussten oder versehentlichen Entzug von Aufmerksamkeit, von Liebe durch nahestehende Menschen, der sie, die kluge und starke Frau, in Frage zu stellen schien. Offenbar besaß sie nicht genug Eigenliebe und Selbstvertrauen für die erwünschte Gelassenheit, bedurfte sie der bestätigenden Zuneigung der Anderen. Vermutlich wollte sie deshalb immer allen gefallen, beruflich und privat alles richtig, oder besser: Anderen recht-machen. Und auch ihrer klugen, starken und doch so zerbrechlichen Mutter hatte sie nie Probleme bereiten wollen.

Die Familie hatte sie als sicheres Netz gesehen, wenn sie auch geschwisterlos klein war und nicht die ersehnte Geborgenheit bot. Immerhin würden die Eltern sie nicht im Stich lassen, hatte sie gedacht. Doch dann hatte der Tod der geliebten Großmutter und später der Eltern die Hoffnung auf ein Minimum verlässlicher sozialer Kontakte früh zerstört. Immerhin gab es damals noch Michael, während alle anderen Freunde bereits in der Belanglosigkeit verschwunden waren. Die intensive Vorbereitung auf die Mitgliedschaft im ORDEN und ihr anstrengender, mit zahlreichen Reisen und Ortswechseln verbundener Job hatten sie aus dem zuvor recht vielfältigen und lebendigen Freundeskreis gelöst. Das im ORDEN herrschende Gebot der Geheimhaltung erlaubte ohnehin kein offenes, vertrauensvolles Verhältnis zu Dritten. An dieser sozialen Isolation hatte sie sich zu Michaels Lebzeiten nie gestört, ja sie eigentlich nicht einmal wirklich bemerkt. Michael, der zuverlässige Mentor und starke väterliche Freund, würde stets zu ihr stehen, sie beschützen, das wusste sie. Dann starb auch er. Nach seinem Tod hatte sie zwar einige Kontakte zu Kameraden im ORDEN intensiviert, um das gemeinsame Ziel der Reform zu verfolgen, ohne jedoch emotionale Bindungen aufzubauen. Und selbst diese wenigen Menschen lebten vermutlich schon bald nicht mehr. Alle, denen sie sich verbunden fühlte, starben, als ob ein Fluch auf ihr läge. War sie zur Einzelgängerin bestimmt? Benötigte sie die Unabhängigkeit für ihre Aufgabe? Sollte sie sich gar nicht mehr binden, auf dass sie nicht mehr verlassen werden könnte? – Immerhin war sie nun frei, musste es niemandem mehr rechtmachen und konnte womöglich gerade deshalb das Richtige tun.

Ohnehin war jetzt kein guter Moment für neue Freundschaften, musste sie schlicht überleben, alleine. Nach dem fehlschlagenden Mordversuch würde die Jagd beginnen, auf sie und ihren BMW, der dann im wahrsten Sinne des Wortes untergetaucht sein musste. Sie hatte sich vorbereitet.

Konzentriert und sicher bog sie ein paar Kilometer nach *Fouesnant* auf die Nationalstraße 165 in östliche Richtung ein, um unter dem beeindruckenden Sternenhimmel, den sie jetzt nicht mehr wahrnahm, Richtung Nantes zu rasen. Um zwanzig vor zwei und kurz vor Nantes erreichte sie einen schmalen Feldweg und auf diesem nach etwa dreißig Metern einen kleinen See, den sie ein paar Monate zuvor als erstes Etappenziel ihrer Flucht ausgesucht hatte. Er war ideal, über einen Steg mit dem Auto direkt erreichbar und ausreichend tief, um den BMW unsichtbar aufzunehmen. Mit diesem trennte sie sich von ihrem Laptop und mit einem beherzten Schnitt auch von ihrem Zopf, nachdem sie bereits zuvor ihre Mobiltelefone gelöscht, zerstört und in mehreren Teilen in einen Fluss geworfen hatte.

Inzwischen bedeckten dichte Wolken den Himmel und der nun einsetzende Regen verwischte die Spuren. So würde man die Relikte ihrer Vergangenheit als Hinweise auf ihren weiteren Fluchtweg wenn überhaupt, dann sehr spät finden.

Über ihr dunkles Haar zog sie nun eine blonde Perücke und fuhr mit dem Fahrrad drei Kilometer bis Nantes. Der gegen die Spuren gerade noch so willkommene Regen störte sie jetzt. Mit zwei Regionalzügen erreichte sie gegen fünf Uhr morgens Paris. Sie kannte die Fahrpläne genau und wusste, für welche Züge sie keine Reservierung benötigte.

Niemand ihrer Freunde und niemand im ORDEN kannte Rucksack, Faltrad oder Perücke – hoffte sie. Im

Rucksack befand sich jetzt alles, was sie noch besaß, vor allem ihre Medikamente und rund fünfzigtausend Euro in bar. Das würde für eine Weile reichen. Von ihren Konten konnte sie kein Geld mehr abheben, ohne Spuren zu hinterlassen – wenn sie nicht sowieso schon gesperrt waren. Die EC- und Kreditkarten hatte sie vernichtet. Sie reiste auch nicht mehr unter ihrem eigenen Namen, sondern zunächst als Birgit Schmitz mit einem Satz gefälschter Papiere. Sie mochte den Namen eigentlich nicht und wollte ihn nur führen, wenn sie unbedingt ein Dokument benötigte, da der ORDEN ihn vermutlich bald in Erfahrung bringen würde.

Im Auswärtigen Amt hatte sich Morgane eine elegante, aus Designer-Hosenanzügen und Blusen bestehende Garderobe zugelegt. So kannten sie ihre Kollegen und die Angehörigen des ORDENS. Ihr stand jedoch auch der sportlichere Stil ihrer Schüler- und Studentenzeit, zu dem sie jetzt zurückkehrte. Der Wandel fiel ihr nicht schwer, da sie Rollen und Kleidung als Spiel betrachtete und gern und selbstverständlich wechselte. Nur an die blonden Haare müsste sie sich noch gewöhnen, denn ihrer natürlichen Farbe war sie bisher immer und wider alle modischen Trends treu geblieben.

Sie fühlte sich trotz der Verfolgung angenehm frei, vogelfrei: auf der Flucht, aber ohne Verantwortung, ohne Verpflichtungen. Sie durfte keine Spuren hinterlassen, keine lokalisierbaren Telefonate führen oder elektronisch zuzuordnende Daten hinterlassen. Sie hatte sich ihr Leben manchmal als große Datenlandkarte vorgestellt: Jede mit Karte bezahlte Rechnung, jede Buchung eines Flugs, Zugs oder Zimmers, jeder Besuch einer Internetseite, jede E-Mail und jedes Telefongespräch ihrer stets lokalisierbaren Mobiltelefone hatte einen mit Inhalten angereicherten Punkt auf dieser Karte hinterlassen, der durch Informationen aus zahlreichen Datenbanken ergänzt wurde: des Auswärtigen Amts, ihrer Versicherungen und Banken. Während sich ihre Jugendzeit auf dieser Karte nur schwach abgebildet hatte, waren die Punkte in den letzten Jahren immer dichter geworden. Von nun an durfte sie keine Punkte mehr hinterlassen, die Morgane Guennec direkt oder indirekt zugeordnet werden konnten. Die Vorstellung, in einer Zeit dichtester Erfassung und Aufzeichnung in der Anonymität unterzutauchen, reizte sie. Schon früher hatte sie es genossen, Urlaub von den Menschen zu machen, ein, zwei Wochen alleine zu sein, keine Gespräche zu führen, stundenlang am Strand oder im Wald spazieren zu gehen, zu kochen, zu lesen, Musik zu hören, in Geschäften nur mit Bargeld einzukaufen – während das Smartphone irgendwo herumlag und längst nicht mehr auf den dramatischen Status seiner Batterie hinweisen konnte. Nur abends fühlte sie sich dann einsam, würde ihren Rotwein gerne mit einem anderen Menschen, einem Freund, einem Partner trinken.

Im Zentrum von Paris kannte Morgane ein paar einfache Hotels, in denen niemand nach einer Kreditkarte oder einem Personalausweis fragte, in denen man einfach einen Namen nannte und seine Rechnung bar bezahlte. Um sechs Uhr morgens betrat sie müde das kleine *Hôtel Victoria* am *Théâtre du Châtelet* und buchte unter irgendeinem Namen ein kleines Zimmer unterm Dach, duschte und ging zu Bett. Sie wollte nur einige Stunden bleiben. Im Zentrum der Macht des ORDENS konnte sie jeden Tag einem seiner Angehörigen über den Weg laufen. Vielleicht hingen auch bald schon Steckbriefe auf den Revieren, denn der Einfluss des ORDENS reichte bis in die Polizei.

2.

Fast zur gleichen Zeit wurde der Leiter der Pariser *Brigade criminelle*, Kommissar Jean-Luc Montfort, in eine Wohnung in der Nähe des Bahnhofs Montparnasse gerufen, in der der junge Diplomat Alexandre Fouchon erschlagen in seinem Bett lag. Aus mehreren Kopfwunden hatte sich sein Blut über Kissen und Laken ergossen.

»Haben Sie Hinweise auf die Tatwaffe?« fragte Montfort den Gerichtsmediziner.

»Vermutlich ist er an Schlägen mit diesem Stein gestorben, Monsieur le Commissaire.« Er zeigte auf einen flachen, etwa sechs Zentimeter langen und sich von vier auf zwei Zentimeter Breite verjüngenden grauen Stein mit deutlichen Blutspuren.

Montfort blickte ungläubig, fast verächtlich auf den unscheinbaren Stein. »Damit?«

»Ein Schlag in die Schläfe und weitere auf den Schädel. Möglicherweise nicht direkt mit der Hand, sondern mit einem Griff ausgeführt. Es könnte sich um einen primitiven Beilaufsatz handeln. Sie sehen die geschliffene Seite? Ich habe ihn mir noch nicht genau angesehen, da der Tatort vor Ihrem Eintreffen natürlich unberührt bleiben musste. Gewissheit wird die Obduktion ergeben. Der Todeszeitpunkt lag zwischen ein und drei Uhr morgens. Auch hier werden wir bald Genaueres wissen.«

Montfort betrachtete den Stein neugierig aus der Nähe.

»Der oder die Täter haben den Stein wohl absichtlich am Tatort zurückgelassen, möglicherweise als Zeichen«, mutmaßte Commandant Lepetit, der kurz vor seinem Chef eingetroffen war und sich schon einen ersten Überblick verschafft hatte. Im Gegensatz zum Kommissar kam er direkt von zuhause, nur ein paar Straßen vom Tatort entfernt. »Es gibt keine Spuren eines Kampfes; Tür und

Schloss sind unversehrt. Entweder hat das Opfer den oder die Täter selbst hineingelassen, oder sie besaßen einen Schlüssel.«

Montfort neigte zu dieser Annahme: »Fouchon wurde vermutlich von mehreren Tätern im Schlaf überrascht. Sonst wäre er nicht kampflos im Bett gestorben. Ein Einzelner hätte diese primitive Tatwaffe im Zweifel nicht sicher führen können, wenn das Opfer vor dem ersten Schlag erwachte. Die athletische Figur Fouchons lässt auf überdurchschnittliche Körperkräfte schließen.«

»Oder er hat sie im Fitnessstudio und mit Anabolika aufgeblasen«, lachte der im Vergleich zum Toten und trotz seiner Jugend bemerkenswert fette und unsportliche Lepetit etwas gezwungen. Der große, schlanke und trainierte Kommissar ignorierte die Bemerkung seines Commandant. Er setzte seine Körperkräfte im Zuge von Ermittlungen großzügig und nicht immer im Rahmen der viel zu restriktiven Vorschriften ein.

Im Laufe des Vormittags erfuhr Montfort, dass in der gleichen Nacht drei weitere Personen mit Steinen erschlagen worden waren – in Berlin, Toulouse und London.

»Die Beilaufsätze stammen nach den uns inzwischen vorliegenden Informationen aus dem ›Musée de la Préhistoire‹ in Carnac, Monsieur le Commissaire«, erklärte telefonisch Inspektor Caradec aus Vannes. »Dort sind sie gestern Abend gestohlen, aber erst heute Morgen vermisst gemeldet worden. Es gibt keine besonderen Sicherungsmaßnahmen. Die Steine wurden 1922 am Fuße eines etwa vier Meter hohen Menhirs auf dem Grabhügel ›Le Manio‹ bei Carnac ausgegraben und dienten ursprünglich offenbar als Aufsätze von Schlagwerkzeugen. Sie steckten, wenn ich es richtig verstanden habe, in einer ihrer Form entsprechenden Kerbe eines harten Bolzens aus Geweih oder

Knochen, der wiederum auf einen Holzgriff gebunden oder durch ein Loch des Griffs gesteckt wurde. Es sei aufgrund der Säure des Bodens normal, dass von der Beilhalterung keine Spuren gefunden wurden, und außerdem möglich, dass überhaupt nur die Steine vergraben worden seien.«

»Vielen Dank, mit einem Griff kann ich mir die Steine als Mordwaffe vorstellen. An den Tatorten wurden meines Wissens keine Griffe gefunden, für Paris kann ich das jedenfalls ausschließen. Ich werde den Gerichtsmediziner fragen, ob er Spuren von Holz, Geweih oder Knochen am Stein oder Tatort gefunden hat oder möglicherweise noch finden kann. Die Reste der Waffen könnten sich noch bei den Tätern befinden.« Reine Routine, dachte Montfort, und bezweifelte die Relevanz dieser Informationen für die Ermittlungen.

»Ich weiß nicht, ob Sie das interessiert, Monsieur le Commissaire«, ergänzte Caradec, der sich recht viele Notizen bei seinem Gespräch mit dem Museumsdirektor gemacht hatte, und nun die für den Fall relevanten Details weitergeben wollte. »Die Steinbeile datieren wohl mindestens aus der Zeit um 3500 vor Christus, als der Grabhügel angelegt wurde. – Sicher hatten Sie noch keinen Fall mit so alten Tatwaffen! – Sie wiesen bei ihrem Fund mit den geschliffenen Scheiden auf fünf vertikale Schlangenliniengravuren an der unterirdischen Basis des Menhirs; eine offenbar einmalige Anordnung, die den Fund für Archäologen spektakulär machte. Der Menhir wird wegen seiner ungewöhnlichen Zeichnung ›Schlangenmenhir‹ genannt.«

»Vielen Dank, das könnte zu den Motiven der Täter und der Deutung der Tat führen. Gibt es Erkenntnisse über die Bedeutung dieses ›Schlangenmenhirs‹ und der Beile, ihre ursprüngliche Verwendung? Wurden sie für Krieg, Handwerk, Opferungen oder rein symbolische Handlungen hergestellt und eingesetzt?«

»Leider nein, Monsieur le Commissaire, das haben wir schon gefragt. Der Museumsdirektor, Monsieur Le Guen, ein offenbar erfahrener Archäologe, kennt weder die Bedeutung der Schlangenlinien noch weiß er etwas über die ursprüngliche Verwendung oder die Datierung der Beile. Es scheint durchaus möglich, dass sie nie zum Gebrauch als Werkzeug oder Waffe, sondern nur zum Zweck der ›Bestattung‹ am Fuß des Menhirs verwendet wurden. Andererseits weisen die Steine recht unterschiedliche Größen und Formen auf und wirken nicht besonders edel, so dass sie möglicherweise für einen anderen Zweck bestimmt waren und sogar viel älter sind als der Grabhügel. Aus seiner Zeit finden sie im Museum viel schönere, größere und damit als Grabbeilagen besser geeignete Beilaufsätze.«

»Danke. Zumindest heute sollten diese Beile offenbar auf eine rituelle Tötung, eine öffentlichkeitswirksame Opferung oder Hinrichtung hinweisen. Die Täter haben sie wohl nicht zufällig verwendet, sondern bewusst und gleichzeitig, um sie demonstrativ an den vier Tatorten zurückzulassen. Sie wollten ein bestimmtes Zeichen setzen, das aber nicht unbedingt dem ursprünglichen Sinn der Werkzeuge entsprechen muss.«

»Monsieur le Commissaire, Sie haben von *vier* Tatorten gesprochen?«

»Ja, vier: Paris, London, Berlin und Toulouse; wieso?«

»Es befanden sich *fünf* Steinbeile am Fuße des Menhirs und anschließend im Museum, entsprechend der Anzahl der Schlangensymbole. Alle fünf wurden gestohlen.«

»Fünf?«

Offenbar bestand der europäischen Polizei noch ein weiterer grausiger Fund bevor.

Oder man brauchte nur vier Beile und hatte dennoch alle fünf gestohlen? Oder das fünfte Opfer konnte entkommen.

»Da alle vier Toten mehr oder weniger zufällig am nächsten Morgen gefunden wurden, wird vermutlich bald eine fünfte Leiche entdeckt werden. Vielleicht in Rom, da unsere italienischen Kollegen bekanntlich etwas langsamer arbeiten«, mutmaßte Lepetit.

»Ich weiß nicht«, Montfort schüttelte den Kopf. »Fragen Sie nicht warum, aber ich gehe davon aus, dass die fünfte Person noch lebt. – Gibt es denn nach derzeitigen Erkenntnissen schon einen Zusammenhang zwischen den Toten?«

»Leider nicht, abgesehen davon, dass alle recht erfolgreich waren und alleine lebten.

Das Pariser Opfer, Fouchon, war vierunddreißig Jahre alt und Mitarbeiter der Kulturabteilung des französischen Außenministeriums. In Berlin starb unter dem Beil die Galeristin Friederike König. In Toulouse wurde der Airbus-Manager Clément Rambert getötet und in London Christopher Cage – natürlich ein Investmentbanker.« Dass eine Galeristin ebenso ›natürlich‹ in Berlin lebte, wusste Lepetit noch nicht.

»Ein Engländer, zwei Franzosen, eine Deutsche, vier verschiedene Tatorte mit gleichzeitigen Morden, ungewöhnlichen Mordwerkzeugen gleicher Herkunft und jeweils mehreren Tätern: Das zeugt von einem hohen Organisationsgrad der Auftraggeber, die die Taten keinesfalls geheim halten wollten.«

Was Kommissar Montfort am meisten verstimmte: Er würde mit Kollegen zusammenarbeiten müssen, die kein Französisch sprachen, aber von ihm erwarteten, dass er sich mit ihnen auf Englisch verständigen konnte. Offenbar sprachen ja alle Menschen in Europa und der halben Welt diese lingua franca, und so lag es nahe, dass ein französischer Kommissar sie ebenfalls beherrschte. Doch Montfort beherrschte ausschließlich seine Muttersprache und das Argot der Pariser Kriminellen und verstand außerdem ein paar Worte Spanisch. Glücklicherweise hatte er mit Lepetit einen Kollegen im Team, der die englische Sprache und Kultur besonders liebte.

Am nächsten Morgen erfuhr die Pariser Polizei vom Fund des fünften Steins in einer ausgebrannten bretonischen *Ferme* in der Nähe von Sainte Marine, südlich von Quimper, neben einer zur Unkenntlichkeit verschmorten, ebenfalls erschlagenen Frauenleiche. Das Haus, das in der Nacht des Vierfachmordes niedergebrannt war, gehörte Morgane Guennec, die es allerdings nur im Urlaub nutzte und manchmal Freunden überließ.

»Madame Guennec ist bis vorgestern hier gewesen«, wusste eine Nachbarin der aus Haupthaus und zwei ursprünglich landwirtschaftlich genutzten Nebengebäuden bestehenden *Ferme*. »Ihr BMW steht nun nicht mehr in der Einfahrt. Es wäre immerhin merkwürdig, mit dem BMW wegzufahren, um anschließend zu Fuß zurückzukehren, oder? Nur um hier zu verbrennen?«

»Vielleicht hat sie den Wagen in die Inspektion oder zur Reparatur gegeben?« gab der ermittelnde Commandant zu bedenken.

»Als ich um sieben Uhr abends nachhause kam, stand der BMW in der Parkbucht, während sie auf ihrer Terrasse mit einer Flasche Rotwein saß. Und um vier brannte das Haus lichterloh. Zwischen sieben und vier wird sie das Auto nicht in die Werkstatt gebracht haben.«

»Das klingt plausibel. Hatte sie vielleicht Besuch?«

»Den sie verbrannt hat, um dann mit dem Auto davon zu fahren? Das könnte natürlich sein. Normalerweise erzählt sie uns zwar von ihren Gästen, die bei uns meistens den Schlüssel abholen, wenn sie nicht da ist. Ich habe niemanden gesehen, aber das will nichts heißen. Ich bin ja den ganzen Tag unterwegs.«

»Auch der Besucher könnte mit dem Auto davon gefahren sein. Es gibt immer mehrere Möglichkeiten.«

»Auf jeden Fall sollten sie eine DNA-Analyse vornehmen lassen«, riet die Nachbarin, die offenbar regelmäßig Krimis las oder sah.

»Vielen Dank«, schmunzelte der Commandant. »Wir werden die DNA vergleichen, sobald wir authentisches Material von Madame Guennec haben.«

3.

Morgane schlief unruhig in ihrem kleinen Pariser Hotelzimmerchen und träumte von ihrer ersten Begegnung mit Michael:

Sie besucht eine Sommerakademie in den Räumen des Eliteinternats Schloss Salem, mit seinen freundlichen barocken Klostergebäuden in reizvoller badischer Bodenseelandschaft.

Morgane liebt diese Sommerakademien, den intellektuellen Austausch an idyllischen Orten fernab der großen Städte, in denen die Studierenden vormittags an einer Arbeitsgruppe teilnehmen, nachmittags wandern und abends bis tief in die Nacht bei Wein diskutieren und philosophieren, so dass sie morgens nicht selten auf das Frühstück verzichten und erst zur Gruppenrunde aus dem Bett kriechen. In dieser geschützten Atmosphäre entstehen schnell Freundschaften, ja manchmal Beziehungen, die später der rauen Luft der Welt da draußen nicht lange standhalten. Aber das hat in diesen Biotopen des Hier und Jetzt gar keine Bedeutung. Bei der Wahl ihres Themas meidet die Jurastudentin bewusst rechtliche Fragestellungen, zieht ihnen geisteswissenschaftliche Themen vor.

In Salem beschäftigt sich ihre Gruppe mit der ›historischen Bedeutung des Wortes‹ und wird vom Kirchenhistoriker Michael Sellin geleitet. Die Teilnehmer haben eine recht kurze Literaturliste zur Vorbereitung erhalten, was den Professor sympathisch macht.

»εν Αρχηι ην ο Λογος«, leitet Sellin das Gespräch im schattigen Hof des Schlosses ein.

» ›Geschrieben steht: *Im Anfang war das* **Wort**! Hier stock' ich schon! Wer hilft mir weiter fort? Ich kann das Wort so hoch unmöglich schätzen,…‹

So philosophiert Goethes Faust über den Beginn des Johannes-Evangeliums. Er kann das ›Wort so hoch unmöglich schätzen‹, hält es für zu schwach.

Es wird Sie angesichts unseres Themas nicht überraschen, dass ich das anders sehe: Uns allen ist die Relevanz des geschriebenen Worts geläufig. Die Bibel und der Koran haben die Welt verändert, auch Luthers Thesen und seine Bibelübersetzung ins Deutsche, der Buchdruck und das Internet prägten und prägen die Menschheitsgeschichte stärker und nachhaltiger als die von Faust präferierten Taten, selbst die Kriege, die von Alexander dem Großen über Dschingis Khan bis zu Adolf Hitler zwar schreckliche, aber nur vergleichsweise kurzfristige Konsequenzen hatten. Nicht einmal das römische Imperium existierte länger als ein paar Jahrhunderte. Dagegen ist die Überlebensfähigkeit der antiken griechischen und römischen Texte, die das Geistesleben Roms ebenso wie das Christentum prägen sollten, beachtlich. Allerdings möchte ich Ihre Aufmerksamkeit insbesondere auf die Relevanz des *mündlich überlieferten* Worts lenken. Jesus und Sokrates haben keine Schriften hinterlassen. Die mündliche Überlieferung fasziniert, wirkt zerbrechlich und zugleich lebendig, sie trainiert das Gedächtnis. Da wir heute unsere Informationen jederzeit, zuhause und unterwegs dem Internet entnehmen, ohne uns noch irgendetwas merken zu müssen, sind viele von uns offline schnell ratlos. Natürlich ist eine mündliche Überlieferung anfälliger für Fehler als das geschriebene Wort, das zumindest vorläufig auf seinem Medium erhalten bleibt und relativ exakt kopiert werden kann.

Viele Geschichten wurden über Jahrhunderte erzählt, von Generation zu Generation weitergegeben, manchmal modifiziert, angepasst an die gewandelten Zeiten. Erst durch die Verbreitung des Schreibens und Lesens, durch das Außermodekommen der erzählten Geschichte, wurden sie aufgeschrieben – oder vergessen. Der Zeitpunkt der Niederschrift in einer Kultur entscheidet häufig, welche der vielleicht über Jahrhunderte tradierten Geschichten und Informationen der Menschheit erhalten bleiben, und welche für immer verloren gehen. Im Laufe der Menschheitsgeschichte haben viele Kulturen überhaupt nichts aufgeschrieben, so dass ihr Wissen mit ihrem Ende verging, wenn es nicht von anderen zuvor aufgenommen wurde. Das geschriebene Wort bleibt meist unverändert, selbst wenn es für die nachfolgenden Generationen seinen Sinn verliert. Die mündliche Tradition bleibt dagegen lebendig.«

Die Studierenden diskutieren, wie viele Jahrzehnte, Jahrhunderte mündlich überlieferte Informationen überdauern können, bevor sie ihre Substanz verlieren: die Weisheiten der Druiden, die Erzählungen der Bibel, die Sagen der Isländer – oder die Legenden der Bretonen, ergänzt Morgane.

»Was wäre in der heutigen Zeit der Vorteil einer mündlichen Überlieferung, wo doch Bibel, Koran, Sagen, Legenden, Märchen, Lieder und Geschichten inzwischen aufgeschrieben (oder verloren) sind? Hatte nicht die mündliche Überlieferung historisch gesehen lediglich eine

Brückenfunktion, bis zur Niederschrift?« hinterfragt Morgane das Konzept kritisch.

»Pythagoräer und Druiden lehrten und überlieferten ihr Wissen bewusst nur mündlich, obwohl ihnen eine Schrift durchaus zur Verfügung stand«, antwortet Sellin. »Sie haben ähnlich wie spätere Geheimbünde bewusst nichts aufgeschrieben, auch weil das geschriebene Wort leichter an Außenstehende weiter gegeben – also verraten – werden kann. Exklusivität im Interesse des Machterhalts einer Elite spielt seit den Priesterschaften der alten Ägypter und der gallischen Druiden sicher eine große Rolle für die Mündlichkeit. Gegenüber dem geschriebenen Text bleibt das gesprochene Wort flüchtig und nur im Gedächtnis der Zuhörer. Es kann zwar auch weitergegeben werden, verliert aber an Authentizität, da es nicht mehr ursprünglich ist, sondern nur aus dem Gedächtnis des Hörers reproduziert, durch ›Hörensagen‹ übermittelt wird. Der Autor kann sich vom gesprochenen, nicht aufgezeichneten Wort leicht distanzieren.«

»Bliebe dann am Ende nur Gedächtnistraining und Geheimhaltung? Geheimbünde in einer demokratischen, partizipativen Gesellschaft?« fragt Morgane skeptisch. »Schriftliche Protokolle der Sitzungen der Parlamente oder der Verhandlungen der Gerichte sollen zu Recht für die notwendige demokratische und rechtsstaatliche Transparenz sorgen. Gleiches müsste bei allen bedeutenden Besprechungen gelten, da man andernfalls die erzielten Ergebnisse, die getroffenen Verabredungen, die besprochenen Aufgaben später gar nicht mehr nachlesen, überprüfen und gegebenenfalls einfordern kann.«

»Das mag für Parlamente und Gerichte zwar richtig sein, in dieser allgemeinen Form halte ich die These jedoch für falsch«, widerspricht der Professor. »Denn die Verschriftlichung hängt von der Kommunikationskultur ab.

So werden in manchen Branchen und Kreisen noch heute Verträge mündlich geschlossen und dennoch detailgenau eingehalten, gelten die Ergebnisse einer Besprechung unabhängig von einer Schriftform. Nur kann man sie gegenüber einem Dritten, der an der Besprechung nicht teilgenommen hat, nicht ohne weiteres nachweisen, was gerade beabsichtigt sein mag. Außerdem gibt es noch immer überlieferte Weisheiten, die nicht aufgeschrieben werden, damit sie tatsächlich nicht in falsche Hände geraten, die es selbst in einer demokratischen Gesellschaft natürlich gibt.«

Vor dem Mittagessen schließt Sellin die Diskussion lakonisch mit den Worten »*Verbum dictum manet in aeternum*[1]« zum Erstaunen seiner Studenten. Mit dem Gedanken der Ewigkeit arbeitet man heute doch nicht mehr!

Morgane erwachte aufgeregt aus ihrem Traum und musste sich in dem ungewohnten Hotelzimmer erst orientieren. So klar wie gerade konnte sie sich an diese so entscheidende Begebenheit vor vielen Jahren eigentlich gar nicht mehr erinnern. Selbst die Gerüche, Farben, Geräusche und Stimmen hatten so lebendig wie damals gewirkt. Das eben wieder durchlebte Gefühl der Aufregung dieser Tage, einer freudigen Erkenntnis im Sommer von Salem, wirkte nach. Sie erinnerte sich an die Idee der mündlichen Überlieferung, die den ORDEN ebenso wie seine zahlreichen vorangehenden Strukturen prägten.

Dann wurde sie nachdenklich und ihre Züge verfinsterten sich beim Gedanken an die Ereignisse, die seit jener denkwürdigen Begegnung geschehen waren:

Gegen Ende der Sommerakademie hatte Michael Sellin erstmals den ORDEN erwähnt, eine uralte ›Gemeinschaft des Wortes‹, die sich der mündlichen Überlieferung des

---

[1] Das gesprochene Wort bleibt in Ewigkeit.

Wissens früherer Zeiten und des Heute verschrieben hatte. Später, als sie ihm nach Berlin folgend an die Humboldt Universität gewechselt war, hatte sie erfahren, dass er im ORDEN offenbar eine wichtige Rolle spielte und einen hohen Rang einnahm. Es dauerte nicht lange, bis er ihr anbot, sie selbst für eine Mitgliedschaft vorzubereiten. Die Ausbildung zum Meister, der alle Rechte und Pflichten besaß, würde mindestens acht Jahre dauern. »Eine kurze Zeit verglichen mit der zwanzigjährigen Lehre der Druiden«, hatte er lachend hinzugefügt. »Allerdings geht die Ausbildung das ganze Leben weiter: beim Meister, den übrigen Angehörigen des ORDENS und dem eigenen Leben.«

»Life long learning«, hatte sie amüsiert erwidert und dann vor allem aus Neugier eingewilligt.

Die folgenden Jahre waren für Morgane anstrengend und ein großes Abenteuer. Sie hatte nicht für möglich gehalten, dass es im Zeitalter des Internets abgesehen von kriminellen Strukturen noch einen relevanten Geheimbund geben könnte. Selbst in den Freimaurerlogen hatte sie pseudosakrale Männerclubs gesehen, die nur in früheren Zeiten und seltenen Ausnahmefällen wirklich (politische) Macht ausübten, in der Öffentlichkeit aufgrund der Geheimhaltung im Guten wie im Schlechten wohl überschätzt wurden.

Das bedingungslose Vertrauen in den vierzehn Jahre älteren Professor, der ihr zum Mentor und wichtigsten Freund wurde, war eine zwingende Voraussetzung für die Lehre. Und es wurde wiederholt auf die Probe gestellt. Denn erstens wusste Morgane nicht, welche Art von ›Orden‹ sie eigentlich erwartete, auf welch seltsame Gruppe sie sich einließ. Und zweitens enthielt die Ausbildung neben Gedächtnistraining, das sie besonders nötig hatte, und der

Vermittlung von Sachwissen auch kryptische, quasi-hypnotische Elemente, deren Inhalte und Relevanz sie bis heute nicht recht verstanden hatte.

»Ich vermittle dir Informationen von einer unvorstellbaren Dichte, höchst lebendige Erinnerungen fremder Menschen, die komprimiert in deinem Unterbewusstsein gespeichert werden, wie eigene, verdrängte Erinnerungen«, hatte ihr Michael erklärt. »Bei Bedarf aktivierst du sie, stellst Synapsen zwischen ihnen und deinem Bewusstsein her, und erfährst sie so, als ob du sie selbst erlebtest. Diese Technik ist das Ergebnis einer über Jahrtausende perfektionierten Gedächtniskultur!«

»Und wie erkenne ich den Bedarf? Wie stelle ich die Verbindung mit meinem Bewusstsein her?«

»Bis du diese Technik beherrschst, bis du für sie reif genug bist, werden die Erinnerungen sich selbst den Weg zu dir suchen, in deinen Träumen. Ein mit ihnen zusammenhängender äußerer Umstand, die räumliche Nähe zum Ort des Geschehens oder ein naheliegender Gedanke löst sie aus, so wie eine eigene verdrängte Erinnerung wieder erwacht. Wenn du sie einmal geträumt hast, kannst du sie immer wieder erleben, denn sie sind dann Bestandteil deines Bewusstseins. Später wirst du lernen, die noch unbewussten Erinnerungen wach zu rufen, indem du die hierfür erforderlichen Zusammenhänge gezielt herstellst. Dafür musst du natürlich wissen, nach welchen Erinnerungen du suchst. Und schließlich wirst du lernen, eigene Erfahrungen bewusst für dich und nachfolgende Generationen zu speichern sowie diese und fremde Erinnerungen an dritte Personen weiterzugeben.«

Morgane stellte sich das Erleben fremder Erinnerungen seltsam, voyeuristisch und eher unangenehm vor. »Was soll ich mit fremden Erinnerungen, wenn ich schon eigene verdränge?«

Michael lachte: »Diese fremden Erinnerungen hast du ja nicht als unangenehm verdrängt und ihre Auswahl aus der Masse aller Erfahrungen folgt selbstverständlich strengen Kriterien an ihre Bedeutung, wie eine wichtige Geschichte, die man weitergibt. Warts ab, du wirst sehen, ihr Erträumen ist eine spannende Erfahrung für neugierige Menschen! So unmittelbare Erlebnisse aus längst vergangenen Zeiten kann dir keine Erzählung, kein Buch, kein Film und nicht einmal eine Zeitreise vermitteln, da nur hier die Distanz zwischen dir und dem sich erinnernden Menschen aufgehoben wird, denn du erlebst genauso wie er. Und diese Reisen gehen erstaunlich weit zurück. Sie werden auch die Streitigkeiten, Kämpfe und Fragen deines Lebens spiegeln, denn erstens prägten diese auch frühere Generationen und zweitens wählst du in deinen Träumen unbewusst die für dich relevanten Erinnerungen. Sie helfen dir, dich selbst zu finden und in einer unübersichtlichen Situation die richtigen Entscheidungen zu treffen.«

Damals konnte sich Morgane jedoch weder unter der Idee noch der Relevanz dieser Erinnerungen irgendetwas Sinnvolles vorstellen.

Im vierten und fünften Jahr der Ausbildung dominierte schließlich ›metaphysisches‹ Wissen die Lektionen.

Morgane war nach der vom Zauber der bretonischen Märchen und Legenden geprägten Kindheit inzwischen jede Form von Magie sehr fremd geworden, so dass sie unerklärbare menschliche Fähigkeiten als uninteressant, gar esoterisch und abwegig disqualifiziert hatte. Was sie nicht verstand, nicht messen konnte, konnte es nicht geben.

»Die Metaphysik, oder die Lehre von der Magie widmet sich Wirkungszusammenhängen, die man naturwissenschaftlich nicht erklären, aber dennoch beobachten, beschreiben und bewusst herstellen kann. Sie reichen von alltäglichen, scheinbar selbstverständlichen Beobachtungen bruchlos bis zu magischen Fähigkeiten«, erläuterte Michael. »Über Liebe, Charisma und Macht spricht jeder, ohne an Magie zu denken. Gleiches gilt für die Nutzung von heilenden Substanzen in der Pharmazie. Mit der Idee von Energieflüssen arbeiten zahlreiche Heiltraditionen, und selbst die Idee der inneren Stimme scheint vielen vertraut. Dagegen sind für die Beeinflussung der Elemente und des Wetters, die Tarnung sowie weitere magische Handlungen im engeren Sinne Viele auf dem Scheiterhaufen gestorben, in einer Zeit als sich die sogenannte Vernunft durchzusetzen begann und die vermeintliche Unvernunft, das Nichterklärbare, eifersüchtig und als gefährliche Bedrohung aus einer zu überwindenden dunklen Zeit bekämpfte. An dieser Skepsis hat sich in unserer nun aufgeklärten Gesellschaft leider nichts geändert, nur dass die Magie trotz ihrer großen Wirksamkeit und unbestreitbaren Bedeutung für das menschliche Leben nicht mehr bekämpft, sondern schlicht ignoriert wird. Metaphysik kann in seriöser Form in keinen Büchern, keiner Schule oder Hochschule studiert werden, obwohl es eigentlich gar keinen Gegensatz von Physik, den Naturwissenschaften, und Metaphysik gibt. Es handelt sich schlicht um verschiedene Formen der in den Menschen angelegten Potenziale, verschiedene Arten von Kenntnissen und Fähigkeiten zur sinnvollen Gestaltung unseres Lebens, die sich im Idealfall ergänzen und befruchten, wie zur Zeit der antiken Druiden. Allerdings können sie auch nebeneinander existieren, einander ignorieren oder gar bekämpfen, wie im Spätmittelalter und in der frühen Neuzeit mit der Hexenverfolgung. Zugegebenermaßen können wir die Regeln und Grenzen der Metaphysik schwerer bestimmen als die der Naturwissenschaften, eröffnen sich Irrwege, die wir nicht leicht als solche erkennen. Auch hier ist nicht alles möglich, was sich die Phantasie ausdenken mag: Kein Alchemist hat das Rezept für Gold, den Stein der Weisen, Unbesiegbarkeit oder das ewige Leben entwickelt.

Selbst wenn es für unseren Großmeister häretisch klingen mag: Der ORDEN müsste sich auf die Pflege und Weitergabe gerade der metaphysischen Kenntnisse konzentrieren, gibt es für die allgemein anerkannten Geistes- und Naturwissenschaften doch ausreichend andere Vermittler und Quellen, Schulen, Hochschulen und Forschungseinrichtungen, Unmengen publizierter Lehr- und Fachbücher, Zeitschriften und das Internet. Diese Meinung teilen leider zu wenige, so dass unsere kleine Gemeinschaft tonnenweise unnütze Informationen mühsam durch die Zeit schleppt, ihr der Überblick längst verloren gegangen und die sinnvolle Gewichtung und Auswahl oder gar Nutzung des Wissens quasi unmöglich geworden ist. Immerhin hat die Ignoranz der meisten Meister auch ihr Gutes: Wenn *du* es in der Metaphysik zur Meisterschaft bringst, kannst du eine starke Stellung im ORDEN einnehmen.«

So gelang es Michael bald, ihre Neugier auf metaphysisches Wissen zu lenken, um ihre offenbar erheblichen magischen Potenziale zu realisieren. Nur diese konnten ihr nun auf der Flucht das Überleben sichern.

Ein besonders wichtiges Kapitel war das Trainieren der inneren Stimme, die besser als die reine Vernunft unter Nutzung von Wissen und Kenntnissen, von Erfahrungen und Beobachtungen, von ererbten Instinkten und Gefühlen zu der jeweils richtigen, zumindest bestmöglichen Entscheidung riet.

»Ganz so einfach, wie es klingt, verhält es sich mit der inneren Stimme leider nicht«, dämpfte Michael ihre Begeisterung. »Du darfst sie nicht mit der Intuition verwechseln, die dir viele Fallen auf dem Weg zu einem begründeten Vertrauen in die innere Stimme stellt. Denn die Intuition neigt zu Vorurteilen und Schnellschüssen. Die Menschen haben sie in einer Epoche entwickelt, als sie sehr schnell entscheiden mussten, ob von ihrer Umwelt, dem Wetter, wilden Tieren oder Menschen eine Gefahr ausgeht oder nicht, ob sie ihren Weg fortsetzen konnten oder fliehen mussten. Damals waren schnelle Reaktionen und Vorurteile überlebenswichtig. Auch heute gibt es noch vergleichbare Situationen, in denen es auf Intuition und Reflexe ankommt, etwa im Straßenverkehr oder im Sport. Die Intuition arbeitet schnell und ohne Anstrengung, erkennt das Überraschende, die Abweichung von der Norm, und ist hier sehr nützlich. Häufig müssen wir indes eine langfristig wirkende private oder berufliche Entscheidung treffen, die gut überlegt sein will. Und hier umgeht die schnelle und kurzschlüssige Intuition häufig eine sinnvolle zeit- und energieintensivere Abwägung. Bei der Entscheidung über Menschen vertrauen wir meist ohne gute Gründe der physischen Stärke, dem festen, Zuversicht und Sicherheit vermittelnden Händedruck. Wir vertrauen einem sympathisch lächelnden Menschen, hängen quasi an seinen Lippen, statt ihm in die Augen zu schauen und dort nach seiner wahren Intention zuverlässiger zu forschen. Den ersten, emotionalen, vorurteilenden Eindruck bestätigen wir dann gerne, statt ihn in einem zweiten Schritt zu hinterfragen. Intuitiv überschätzen wir außerdem Risiken gegenüber Chancen, halten das für vernünftig, was uns emotional gefällt, glauben das, was uns beruhigt, vernachlässigen Zweideutigkeiten und berechtigte Zweifel, da sie Unsicherheit und Schwäche zu verraten scheinen. Wir bemerken leichter Veränderungen als Stabilität und überschätzen so die Dynamik einer Situation. Wir messen Unbekanntes an einer bekannten Regel – selbst wenn sie gar nicht passt.

Überhaupt versuchen wir alles in Regeln und Kausalitäten zu erfassen und wollen selbst den puren Zufall noch begründen! Der Intuition als wohlfeilem Angebot einer leichten Entscheidung musst du in vielen Fällen also misstrauen.

Als eine Entscheidungsgrundlage unter anderen sollst du sie gleichwohl nutzen, da sie ja auf wertvollen Erfahrungen vieler Generationen beruht. Allerdings musst du sie kritisch reflektieren und trainieren, um sie in die Entwicklung einer inneren Stimme eingehen zu lassen, zu der sie dann neben der Vernunft, deinem Gefühl und deinen Erfahrungen einen wichtigen Beitrag leistet. Auf eine hieraus schöpfenden innere Stimme musst du hören, ihr vertrauen, sogar gegen die Stimme der reinen Vernunft. Dann wird sie dir genauso schnell wie die Intuition raten, nur besser!«

»Ganz zweifellos wirst du eine große Metaphysikerin werden«, bemerkte Michael eines Tages. »Du bist ungewöhnlich talentiert, talentierter als ich – und als deine Eltern«, ergänzte er nach kurzem Zögern.

Morgane blickte Michael verblüfft an: »Meine Eltern? Was haben meine Eltern damit zu tun?«

»Sie gaben dir einen bedeutenden Namen!« Noch einmal wich Michael vor der notwendigen Eröffnung zurück.

» ›Morgane‹, ich weiß, wie ›*Morgan le Fay*‹ «, schmunzelte sie. »Die zwielichtige Fee aus alten keltischen Legenden.«

»Dieser Name reicht viel tiefer in die Geschichte zurück, in eine Zeit, in der die Kelten Armorika noch nicht besiedelt hatten, ja als Volk noch gar nicht existierten. Auf eine ›Morgan‹ in dieser Zeit bezogen sich deine Eltern bei der Wahl deines Namens, der eine wichtige und mächtige Verbindung, ein geistiges und seelisches Erbe symbolisiert, das du bald verstehen sollst.« Wieder zögerte er, fuhr dann jedoch fort: »Jetzt musst du allerdings noch einen anderen Bezug zu deinen Eltern erfahren: Sie gehörten wie ich dem ORDEN an. So wie ich dich jetzt ausbilde, hat mich deine Mutter, eine starke Meisterin, ausgebildet, als du noch ein Kind warst. Sie haben es vor dir geheim gehalten, wollten dich so vor unnötiger Gefahr schützen, denn sie wichen als Metaphysiker von der Haltung der ORDENS-Leitung ab, waren in deren Augen quasi Häretiker.«

»Meine Eltern gehörten dem ORDEN an und haben - dich - ausgebildet?« fragte Morgane stockend, denn sie wusste nicht, welche dieser Neuigkeiten sie am meisten überraschte, irritierte, schockierte. Michael kannte ihre Mutter schon lange vor ihrer Begegnung in Salem!

Er war verlegen. Aufgrund seiner Scheu vor Konflikten, aus Angst, seine vertraute Schülerin und beste Freundin zu verletzen, vielleicht zu verlieren, hatte er die für sie so wichtige Information viel zu lange geheim gehalten, auf den richtigen Moment wartend, der doch nie kommen würde. Denn mit jedem Tag des Wartens musste der Vertrauensverlust stärker ausfallen.

»Ja, wir haben uns während meiner Studienzeit in einem kleinen, sehr familiären Restaurant in Berlin kennengelernt, das es leider längst nicht mehr gibt. Deine Eltern sprachen noch nicht so gut Deutsch, und ich half bei der Übersetzung des von der Köchin mündlich vorgetragenen Speiseangebots. Schließlich aßen wir alle drei am selben Tisch *Spaghetti alla Carbonara* und unterhielten uns den ganzen Abend sehr angeregt und so vertraut, als ob wir schon lange Freunde wären. Bald luden mich deine Eltern zu sich ein – und da habe ich dich, als kleines Kind, das erste und für viele Jahre letzte Mal gesehen.«

Morgane konnte sich an diese Begegnung nicht erinnern.

»Dann traf ich deine Mutter ein paar Mal – und sie begann mich auszubilden. Dein Vater besaß dagegen offenbar weniger Talent und hat sich mit dem ORDEN und seinem Wissen nie intensiv beschäftigt.«

»Unser Kennenlernen in Salem war also kein Zufall?« fragte Morgane enttäuscht.

Michael senkte den Kopf. »Nein, wir hatten es so vorbereitet, damit ich unauffällig deine Ausbildung übernehmen konnte.«

»Das ist euch in der Tat gelungen«, erwiderte sie bitter. Sie fühlte sich von ihren Eltern mit ihrem besten Freund hintergangen. Das Interesse des Professors an der Studentin war ebenso wie das ›zufällige‹ Treffen arrangiert?

»Allerdings hast du mich dann mit deinem auffälligen Charisma, deinen frischen und klugen Ideen wirklich sofort fasziniert. Selbst ohne die Absprache mit deinen Eltern hättest du meine Aufmerksamkeit in Salem auf dich gezogen, hätte ich dich ausbilden wollen. Nicht die Loyalität gegenüber deiner Mutter, sondern deine eigene vielschichtige und sympathische Persönlichkeit bestimmte all die Jahre meine Beziehung zu dir. – Ich genoss es, mit dir über Gott und die Welt zu philosophieren, viel Zeit zu verbringen, im Gegensatz zu deinem Vater, der sich für seine Arbeit, und zu deiner Mutter, die sich für den ORDEN sehr engagierte. Sie wollte dich ursprünglich sogar selbst ausbilden, dann mit dir über alles reden, schob es allerdings immer wieder hinaus. Sie sah, welche Rolle du in der Geschichte des ORDENS spielen könntest und mochte dich mit dieser Verantwortung nicht zu früh belasten. Sie fand dann nie die passende Gelegenheit für ein offenes Gespräch und je länger sie wartete, desto schwieriger wurde es. Ihr plötzlicher Tod nahm ihr dann endgültig die Möglichkeit einer Eröffnung, die nun mir überlassen blieb. Und dass auch ich viel zu lange gezögert habe, siehst du ja jetzt selbst.« An dieser Stelle stockte Michael. Er schluckte, denn die schrecklichste Offenbarung stand ihm noch bevor. Unsicher blickte er in das Gesicht seiner Schülerin. »Und ich fürchte, Morgane, dass deine Eltern nicht bei einem Unfall starben, sondern der Großmeister sie als Häretiker töten ließ.«

Morgane, die bei Michaels Erklärung ein Wechselbad der Gefühle durchlebt hatte, hätte jetzt am liebsten vor Enttäuschung und Wut geschrien oder mit den Fäusten gegen die Wand oder Michael getrommelt. Doch das widersprach ihrem Temperament und ihrer Contenance. Stattdessen ließ sie Michael stehen und verließ wortlos den Raum. Sie fühlte sich am Ende, leer.

Kurz vor ihrer Meisterprüfung stürzte sie in eine tiefe Krise: Der ORDEN, für den sie so intensiv ausgebildet wurde und dem sie Loyalität schuldete, hatte offenbar stets zwischen ihr und ihren Eltern gestanden. Wie konnten sich Eltern im Interesse einer noch so bedeutenden Sache gegen das eigene Kind entscheiden, um dann zu behaupten, diese Entscheidung diene seinem Wohl und dem der Menschen? Sie wollte diesen fanatischen Weg im Dienst einer menschenverachtenden Einrichtung, die höchstwahrscheinlich den Tod ihrer Eltern verantwortete, nicht weitergehen, die Ausbildung abbrechen.

Sie wollte auch Michael nicht mehr sehen, den sie für die Absurdität ihres Lebens mitverantwortlich machte, dem sie den Bruch ihres Vertrauens vorwarf – und der ihr nun so fehlte.

Als sie es nicht mehr aushielt und ihn nach zwei Wochen endlich anrief, hörte sie statt seiner angenehmen Stimme von Friederike die schreckliche Nachricht seines Todes. Er war tags zuvor in den Dolomiten unter ungeklärten Umständen abgestürzt.

Nun musste sie nach dem Verlust der gesamten Familie auch den ihres Mentors und einzigen Freundes verkraften, der längst zum wichtigsten Menschen in ihrem Leben geworden war. Auf den Tod der Großmutter war sie vorbereitet gewesen, die Tode ihrer Eltern und Michaels trafen sie dagegen als plötzliche Schläge, die die Gefühle von Trauer, Unglück und Verlassensein übermächtig werden ließen, ihr Vertrauen in Stabilität und menschlichen Schutz zutiefst erschütterte, vielleicht sogar zerstörte. Und sie warf sich vor, Michael in einer Überreaktion am Ende allein gelassen zu haben, konnte sie sein zögerndes Verhalten zwar nicht gutheißen, mit viel Empathie indes eigentlich gut verstehen. Womöglich trug sie sogar eine Mitschuld an seinem Tod, der sicherlich auf das Konto des ORDENS ging.

Als sie am Abend der schrecklichen Nachricht geschockt und tieftraurig ihren Rotwein auf dem kleinen Balkon trank, kreiste eine Schar von hunderten Krähen minutenlang krächzend über dem Haus. Sie erinnerte sich an das gleiche sonderbare Verhalten der Vögel nach dem Tod ihrer Großmutter und ihrer Eltern. Vielleicht wollten sie auf ihre Weise den Toten eine letzte Ehre erweisen, oder sie, die Waise trösten. Vermutlich beides, mutmaßte Morgane, den Flug der Krähen melancholisch und sogar ein wenig getröstet betrachtend, während Andere das seltsame Spektakel wohl als unheimlich empfunden hätten.

Schließlich, nach Wochen der Trauer und Zweifel, entschied sich Morgane aus Trotz und schlechtem Gewissen und auf die nachdrückliche Bitte Friederikes hin für den Verbleib im ORDEN und nun endgültig für die ›metaphysische‹ Richtung. Das schien sie Michael schuldig zu sein, der ihre besonderen Fähigkeiten gelobt und sie auf diesem Weg bestärkt hatte. Und zu ihr hatte sie Neigung und vor allem Talent entwickelt, das sie in ihrem ›bretonischen Blut‹ in der Tradition ihrer Eltern begründet sah. Morgane hatte ihre schon vorher ausgezeichnete Konzentrationsfähigkeit erheblich gesteigert, vertraute inzwischen blind ihrer inneren Stimme und entwickelte aus ihren Energien überraschende Kräfte. Jetzt verstand sie, warum einige dieser Lehren besser nicht niedergeschrieben und publiziert würden.

Ihre Flucht hatte Morgane vor ihrem metaphysischen ›Outing‹ im Konvent sorgfältig vorbereitet, als man sie scheinbar noch als talentierter, kritischer, aber eher ungefährlicher Nachwuchs mit Aufstiegsambitionen in Ministerium und ORDEN betrachtete. Sicher hatte der Argwohn, den erst ihre Eltern und dann Michael auf sich gezogen und mit dem Leben bezahlt hatten, auf die Schülerin ausgestrahlt. In Gesprächen mit anderen Meistern hatte sie sich jedoch differenziert geäußert und umfassend interessiert gezeigt, so dass sie von der Leitung zwar aufmerksam, aber in Michaels und Friederikes Schatten offenbar nicht besonders misstrauisch beobachtet worden war. So hatte sie kurz nach dem Tod ihres Lehrers überraschend die Zulassung zur Meisterprüfung erhalten und diese dann bravourös bestanden.

Wie der ORDEN im Detail aufgebaut war, wie er funktionierte, wusste Morgane selbst jetzt noch nicht genau. Formal wurden seine Angehörigen so wie viele verdienstvolle Bürger in den französischen ›Ordre National du Mérite‹ aufgenommen, die neben der Ehrenlegion wichtigste Auszeichnung des französischen Staats für besondere Verdienste. Sie selbst hatte die Insignien eines *Chévalier* zu ihrer großen Ehre aus den Händen des französischen Außenministers erhalten, der sie aus ihrer Zeit als Büroleiterin seines deutschen Kollegen persönlich kannte. Während es normalerweise bei der Verleihung der Insignien aufgrund von erworbenen Verdiensten blieb, gehörten die Angehörigen des ORDENS tatsächlich einer Gemeinschaft nach dem Vorbild einer Bruderschaft oder Loge an und bildeten so einen ›Orden im Orden‹. Das Amt des Großmeisters des ORDENS nahm ein gewählter Meister ein, der in ihm, unterstützt durch ein Kabinett, eine mächtige Organisation leitete. Ein einflussreicher Beamter im Elysée-Palast stellte sicher, dass die Kandidaten für den ORDEN überhaupt in den ›Ordre du Mérite‹ aufgenommen wurden, obwohl sich die meisten gar nicht, oder zumindest nicht in besonderem Maße um das Wohl Frankreichs verdient gemacht hatten. Die notwendigen und bisweilen etwas mühsamen Manipulationen warfen immer wieder die Frage auf, ob die Bindung an den ›Ordre National du Mérite‹ überhaupt sinnvoll und zeitgemäß wäre, zumal dieser erst 1949 durch Staatspräsident de Gaulle gegründet worden war – und somit ein Kleinkind im Vergleich zum traditionsreichen ORDEN, den er barg. Da dieser, respektive die Gemeinschaft der nun in ihm verbundenen Wissensträger seit dem Mittelalter immer eine andere Organisation als formalen Rahmen genutzt hatte – wie ein Parasit den Wirt, spottete Sellin – behielt man die Verbindung zum ›Ordre du Mérite‹ bis heute bei; für Morgane pure Folklore, die dem ORDEN nur billige blaue Abzeichen, aber keine sinnvolle Struktur bot.

Abweichungen von der ›immerwährenden Grundordnung‹ und den durch den Großmeister festgelegten ›Grundprinzipien‹ wurden im ORDEN nicht geduldet, sondern konsequent und hart bestraft. Offiziell konnten Sanktionen nur bis zum Verlust des Meistertitels und dem Ausschluss reichen. Manchmal wurden allerdings aufsässige Angehörigen von regulären Gerichten für angebliche

Verstöße gegen das staatliche Recht hart bestraft, was dann die übrigen Angehörigen zur Abschreckung erfuhren. Der ORDEN übte seinen Einfluss auf die ermittelnde Staatsanwaltschaft, Polizei oder Gerichte direkt aus, oder schuf eine Beweislage gegen den ›Verbrecher‹. Häufig kombinierte er beides. Selbst schwere Unfälle, manchmal mit Todesfolge, gingen Gerüchten zufolge bisweilen auf das Konto der Ordensleitung. Aus den vergangenen Jahrzehnten kannte man hierfür jedoch keine Beispiele bis zu den angeblichen Unfalltoden von Morganes Eltern und später Sellin. Niemand wusste, wie Sanktionen zustande kamen, da es keine transparente Rechtsprechung gab, der Großmeister oder das Kabinett vielmehr souverän, also willkürlich, entschieden. Aus Selbstschutz führten die Meister deshalb sogar als recht problematisch empfundene Entscheidungen der Leitung aus, ohne sie zu hinterfragen.

Die latenten Strafdrohungen und die intransparente Reaktion auf Verstöße reichten meist aus, um die Disziplin sicher zu stellen und Bedrohungen der Autorität des Großmeisters bereits im Keim zu ersticken. Gefährlich konnte das komplexe Sanktionsinstrumentarium im Falle von grundlegenden, begründeten oder unbegründeten Zweifeln der ORDENS-Leitung an der Loyalität der Meister werden, weil sich dann willkürliche Bestrafungen häuften und Angst und Orientierungslosigkeit unter den Meistern ausbreiteten. Eine solche für den ORDEN brisante Situation hatte offenbar zu einer ersten Abspaltung von Metaphysikern zu Beginn des achtzehnten Jahrhunderts geführt.

Harte Sanktionen blieben im Alltag seitdem eine seltene Ausnahme. In der Regel überschritten die Meister ihre Spielräume nicht, sondern profitierten lieber ungestört von der Macht des Netzwerks. Diese Macht motivierte sie mindestens genauso stark zur Mitarbeit wie die eigentliche

Aufgabe, die Bewahrung und Mehrung des Wissens. Sie unterstütze Karrieren im öffentlichen Dienst wie in der privaten Wirtschaft, verhalf zu lukrativen Aufträgen oder günstigem Grundstückserwerb, kurz: garantierte besonders in Frankreich die Vorteile eines funktionierenden Netzwerks mit zuverlässigen Kontakten ›nach ganz oben‹. Notfalls, wenn man sich gar nicht mehr mit der Leitung identifizieren konnte, zog man sich aus dem aktiven ORDENS-Leben einfach zurück.

Seine Kernaufgabe als Hüter des Wissens und des Wortes nahm der ORDEN durchaus noch wahr, allerdings nur noch durch eine kleine Gruppe von Professoren, die sich mit enzyklopädischem Eifer der strukturierten Aufbereitung und Weitergabe von Informationen widmete, in der Regel in schriftlicher Form. Bei der Aufnahme neuer Angehörigen wurde deshalb auf den Erhalt einer ausreichenden Anzahl dieser ›Professoren‹ geachtet. Bei anderen, wie Morgane, setzte man dagegen auf ihre Karriere in Politik oder Wirtschaft.

›Verbum dictum manet in aeternum‹ hatte seinen Wert als Losung der Gemeinschaft verloren, selbst wenn viele Meister ihre Schüler nach wie vor mündlich unterrichteten.

»Im Grunde gehen unsere Strukturen von Meistern und Schülern bereits auf die Gemeinschaft der Druiden im Gallien des vierten bis ersten vorchristlichen Jahrhunderts zurück«, hatte Michael begeistert seiner Schülerin erklärt. »Schon damals gab es regelmäßige Versammlungen unter der Leitung eines Chefs, mit Querverbindungen und Substrukturen, die die gesamte Gesellschaft durchzogen, ebenso wie die Idee der Konzentration und ausschließlich mündlichen Weitergabe des Wissens in einem geschlossenen Netzwerk. Verräter, die die Exklusivität dieses Wissens und damit die Macht der Druiden in Frage stellten, wurden hart bestraft. Wenngleich sich Idee und Strukturen den sich ändernden Zeiten anpassten, könnten sie doch jetzt, zu Beginn des einundzwanzigsten Jahrhunderts, mit den offenen ›sozialen Netzwerken‹ wieder eine gewisse Nähe zur druidischen Urform erreichen. Leider fördert der ORDEN heute vor allem die Karrieren seiner Angehörigen und zwar sehr viel wirksamer als politische Parteien, Alumni-Gruppen oder soziale Netzwerke. Dagegen ist seine Relevanz für das Wissen der Gesellschaft ›draußen‹ gegenüber früheren Jahrhunderten stark zurückgegangen. – Aber wer weiß, vielleicht können wir diese Entwicklung noch einmal umkehren? Lass uns doch gemeinsam an einer Renaissance der Wissenstradition – mündlich und metaphysisch – arbeiten!« Rückblickend schien ihr diese Vorstellung, die sie selbst über Michaels Tod hinaus teilte, recht naiv gewesen zu sein.

Den offenen Bruch mit der Leitung hatte Morgane unter der Führung Friederikes auf dem letzten Konvent vor etwa zwei Monaten, am ersten Februar, einem Sonntag, vollzogen. Als frisch geprüfte Meisterin durfte sie erstmals an dieser Versammlung im prächtigen *Auditorium Maximum* der Pariser Universität *La Sorbonne* teilnehmen. Aber die Premiere als solche war nicht der Grund ihrer Nervosität. Friederike, Alexandre, Clément, Jean-Claude, Christopher und sie hatten eine Initiative zur Erneuerung des ORDENS entwickelt, in zahlreichen Gesprächen vorbereitet und eine umfangreiche Gruppe von vertrauenswürdigen Meistern aktiviert. Ursprünglich hatten sie eine Reform des ORDENS im Einvernehmen mit dem Kabinett angestrebt. Aber für Gemeinsamkeiten standen die Chancen nicht gut, denn der Großmeister Enguerrand de Blois galt als konservativ, machtbewusst, starrsinnig und skrupellos, ging eher über Leichen als Kompromisse ein. Der ehemalige *Président-*

Directeur général der ›Société Générale‹, mit hundertsechzigtausend Mitarbeitern in siebenundsiebzig Ländern eine der wichtigsten und ältesten Großbanken Frankreichs, hatte sich systematisch ein wirtschaftlich, gesellschaftlich und politisch eng verflochtenes Imperium aufgebaut. Die Affäre ›Jérôme Kerrie‹, der 2008 mit Spekulationsgeschäften der Bank Verluste von fast fünf Milliarden Euro beschert hatte, die Schieflage der Bank in der Finanzkrise und die Massenentlassungen des Jahres 2012 musste er aufgrund seines gerade rechtzeitig angetretenen Ruhestands nicht mehr verantworten. Nach der Wahl Sarkozys zum französischen Staatspräsidenten hatte de Blois angesichts seiner langjährigen Freundschaft mit dem neuen Präsidenten als aussichtsreichster Kandidat für das Amt des Wirtschaftsministers gegolten. Da es seine vielfältigen Aktivitäten indes einer höheren öffentlichen Beobachtung und Kontrolle unterworfen hätte, lehnte er mit dem Vorwand, seinen wohlverdienten Ruhestand genießen zu wollen, dankend ab. Unter der Präsidentschaft des Sozialisten Hollande begann der politische Einfluss des alten Bankers dann schnell zu schwinden, so dass er sich nun ausschließlich den Belangen des ORDENS widmete.

Vielleicht hätten die jungen Meister mit Blick auf das Alter des nun über Achtzigjährigen auf eine biologische Lösung warten sollen. Doch Michaels Tod hatte der Unzufriedenheit eine Dynamik gegeben, die nicht durch die Hoffnung auf das unbestimmbare Ende des Großmeisters und einen vielleicht reformfreudigeren Nachfolger gebremst werden konnte. Friederike nahm als Michaels langjährige Freundin und erfahrene Meisterin wie selbstverständlich die Sprecherrolle wahr.

Morgane hatte Friederike über Michael kennengelernt und ihre Vernissagen gemeinsam mit ihm regelmäßig besucht. Obwohl sie sich zuvor für zeitgenössische Kunst nicht besonders interessierte hatte, genoss sie den Ausflug in diese kleine, bunte, kreative und sehr internationale Welt der führenden Galerien, wenngleich ihr die wenigsten Werke der von Friederike vertretenen, vorwiegend konzeptionell arbeitenden Künstler wirklich gefielen.

Sie hatte Friederike gemocht, auch wenn sich beide Frauen sehr unterschieden. Friederike schien trotz ihres Erfolgs als Galeristin vom Leben überfordert zu sein. Die unglückliche Liebe zu Michael war hierfür nur der deutlichste und tragischste Ausdruck. Sie begann beruflich und privat häufig Streits, die sie weder führen wollte noch offenbar gewinnen konnte, suchte sich Freunde und Partner, mit denen sie es nie lange aushielt. Michael, mit dem sie einen großen Teil ihrer Freizeit verbrachte, musste sie dann trösten. Er erzählte Morgane darüber nicht viel, aber aus den spärlichen Andeutungen konnte sie meist die jeweilige Geschichte erschließen. Auch im ORDEN, über den sie Michael vor vielen Jahren kennen gelernt hatte, schien sich Friederike eigentlich nicht wohlzufühlen. Sie interessierte weder seine Wissenstraditionen oder die Ausbildung von Schülern, noch nutzte sie seine Vorteile für ihr berufliches Netzwerk. Und den Metaphysikern gehörte sie nur aus Liebe zu Michael an. Doch mit seinem Tod, der Friederike unvermittelt in einen Racheengel verwandelte, erwachte auf einmal ihr Interesse am Schicksal des ORDENS. Angesichts dieser starken Emotionalität ohne tiefe Überzeugung und der Tatsache, dass Friederike ihre Kämpfe selten gewann, hätte Morgane skeptisch werden müssen. Aber statt auf die deutlichen Warnungen ihrer inneren Stimme zu hören, wollte sie ihr eigenes schlechtes Gewissen an der gemeinsamen Initiative abarbeiten.

Der feierliche Konvent fand in gespannter Atmosphäre statt. Auf den Fluren und Foyers war zuvor abgesehen von

Begrüßungen und dem Austausch von Floskeln kaum gesprochen worden.

Dann erlosch das Licht im Auditorium. Jedes Geräusch erstarb. In die Dunkelheit erklang ein festlicher Fanfarenklang und durch eine seitliche Tür zogen der Großmeister und die sechs Mitglieder seines Kabinetts flankiert von Fackelträgern in den Saal ein. De Blois, den Morgane nun zum ersten Mal sah, war klein, kahlköpfig und runzelig. Er trug eine Nickelbrille und in der linken Hand eine Kerze als Symbol für das Große Licht, in der rechten einen Schlüssel als Symbol für die Erkenntnis. Er betrat über einige Stufen die Bühne, legte den Schlüssel auf ein blaues Samtkissen, stellte die Kerze auf einen großen barocken Silberleuchter, verbeugte sich vor ihr und nahm auf einem prächtig geschnitzten Sessel, dessen Kissen und Lehne mit blauem Samt bezogen waren, zwischen den Mitgliedern seines Kabinetts Platz. Hinter dem Stuhl des Großmeisters stand eine ionische Säule, auf dieser ein silberner Kelch, der als ›Gral‹ das überlieferte Wissen des ORDENS symbolisierte. Vor ihm lag auf einem kleinen Tisch ein zweiköpfiger Elfenbeinhammer.

Mit diesem Hammer schlug De Blois nun zweimal auf den Tisch, worauf sich alle von den Stühlen erhoben und auf Deutsch die erste Strophe der ›Ode an die Freude‹ sangen. Sodann schlug er einmal auf den Tisch, und alle setzten sich. Das Deckenlicht im Auditorium wurde wieder eingeschaltet und blendete die an das Halbdunkel des Fackelscheins gewöhnten Augen.

Der feierlichen Eröffnung folgte nach abermaligem doppelten Hammerschlag wieder im Stehen das traditionelle Gedenken an die in den vergangenen Monaten verstorbenen Meister, deren Namen vom Meister zur Rechten des Großmeisters verlesen wurden, sowie in allgemeiner Form an die (vermutlich wenigen) verstorbenen Schüler. Als der Name ›Michael Sellin‹ fiel, stieg die Spannung im Saal.

Daran schlossen sich – nach einfachem Schlag – im Sitzen der ausführliche, routinierte Bericht des Großmeisters über die Zeit seit der letzten Versammlung sowie sein knapper Ausblick auf die nächsten Monate an. De Blois sprach zwar monoton, aber klar und mit fester Stimme, so dass man sich mit geschlossenen Augen eher einen Mittsechziger vorgestellt hätte. Dieser höhepunktlose Ablauf wiederholte sich einförmig alle sechs Monate, seit Jahren, Jahrzehnten und vermutlich Jahrhunderten; und hätte es nicht die zahlreichen Begegnungen mit alten Bekannten am Rande und nach der Sitzung gegeben, wäre der Konvent sterbenslangweilig und seine Frequenz sicher reduziert worden.

Schließlich gab es wie wohl bei allen Vereinen den Punkt ›Verschiedenes‹, in dem die ORDENS-Leitung mehr oder weniger spontan Themen mit den Meistern und diese umgekehrt mit der Leitung diskutieren konnten. In der Regel wurden hier allgemeine weltpolitische Fragen wie Probleme des europäischen Einigungsprozesses, Konflikte mit Russland, Wirtschafts-, Finanz- und Flüchtlingskrisen oder rechtspopulistische Tendenzen in Europa und den USA erörtert. Da sich unter den Meistern zwar viele Intellektuelle, aber für diese Probleme nicht unbedingt viele Experten befanden, erreichten die Diskussionen häufig nur ein besseres Stammtischniveau.

Doch an diesem ersten Februar sollte Geschichte geschrieben werden. So hatten es sich die sechs Meister vorgestellt. Und irgendwie wurde sie auch geschrieben – allerdings anders als geplant.

Friederike trug die Vorschläge zu einer Reform des ORDENS und der Notwendigkeit seiner Konzentration auf die metaphysischen Überlieferungen im Namen der Sechs sehr höflich und sorgfältig begründet vor. Es folgten ein zustimmender Applaus eines Teils der Meister, eines kleineren Teils, und eine anschließende Diskussion, in der sich einige Meister für den Erhalt des Status quo, andere sogar für einen vollständigen Verzicht auf den ›metaphysischen Ballast‹ aussprachen. Die Diskussion gab den Reformern die Möglichkeit, ihre Argumente zu verstärken und zu ergänzen, so dass sich die Stimmung zu ihren Gunsten entwickelte.

Doch plötzlich und ohne Ankündigung schloss der Großmeister, der der außergewöhnlich lebendigen Aussprache wort- und regungslos gefolgt war, die Debatte mit einer für ihn ungewöhnlich schneidenden Stimme, die den Zuhörern einen Schauer über den Rücken trieb: »Vielen Dank für diesen interessanten und umfassenden Meinungsaustausch. – Offensichtlich gibt es keine weiteren Punkte, die wir erörtern sollten. Vielen Dank für Ihr Kommen.«

Zwei Hammerschläge, de Blois erhob sich jäh und sichtlich verärgert, verbeugte sich rasch vor Kerze und Schlüssel, nahm sie an sich und verließ mit den Mitgliedern seines Kabinetts und den Fackelträgern durch die Seitentür wieder den Saal, während die Meister wie versteinert noch einige Minuten sitzen blieben, bevor auch sie schweigend das Auditorium verließen.

Schluss, das war's. So hatten sich die Sechs den Verlauf dieser historischen Diskussion nicht vorgestellt. Hätten sie heute nicht nach einer ausgiebigen Erörterung zu irgendeinem, notfalls negativen Ergebnis oder Kompromiss kommen müssen, vielleicht zur Einsetzung einer Kommission? Wenn sie unter ›Verschiedenes‹ nichts beschließen durften, wo gab es dann den Raum für eine Initiative der Meister? Sah die Geschäftsordnung des Konvents, so es eine gab, überhaupt die Möglichkeit für einen Beschluss vor? Die Älteren, Friederike König und vor allem Clément Rambert, hätten vielleicht wissen können, dass der ORDEN eine Mitbestimmung der Meister nicht kannte. Aber da es an Präzedenzfällen zu ihren Zeiten fehlte, hatten sie ›Verschiedenes‹ für den richtigen Ort für ihren Vorschlag gehalten. Michael, mit den strategischen Ränkespielen des ORDENS besser vertraut, wäre womöglich vorsichtiger gewesen – oder auch nicht; denn offenbar hatte auch er eine dieser unsichtbaren Linien überschritten, die heute den Tod bedeuteten.

Die sechs gescheiterten Reformer waren geschockt, wagten nicht einmal, das Ergebnis und seine Konsequenzen zu diskutieren und krochen fast aus dem Saal, nachdem sich dieser fast vollständig geleert hatte. Sie hatten verstanden, dass sie sich nun in Lebensgefahr befanden. Denn die unmissverständliche Drohung in der Stimme und Gestik des Großmeisters und das plötzliche Ende der Versammlung zerstörten die zunächst empfundene Freude über das ausgedrückte und spürbare Wohlwollen unter den Meistern. Ihr morgendlicher Mut war Todesangst gewichen. Nur Morgane fühlte sich eher herausgefordert als eingeschüchtert und verließ wohl als einzige aufrecht und ein wenig trotzig den Saal. Sie hatte in diesem Konvent viel und schnell gelernt. Sie wäre wachsam, aber verkriechen würde sie sich nicht.

De Blois empfand schon die Erörterung des Konflikt trächtigen Themas ohne Vorabstimmung als unverschämt und skandalös. Die eigentliche Brisanz sah er jedoch in den Sympathien, die die im Laufe der letzten dreihundert Jahre immer wieder abgelehnten Reformideen bei vielen der versammelten Meister hervorriefen, auch wenn einige nicht zu applaudieren gewagt hatten. Diese Sympathien erstreckten sich, was de Blois noch gefährlicher erschien, auf die Personen der sechs Rebellen und besonders auf Friederike König und die junge Morgane Guennec, die eine Gefahr für die Politik des ORDENS, sein Kabinett, ja ihn selbst, seine Macht bedeuteten. Eine Diskussion, die in einer Abspaltung oder, schlimmer, in einer grundsätzlichen Neuausrichtung des ORDENS enden konnte, musste er auf jeden Fall und mit allen Mitteln unterbinden. Sie widersprach sowohl seinen festen Überzeugungen als auch seinen Interessen, zwischen denen er allerdings nicht unterschied. Der Applaus, den besonders die aggressiv und gleichzeitig etwas unsicher wirkende König sowie die rhetorisch begabte Guennec mit ihren Thesen und Vorschlägen erhielt, sprach deshalb das Todesurteil über sie und ihre kleine Gruppe. Anders als beim ›Unfalltod‹ Sellins sollten sie zur Abschreckung möglicher Sympathisanten öffentlich und spektakulär hingerichtet werden. Dafür wollte er, Großmeister Enguerrand de Blois, mit einem gezielten Stilwechsel sorgen.

Doch dann war es ausgerechnet der unbekannten Morgane Guennec gelungen, zu entkommen, sich seiner Allmacht zu entziehen! De Blois erkannte in diesem Fehlschlag einen gefährlichen Brandherd, den erst ihr Tod löschen würde. Selbst wenn der von den Beilmorden ausgehende Schock unter den Meistern noch tief saß und die Metaphysiker eingeschüchtert hatte, konnte das Feuer jederzeit auflodern und um sich greifen. Denn jeder weitere Tag des Lebens von Morgane Guennec ließ ihre Hoffnung und ihren Mut wieder wachsen.

Morgane ahnte, dass zumindest vier ihrer Mitstreiter, unter ihnen Friederike, – ohne eine Vorwarnung *Ankous* – mit den Beilen aus Carnac erschlagen worden waren. Obwohl sie sich auf die Vorbereitung der großen Reform beschränkt und verzichtbare, die Aufmerksamkeit der ORDENS-Leitung erregende Kontakte vermieden hatten, und obwohl Morgane eigentlich schon seit dem Tod ihres Mentors alleine gewesen war, erschütterte sie die Ermordung ihrer Gefährten zutiefst, zumal sie selbst diesem Schicksal nur knapp entkommen war. Sie fehlten ihr, und ihr Fehlen steigerte ihre Einsamkeit und Unsicherheit. Jetzt musste sie nicht nur alleine leben, überleben, sondern auch alleine kämpfen. Lohnte es sich? Wofür?

Immerhin hätte Morgane zu gern die Stimmung unter den Angehörigen des ORDENS gekannt und gewusst, ob und mit welchen Inhalten über sie und ihre erfolgreiche Flucht gesprochen wurde. Entwickelte sie sich zur Symbolfigur der Reform, des Widerstands gegen die Leitung unter de Blois? Bei diesem, nicht unsympathischen Gedanken lächelte sie, kehrte ihr Kampfgeist zurück.

4.

Zwei Tage später wusste die *Brigade criminelle*, dass es sich bei der verbrannten Person nicht um Morgane Guennec handelte. Keine DNA-Analyse, sondern die Röntgenaufnahmen ihres Berliner Zahnarztes brachten Gewissheit. Die anderen vier Opfer waren, den Ergebnissen der Obduktion zufolge, in den Schlafzimmern ihrer Wohnungen mit präzisen Schlägen in die Schläfe getötet worden. Die Tatorte zeugten sehr deutlich von den blutigen Morden. Der Tod der Unbekannten in einem fremden

Haus und der nachfolgende Brand wichen von diesem Muster ab.

»Kein Zufall«, mutmaßte Montfort. »Vermutlich sollte Madame Guennec wie die übrigen Opfer sterben. Doch sie war nicht zuhause. Also wurde eine Ersatzfrau getötet und mit dem Haus verbrannt, in der naiven Hoffnung, dass es keiner merkt, oder um Zeit zu gewinnen.«

»Ein hoher Preis für einen schwachen Schein. Dann musste es den Tätern jedenfalls sehr wichtig gewesen sein, diesen Schein zumindest vorübergehend zu erzeugen«, führte Lepetit den Gedanken fort.

»Ja, fünf ganz bestimmte Menschen mussten sterben, und die Öffentlichkeit, und besonders ein kleiner Kreis von Eingeweihten sollte mit diesen ›Hinrichtungen‹ eingeschüchtert werden.«

»Wer macht so etwas? Die Mafia? Terroristen?« Lepetit wusste sich keinen Rat.

»Wir müssen die Verbindung zwischen den Toten erkennen, und am besten Madame Guennec finden, die uns sicher den Zusammenhang erklären könnte. Das wird allerdings nicht leicht, denn auch die Mörder suchen sie und wissen vermutlich besser, wo. Ihre Ermordung bleibt wichtig, selbst wenn die Öffentlichkeit und möglicherweise einige Eingeweihte noch glauben, dass Madame Guennec in ihrem Haus erschlagen und verbrannt wurde.«

»Sollen sie es weiter glauben?«

»Das ist eine gute Frage, Commandant! Wenn wir der Presse mitteilen, dass es sich bei der Frauenleiche um eine Fremde handelt, wissen alle, dass die fünfte Person noch lebt. Die einzuschüchternden Personen werden Hoffnung schöpfen, und die Täter deshalb die Jagd intensivieren. Ein Beil hat sein Ziel verfehlt und damit eine Schwäche offenbart. Der starke Eindruck der Aktion könnte sich gegen sie wenden. Der Druck wird desto stärker, je länger Madame

Guennec lebt. Lassen wir die Öffentlichkeit in dem Glauben an ihren Tod, werden die Täter dennoch systematisch weiter nach ihr suchen, denn *sie* täuschen sich nicht. Zu groß bleibt das Risiko, dass sie sich irgendwann bemerkbar macht, um andere zu ermutigen, oder womöglich einen Plan fortsetzt, den die Täter fürchten; worin auch immer er bestehen mag«, schloss Montfort nachdenklich.

»Vielleicht sollte gar kein Plan vereitelt, sondern eine bereits geschehene Tat bestraft werden. – Jedenfalls werden wir die Presse darüber informieren, dass es sich bei der verbrannten Leiche nicht um Madame Guennec handelt.«

»Das werden wir. – Und welche Informationen haben wir inzwischen über diese für einige offenbar recht gefährliche Dame?«

»Morgane Guennec kam vor dreiunddreißig Jahren in der westlichen Bretagne unweit ihres niedergebrannten Ferienhauses zur Welt«, berichtete Lepetit, der die kleine Akte zusammengestellt hatte. »Ihr Vater hat für eine Pariser Firma zunächst in *Quimper*, dann in *Brest* gearbeitet, bevor er als Leiter der deutschen Niederlassung nach Berlin versetzt wurde, als Morgane sechs war. Dort ging sie erst auf eine deutsche Grundschule, dann auf das Deutsch-Französische Gymnasium bis zum offenbar sehr guten Abitur. Sie nahm zusätzlich zur französischen die deutsche Staatsangehörigkeit an, studierte vier Semester Rechtswissenschaft in Freiburg, dann ein Jahr an der Sorbonne in Paris, schließlich weitere zwei Jahre in Berlin. Madame Guennec begann schließlich eine Laufbahn beim Auswärtigen Amt, wo sie bis zum vergangenen Sommer das Büro des deutschen Außenministers leitete.«

»Und seit dem vergangenen Sommer?«

»…arbeitet sie als deutsche Austauschbeamtin und Vertreterin des Staatssekretärs für die deutsch-französischen Beziehungen im ›*Quai d'Orsay*‹. Das passt zu ihrem Lebenslauf.«

»Damit kannte sie vermutlich unser Pariser Opfer Fouchon.«

»Davon können wir ausgehen. Er arbeitete in der Kulturabteilung des Ministeriums. Die kulturellen Beziehungen zwischen Deutschland und Frankreich gelten traditionell als wichtig.«

»Welche Gemeinsamkeiten der vier Opfer mit unserer Austauschbeamtin haben die Kollegen und wir in Erfahrung gebracht?«

»Leider nicht viele. Die einzige Gemeinsamkeit besteht in ihren Verdiensten um Frankreich, für die sie mit der Verleihung der Insignien des ›Ordre National du mérite‹ geehrt wurden. Sie führten den Rang eines *Chévalier*, der Engländer und die Deutsche sogar den eines *Officier*.«

»Na immerhin eine Verbindung, vermutlich kein merkwürdiger Zufall. Vielleicht sind die Täter ja frankophob? Bekommt man diesen Orden leicht? Ich kenne nur die ›Légion d'honneur‹«.

»Bei der ›Légion d'honneur‹ handelt es sich um den höherwertigen Orden. Der ›Ordre du mérite‹ wird genau genommen nicht verliehen. In den ›Orden‹ wird man wie in eine Gemeinschaft aufgenommen. Großmeister des ›Ordens‹ ist formal kein geringerer als unser Staatspräsident! Praktisch spielt das allerdings keine Rolle, da es den ›Orden‹ als eine organisierte Gemeinschaft in der Realität natürlich nicht gibt.«

»Was Sie alles wissen, Commandant!« bemerkte Montfort in einer Mischung aus echter Bewunderung und Ironie gegenüber seinem Stellvertreter, der sich immer wieder als ein wandelndes Lexikon erwies.

»Wikipedia natürlich«, gab Lepetit zu.

»Ach ja, natürlich.« Computer und Internet gehörten nicht zu den Stärken des erfolgreichen Kommissars, der sich bisweilen auf seine Treffsicherheit und physische Stärke, und immer auf seine Intuition verließ. Zwar täuschte sie ihn bisweilen, doch als wertvolle Ergänzung und Korrektiv der Recherchen und rationalen Betrachtungen seiner Mitarbeiter leistete sie sehr gute Dienste und half bei der Lösung zahlreicher Fälle.

»Und was wissen wir über die Beile?« fuhr Montfort fort. »Was gibt es hierzu im Internet?«

»Im Internet leider nicht viel, eigentlich fast gar nichts. Und auch die Kollegen vor Ort haben durch weitere Befragung des Museumsdirektors nicht viel Neues herausgefunden. Sie wissen ja bereits, dass die Beile am Fuße eines vier Meter hohen Menhirs mit fünf Schlangensymbolen bei Carnac vergraben waren. In Carnac befindet sich das größte erhaltene Stelenfeld Europas mit rund dreitausend Menhiren meist in Reihen stehend, über deren Bedeutung wir nicht viel wissen. Mehrere Tausende stehen heute unter Wasser, liegen irgendwo vergraben oder wurden als Baumaterial verwendet. Der Menhir mit den Schlangensymbolen und mit ihm die Beile scheinen zu einem Grabhügel mit etwa zwanzig Gräbern aus der Zeit um 3500 vor Christus zu gehören, also zumindest indirekt eine Bestattungsfunktion zu haben.«

»Scheint, aber so genau weiß man es nicht?«

»So ist es, leider. Vielleicht stand der Menhir schon vorher da, und man hat ihn aufgrund seiner Bedeutung als Ort für die Grabanlage gewählt. Wann die Beile dort vergraben wurden, kann man erst recht nicht bestimmen. Die Wissenschaftler können nicht immer die genauen Daten der Anlagen errechnen und für das Erschließen von Zusammenhängen fehlen Informationen über die Gedanken der Menschen im Neolithikum. Anders als in

Ägypten gibt es keine Schriftzeichen, die uns Hinweise auf die Motivation geben könnten. Der Sinn von Gräbern erschließt sich natürlich leichter als der von aufrecht stehenden Steinen, und in Gräbern finden sich neben menschlichen Überresten häufig Beigaben, insbesondere für bedeutende Personen, die weitere Informationen, unter anderem über den zeitlichen Kontext, liefern. Daher wissen wir sehr viel mehr über den Grabhügel als über den Menhir und die Beile.«

»Und die anderen Opfer?«

»Wir haben heute mit Berlin telefoniert. Ihr Kollege spricht sogar Französisch! Der Schock über die Grausamkeit der Tat sitzt auch dort ziemlich tief.

Die getötete Galeristin König gehörte zu einer Gruppe von sieben führenden Berliner Galeristen, die seit einigen Jahren verkaufsoffene Wochenenden, sogenannte ›Gallery Weekends‹ als saisonale Events und eine Ausstellungsmesse, die ›Art Berlin Contemporary‹, veranstalten. Vor einigen Jahren geriet die Gruppe in die Schlagzeilen, weil die eigentliche Berliner Kunstmesse, das ›Artforum‹, offenbar auf ihren Druck von der Messegesellschaft aufgegeben worden war. Galerien und Messe hatten wohl nie gut zusammengearbeitet. Außerdem wurde der Gruppe Kartellbildung vorgeworfen, da sie potenzielle Konkurrenten aus den wichtigen Informationsmaterialien und Messen fernhalte. Da Berlin inzwischen mit zahlreichen bedeutenden Galerien, Sammlern und vor allem Künstlern einer der wichtigsten Kunstmärkte Europas geworden ist, verkörpert die Galeristengruppe eine für die Branche erhebliche Macht. Die Berliner Polizei wollte deshalb eine branchen-interne Fehde als Motiv zunächst nicht ausschließen, obwohl König bei den jüngsten Querelen im Gegensatz zu einigen Kollegen nicht im Rampenlicht stand. Die Berliner Presse hatte diese These bereits breitgewalzt, bevor sie die

Nachricht von den anderen Morden erreichte. Inzwischen hat das Motiv der Fehde an Bedeutung verloren.

Vermutlich kannten sich übrigens Guennec und König über einen gemeinsamen Freund, Michael Sellin, Kirchenhistoriker an der Berliner Humboldt-Universität, da dieser mit beiden viele Jahre befreundet war. Im Umfeld der beiden Frauen ist allerdings die jeweils andere nicht bekannt.«

»Hatte er mit beiden Damen ein Verhältnis?«

»Ich denke nicht. Königs Ex-Freund sagte den Berliner Kollegen, dass Sellin schwul war.«

»War?«

»Ja. Er ist vor einigen Monaten beim Bergsteigen abgestürzt. Die genauen Umstände wurden nach Auskunft der italienischen Behörden nie geklärt. Offenbar war er in einer schwierigen Wand alleine unterwegs.«

»Verdammt, unsere einzige Verbindung ist auch schon tot! Versuchen Sie mehr über diesen Professor herauszufinden!«

»Auch er war übrigens *Officier* im ›Ordre National du mérite‹!«

»Sehr merkwürdig, sehr interessant! – Was wissen wir über die anderen Opfer?«

»Fouchon arbeitete zwar in der Kulturabteilung des *Quai*, hatte aber zum Berliner Kunstmarkt keinen erkennbaren Bezug. Den Galerienaustausch Berlin-Paris organisierten das ›*Bureau des Arts plastiques*‹ der französischen Botschaft in Berlin mit frankophilen Berliner Galeristen und dem französischen Kulturministerium, ohne dass sich der *Quai* und seine Kulturabteilung engagierten. Friederike König nahm an diesem Galerienaustausch mit Paris teil, wo sie sogar einige Jahre gelebt hatte. Eine Verbindung des Bankers aus London und des Ingenieurs aus Toulouse mit Berlin, dem Kunstmarkt oder dem *Quai* lässt sich nicht erkennen. Hier fehlen der Polizei bisher jegliche Anhaltspunkte. Clément Rambert verantwortet seit zwei Jahren den Bereich Marketing und Vertrieb von Airbus. Er hätte fast seinen Job verloren und ist dann die Karriereleiter nach oben gefallen. Cage galt als Exot unter den Londoner Investmentbankern, als Esoteriker, der offenbar mit intuitiven Geschäften gegen den Trend sehr erfolgreich war. Private und berufliche Verbindungen zwischen den fünf Personen können wir noch nicht erkennen.«

»Einstweilen haben wir ja den Verdienstorden und das ihm zugrunde liegende Engagement für unser Vaterland. Kennen wir Motive und Daten der jeweiligen Verleihung. Vielleicht helfen uns die Begründungen weiter.«

»Ja, das scheint recht merkwürdig zu sein: Bei Guennec und König kann man zumindest ein gewisses Frankreichengagement aus Deutschland heraus erkennen, das bei beiden allerdings vor allem biographische und berufliche Motive hat. Die Begründungen beschreiben eher deutsch-französische Lebensläufe, als erkennbare Verdienste. Fouchon hat zwar für den französischen Staat gearbeitet, doch das machen ja viele, ohne dass man sie gleich auszeichnet. Ein die ›normalen Aktivitäten weit überschreitender beruflicher oder außerberuflicher Einsatz für das Land‹ wird anhand von zwei Frankreich-Festivals, die er in Russland und der Türkei mit den dortigen Instituts Français veranstaltete, mühsam konstruiert. Das war ja sein Job! Bei Rambert und Cage werden die Verdienste schlichtweg behauptet, ohne dass man sich überhaupt die Mühe einer Begründung gemacht hätte!«

»Das klingt immerhin interessant. Offenbar gab es andere Gründe für die Verleihung als Verdienste um unsere Republik, da den Orden ja nicht jeder kriegt – also wir beide zum Beispiel nicht, obwohl wir ja auch dem Vaterland dienen.«

»Zum Beispiel?« fragte Lepetit, der sich bisher vor allem über die lasche Vergabepraxis eines französischen Verdienstordens geärgert und dabei den Fall kurzzeitig aus den Augen verloren hatte.

»Das müssen wir wohl noch herausfinden; möglicherweise für Verdienste auf einem anderen Gebiet.«

»Die sie dann den Kopf gekostet haben?«

»Vielleicht entsprachen sie den mit der Aufnahme in den ›Ordre du mérite‹ verbundenen Erwartungen an ihr zukünftiges Verhalten nicht. – Ich würde zu gerne diese Guennec sprechen.«

»Spurlos verschwunden. Kein Auto, kein Telefonat von ihrem Mobiltelefon. In ihrer Pariser Wohnung war jemand vor uns und hat ein heilloses Chaos hinterlassen, den Inhalt von Schränken und Schubladen auf dem Boden entleert, die Matratzen aufgeschlitzt, nun, das volle Programm.«

»Das hatte ich befürchtet«, erwiderte Montfort enttäuscht. »Verwandte, Freunde?«

»Nicht sehr ergiebig. Guennec hatte keine Geschwister und die Eltern sind bereits verstorben. Zu den entfernten Verwandten in der Bretagne unterhält sie offenbar keinen Kontakt. Nach Auskunft ihrer Kollegen im Auswärtigen Amt gab es wohl nur diesen Kirchenhistoriker in Berlin, mit dem sie viel Zeit verbracht haben soll.«

»Keine anderen Freunde?«

»Fehlanzeige. Zumindest konnte uns niemand im Amt oder *Quai* Auskünfte geben. Sie wurde von den Kollegen als klug, fleißig und nett geschätzt, erzählte aber wenig über ihr Privatleben. Einladungen oder Verabredungen zum Abendessen, ins Kino oder auf ein Glas Wein schlug sie immer aus. Ob es berufliche oder private Kontakte zu Fouchon oder den anderen Opfern gab, wussten weder ihre noch seine Kollegen. Übrigens sieht es bei den Todesopfern ganz ähnlich aus«, nahm Lepetit die nächste Frage seines Chefs vorweg. »Keine Partner, keine Freunde, nur flüchtige Bekanntschaften und wenig oder gar kein Bezug zu Verwandten.«

»Keine Hinterbliebenen, keine Trauer, keine Verpflichtungen; die ideale Voraussetzung für riskante Jobs. Vielleicht auch die Voraussetzung für diesen ›Orden‹? Haben Sie einmal überprüft, ob die anderen Verleihungen in der letzten Zeit genauso unmotiviert waren?«

Lepetit freute sich, auch auf diese Frage vorbereitet zu sein. »Ja, das haben wir; nein, die Begründungen des letzten Jahres klangen in den meisten Fällen plausibel, manche vielleicht ein wenig fraglich, aber nie so billig wie bei Rambert und Cage.«

5.

Schon drei Tage hielt sich Morgane in Paris auf. Sie hatte über die eigentliche Flucht aus ihrem Landhaus hinaus keine Pläne und wusste nun nicht, wie es weiterginge. Ursprünglich wollte sie nur einige Stunden in der für sie gefährlichen Stadt bleiben, doch unvernünftiger Weise verschob sie die Abreise immer wieder. Vernunft spielte für ihre Entscheidungen keine so große Rolle mehr, seit sie auf ihre innere Stimme hörte, und die hielt sie vorläufig in der Stadt, in der sie sich wohl, und überraschenderweise sogar recht sicher fühlte.

Früher schätzte sie Paris zwar wegen der eleganten Boulevards und schicken Geschäfte, mochte aber weder seine Hektik noch die kühle Eleganz der großen Boulevards oder den Snobismus der wohlhabenden Pariser. Als Durchschnittsfranzose konnte man den Preis der Schönheit der Stadt für Wohnungen, Restaurants und Mode nicht bezahlen, während die meisten Vorzüge Berlins gar nichts oder relativ wenig kosteten und somit für fast jeden erreichbar waren. Sie dachte manchmal an den prophezeiten Untergang der herablassenden französischen Hauptstadt in den Fluten der Seine, wenn die sagenhafte Stadt Ys dereinst wieder aus den Wellen des bretonischen Meeres aufstieg.

Nun, nach vielen Spaziergängen bei Sonne, Wind und Regen zu allen Tages- und Jahreszeiten, hatte sie einen Sinn für die spektakulären Kulissen der Stadt entwickelt, ihre charmanten Ecken entdeckt und lieben gelernt, besonders die relative Ruhe des Seine-Ufers im pulsierenden Zentrum, die sie ein wenig an die Geborgenheit von Kreuzgängen in hektischen italienischen Städten erinnerte. Anders als in Berlin lagen die gepflasterten Uferwege hier viele Meter unterhalb des Straßenniveaus, so dass Verkehr und Menschen über sie hinweg strömten, sie übersahen, in Ruhe ließen, als gehörten sie in eine andere, eigentlich bereits vergangene Welt, eine kleine Welt der Flaneure, romantischen Touristen und Liebespaare, die im Sonnenschein und an lauen Sommerabenden mit Rotwein, Baguette und Gitarrenmusik vor der Kulisse *Nôtre-Dames* fortbestand, und die Morgane an nostalgische schwarz-weiß Postkarten aus den Fünfzigerjahren des vorigen Jahrhunderts erinnerte.

Hier spazierte sie auch jetzt, nachdenklich, bei sonnigem Frühlingswetter. Und hier kreuzte sie, wohl zufällig, den Weg von Kommissar Montfort, der sich, ebenfalls in Gedanken versunken, mit seinem Fall beschäftigte. Der meditative Spaziergang an der Seine gehörte zu seiner Methode, besonders komplexen Problemen intuitiv auf den Grund zu gehen.

Er stutzte, als sie sich begegneten. Irgendwie kam ihm ihr Gesicht bekannt vor, doch konnte er es beim besten Willen nicht einordnen. Zu gut hatte sie ihr Äußeres verändert, zu wenig entsprachen Stil und Bewegungen dieser Passantin den wenigen Fotos und dem Bild, das er sich von ihr gemacht hatte. Auch sie zögerte, da er ihr ein unbestimmtes Vertrauen einflößte. Vielleicht konnte er ihr helfen? Aber warum und wie? Noch erkannte sie ihn nicht, und noch einmal ignorierte sie ihre innere Stimme, hörte nur auf die Vernunft: sie könne diesen Unbekannten ja nicht einfach ansprechen und ihm ihre Geschichte erzählen.

So sahen sie sich nur an, zögerten den Bruchteil einer Sekunde – und setzten dann ihre Wege fort, auf denen sie das merkwürdige Gefühl des Vertrautseins zu ergründen suchten. Als Montfort zwei Stunden später das Foto Morganes über seinem Schreibtisch genauer betrachtete und sie endlich erkannte, saß sie schon im Zug nach Berlin.

Vielleicht war es Michael, der sie hierher zog, oder ihre Jugendzeit. In Berlin hatte sie wichtige Phasen ihres Lebens verbracht. Als Sechsjährige nach West-Berlin verschlagen, war sie acht, als die Mauer fiel. Nach dem Abitur am Französischen Gymnasium – sie hatte nie verstanden, warum sie diese renommierte, allerdings in jedem Sinn verstaubte Schule besuchen musste – ging sie zum Studium für vier Semester ins beschauliche Freiburg, obwohl damals gerade in Berlin so viel passierte. Berlin erschien ihr zu groß, um Menschen kennen zu lernen und Freundschaften zu pflegen. Sie suchte die studentische Dichte und die kurzen Wege. Dann wurde es ihr dort zu eng, und sie wechselte für ein Jahr an die Sorbonne, wo sie ihren deutsch-französischen Studiengang fortsetzte. Zwar erschien ihr die französische Hauptstadt immer noch kompakter und übersichtlicher als das polyzentrische Berlin, doch verteilten sich ihre Kommilitonen über die ganze Stadt und das riesige Ballungsgebiet der Île-de-

France. Viele lebten bei ihren Eltern, was Kontakte nicht einfach machte. Von Paris sollte es eigentlich wieder nach Freiburg gehen, als sie auf der Sommerakademie Michael traf und ihm zurück nach Berlin folgte. ›Berlin II‹ hatte begonnen und sollte mit kurzen Unterbrechungen fast zehn Jahre dauern: erstes Staatsexamen, Promotion, Referendariat, danach die Diplomatenausbildung im Auswärtigen Amt, die erste Station im Ostasienreferat und dann gleich die Büroleitung des Außenministers. Der anschließende Wechsel an den ›Quai‹ bot eine ausgezeichnete Gelegenheit, Karriere zu machen und dabei ihre deutsch-französische Biographie ins Spiel zu bringen, wenngleich sie sich zuerst als Deutsche (oder Berlinerin?), dann als Bretonin und erst zuletzt als Französin fühlte.

Nun also wieder ein – unvernünftiger – Aufenthalt in Berlin, wo der ORDEN und die deutsche Polizei sicher schon nach ihr suchten, wo das Risiko, alten Bekannten über den Weg zu laufen, die in der Presse über ihre Flucht gelesen hatten, viel größer war als in Paris. Und sie wusste nicht einmal, was sie hier überhaupt wollte.

Sie stieg am Hauptbahnhof aus und fuhr mit ihrem Fahrrad und dem Rucksack an der Spree nach Mitte, wo sie ein Zimmer in einem kleinen Hotel nahm, das sie im Voraus bar bezahlte, nachdem sie irgendeine Fantasie-Adresse in Marseille in das Anmeldeformular geschrieben hatte. Dass sie keine Kreditkarte als Pfand für einen etwaigen Minibarkonsum hinterlegen konnte, stand der Buchung am Ende nicht im Wege. Bei einem türkischen Friseur in Kreuzberg ließ sie die Haare nachschneiden und blond färben, bevor sie genüsslich ihren seit vielen Monaten ersten Chicken-Döner-Kebab aß, um dann nach Mitte zurück zu spazieren – entspannt, als ob niemand nach ihr suchte, ihr Leben nicht in Gefahr wäre. In einem kleinen Café, das es zu ihrer Berlinzeit noch gar nicht gegeben hatte, trank sie auf die vorerst gelungene Flucht eine Flasche guten Rotweins, den letzten Luxus, den sie sich noch gönnte, und nahm eine weitere ›als Proviant‹ mit auf ihr Zimmer.

Als sie abends zufrieden über einen weiteren Tag ihres Lebens unter die Bettdecke kroch, spürte sie, dass sie nicht nur auf der Flucht, sondern auch auf einer Suche war, und dass sie diese Suche in ihr Leben zurückführen würde, über Paris und Berlin in die Bretagne. Sie suchte nicht nach Gegenständen, Artefakten, Schriften, sondern nach Worten, Gedanken, Erinnerungen und nach Antworten, die offenbar in Paris und in ihrer bretonischen Heimat lagen. Vielleicht hatte sie deshalb das Bauernhaus erworben, das jetzt in Schutt und Asche lag. Und diese Antworten, das ahnte sie ebenfalls, betrafen nicht nur ihr eigenes Schicksal, sondern zugleich das des mächtigen ORDENS. Ihre Suche führte sie deshalb nicht nur in *ihr* Leben zurück, sondern auch in *seine* Geschichte. Sie wusste, dass sie am Ende dieser Geschichte die Macht über die Beile gewinnen müsste, um der Willkürherrschaft des Großmeisters und seinem Morden Einhalt zu gebieten. Der Großmeister! Um diesen mächtigen alten, kahlköpfigen Mann mit seiner Nickelbrille und den schicksalhaften Konvent in der Sorbonne kreisten ihre Gedanken bis sie schließlich einschlief.

Eine schwarze Krähe folgt dem Kahn, der auf einem breiten Fluss im Nebel langsam stromaufwärts fährt; im Heck die Gestalt eines ungefähr vierzig Jahre alten Mannes in einer schwarzen Mönchskutte. Große, schemenhaft erkennbare Windmühlen auf den umliegenden Feldern schüchtern den Reisenden aus der Provinz ein.

Das Boot nähert sich der Stadt, und die Bewegungen von Fußgängern, Reitern und Kutschen am Ufer werden häufiger, ebenso wie ein gedämpftes, aber hektisches Lärmen. Graue Lagerhäuser erscheinen, dann einige Palais und endlich die Insel mit der Silhouette der gewaltigen Kathedrale: *Nôtre-Dame* in Paris!

Unvermittelt taucht aus dem Nebel ein lebloser Körper auf, der dicht an unserem Kahn vorbei flussabwärts treibt, das Gesicht nach oben, so dass ich die Züge eines alten, faltendurchfurchten, kahlhäuptigen Mannes mit einer Brille erkenne; ein gespenstischer Gruß, mit dem mich die Stadt empfängt!

Noch unter diesem merkwürdigen Eindruck erreichen wir schließlich den Hafen. Ich bedanke mich beim alten Fährmann, der mich so zuverlässig gegen den Strom und trotz nur mäßigem Wind in die Stadt gebracht hat und mir meine leinene Reisetasche ans Ufer reicht. Im hektischen Getriebe schaue ich mich orientierungslos um. Mein Blick wandert zwischen der einfachen Skizze auf dem Blatt Papier und der komplexen und unfreundlichen Wirklichkeit unruhig hin und her, ohne dass ich einen sinnvollen Bezug zwischen beiden herzustellen vermag. Haben wir einen anderen Hafen angefahren?

So dunkel, unwirtlich, ja abweisend habe ich mir die ruhmreiche Hauptstadt des Königreichs, die ich bisher nur als einen Punkt auf einer großen Landkarte kenne, nicht vorgestellt. Ich frage einen Hafenarbeiter nach dem Weg in der Sprache meiner bretonischen Heimat, die hier aber ebenso wie das Latein meiner Kirche niemand versteht. Der unfreundliche Mensch weist mir nur irgendeine Richtung. Immerhin verstehe ich, dass ich zunächst über die Brücke zum anderen Ufer des Flusses wechseln muss. Dem Trubel des Hafens entronnen quere ich den Fluss, irre umher, immer wieder auf Wasser treffend. Offenbar recht begriffsstutzig begreife ich endlich, dass ich mich mitten im Fluss auf einer Insel befinde, also *zwei* Brücken für den

Übergang zum linken Seine-Ufer benötige! Zumindest entspricht diese Insel mit der riesigen Kathedrale, der Heiligen Kapelle und den zahlreichen Palais und schönen Häusern schon sehr meinen Vorstellungen unserer Hauptstadt. Auf der linken Seite des Flusses kehrt die Ernüchterung allerdings schnell zurück. Hier soll sich mein Kloster befinden? Ich suche einen Weg durch die engen, schmutzigen Straßen mit ihren hohen, dunklen, schäbigen Häusern. Plötzlich um die Ecke biegenden Reitern und Kutschen, die auf Fußgänger keine Rücksicht nehmen, muss ich wiederholt ausweichen, möglichst ohne in eine der vielen Pfützen oder stinkenden Rinnsale zu treten. Ein Durcheinander von wirren und kaum zu definierenden Rufen und Schreien und der beißende Gestank werden mir schier unerträglich. Unwillkürlich schnüre ich meinen Gürtel enger, als ob er mich so vor dieser verdrießlichen Welt schützen könnte, und beschleunige meine Schritte. Ich irre derart wohl stundenlang umher, gerate wiederholt in Sackgassen, die an Häusern, Mauern oder Flüssen enden. So habe ich mir in meiner fernen Heimat, in der auch ein herbstlicher Regentag und dichter Nebel ihren Reiz haben, den Glanz der reichen Hauptstadt wahrlich nicht vorgestellt! Bis in das Herz dieser Stadt strahlt die Sonne des Königs in Versailles wohl nicht mehr.

Gott lässt mich irren, auf dass ich dann zur rechten Zeit an den richtigen Ort gelange, sage ich mir zu meinem Trost, um der wachsenden Panik zu begegnen. Vielleicht lässt er mich indes irren, damit ich *nicht* rechtzeitig an den Ort gelange, meine Aufgabe *nicht* erfüllen möge – und auch das wäre sein Wille! Vielleicht hatte nicht Gott, sondern ich selbst mir meine Aufgabe gestellt? Wäre alles umsonst? Der weite Weg hierher, um dann am Ende im Morast der Stadt zu versinken? »Hilf dem Irrenden, oh Herr!«

Unvermittelt erscheint ein Mann mit einem sympathischen, offenen Gesicht.

»*Rue Saint-Victor, Abbaye Saint-Victor*?« frage ich ihn in den wenigen mir bekannten Worten auf Französisch und füge wohl den ein oder anderen Satz in der Sprache meiner Heimat hinzu.

Aus seiner Antwort verstehe ich zwar wieder nur ›*Rue Saint-Victor*‹ und ›*Abbaye*‹. Aber seinen unterstützenden Gesten folgend finde ich die Straße jetzt einfach und schnell.

Bald erreiche ich einen angenehmeren, ruhigeren, fast ländlichen Stadtteil mit von Hecken und Mäuerchen eingefriedeten Weinbergen, Äckern und Gärten. Die frische Luft atme ich tief und befreit ein und lasse die dumpfe Hektik der Stadt hinter mir. Der Nebel lichtet sich und lässt hier und da die herbstliche Sonne wärmend scheinen. Erleichtert überquere ich die *Bièvre*, die hier getreu meiner Skizze in die Seine mündet, und schon sehe ich in der Ferne hinter Mauern die imposante gotische Klosterkirche: Saint-Victor!

Näherkommend erkenne ich drei Etagen von riesigen Fenstern, die fast ohne trennendes Mauerwerk das gesamte Längsschiff einnehmen! Eine herrliche Rosette, gekrönt von einem schlanken Türmchen dominiert die oberste Fensterreihe. Der gedrungene Glockenturm zur Linken scheint von der romanischen Vorgängerkirche zu stammen und überragt kaum das Dach des Gebäudes. In dankbarer Bewunderung verharre ich wohl einige Minuten, bevor ich beeindruckt und eilig auf das Klostertor zulaufe, auf dem eine große Krähe sitzt, mich neugierig anschaut und wie zur Begrüßung dreimal heiser krächzt.

Ich läute die Glocke und bin froh, meine Bitte um Einlass und mein Begehr auf Latein vortragen zu können, fühle mich schon fast wie zuhause.

Mein Weg zum Refektorium, in dem die Versammlung gleich stattfinden wird, führt durch die Klosterkirche, in der ich fassungslos und wie gebannt stehen bleibe. Denn die vielen Fenster halten ihr Versprechen und erfüllen das sonnenbeschienene Gotteshaus mit einem überirdischen, hellen, vielfarbigen Licht. Leider scheint das betagte Gebäude einer baulichen Erneuerung dringend zu bedürfen. Ein Mönch weist mir freundlich aber mit Blick auf die fortgeschrittene Stunde sehr bestimmt den Weg in den Kreuzgang, der sich südlich anschließt, und das dahinter liegende Refektorium.

Nachdem ich den verfallenden, aber freundlich besonnten Kreuzgang durchquert habe, erscheint mir das Refektorium feucht und dunkel. Zumindest ist es halbwegs warm, und ich bin dankbar, trotz der Irrungen durch die abweisende Stadt überhaupt noch rechtzeitig eingetroffen zu sein!

Nachdem sich meine von der Sonne geblendeten Augen an das Dämmerlicht gewöhnt haben, erkenne ich etwa einhundert Mönche, die auf Bänken sitzen, oder sich im Stehen aufgeregt unterhalten. Die meisten der Anwesenden leben nicht in diesem Kloster, sondern stammen wie ich aus anderen Teilen des christlichen Abendlandes. Auf der Suche nach den wenigen mir bekannten Gesichtern erblicke ich schließlich Henri, einen Freund aus *Pont l'Abbé*, der schon gestern angereist ist, und neben dem ich gerade noch rechtzeitig Platz nehme, um Stimmung und Neuigkeiten zu erfragen. Nach der Unruhe der Stadt, dann der Erleichterung beim Anblick der Ruhe und göttliche Kraft ausstrahlenden Kirche fühle ich mich jetzt wieder angespannt, nervös, besorgt – unter großem Druck. Ich muss meine Aufgabe gut erfüllen, nun, da mich Gott an diesen Ort geführt hat.

Es erklingen vier Fanfaren, das Gemurmel im Saal erstirbt und die letzten Mönche setzen sich auf die hölzernen Bänke. Die meisten der Anwesenden haben diese jährliche Versammlung im Gegensatz zu mir schon häufiger erlebt.

Jetzt betritt ein alter, kleiner, kahlköpfiger Abt an einem Stock gehend und in der linken Hand eine große Kerze haltend gefolgt von sechs Mönchen den Saal.

Frappierend ähnelt er dem Toten, den ich heute in der Seine an mir vorbeitreiben sah!

Er steigt, gestützt, über eine Stufe auf eine kleine Empore, wo er die Kerze auf einen silbernen Leuchter stellt, sich vor ihr mit einiger Mühe leicht verbeugt, bevor er flankiert von seinen Begleitern auf einem reich verzierten Stuhl platznimmt. Vor ihm steht ein großer silberner Altarkelch auf einem hölzernen Tisch. Nach einer Minute der Stille erheben sich die Mönche und singen feierlich ein gregorianisches ›Te Deum‹.

Der Eröffnung der Sitzung folgt das Gedenken an die im vergangenen Jahr ›anno domini 1710‹ verstorbenen Mönche, deren Namen verlesen werden.

Daran schließt sich ein ausführlicher Bericht des Abts über die Zeit seit der letzten Zusammenkunft an, dem ein knapper monotoner Ausblick auf die nächsten Monate folgt, während meine Gedanken schon längst bei dem sorgfältig vorbereiteten Vortrag weilen.

Schließlich gelangen wir zur *disputatio*, dem offenen Teil des Konvents, und der Abt erteilt mir auf meinen Antrag das Wort: »Bruder Pierre, bitte!«

Ich erhebe mich und wende mich in Unkenntnis der Gepflogenheiten von meinem Platz aus an die versammelte Gemeinschaft: »Ehrwürdiger Abt, liebe Mitbrüder! Wir stehen heute an einer Wegesscheide! Wie ihr wisst, hat unser Orden bereits kurz nach seiner Gründung im zwölften Jahrhundert nach der Geburt unseres Herrn die

Aufgabe übernommen, das Wissen der Menschheit zu sammeln und zu bewahren, und zwar das *gesamte* von den Vätern übernommene sowie das neue Wissen der jeweiligen Zeit; wohl nicht in seinen einzelnen Gliedern zu bewahren, aber doch in der Gemeinschaft. Diese Abtei wurde zu einem Zentrum der Kultur und des Wissens noch bevor die Universitäten entstanden, die später mächtig aufstrebten und den Klöster allmählich ihre Bedeutung als wichtigste Bewahrer des abendländischen Wissens entzogen. Bis heute, also fast sechshundert Jahre lang, haben wir unsere Aufgabe erfüllt, lange sogar sehr gut erfüllt. Wir schauen gemeinsam zurück auf eine erfolgreiche Geschichte, wenn auch die wirtschaftliche und geistige Kraft dieser Abtei nachlässt und ihre Selbständigkeit verloren ging.

Aber worauf bezieht sich heute unsere Bestimmung, worin besteht das Wissen unserer Zeit? Seit zweihundert Jahren vervielfältigen sich explosionsartig die Kenntnisse, die überliefert, die in Büchern gedruckt werden. Keine Gemeinschaft der Welt kann, so denke ich, dem Anspruch, alles Wissen zu bewahren, noch gerecht werden, selbst unsere nicht. Und: *müssen* wir überhaupt diesem Anspruch genügen, wo es doch, anders als in früheren Zeitaltern, genug andere Formen der Überlieferung gibt, etwa durch das dichte Netz der Universitäten und Bibliotheken?

Liebe Mitbrüder, sollten wir unsere von Gott in seiner Weisheit begrenzte Kraft nicht vielmehr auf die Kenntnisse konzentrieren, die wir *nicht* in gedruckten Büchern in diesen Bibliotheken finden, die *nicht* Gegenstand der Vorlesungen an unseren Hochschulen sind? Ihr wisst, ich meine das metaphysische Wissen. Denn dieses Wissen verkörpert einen wichtigen Teil unseres Menschseins und wird nach wie vor praktisch nur mündlich und durch uns überliefert. Brüder, dieses Wissen *stirbt* außerhalb unserer Gemeinschaft. Denn es widerspricht dem aufgeklärten Weltbild der heutigen Zeit, bleibt es der sogenannten Vernunft doch unzugänglich. Es irritiert unsere Lehrer an den Hochschulen und scheint den Fortschrittsglauben, ja den Fortschritt selbst zu stören. Haben wir als Gemeinschaft nicht für dieses gefährdete Wissen eine besondere Verantwortung vor Gott und den Menschen? Stehen wir als Glaubende diesem Wissen nicht ohnehin näher als die der Vernunft dienenden Universitäten? Liegen unsere Ursprünge nicht eigentlich in der Exklusivität des mündlich Überlieferten?«

Ich bemerke trotz meiner Aufregung, dass der Abt wie versteinert meiner enthusiastisch vorgetragenen Rede zuhört, während die Spannung im Saal spürbar steigt. Eine große Zahl der Mönche teilt offenbar meine Meinung, hat sich von meinen Worten begeistern lassen.

»Hüte dich vor deinem Stolz, vor deiner Eitelkeit und vor dem Missbrauch der Rhetorik! Setze deine Gaben nur gottgefällig ein.« So hat mich vor der Abreise mein Abt gemahnt, und jetzt erinnere ich mich an seine Worte. Aber was gefällt Gott, was dient dagegen nur meiner Eitelkeit? Einige meiner Mitbrüder teilen meine Ideen, andere bezeichnen sie als häretisch.

Nach dem Ende meiner Worte springt, wie zur Bestätigung meiner Skepsis, in der ersten Reihe ein älterer Mönch auf und wendet sich sichtlich empört und erregt an die Gemeinschaft: »Ehrwürdiger Abt, liebe Mitbrüder! Wollen wir unsere Bestimmung wirklich auf ein Randwissen beschränken, das für die Menschheit seine Bedeutung verloren hat, spätestens seit wir dem dunklen Mittelalter entstiegen? Sollen wir die Vernunft den Büchern und Universitäten überlassen, eine Tradition aufgeben, die dieser Orden sechshundert Jahre gepflegt hat? Wo stünde die Menschheit heute, wenn wir uns schon vor sechshundert Jahren auf Alchemie und Hexerei konzentriert hätten? Denn das ist es doch, was unser Mitbruder meint, wenn er von ›metaphysischen Traditionen‹ spricht. *Ich* halte diese Traditionen für Reminiszenzen an die im Dunkeln liegenden Ursprünge unserer Gemeinschaft, für Folklore, die wir wie alte Sprachen mit Rücksicht auf überkommene Ideale bis heute mitgeschleppt haben. Vielleicht sollten wir uns zuerst von diesen alten Zöpfen trennen, wenn wir uns, wie unser Mitbruder, durch die Fülle des heutigen Wissens überfordert fühlen.«

»Wir haben unsere Meinungen und Argumente für heute erschöpfend ausgetauscht«, schließt der Abt zu meiner Überraschung sogleich abrupt und entschieden die Diskussion, als mehrere aufgeregte Mönche gleichzeitig das Wort ergreifen wollen. »Wir sehen alle, dass unsere Aufgabe in den letzten Jahrhunderten aufgrund einer Vervielfältigung des Menschheitswissens schwerer geworden ist, unsere Gemeinschaft dagegen nicht wächst. Wir könnten uns von dem einen oder dem anderen Strang unserer Tradition trennen. Aber das hieße, sich von unserer Bestimmung zu trennen, die immer *alles* Wissen der Menschheit umfasst. Das hieße für mich schlicht, vor unserem göttlichen Auftrag zu kapitulieren! Wollen wir etwa vor Gott treten und ihm sagen: ›Herr, nimm deinen Auftrag zurück, wir fühlen uns gerade zu schwach, ihn zu erfüllen?‹ Solange ich Abt dieses Ordens bin, wird es eine solche Kapitulation nicht geben. Selbst wenn uns unsere Aufgabe schwer, ja bisweilen unmöglich zu erfüllen scheint, müssen wir an ihr und an uns arbeiten und wachsen. Gott möge uns helfen und entscheiden, ob wir seiner würdig und unserer Berufung gerecht werden, oder nicht. Amen!«

Die Versammlung ist geschlossen, aber die Diskussionen dauern an, sowohl zwischen den Mönchen auf den Bänken als auch zwischen dem Abt und seinen Beisitzern. Besonders energisch redet ein älterer Mönch auf den Abt ein, den ich von einem Besuch in meiner Heimatabtei als den renommierten Naturwissenschaftler Isaac Newton erkenne. Ich wusste nicht, dass er auch zu unserer Gemeinschaft gehört. Zu gern hätte ich die dort gesprochenen Worte vernommen.

Schließlich gibt Newton seine Bemühungen offensichtlich entnervt auf und kommt direkt auf mich zu. »Schnell, ihr müsst fliehen, der Abt ist zum Äußersten entschlossen, um eine Reform oder Spaltung des Ordens zu verhindern. Ihr seid in Lebensgefahr! Vor den Toren stehen Kutschen, die euch nach Petersburg bringen. Die Macht des Ordens ist in Russland und am Hofe des Zaren sehr schwach und Zar Peter, dem ihr diesen Brief übergeben möget, wird euch schützen. Reist mit Gott! Ich versuche, hier die Stellung zu halten. Man wird es wohl nicht wagen, mich anzugreifen.« In seinem Blick erkenne ich Zweifel oder Verzweiflung.

Meine elf gleichgesinnten Mitbrüder, die sich zwischenzeitlich um uns geschart haben, verlassen mit mir in Eile das Refektorium, gerade rechtzeitig bevor die Türen geschlossen werden. In Hast besteigen wir die drei vor dem Klostertor wartenden Kutschen, um ans andere Ende des Kontinents ins russische Exil zu fahren.

Das dunkle und trübe Paris liegt schon bald hinter uns. Beim Anblick der im Sonnenschein liegenden Weinberge und mit jedem tiefen Atemzug der klaren Landluft lassen die Anspannung des fehlgeschlagenen Konvents und die unmittelbare Angst vor Verfolgung nach. Selbst wenn der Orden seine Macht bis zur russischen Grenze entfaltete, müsste der Befehl zu unserer Ergreifung erst einmal unsere schnellen Kutschen einholen.

Unser Optimismus findet kurz vor Leipzig in einer Straßensperre ein abruptes Ende. Wir werden durch Bewaffnete in Uniform eingeschlossen. »Wir müssen uns tarnen«, ruft der mir gegenübersitzende Mönch, Gabriel, und fährt auf meinen überraschten Blick fort: »Wir müssen für die Schergen des Abts unsichtbar werden, wie wir es von unseren Meistern gelernt haben.«

Ich erinnere mich nicht an eine solche Lektion und schaue Gabriel verängstigt und hilflos an.

Dieser blickt mir jetzt ruhig und tief in die Augen, während er die folgenden Worte besonders eindringlich, jede Silbe betonend spricht: »Wir müssen uns tarnen. Das kannst auch du!«

Und ich verstehe, ich fühle, dass ich die Fähigkeit zur Tarnung tatsächlich bereits erworben habe, unbewusst, und ihre Anwendung jetzt nur noch dieser Worte bedurfte.

Die Uniformierten finden die Kutschen zur ihrer Überraschung – und erst recht zu der der Kutscher – leer vor und lassen sie schließlich passieren.

Nach der Aufregung und einem befreienden Gelächter steigt unser Optimismus schnell wieder. Offenbar bin ich der einzige ›Novize‹, der sich zum ersten Mal tarnte. Gabriel ist besonders erleichtert, denn so sicher war er sich meiner Fähigkeit im kritischen Augenblick wohl nicht.

»Stammst du nicht aus der Bretagne«, fragt er mich später.

»Ja, aus der Nähe von Kemper in der westlichen Bretagne, kennst du sie?«

»Nein.« Er schüttelt den Kopf. »Aber gibt es bei euch nicht stehende Steine, die ihr Menhire nennt?«

»Ja richtig, sehr viele sogar.«

»Was für einen Sinn haben sie?«

»Das wissen wir nicht. Es gibt zwar viele Theorien, viele Legenden. Für die meisten dienen sie einfach nur als Landmarken, mit denen man Wege beschreibt, an denen man sich orientiert, wie freistehende Bäume, Berge oder Türme.«

»Gibt es auch eine Legende über einen Schlangenmenhir?« fragt Gabriel neugierig nach.

»Ja, es gibt tatsächlich eine seltsame Geschichte. Es heißt, dass am Fuße eines solchen Menhirs seit Urzeiten Beile vergraben liegen, die großes Unglück über die Menschen bringen können. Sie werden allerdings von fünf giftigen Schlangen gehütet, die jeden töten, der die Beile ausgraben will. In den unendlichen Jahren, in denen sie dort liegen sollen, sei ihr Raub nur einmal versucht worden – und am tödlichen Biss der Schlangen gescheitert. Der Menhir mit den Beilen und den Schlangen soll in Carnac stehen, aber niemand weiß heute, wo genau. Warum fragst du, was hast du von ihnen gehört?«

»Ich habe jüngst eine uralte Erinnerung geträumt, angeblich die älteste unserer Gemeinschaft, in der die tötenden Beile schließlich an diesem Menhir vergraben und mit den Schlangen gesichert werden.«

Anfangs erscheint mir die Strecke bis nach Petersburg unendlich weit, so viel weiter als der schon recht lange Weg von Kemper nach Paris! Doch ungeachtet der teilweise recht schlechten Straßen bringen uns die Kutscher bei überwiegend sonnigem Wetter schnell unserem Ziel entgegen. Denn die Reise wurde sehr sorgfältig organisiert – ganz im Gegensatz zu meiner dilettantisch geplanten Fahrt nach Paris. Und anders als damals bin ich nun nicht mehr allein, so dass die Tage bei munteren und aufregenden Erzählungen wie im Fluge vergehen. Noch unterhaltsamer sind die Abende, wenn wir alle zusammen in unserer bunten Gruppe aus vielen Ländern in der Station oder einem Gasthaus des Ortes sitzen und allerlei Dinge in der uns gemeinsamen lateinischen Sprache erörtern. Jeden Morgen wechseln wir unsere Plätze in den Kutschen und mit ihnen die Gesprächspartner, um möglichst viele Geschichten zu hören und Informationen auszutauschen.

Wir sehen im Vorbeifahren viele Städte und Landschaften und erreichen überraschend bald über Posen und Königsberg die russische Grenze, obwohl sich manche Stationen von den drei gleichzeitig eintreffenden Kutschen, deren Pferde zu versorgen oder zu wechseln sind, und den vielen Gästen überfordert sehen.

Am Mittag des siebzehnten Tags kommen wir schließlich in Petersburg an. Nach dem mittelalterlich-trüben Eindruck der alten französischen Hauptstadt fasziniert mich die auf einen Wink des Zaren aus dem Sumpf erbaute neue Hauptstadt Russlands, die zwar so gar nichts Imposantes oder Ehrwürdiges zeigt, keine Kathedrale und kein riesiges Schloss, aber eine jugendliche, hoffnungsvolle Atmosphäre ausstrahlt: Aufbruchsstimmung. Es riecht nach der Erde der frisch aufgeworfenen Dämme, nach dem sauberen Wasser der noch unbefestigten Kanäle mit ihren einfachen hölzernen Brücken, nach dem Mörtel und Holz der schnell errichteten Häuser. Tief beeindruckt mich der mit Kriegs- und Handelsschiffen bedeckte Newa-Strom, der sich hier breit und inselreich in das Meer ergießt.

In dieser Stadt ohne Vergangenheit scheint alles möglich. Und mit ihrer Zukunft wird auch unsere Zukunft untrennbar verbunden sein.

Die Kutschen halten in einem großen Garten am Ufer der Newa vor dem schlichten, rechteckigen Bauwerk einer fürstlichen Sommerresidenz. Zar Peter empfängt uns im Speisesaal persönlich und befragt uns während des Essens und nach aufmerksamer Lektüre des Schreibens seines Freundes Newton ausführlich über die Verhältnisse in Paris, die Lage des Ordens und die Gesundheit seines Freundes Isaac. Nur wenige können ihm allerdings aus Paris berichten, da die meisten von uns erst kurz vor dem

Konvent in der Stadt eingetroffen waren. Und gern würden wir selbst erfahren, wie es Newton anschließend ergangen ist.

So konzentriert sich unser Tischgespräch auf die Lage des Ordens, mit der wir uns vor und nach dem Konvent ausführlich und intensiv beschäftigt haben. Der modern und aufgeklärt denkende Zar hört konzentriert zu und stellt viele kritische Fragen nach dem Interesse an unserer Wissensübermittlung und nach den metaphysischen Traditionen, die wir aufgrund unseres Schweigegelöbnisses allerdings nicht im Detail beantworten dürfen.

»Ihr Streit über die Konzentration auf dieses oder jenes Wissen mag ja verständlich sein. Doch für wen bewahren Sie es eigentlich? Wem nützt es? Ist es Ihre Form des Dienstes an Gott – oder an der Menschheit? Oder dient es gar den Interessen einer kleinen Elite von Mönchen oder des Abtes und seiner nächsten Umgebung? Cui bono?«

Ich will spontan ›für die Menschheit und im Dienste Gottes‹ antworten. Aber diese einstudierten Worte kommen mir jetzt nicht über die Lippen, zu sehr haben die Erfahrungen in Paris und die intensiven Gespräche mit den Mitbrüdern Zweifel gesät. Nach meiner unmaßgeblichen Ansicht verfolgt der Abt, dem ich als Mönch eigentlich unbedingten Gehorsam schulde, persönliche Interessen, nicht Gottes Willen. Aber auch meine eigenen Motive erscheinen mir jetzt nicht mehr so klar: Fasziniert mich gar nur die Idee, im Geheimen etwas Ungewöhnliches ›für die Menschheit‹ zu tun, ohne den weiteren Sinn zu erfragen? Nutzen wir denn unser Wissen überhaupt für etwas Gutes im Dienste Gottes, oder horten wir es nur? Dient es nicht in erster Linie der Exklusivität des Ordens, gar seiner Macht?

Ich schüttle schließlich nur müde den Kopf: »Ich weiß es ehrlich gesagt nicht mehr.«

»Der Zweck Ihrer Gemeinschaft erscheint mir recht dunkel und aus einer vergangenen Zeit überkommen. Und doch vertraue ich meinen und Ihren offensichtlichen Zweifeln zum Trotz der Wertschätzung und Empfehlung meines hoch geachteten Freundes Isaac Newton, der mich bat, Sie zu schützen. Ein brillanter Kopf, in allen modernen Wissenschaften zuhause; und zugleich hängt er noch der Alchemie an und wirkt in einem Orden mit, ohne selbst Mönch zu sein! Sehr merkwürdig.«

Ich widerspreche nun lächelnd: »Was Eure Majestät als ›Alchemie‹ bezeichnen, nennen wir Metaphysik und umfasst die menschlichen Weisheiten jenseits der messbaren und der Vernunft zugänglichen Welt, im wahrsten Sinne des Wortes neben, über oder jenseits der Physik stehend. Isaac Newton ist vielleicht der letzte Weise, den wir in beiden Sphären, der messbaren wie der nicht messbaren Dinge einen großen Meister nennen, der das überkommene Wissen bewahrt und neues schafft. Die Menschen nach ihm werden sich entscheiden müssen, wo sie Exzellenzen erwerben, bewahren und entwickeln. Die Welt wird den Menschen zu komplex und so wird sich ihr größter Teil den modernen Wissenschaften zuwenden, die er für den einzigen Weg zur Erkenntnis hält. Wir aber wollen mit Gottes Segen und Ihrer Hilfe dafür sorgen, dass auch das metaphysische Wissen überleben und sich vielleicht sogar weiter entwickeln kann. Für dieses ist paradoxer Weise mit der Renaissance, der Wiedergeburt der hellenistischen Antike und der sogenannten Aufklärung ein dunkles Zeitalter angebrochen. Und so wie über viele Jahrhunderte die Weisheiten der Griechen in einem für sie dunklen Zeitalter nur in der arabischen Welt und in unseren Klöstern mehr schlecht als recht überleben konnten, wollen wir fortan hier an der Newa der Metaphysik als Reservat dienen.«

»Ein interessanter, neuer Gedanke«, stimmt Zar Peter nachdenklich zu. »So soll denn dem Wunsche Isaacs folgend Ihre alte Tradition in dieser jungen Hauptstadt fortleben. Möge meine Stadt auch die Ihre sein. Wir können uns zwar nicht mit Paris messen, aber auch hier leben intelligente und neugierige Menschen.«

Nach dem Dessert legt er sorgfältig Löffel und Gabel an den Rand des Tellers und eröffnet uns seine Pläne für unsere Zukunft: »Ich habe Ihnen ein kleines Kloster eingerichtet. Es liegt am Ufer der Newa, flussaufwärts, unweit von hier. Ich lasse es demnächst durch eine breite Straße mit der Admiralität verbinden. Dort können Sie leben, Ihre Traditionen pflegen und den Austausch mit der Kultur und der Gesellschaft dieser Stadt pflegen. Sie geben sich ihre Regeln des Zusammenlebens im Rahmen eines orthodoxen Klosters selbst. Sie müssen die russische Sprache lernen und sollen Novizen aufnehmen, denen Sie Ihr Wissen weitergeben. Ich garantiere Ihnen gute Lebens- und Arbeitsbedingungen. Lassen Sie mich wissen, wenn Sie etwas benötigen. Was in Petersburg an Informationen, an Büchern fehlt, werden wir beschaffen. Ich hoffe, Sie können Ihre Aufgaben hier erfüllen, und wünsche hierbei viel Glück und Erfolg! Jetzt müssen Sie mich entschuldigen.«

Mit diesen Worten erhebt sich der Zar, und wir verabschieden uns dankend.

Alsbald besteigen auch wir unsere Kutschen und erreichen nach zwanzig Minuten unser neues Zuhause, das Alexander-Newskij-Kloster, das aus einer einfachen Holzkirche, dem Refektorium, einer schlichten aber bereits gut ausgestatteten Bibliothek und dem Zellentrakt besteht.

Einige Wochen später, im eisigen Winter mit sehr kurzen Tagen, erreicht uns ein Schreiben unseres Bruders Charles, der trotz seiner Sympathien für die Metaphysiker in Frankreich geblieben ist:

»Liebe Brüder,

Newton, der ja hätte Nachfolger unseres Abtes werden sollen, musste nach dem Skandal in Saint-Victor Paris verlassen, um sein Leben zu retten. Den organisierten Schutz, den er Euch gewährte, haben ihm der Abt und die anderen Angehörigen des Kollegiums nicht verziehen. Eure Flucht hatten sie glücklicherweise Richtung London erwartet und alle Straßen sowie den Fluss kontrolliert. Dann versuchten sie, Euch in Leipzig oder spätestens in Königsberg aufzuhalten. Indes haben die Schergen des Abts eure Kutschen in Leipzig glücklicherweise leer gefunden (wo hieltet ihr euch wohl versteckt?), und dann hat der Allmächtige unseren Abt überraschend zu sich gerufen! Das verunsicherte Kollegium hat die Mordpläne nicht weiter verfolgt. Unser neuer Abt bleibt leider der dogmatischen Linie seines Vorgängers treu, wenn er auch, Gott sei Gepriesen, immerhin andere Mittel wählt. Newton und Ihr wurdet als Verräter aus dem Orden ausgeschlossen. Hätten wir doch nur auf das Hinscheiden des Abtes und die Wahl des unseren Reformplänen so aufgeschlossenen Newton gewartet! Sicher, uns schien dieses Abwarten riskant, da ja auch Newton fünfundsechzig Jahre zählt. Wenn wir nur vorher die Ereignisse hätten klarer sehen dürfen, wären wir heute nicht durch die Breite unseres Kontinents voneinander getrennt, die uns einen Gedankenaustausch in Zukunft so schwer machen wird! Ein Kontakt zu Euch ist uns strengstens verboten. Es drohen der Ausschluss und Schlimmeres! Ich hoffe für Euch und für mich, dass dieser Brief Euch überhaupt und wohlauf erreicht, und dass Ihr unsere metaphysischen Traditionen im fernen Petersburg pflegen und sie durch dieses gar zu ›vernünftige‹ Zeitalter in eine bessere Zukunft retten könnt! Hierfür wünsche ich Glück und Gottes Segen!

Euer Mitbruder Charles.«

Ich lasse den Brief, den ich laut verlesen habe, sinken; plötzlich fühle ich mich traurig. Erst jetzt begreife ich, dass ich nicht nur ein Abenteuer erlebe, sondern mein Exil nie mehr verlassen, meine geliebte bretonische Heimat nicht wieder sehen werde.

Warum wollen der alte Abt, sein Nachfolger und das mächtige Kollegium unserem doch eigentlich einleuchtenden Vorschlag nicht folgen? frage ich mich immer wieder. Glauben sie wirklich, dass man der schwierigen Aufgabe der Überlieferung und Sammlung des Gesamtwissens noch heute gerecht werden könne? Zweifeln sie vielleicht an Sinn und Bedeutung des Erhalts unserer metaphysischen Kenntnisse gegen den Strom der Zeit? Oder sehen sie durch die Idee selbst oder durch den Weg der Reform ihre Macht gefährdet? Viele meiner Mitbrüder haben sich dem Wissen der Vernunft verschrieben und fühlen sich in der Metaphysik nicht mehr zu Hause. In einer Reform würden sie Orientierung und Einfluss verlieren. Vermutlich wissen alle, dass uns der Erhalt des vollständigen Wissens längst überfordert, diese Mission scheitern muss. Aber offenbar ziehen sie dieses Scheitern dem Verlust ihres eigenen Einflusses und dem der Gemeinschaft vor, die sich dem allgemeinen Niedergang der Klöster in Europa zum Trotz längst zu einer starken politischen Kraft mit wichtigen Verbindungen in Herrscher- und Handelshäuser, Banken und Hochschulen entwickelt hat.

Eine schwarze Krähe sitzt im schneebedeckten Hof, fliegt dreimal krächzend auf, steigt hoch in die Lüfte, derweil das Kloster zu einem grauen Punkt in der weißen Landschaft schrumpft, um sich dann ganz aufzulösen.

Morgane erwachte erstaunt: Was für ein Traum, der sie so lebendig wie ein eigenes Erlebnis in eine andere Zeit geführt hatte!

Den Mönch Pierre hatte sie zunächst quasi aus der Vogelperspektive beobachtet, dann jedoch die Geschehnisse durch ihn wahrgenommen.

Zwei kurze Sätze fesselten ihr Aufmerksamkeit: »Wir müssen uns tarnen. Das kannst auch du!« Schließlich verstand sie, dass sie so eindringlich nicht nur an den Mönch Pierre, sondern auch an sie gerichtet waren, dass die erträumte Erinnerung neben vielen Informationen über den Orden und seine erste Spaltung eine gerade jetzt überlebenswichtige Botschaft für sie enthielt: Auch sie konnte sich nun tarnen!

Sie erinnerte sich an Michaels Erläuterung: »Du kennst sicher Menschen, die einen Raum betreten und ohne besonderen Anlass und erkennbaren Grund deine Aufmerksamkeit auf sich ziehen. Darunter verstehen wir Präsenz, die wir auf ein besonderes Charisma dieser Menschen zurückführen. Eine andere Person übersiehst du vielleicht den ganzen Abend, obwohl sie sich in einer überschaubaren Gesellschaft in deiner Nähe aufhält. Deren mangelnde Präsenz hängt wie die besonders starke von der Ausstrahlung unserer inneren Energien ab. Und nun wird es interessant: denn diese Ausstrahlung können wir kontrollieren. Präsenz und Ausstrahlung sind also nicht einfach vorhanden, oder eben nicht, sondern steuerbar. Entsprechend können wir je nach Bedarf besonders deutlich wahrgenommen werden – oder unsichtbar sein. Und deine Unsichtbarkeit wird dir noch einmal besonders hilfreich sein.« Auf ihre Frage, wie sie sich denn unsichtbar machen, die Ausstrahlung ihrer Energien reduzieren könne, hatte er damals lapidar und für sie unbefriedigend geantwortet: »Du hast bereits gelernt, dich zu tarnen, und wenn der Zeitpunkt gekommen ist, wirst du das hören – und können.«

Nun konnte sie es also! Michael hatte richtig vorhergesehen, dass die Tarnung ihr einmal sehr hilfreich sein würde. Mit ihr konnte sie sich jetzt sogar dem Blick des ORDENS entziehen. Leider benötigte die noch wenig routinierte Morgane für den Einsatz metaphysischer Kräfte erhebliche Energien. Solange sie gesund war, konnte sie sie gezielt auf die gewünschte Wirkung konzentrieren und regelmäßig erneuern, aufladen. Doch während ihrer Krankheitsschübe schwanden mit den physischen auch die metaphysischen Kräfte schnell. Dann könnte sie sich nicht mehr tarnen, wäre für den ORDEN wieder sichtbar. Sie musste deshalb baldmöglichst ihre inneren Energien entwickeln und diese auf die Bekämpfung der Krankheit konzentrieren. Aber ausgerechnet die Krankheit entzog sich hartnäckig dem Einfluss ihrer wachsenden Macht.

Ihre Gedanken kehrten zum Traum zurück: Der Mönch Gabriel hatte in der Kutsche nach Petersburg von einer uralten Erinnerung gesprochen, in der die tötenden Beile vergraben wurden. Sie hatten also bereits früher getötet! Hier lag vielleicht ein wichtiger Schlüssel zu den Morden des Großmeisters und zur Kontrolle der Beile. Warum nur hatte Pierre nicht nachgefragt und ihr so einen vielleicht wichtigen Hinweis übermittelt? Oder er hatte nachgefragt, diesen Teil des Gesprächs indes nicht in seine eigene Erinnerung aufgenommen, weil er gefährlich war? Oder er konnte Gabriels Erinnerung von diesem anschließend direkt erwerben und weitergeben, ohne sie in seiner eigenen ausführlich zu zitieren.

Aus der Tiefe des Traums tauchte sodann das Gesicht des in der Seine treibenden Toten wieder auf; es ähnelte tatsächlich dem des Abts, der zu diesem Zeitpunkt jedoch noch lebte – und gleichfalls dem des heutigen Großmeisters, der damals noch längst nicht geboren war!

Ohne nachzudenken packte Morgane ihren Rucksack und machte sich auf den Weg zurück nach Paris. Sie spürte, dass ihr in Berlin Gefahr drohte, und musste Saint-Victor suchen. Sie kannte dieses im Zentrum der Stadt liegende Kloster nicht, aber Michael hatte es einst als bedeutendes abendländisches Geisteszentrum bezeichnet. Dieses war es vermutlich eher in der Anfangszeit des Ordens, auf die sich Pierre als sechshundert Jahre zurückliegend bezogen hatte. Was war nach der Spaltung aus dem Kloster geworden? Und wie war es wohl den Mönchen in Petersburg ergangen? Das im Verlauf des achtzehnten Jahrhunderts umgebaute und erweiterte Alexander-Newskij-Kloster hatte Morgane vor einigen Jahren besucht. Sie wusste, dass es von Lenin in den zwanziger Jahren mit fast allen Klöstern in der jungen Sowjetunion aufgelöst wurde, dort aber heute wieder Mönche lebten. Ob diese immer noch, oder wieder, die metaphysischen Traditionen pflegten, schien ihr sehr zweifelhaft. Womöglich war das Newskij-Kloster bereits vor 1920 ein ganz normales russisch-orthodoxes Kloster geworden, spätestens wohl mit der post-sowjetischen Neugründung. Vermutlich gab es nach dem Brief aus Paris nicht mehr viele Kontakte zwischen den Mönchen um Saint-Victor und denen in Petersburg. Die Pariser Äbte ächteten die Petersburger Reformer wohl weiter und verboten einen Austausch mit ihnen. Später kamen sicher Sprachschwierigkeiten hinzu, da die Mönche an der Newa bald Russisch sprachen und das Latein der katholischen Kirche wahrscheinlich in Vergessenheit geriet. Schließlich glaubten Viele wohl der offiziellen Ansicht, dass das Wissen der Petersburger als ein Bereich unter anderen ja nach wie vor im Pariser Orden vorhanden sei. Warum sollte man sich also die gefährliche Mühe machen, einen verbotenen Kontakt zu pflegen? Doch irgendwie musste die Erinnerung des Mönchs Pierre in die Überlieferung des ORDENS Eingang gefunden haben, denn sonst hätte sie Morgane nicht von Michael erwerben und jetzt erträumen können.

Um neun Uhr erkundigte sich ein gut aussehender Herr, Mitte dreißig, mit einem edlen schwarzledernen Aktenkoffer an der Rezeption nach der Dame mit dem blonden Kurzhaarschnitt, die gestern angekommen sei. Der ORDEN war offenbar gut informiert und reagierte schnell. Aber Morgane war bereits vor zwei Stunden abgereist – und für den ORDEN unsichtbar.

De Blois fluchte, als sie unvermittelt aus seinem inneren Gesichtsfeld verschwand. Auf einmal beherrschte sie die Fähigkeit zur Tarnung, die Michael sie offenbar noch gelehrt und in einer lebendigen Erinnerung angelegt hatte, und die sie ausgerechnet jetzt träumend aktivieren konnte. Besonders erstaunte ihn ihre außergewöhnliche Stärke, die selbst seinem Blick, dem des mächtigen Großmeisters, standhielt.

Für das Kabinett und seine Schergen bliebe sie nun unsichtbar – wenn ihr nicht die Krankheit in kürzer werdenden Abständen die Kraft zur Tarnung nähme. Dies wusste der Großmeister. Sie würde es wohl überraschen, dachte er. Dann könnte er sie wieder sehen – und zerstören. Bei diesem Gedanken lächelte de Blois.

6.

»Es gibt Ärger«, warnte Lepetit seinen Chef, bevor er ihm den Hörer weiterreichte.

»Es muss sich um einen Irrtum handeln. Unsere Brigade ist für den Fall sehr wohl zuständig«, antwortete Montfort entrüstet seinem Gesprächspartner. Wenige Minuten später legte er genervt auf.

»Wie kommen die dazu, uns den Fall zu entziehen. In der Bretagne gibt es ja gerade *keinen* Mordfall, der eine Zuständigkeit begründen könnte.«

»Na ja, es gibt vermutlich schon einen Mordfall in der Bretagne und immerhin eine verkohlte Leiche«, wandte Lepetit wenig überzeugt ein.

»Das ziehen die doch an den Haaren herbei. Der eigentliche Fall, den wir untersuchen, betrifft ein internationales Verbrechersyndikat und hat mit dem Opfer in der Bretagne nur indirekt zu tun. Fouchon dagegen wurde gezielt getötet, hier getötet, in meinem Distrikt! Und außerdem haben wir für solche Fälle auch die Kompetenz!« Montfort bezweifelte, dass es einen vernünftigen Grund für die Übertragung des Falles auf eine hierfür vollkommen unerfahrene Provinz-Brigade gab. Er hatte sich in Rage geredet. »Und wer weiß, vielleicht stecken die ja mit denen unter einer Decke!« Er stutzte. »Ja, vielleicht stecken die mit denen *tatsächlich* unter einer Decke«, wiederholte er nachdenklich den im emotionalen Überschwang erhobenen Verdacht gegen seine Vorgesetzten.

»Das meinen Sie nicht wirklich ernst?« fragte Lepetit bleich und ein wenig entrüstet.

»Was meine ich nicht ernst?« fragte Montfort zurück, obwohl er die Frage des Commandant genau verstanden hatte. Er wollte die Vermutung aus dessen Mund hören.

»..., dass der Commissaire Divisionnaire selbst zu den Verbrechern gehören könnte?«

»...oder von ihnen abhängig ist, oder selbst Anweisungen von oben erhalten hat, die wiederum von außen kommen, von unseren Tätern. Warum nicht? Wer zeitgleich komplizierte Morde mit jeweils mehreren Tätern in fünf Städten planen und demonstrativ inszeniert durchführen kann, hat vielleicht auch die Macht, die französischen Ermittlungsbehörden zu beeinflussen. – Nur so ein Gedanke«, relativierte er seinen Argwohn. »..., der allerdings die irrationale Entscheidung, mir den Fall zu entziehen, begründen würde. Einen anderen Grund sehe ich nicht.«

»Sollten wir diese Entscheidung überprüfen lassen?« fragte Lepetit vorsichtig. Da er das Risiko einer Remonstration gegen die Entscheidung eines Chef in der hierarchiegläubigen französischen Administration, ganz besonders in der Polizei kannte, setzte er sicherheitshalber hinzu: »Das könnte jedoch einen mächtigen Knick in Ihrer Karriere bedeuten.«

»Durch wen überprüfen lassen?«

»Weiter oben, zur Not durch den Minister.«

»..., um zu sehen, wie weit der Einfluss des Syndikats reicht?« Montfort hatte sich mangels konkreterer Hinweise für diesen Begriff der organisierten Kriminalität entschieden.

»..., um vielleicht den Fall behalten zu können. Sie haben einen guten Ruf in der Pariser Polizei, bis zum Minister.«

Montfort überlegte bei seinem abendlichen Spaziergang auf dem gepflasterten regennassen Uferweg der Seine auf der Île Saint-Louis, wen er am besten zu seiner Unterstützung gewinnen könnte. Es stimmte, dass ihm der Minister persönlich gedankt hatte, nachdem er einen politisch heiklen Fall gelöst und den Politiker dadurch aus einer sehr schwierigen Lage befreit hatte. Vermutlich hätte er ohne Montforts Ermittlungsgeschick damals zurücktreten müssen. Aber konnte man als einfacher Kommissar einen echten Minister gegen seine Vorgesetzten um Hilfe bitten? In der Dämmerung fiel ein leichter Nieselregen, und auf der Seine fuhr ein Touristenboot vorbei, das mit seinen starken Scheinwerfern die steinerne Kulisse der Stadt über ihm hell beleuchtete. Hier unten am Quai blieb er im Schatten und dem Trubel der Stadt entrückt.

Gedankenverloren beobachtete er eine Krähe, die vor ihm auf der Ufermauer schritt, als plötzlich eine gutaussehende rothaarige Frau aus dem Regen auftauchte, die ihm irgendwie bekannt vorkam. Gegen sein zurückhaltendes Naturell und zu seiner eigenen Überraschung sprach er sie an:

»Entschuldigen Sie, ich habe den Eindruck, dass wir uns kennen, allerdings weiß ich nicht, woher.« So etwas Blödes konnte er doch nicht ernsthaft einer Frau auf der Straße gesagt haben, dachte er sogleich und biss sich auf die Zunge.

»Ja, Sie kennen mich, zumindest aus den Akten. Sie ermitteln in meinem Fall, oder besser im Fall meiner ermordeten Freunde.« Sie senkte den Blick. »Morgane Guennec«, stellte sie sich dem überraschten Kommissar vor und reichte ihm die Hand. »Ich freue mich, Ihre Bekanntschaft zu machen, Monsieur le Commissaire.«

»Es freut mich auch, sehr, Sie kennenzulernen«, antwortete dieser verwirrt. »Ich muss zugeben, dass ich recht neugierig auf Ihre Geschichte bin, und ehrlich gesagt wenig Hoffnung hatte, Sie jemals zu sprechen. Halten Sie es nicht für gefährlich, mitten in Paris spazieren zu gehen? Wenn schon ich Sie erkannt habe, könnten das Ihre Feinde sicher erstrecht.«

»Genau genommen haben nicht Sie mich erkannt, sondern ich habe mich Ihnen zu erkennen gegeben und sogar vorgestellt«, korrigierte sie ihn. »Meinen Feinden zeige ich mich nicht so offen.« Sie lachte. »Allerdings haben meine Feinde auch bessere Fahndungstechniken als die Pariser Polizei, so dass Sie am Ende wohl Recht haben: Ja, es ist gefährlich, hier herumzulaufen, jedoch notwendig, um mir etwas mehr Klarheit in dieser unübersichtlichen Situation zu verschaffen. – Sehen Sie die hässlichen Gebäude hinter den Platanen auf der anderen Seite des Flusses?«

»Ja natürlich«, antwortete Montfort verwundert. Er kannte sein Paris beruflich und von unzähligen Spaziergängen an den Ufern der Seine. »Das ›Institut du Monde Arabe‹, das ich so hässlich gar nicht finde, und die Pariser Universitäten VI und VII. Wirklich kein schöner Anblick.«

»Wissen Sie, was sich hier früher befand?« fragte Morgane rhetorisch, denn selbst die belesene Buchhändlerin in der auf historische Werke spezialisierten Buchhandlung ein paar hundert Meter von den Universitätsgebäuden entfernt wusste nichts von dem verschwundenen Kloster. Und Montfort machte auf sie einen jugendlich-sportlichen, keineswegs intellektuellen Eindruck; ein attraktiver Kommissar.

»Meinen Sie die Weinhallen oder das Kloster, das vor ihr dort stand?« fragte Montfort zu ihrer Überraschung zurück.

»Das Kloster.«

»Das Augustiner Chorherrenstift Saint-Victor wurde 1113 von Guillaume de Champeaux, dem ehemaligen Leiter der Domschule der Kathedrale Nôtre-Dame, gegründet«, erläuterte er wie ein historischer Stadtführer ohne zu zögern. »Das Kloster mit seinen Gärten und Weinstöcken begann am linken Ufer des heute überbauten Flusses

Bièvre, an den noch eine kleine Straße erinnert, und reichte bis zum heutigen *Jardin des Plantes*.« Er umschrieb mit einer ausladenden Armbewegung die beeindruckende Größe des einstmals ländlich-idyllischen Klostergebiets, das die Hälfte des Seine-Ufers des heutigen fünften Arrondissements eingenommen hatte. Er fühlte sich in seinem Element, und bedauerte, dass sich seine Freunde und Bekannte für diese Expertise nicht interessierten. »Das Kloster wurde in der französischen Revolution aufgehoben und zu Beginn des neunzehnten Jahrhunderts abgerissen, um für Weinhallen Platz zu machen, die dann nach dem zweiten Weltkrieg den monumentalen Universitätsbauten weichen mussten.«

»Ich bin beeindruckt. Ich hatte gedacht, dass heute in Paris fast niemand mehr das verlorene Kloster kennt!«

»Und erst recht kein dummer Polizist. Na ja, ich wohne im Fünften und habe mich ein wenig mit der Geschichte des Viertels beschäftigt«, gab sich Montfort demonstrativ bescheiden, obwohl er sich freute, Morgane beeindruckt zu haben. »Merkwürdigerweise hat mich ausgerechnet heute ein Mönch in einem seltsamen Dialekt nach dem Kloster gefragt«, fuhr er nachdenklich fort. »Ich habe ihm den Weg, oder besser die Richtung auf Französisch und mit Händen und Füßen erklärt und natürlich abschließend darauf hingewiesen, dass es das Kloster seit gut zweihundert Jahren gar nicht mehr gibt. Er zeigte sich jedenfalls dankbar und folgte meiner Wegbeschreibung – wo auch immer er dann gelandet sein mag.«

»Sehr merkwürdig, in der Tat!« Morgane erinnerte sich an die Begegnung des Mönchs Pierre mit einem sympathischen, ihm den Weg zum Kloster weisenden Mann – allerdings im Jahr 1710! »Vermutlich sprach er Bretonisch.«

»Bretonisch?« Montfort schüttelte irritiert den Kopf. Niemand sprach mehr Bretonisch in Paris.

»Kennen Sie auch die Bedeutung des Klosters?« fragte Morgane weiter.

»Ein wenig: In der sogenannten Renaissance des zwölften Jahrhunderts bildete das Kloster das intellektuelle Zentrum dieser Stadt, sogar der abendländischen Welt. Seine Äbte und Mönche, von denen viele Bischöfe und Kardinäle wurden, standen in Kontakt mit bedeutenden geistlichen und weltlichen Intellektuellen und Machthabern – mit Päpsten, Königen, Bischöfen und Äbten.

Die von Hugo von Saint-Victor gegründete Klosterschule gilt als ein Geburtsort der Pariser Universität. In der nahen Umgebung entstanden bald sogenannte *Collèges*, in denen Meister ihre Studenten in den traditionellen sieben freien und den durch Hugo ergänzten sieben mechanischen Künsten unterrichteten. Hundert Jahre später gründete Robert de Sorbon sein berühmtes *Collège*, das in die nach ihm benannte Universität mündete, an der Sie selbst ja ein Jahr studierten. Insofern ist es wohl ein glücklicher Zufall, dass am Ort der lehrreichen Abtei schließlich riesige Universitätsgebäude errichtet wurden — nach einem einhundertfünfzigjährigen Interregnum der Weinhallen.«

»Geht ihre Beschäftigung mit der Lokalgeschichte so weit?« fragte Morgane verblüfft.

»Nein, so weit ginge sie eigentlich nicht«, lachte Montfort, »aber ich habe ein paar Jahre mittelalterliche Geschichte studiert und eine Arbeit zur Gründung der Pariser Universität verfasst. Doch was haben Sie mit dem alten Kloster zu tun?« fragte er neugierig zurück. »Gibt es denn einen Zusammenhang mit den Morden?« Er hatte von dieser so entscheidenden Begegnung mit der einzigen Überlebenden der hinrichtungsartigen Tötungsdelikte nicht gerade erwartet, einen Vortrag über ein mittelalterliches Kloster zu halten, und die prähistorischen Beile legten einen Bezug zu ihm nicht wirklich nahe.

»Ich habe das alte Kloster vor zwei Tagen in einem Traum besucht, allerdings in einer anderen Epoche, dem frühen achtzehnten Jahrhundert. Damals lag seine beste Zeit schon ein paar Jahrhunderte zurück, die Kirche war gotisch und in keinem guten Zustand.«

Auf Montforts erstaunt fragenden Blick hin erzählte sie ihre sehr viel seltsamere und für den Kommissar relevantere eigene Geschichte.

Nach einem knapp zweistündigen Spaziergang kannte sie die Klostergeschichte und er den Inhalt ihres Traumes und die komplizierten Hintergründe seines sicherlich merkwürdigsten Falls – der ihm gerade entzogen worden war. So falsch waren seine Vorstellung von einem Syndikat und dessen Einfluss auf die Pariser Polizei also nicht gewesen.

»*Ankou?* Am Fuße eines *Schlangenmenhirs* begrabene Steinbeile? Welche Bedeutung haben diese mythischen Rätsel für unseren Fall?«

»Die Beile scheinen Unheil zu bringen und haben schon früher getötet, wenngleich seit damals eine sehr lange Zeit vergangen ist. Ich fürchte weitere Morde, wenn die Beile wieder in die Hand des ORDENS gelangen. Vermutlich werden viele unserer Fragen, wenn überhaupt, in der Bretagne beantwortet.«

»Ein merkwürdiges Land, das ich leider noch gar nicht kenne«, erwiderte Montfort nachdenklich. »Sie sind eine echte Bretonin.«

Morgane nickte amüsiert. »Ja, über beide Eltern, wenn ich auch nur meine frühe Kindheit in der Bretagne verbracht habe, sie also nicht wirklich gut kenne. Doch obwohl mir vieles dort fremd ist, fühle ich mich noch, oder wieder, als echte Bretonin – und als Berlinerin, was vielleicht eine gewisse Spannung birgt. Wir Bretonen bilden ein seltsames Volk am letzten Zipfel des Kontinents,

gefühlt schon eher auf einer Insel mit einem einzigartigen gesellschaftlichen Biotop. Mit unseren echt-insularen Nachbarn von der ›Großen Britannie‹ und Irland hatten wir in den letzten zweitausend Jahren dichtere Kontakte als mit unseren kontinentalen Herrschern: Franzosen, Franken und Römern. Sie müssen diese ›Insel‹ besser kennen lernen, um den Fall vielleicht irgendwann zu verstehen. Denn nirgendwo sonst auf dem europäischen Festland haben sich wie dort, fern vom Kaiser in Rom oder vom König in Paris, vorchristliche, keltische Einflüsse bis ins zwanzigste Jahrhundert gehalten. Wir kennen unzählige Legenden und fantastische, über Jahrhunderte mündlich überlieferte Erzählungen mit heiligen Quellen in sagenhaft-undurchdringlichen Wäldern, mit Wunder wirkenden Mönchen, die auf Steinen über die See von der ›großen‹ in die ›kleine‹ Bretagne fuhren, mit märchenhaften Städten, die im Meer versanken, Rittern, die nach dem Gral suchten, zaubermächtigen Druiden, die Könige berieten, und Heiligen, die man in hohen Ehren hält – aber in Rom nicht kennt.«
Morgane erinnerte sich wieder an diese jahrelang verschollenen, ihr einst so präsenten mythischen Bilder, die sie nun dem staunenden Kommissar vermittelte. »Hier haben vor rund eintausendfünfhundert Jahren die ersten christlichen Mönche die magischen Aufgaben und heilenden Kräfte der letzten gallischen Druiden übernommen, werden apokryphe Heilige an der Stelle der früheren keltischen Gottheiten verehrt, heilen ehedem heidnische Quellen nun im Dienste des Christentums weiter.

Und überall in der Bretagne und besonders um den – und sogar im – Golf de Morbihan bei Carnac stehen seit vielen Jahrtausenden diese seltsamen, faszinierenden, bretonisch *Men-hir* genannten *langen Steine* in Reihen, Quadraten, Kreisen oder allein, deren Zweck uns, von wenigen Ausnahmen abgesehen, verborgen bleibt. Als Kind habe ich Menhire für selbstverständliche Bestandteile der heimatlichen Landschaft gehalten, selbst wenn ihnen in den Legenden gar unterschiedliche Ursprünge und wundersame Bedeutungen zugeschrieben wurden. Später, nach meiner Rückkehr aus Berlin, habe ich ein wenig über sie gelesen und gestaunt, welch unerhörten Aufwand es erforderte, die Steine mit bis zu zwanzig Meter Höhe und dreihundertfünfzig Tonnen Gewicht aus den Steinbrüchen zu brechen, zu transportieren und am gewünschten Ort aufzustellen. Vermutlich wurden Millionen von Mannstunden allein zur Herstellung der *Alignements,* der Steinreihen, von Carnac benötigt! Können Sie sich das vorstellen?«

Montfort schüttelte auf die rhetorische Frage den Kopf.

»Selbst über mehrere Jahrhunderte verteilt bedeutete dies für die damalige frühbäuerliche Kultur einen immensen Ressourceneinsatz, der der Sicherung der täglichen Bedürfnisse in Landwirtschaft, Jagd, Handwerk und Handel verloren ging. Wofür lohnte sich dieser Einsatz? Wer bezahlte ihn? Eine reiche Schicht von Herrschern, die lokale Bevölkerung oder eine viel größere Gemeinschaft jenseits von Carnac und der Bretagne? Vielleicht liegen hier die Ursprünge unserer Mythen.«

»…und Hinweise auf die Motive der Morde?« fragte Montfort. Er fühlte sich keineswegs sicher auf diesem Terrain.

»Am Fuße einer dieser Stelen mit seltsamen schlangenförmigen Linien lagen jedenfalls mehrere tausend Jahre friedlich die mysteriösen Beile, mit denen jetzt meine Gefährten getötet wurden. Welcher Zusammenhang hier auch immer bestehen mag.«

Montfort nickte. »Und Sie tragen selbst den Namen einer starken Fee dieser Region?« Er erinnerte sich an *Morgan le Fay*, die in mittelalterlichen Legenden über die wundersame, hinter dichten Nebeln liegende Insel *Avalon* herrschte.

Morgane lachte. »Richtig, meine Namenspatronin diente in den Zeiten der Christianisierung so wie Merlin noch den alten keltischen Göttern und verfügte über magische, vor allem heilende Fähigkeiten, mit denen sie auch ihren Halbbruder König Artus nach seiner tödlichen Verletzung pflegte, bis er dereinst wieder die britisch-keltischen Stämme vereinend zurückkehren würde. Der Name ist in der Bretagne immer noch, oder wieder, weit verbreitet, und ich denke, dass ihn mir meine Mutter nicht ohne Grund gab. Dereinst war die Fee wohl sogar eine Meeresgöttin, denn das bretonische *Mor* bedeutet Meer, *Mor-gan* die aus dem Meer Geborene. Über die Jahrtausende hatten die Götter, die schon in vorkeltischer Zeit hier verehrt wurden, neue Gestalten und Aufgaben angenommen. So konnte die Muttergöttin zur Meeresgöttin werden, die in gallo-römischer Zeit mit einer römischen Göttin verschmolz, während sie in den keltisch verbliebenen Regionen weiterhin als eigenständige Gottheit, später immerhin noch als heilende Fee hoch geehrt und bisweilen gefürchtet wurde. Doch das Christentum machte die ›heidnische‹ Morgan schließlich zu einer hinterlistigen, intriganten Giftmischerin. Gut, dass es sich in der Bretagne bis heute nicht so recht durchgesetzt hat.«

»Ein trauriger Abstieg.«

»Ja, doch immerhin lebt sie noch in den Vorstellungen der Menschen und in den Namen zahlreicher Mädchen und Frauen«, erwiderte Morgane nachdenklich, »im Gegensatz zu den stolzen Göttern, die das Christentum andernorts zerstört hat. Anders als die griechisch-römischen Götter, denen bestimmte Darstellungsweisen und Charaktere zugeordnet wurden, hatten die Gottheiten der Kelten und vermutlich schon der prähistorischen Zeit keine klare, körperliche Gestalt, wechselten ihre Aufgaben und integrierten sich in die jeweils herrschende Religion, die sie ihrerseits beeinflussten. Manche von ihnen endeten dann nicht wie Morgan als böse Fee oder *Ankou* als Knochenmann, sondern entwickelten sich zu Heiligen oder gar zur Gottesmutter Maria, wie die große Muttergöttin Ana. Da die Missionare die keltischen Götter nicht zerstören konnten oder wollten, integrierten sie sie als lokale Note in das allumfassende Christentum. Die Menschen wandten sich an den Kultstätten ihrer Götter und Geister nun christlichen Heiligen mit ähnlichen Zuständigkeiten zu, mit einem neuen Kreuz über dem alten Heiligtum, das bisweilen gar in eine Kapelle oder Kirche integriert wurde. Statt Druiden besorgten nun christliche Mönche den Kult. Viel änderte sich also nicht.

Nicht nur die Götter, auch die Menschen verändern sich nach keltischer Vorstellung im Laufe ihres Daseins, wachsen, reifen, lernen, und wechseln sogar ihre Gestalt bei Gelegenheit der Wiedergeburt der den Tod überlebenden Seele. Die Idee der Reinkarnation prägt die Vorstellung vieler Bretonen, bewusst oder unbewusst, bis auf den heutigen Tag und beeinflusst ihre Entscheidungen und damit ihr Leben. Alles unterliegt der Metamorphose: Druiden, Heilige, Ahnen, Teufel oder Zwerge mögen bisweilen die Form von Menschen, Tieren oder Pflanzen annehmen. Selbst die Natur kann sich in den bretonischen Legenden in einem Augenblick verwandeln: Wälder sprießen unverhofft aus dem Boden, Quellen schwellen plötzlich zu reißenden Flüssen, dichte Nebel tauchen unvermittelt auf und entführen den Reisenden an einen anderen Ort oder in eine andere Zeit; Menhire bewegen sich, Schlösser verschwinden im Nichts und Helden reisen im Nu von einem Ort zum anderen. Alles kann täuschen und überraschen, nichts scheint klar, fest und endgültig, außer der menschlichen Seele, die zwar im Laufe der Zeiten verschiedene Formen annimmt, aber unsterblich im Zyklus der Wiedergeburten verbleibt, bis sie im besten Fall dereinst auf die Insel der Seligen gelangt.

Die Vorstellung von *Ankou*, der die Seelen in eine neue Form und Welt begleitet, hat bei uns eine lange Tradition, er ist in Geschichten, sakralen und weltlichen Darstellungen fast alltäglich gegenwärtig. – Deshalb dürfen Sie sich nicht wundern, dass er mich vor dem Anschlag gewarnt hat. Der keltische Glaube an die Seelenwanderung, der harmonisch neben der christlichen Vorstellung von Auferstehung und Paradies fortbesteht, gibt *Ankou* eine weniger schreckliche, weniger störende Rolle als die des an die Vergänglichkeit erinnernden Knochenmanns der christlichen Ikonographie oder des Schreckbilds eines lebendigen Skeletts aus Schauergeschichten.

Leider existiert im bretonischen Volksglauben neben der Insel der Seligen auch ein weniger angenehmer Ort des Todes: ein eiskaltes Reich des Wassers, des Regens und des dichten Nebels. Die Bretonen nennen diesen Ort *an infern yen*, die kalte Hölle, und beten, dass dorthin ihre Ahnen und zukünftig sie selbst nicht gelangen mögen.«

Ob sich die Seelen ihrer getöteten Mitstreiter jetzt auf der Überfahrt mit der *bag noz*, der nächtlichen Barke, durch einen dichten Nebel zu der Insel der Seligen, oder aber in einem Nebel der kalten Hölle befanden, wusste Morgane nicht. Doch im Zweifelsfall hielt *Ankou* für sie den üblichen Übergang in einen neuen Lebenszyklus bereit.

»Und nun?« Der Kommissar blieb nach dieser Einführung in die bretonische Vorstellungswelt ratlos. Druiden, die Insel der Seligen, *Ankou* und gar Metamorphosen schienen ihm keineswegs geeignet zu sein, dem Fall eine erkennbare Richtung zu geben. »Da lobe ich mir die Klarheit der hochmittelalterlichen Geschichte – von wegen dunkel!«

Morgane lächelte verständnisvoll. »Das war vielleicht etwas viel für den Anfang, doch diese Elemente könnten in unserem Fall relevant werden. – Warum haben Sie eigentlich Ihre Studien der mittelalterlichen Geschichte nicht weiter verfolgt? Sie klingen sehr spannend.«

»Nach ein paar Semestern, vielen Vorlesungen und Übungen fand ich mein Studium zu theoretisch, zu verkopft. Wenn ich konkrete Bezüge zu meinem Lebensumfeld herstellen konnte, über Paris, Saint-Victor oder die Sorbonne, hat es mir Spaß gemacht. Auf Themen mit persönlichen Bezügen lässt es sich aber natürlich nicht beschränken, selbst wenn man in einer großen und geschichtsträchtigen Stadt lebt. Keinesfalls wollte ich eine wissenschaftliche Laufbahn mit Archiven, Büchern, Veröffentlichungen und Konferenzen einschlagen und vermutlich benötigen wir nicht viele historische Reiseführer. Am Ende habe ich wohl aus Trotz einen recht handfesten Beruf ergriffen.«

»In dem es gleichwohl auf intellektuelle Fähigkeiten und Kombinationsgabe mehr ankommt als auf Körpereinsatz und den Gebrauch von Schusswaffen.«

Montfort schmunzelte. »So ganz ohne Körpereinsatz und Schießen geht es dann doch nicht. – Aber wie geht es jetzt weiter? Das war jetzt wohl eine dumme Frage für einen Polizisten.« Im Grunde hatte Morgane die Ermittlungen übernommen, während er assistierte. »Im Augenblick sehe ich weder für mein Intellekt noch für Schusswaffen irgendwelche Einsatzmöglichkeiten.«

»Das wird sich bald ändern«, erwiderte sie nachdenklich, indem sie eine am Ufer des dunkel dahinfließenden Flusses hüpfende Krähe betrachtete. »Und immerhin verstehen Sie nun die möglichen mythisch-bretonischen Hintergründe der Morde besser und kennen sogar die Täter! Das ist doch nicht schlecht für das frühe Stadium der Ermittlungen. Sie wissen, mit wem Sie es zu tun haben in einem Fall, für den Sie gar nicht mehr zuständig sind. Nur leider können Sie die Täter nicht festnehmen.«

»Ja, das ist zu blöd für einen Polizisten. Kann ich etwas Anderes für Sie tun? Wollen Sie Polizeischutz? – Wohl eher nicht.«

Sie lächelte ihn flüchtig an. »Vielen Dank! Die polizeiliche Information, dass statt meiner eine andere Frau in der Bretagne verbrannt wurde, ich also noch lebe, hat unter den Metaphysikern Hoffnung geweckt und den Druck auf die Leitung des ORDENS erhöht. Das war schon hilfreich. – Merkwürdig, die Zeitungen haben geschrieben, dass vier Menschen ermordet wurden; mit mir wären es also fünf gewesen wie die Anzahl der Beile.«

Montfort nickte.

»Aber wir waren zu sechst! Offenbar war für einen von uns kein Beil bestimmt.«

»Es gibt ja wohl auch nur fünf.«

»Und der sechste? In den Berichten wurde Jean-Claude Bonnet nicht erwähnt. Starb er anders? Die Symbolik wäre dann allerdings verloren. Oder gar nicht? Sollte er vielleicht verschont werden?«

»Weil er die Seiten gewechselt hat?«

»Ein Verrat würde immerhin die ausgeprägten Ortskenntnisse der Mörder an den Tatorten erklären.« Morgane dachte nach. »Wir trafen uns in unseren Wohnungen, zumindest anfangs, bevor wir vorsichtiger wurden, kannten sie also. Ich bin mir zwar nicht sicher, ob Jean-Claude wirklich alle Wohnungen gesehen hat. Mich besuchte er jedenfalls sowohl in Paris als auch in der Bretagne. Und er hat ein ausgezeichnetes Gedächtnis. Vielleicht können Sie herausfinden, ob Jean-Claude noch lebt und vielleicht untergetaucht ist?« Morgane schüttelte zweifelnd den Kopf. »Vor allem müssen Sie jetzt auf Ihr eigenes Leben achten, das schon die Ermittlungen in große Gefahr gebracht haben. Sie kennen ja die Schlagkraft des ORDENS. Überlegen Sie es sich gut, ob Sie die Zuständigkeit für diesen Fall überhaupt wieder übernehmen wollen. Sie können ja ohnehin offiziell nicht viel unternehmen, und ohne den Fall leben Sie vermutlich länger. In keinem Fall darf der Großmeister erfahren, dass Sie mit mir gesprochen haben, das wäre ihr Todesurteil.«

Einen anschließenden Moment des Schweigens trottete Montfort gedankenverloren vor sich hin, bevor er merkte, dass seine Gesprächspartnerin verschwunden war. Eine Krähe auf dem Uferweg krächzte ihn an und flog dann mit kräftigem Flügelschlag über Nôtre-Dame davon.

Ein äußerst seltsamer, spannender und zugleich unangenehmer Fall. So früh wurde selten ein Verbrechen aufgeklärt, und zugleich hatte er sich noch nie so hilflos gefühlt. Er wusste, dass er die ihm nun namentlich bekannten Auftraggeber der Morde weder vernehmen, noch gar festnehmen konnte, da niemand diese skurrile Geschichte glauben würde, weder ihm noch Morgane. Und außerdem wirkten die Kräfte des ORDENS zu stark in Polizei und Justiz. Er wüsste nicht einmal, wie er die Ermittlungen vorantreiben sollte, von denen er ja gerade entbunden worden war. Handelte er besser gar nicht, weil er hier schlicht überflüssig war? Oder verdeckt, um nicht sofort die Aufmerksamkeit des ORDENS auf sich zu lenken? Konnte er über Bonnet unauffällig etwas in Erfahrung bringen?

Er hatte weiß Gott schon viele komplizierte Fälle mit Kombinationsgabe, bemerkenswerter Intuition und dem Einsatz physischer Kraft gelöst, Fälle, über die nie ein

Kriminalroman geschrieben oder ein Film gedreht wurde. Aber ausgerechnet in diesem spektakulären Fall, über den sich ein Buch zu schreiben lohnen würde, erschien er als Kommissar vollkommen nutzlos. Ihn tröstete wenig, dass diese Nutzlosigkeit nicht an seinen Fähigkeiten lag, sondern an den Grenzen der Möglichkeiten eines ehrenwerten Kommissars gegenüber einem mächtigen und vernetzt organisierten Syndikat, das Staat, Justiz und Polizei systematisch durchzog und offenbar machen konnte, was es wollte.

7.

Die Nacht in dem kleinen unkomfortablen Hotelzimmer war für Morgane eine Qual. Ein heftiger Schub ihrer Krankheit hatte sich schon am Nachmittag angekündigt und selbst das hochdosierte Kortison brachte jetzt kaum noch Linderung. Sie wusste nicht, ob der parallel reichlich konsumierte Wein eher entspannte, oder die Wirkung des Kortisons reduzierte. Vermutlich wollte die sonst so vernünftige Frau diesen Zusammenhang gar nicht näher ergründen. Sie ertrug die Schmerzen überhaupt nur im Sitzen, konnte nicht schlafen, sich nicht erholen. Sie ahnte, dass die nächsten Nächte ähnlich verliefen und ihr die notwendige Kraft für den Tag raubten. Dann wäre sie zur Tarnung unfähig den Spähern des ORDENS ausgeliefert. Der Großmeister rechnete mit ihrer Schwäche, wartete auf sie.

Sie hatte vergeblich versucht, mithilfe ihrer inneren Energien der Krankheit Einhalt zu gebieten. Wenn sie sich stark genug fühlte, fehlte ihr der Gegner, gegen den sie sie richten konnte. Waren die Schmerzen erst einmal da, fehlten ihr die Kräfte, sie zu bekämpfen. Aus diesem Teufelskreis hatte sie nicht ausbrechen können, und durch die schnelle Zunahme von Frequenz und Heftigkeit der Schübe fürchtete sie, trotz ihrer wachsenden Kräfte den Wettlauf schließlich zu verlieren. Michael, der ihr vielleicht hätte helfen können, lebte nicht mehr, genau wie ihre Mutter, die wohl im selben Teufelskreis gefangen war.

Morgane wusste, dass sie in diesem Zustand die gefährliche Stadt des ORDENS so bald wie möglich verlassen musste. Doch wichtige, noch verborgene Erkenntnisse der Vergangenheit konnte sie nur in Paris erlangen. Sie lagen in der alten Abtei, die sie nur im Traum besuchen konnte. Aber ohne Schlaf gab es keine Träume.

Seltsam, früher als Kind hatte sie sich vor dem Einschlafen gefürchtet, da sie die Kontrolle über ihren Körper und ihre Gedanken verlor und ihr unfreiwillig fremde Bilder, Ereignisse, Vorstellungen untergeschoben wurden. Ihre Fantasie hatte zu allem Überfluss die Gegenstände im dunklen Kinderzimmer in bedrohliche Fratzen verwandelt, die nur auf ihren Schlaf, ihre Wehrlosigkeit zu warten schienen. Und selbst als Erwachsene träumte sie meist wirre Geschichten von Verfolgungen, Verlusten und Tod, aus denen sie dann gerne erwachte.

Die neuen Träume hatten als fremde Erinnerungen, als gespeicherte und von Generation zu Generation überlieferte Botschaften eine ganz andere Qualität. Michael hatte Recht, als er von einer spannenden Erfahrung für neugierige Menschen sprach, lebendiger als jeder Film und direkter als eine Zeitreise, in der der Reisende ja immer ein fremder Gast blieb, während sich der Träumende mit der historischen, die Erinnerung speichernden Person identifizierte. Verfügten alle Angehörige des ORDENS über dieselben Erinnerungen, oder gab es getrennte Stränge, in denen die Erinnerungen von Meister auf Schüler weitergegeben und gegebenenfalls mit anderen Meistern geteilt wurden? Vermutlich hatte vor Michael ihre Mutter diese Geschichten geträumt.

Dieser Gedanke tröstete sie, denn er stellte eine Verbindung zu ihren Eltern her, eine der wenigen. Zugleich hoffte sie, dass der Großmeister *nicht* über denselben Vorrat an Erinnerungen verfügte. Mit ihm wollte sie ihre Träume nicht teilen. Und die ihm gegebenenfalls fehlenden Erinnerungen konnten ihr einen raren Vorteil verschaffen. Vermutlich gab es einen gemeinsamen Schatz von ausgetauschtem Wissen, über den die meisten Meister verfügten, eine Art ›Allgemeinbildung‹ des ORDENS, und daneben individuelle Erfahrungen, die nur an die eigenen Schüler weitergegeben wurden. Wie viele der überlieferten Geschichten konnte ein Meister wohl speichern, wie viele eigene bei seinen Schülern zu neuem Leben erwecken lassen?

Morgane musste sich jedenfalls ohne die Kenntnisse der Speicherung, Weiter- und Wiedergabe noch mit dem mehr oder weniger zufälligen Auftauchen dieser Erlebnisse zufrieden geben.

Sie wollte mehr über die verschollene Abtei erfahren und hatte sich deshalb ganz in deren Nähe über dem ›Café Saint-Victor‹, im letzten verbliebenen Stummel der einst kilometerlangen Rue Saint-Victor einquartiert. Hier wusste man bestenfalls noch von den Weinhallen, aber niemand, wonach Straße und Café benannt waren.

Doch nun sah Morgane ein, dass sie das Risiko der Übernachtung im ›Saint-Victor‹ wohl vergeblich eingegangen war, denn sie könnte in dieser Nacht vor Schmerzen weder schlafen noch träumen.

Morgen früh würde sie abreisen und später, wenn sie sich besser fühlte, zum Träumen und Lernen wiederkommen. Bis dahin wollte sie sich in ihrer bretonischen Heimat vergraben, in deren magischen Schutz sie sich am sichersten fühlte. Diesen Schutz suchte sie ausnahmsweise nicht an der zerklüfteten Küste des westlichen Finistère, sondern im uralten Wald, der *Forêt de la Brocéliande*, den die Kelten *Brec'helean* nannten, und der als Schauplatz von Mythen und Legenden einst das gesamte Innere der bretonischen Halbinsel bedeckte und heute als *Forêt de Paimpont* auf ein nur noch neuntausend Hektar großes Waldstück zwischen Rennes und Vannes geschrumpft war. In diesem einst fast undurchdringlichen Urwald mit seinen Wölfen, Bären und anderen wilden Tieren, mit Riesen, Gnomen, Feen, mit guten und bösen Magiern bekämpften König Artus' Ritter magische Feinde auf der Suche nach dem Gral, verführte die Fee Viviane den mächtigen Zauberer Merlin, lockte Morgan untreue Männer in das Tal ohne Widerkehr. In der menschenfeindlichen Umgebung von *Brec'helean* hatten Druiden und Eremiten kleine oder große Wunder gewirkt, gab es phantastische Bäume, und seit antiken Überlieferungen den Gottheiten des Waldes und später katholischen Heiligen geweihte Brunnen und Quellen, die für Fruchtbarkeit, Schutz oder Heilung sorgten, oder Prophezeiungen erlaubten.

Die Menschen mieden damals diesen unwirtlichen Wald, bevölkerten statt seiner die Küsten, denn das Meer gab ihnen Nahrung und verband sie mit anderen Menschen, ermöglichte Austausch und Handel. Auch die großen Handelsstraßen endeten einst im Osten *Armorikas*, im heutigen Nantes oder Rennes. Danach gab es nur noch den großen Wald, einen schmalen Küstenstreifen und das Meer.

Heute waren die meisten der wundersamen Quellen längst versiegt, der Wald größtenteils für die Landwirtschaft gerodet. In seinem letzten Reservat, der *Forêt de Paimpont*, sprudelte jedoch wie vor hunderten von Jahren die sagenumwobene *Fontaine de Barenton*, die Morgane einer Intuition folgend morgen aufsuchen wollte. Sie kannte die Quelle mit ihrer längst zerstörten Heiligenkapelle bisher nur aus Erzählungen und hatte die Fahrt mit dem Zug bis Rennes und anschließend mit ihrem blauen Fahrrad geplant.

Aufgrund ihrer Schmerzen, der Medikamente und des Alkohols hatten sie in dieser Nacht weder *Ankou* noch ihre innere Stimme vor einem Angriff des ORDENS gewarnt. Sie saß gegen Mitternacht wach in ihrem Bett in schwach tröstenden Gedanken an die heilende Quelle im alten Wald, als sich ein gut aussehender Herr, Mitte dreißig, mit einem edlen schwarzledernen Aktenkoffer an der Rezeption freundlich nach ihrer Zimmernummer erkundigte und von der müde vor sich hin starrenden Dame die gewünschte Auskunft erhielt. Der späte Gast verzichtete auf den ihm gewiesenen Fahrstuhl und nahm über die zwei Etagen die Treppe.

Vor Morganes Tür öffnete er geräuschlos den Aktenkoffer und schraubte den Schalldämpfer auf den Lauf einer Baretta 92. Mit fachmännischem Blick wählte er den passenden Dietrich für das einfache Schloss. Die Tür öffnete sich mit einem leisen Klacken. Morgane schreckte auf ihrem Bett hoch, den Blick starr auf den Lauf der Schusswaffe gerichtet. Der Gedanke an die vor den Beilmördern warnenden *Ankou* schoss ihr durch den Kopf. Auch damals hatte sie, im Bett überrascht, dem Tod in die Augen gesehen. – Nur dass sie jetzt wohl nicht träumte, Ankou sie heute nicht gewarnt hatte.

Doch statt des tödlichen Schusses vernahm sie einen dumpfen Schlag. Der Mann stürzte in ihr kleines Zimmer, mit dem Oberkörper auf das Fußende des Bettes, während die Pistole auf den Holzfußboden schlug.

»Sie sind bemerkenswert leichtsinnig für eine Frau auf der Flucht.« Montfort stand lächelnd in der Tür, froh, ganz inoffiziell nützlich gewesen zu sein. »Kein Wunder, dass der ORDEN, dessen Wissen und Netzwerke sie so ausführlich beschrieben haben, Sie hier aufgestöbert hat, da Sie in einem Hotel übernachten, dessen Name für mehr als sechshundert Jahre seiner Geschichte steht. Auf diese Idee bin ja selbst ich gekommen! – Mein Gott, wie sehen Sie denn aus!« unterbrach er plötzlich seine gut gelaunte Predigt, die zugleich ihren Fehler und seine Kombinationsgabe unterstreichen sollte. »Sind Sie krank?«

Morgane nickte schwach. Mehr ging gerade nicht, da die Aufregung des Überfalls die ohnedies heftigen Schmerzen noch verstärkte.

»Es tut mir leid, aber Sie können hier nicht bleiben. In Kürze wird der nächste kommen, wenn dieser hier nicht Vollzug meldet. Ich kann Ihnen nicht einmal die Feuerleiter ersparen, denn die Treppe wäre zu gefährlich.«

»Es wird schon gehen. Bringen Sie mich bitte zum Bahnhof Montparnasse. Ich werde verreisen. Ich habe nur diesen Rucksack und unten ein Fahrrad.«

»Sie brauchen das Rad zum Verreisen?«

Morgane nickte wieder. Offensichtlich wollte sie keine weiteren Fragen beantworten.

Montfort half ihr beim Anziehen und packte den Rucksack.

Dann legte er den bewusstlosen Auftragsmörder in das Bett und deckte ihn bis zum Kopf, den er von der Tür abwendete, zu. Der nächste würde ihn vielleicht für Morgane halten und erschießen. Dann würde sie im ORDEN eine Weile für tot gelten, bis seine Dienststelle die Ermittlungen aufnahm und von einer männlichen Leiche berichten musste. Doch bis dahin wäre Morgane längst nicht mehr in Paris.

»Seien Sie bitte in Zukunft vorsichtiger. Es war ein Zufall, dass ich vor dem ORDEN im Hotel eintraf.

Anderen Spuren kann ich als Außenstehender im Zweifel nicht folgen.«

»Ich weiß, das war wirklich dumm. Und vielen Dank! Ich hatte geahnt, dass Sie mir helfen würden. Das gerade eben war wohl keine typische Polizeiaktion.«

Montfort zuckte mit den Achseln. »Typisch – untypisch, so genau kann man das nicht sagen. Jedenfalls bin ich für Ihren Fall nicht zuständig. Ich würde die ›Aktion‹ deshalb lieber als freundschaftliche Nothilfe bezeichnen.«

8.

Beim Verlassen des Zuges in Rennes fragte sie sich, bereits erschöpft und unter Schmerzen, warum sie die Strapaze einer längeren Radtour auf sich nahm, obwohl ein Bus bis in das Herz des kleinen Waldes fuhr. Doch irgendwie würde sie es schaffen.

Nachdem sie die Vororte der Stadt auf der N 24 in Richtung Plélan-le-Grand hinter sich gelassen hatte, führte sie die Straße nach einer Hügelkuppe unvermittelt in ein mit dichtem Nebel gefülltes kleines Tal, nicht ungewöhnlich in dieser wasserreichen Gegend, und dennoch etwas unheimlich. Eingetaucht in den Nebelsee konnte sie nur noch wenige Meter weit sehen. Zu beiden Seiten stand jetzt dichter Wald – eigentlich zu früh nach der Karte, die hier noch große Flächen von Wiesen und Feldern zeigte. Über sich vernahm Morgane das vertraute dreimalige Schreien einer Krähe. Alle übrigen Geräusche unterdrückten Wald und Nebel vollkommen. Eigentlich hätte sie das Tal schon längst wieder verlassen haben müssen. Doch stattdessen wurde der Nebel dichter, und so orientierte sie sich nur noch am schemenhaft erkennbaren Waldrand und an der unmittelbar vor ihr liegenden, gut ausgebauten vierspurigen Straße – die sich allerdings auf merkwürdige Weise verengte und verschlechterte. Nach kurzer Zeit befand sie sich auf einem gerade noch mit dem Rad passierbaren schmalen, unbefestigten Pfad, den nur mehr ein schwacher Schein der vorhin noch hell von einem blauen Himmel scheinenden Sonne durch Nebel und Baumkronen beleuchtete.

Morgane war lediglich dem Straßenverlauf gefolgt, von dem es bisher keine Abzweigung gab – weder auf der Karte noch in der Wirklichkeit. Sie konnte sich also gar nicht verfahren haben. Vielmehr musste sie sich im alten Urwald *Brec'helean* befinden, den es eigentlich längst nicht mehr gab – zumindest hier und in dieser Form. Der Weg führte im Dämmerlicht wie ein Tunnel durch den Wald mit seinen von Efeu umrankten hohen Buchen und Eichen, Tannen und Kiefern und einem dichten Unterholz aus Büschen und Farnen sowie hier und da von irgendeiner Eiszeit zurückgelassenen, moosbewachsenen Granitfelsen. Mit ihrer Karte würde sie die irgendwo in der Weite des Waldes liegende wundertätige Quelle von *Barenton* nicht finden. Sie folgte, vertraute, bei den seltenen Abzweigungen stattdessen dem Rufen der unsichtbar vor ihr herfliegenden Krähe.

Krähen sind wundersame Tiere, dachte sie, um ihr Vertrauen in die ungewöhnliche Wegweisung zu begründen. Götter und Könige nutzten Weisheit, Intelligenz und Flugfähigkeit der Rabenvögel. Dem nordischen Gott Odin berichteten stets die beiden Kolkraben Hugin und Munin, Geist und Erinnerung, über die Ereignisse auf der Welt.

Morganes Gedanken folgten den Vögeln in die Legenden ihrer Heimat. Unter dem Patronat des Papstes und Heiligen Cornelius, der in der Bretagne auf Französisch ›*Cornély*‹ oder ›*Corneille*‹, die ›Krähe‹, genannt wird, stehen die größten Stelen-Anlagen der Bretagne, da er die ihn hierher verfolgenden römischen Soldaten in Steinsäulen verwandelt haben soll. Der keltische Rabengott ›Bran‹ wurde als Sonnengott, Gott der Unterwelt oder der Künste verehrt. Viele süd-bretonische Orte tragen die keltischen Bezeichnungen der schwarzen Vögel ›vran‹ oder ›bran‹ im Namen – wie *Kervran*, der Krähenort, oder *Sant Vran*, die heilige Krähe, und schon der antike griechische Historiker und Geograph Strabon berichtete, dass man hier, im äußersten Westen Galliens, an die Streitschlichtung durch diese Vögel glaubte. Zahlreiche bretonische Menhire verkörperten entgegengesetzte Vogelpaare: weiße Tauben und schwarze Rabenvögel, denen offenbar schon in vorkeltischer Zeit eine große Bedeutung zukam. Erst seit dem späten Mittelalter wurden die schwarzen alles- und somit auch Aas fressenden Vögel mancherorts zu ›Galgenvögeln‹ und so als böse und unheilankündigend gemieden. Ihre nicht gerade melodischen, krächzenden Rufe unterstützten dieses abstoßende Bild.

Dagegen wies der weise Wanderer ›Rabe‹ in Märchen verirrten Wandersleuten den richtigen Weg. Möge es auch heute so sein!

Zu ihrem Erstaunen fühlte sich Morgane in dem undurchdringlich wirkenden, Farben, Konturen und Geräusche verschluckenden Nebel nicht verloren und alleine, sondern geborgen und vor dem ORDEN geschützt.

In dieser Stimmung, die von den Schmerzen ein wenig ablenkte, erreichte sie schließlich eine freundlich-sonnige Lichtung, derweil nur über dem Wald noch ein dünner Nebelschleier hing. Sie stieg vom Rad, das sie kaum noch über die Wurzeln und Unebenheiten des Weges fahren konnte, und setzte sich erschöpft ins saftig-grüne Gras. Sie spürte die der Schlaflosigkeit der vergangenen Nächte folgende Müdigkeit in allen Gliedern, die Anstrengung dieses ungewöhnlichen Ausflugs, und streckte sich im warmen, sonnigen Gras neben einem granitenen, moosigen Felsen aus, schloss die Augen und schlief auf der Stelle ein.

Ein alter Mann in weißem Gewand betritt unter Schmerzen gebückt an einem Stock gehend die Lichtung, auf der eine Quelle sprudelt, gefasst in einem steinernen Becken, auf dessen Rand eine schwarze Krähe sitzt. Der Mann wirft dem Vogel einige Körner zu, bevor er das Wasser mit einer hölzernen Kelle schöpft, trinkt und den freundlichen Ort sichtlich gelöst und in aufrechter Haltung verlässt.

Dann schleppt sich ein Mönch in schwarzer Kutte zu der Quelle, neben der jetzt eine kleine, offenbar der Muttergottes geweihte Kapelle steht, trinkt das Wasser aus einer Kupferschale, füttert eine Krähe mit einem Stück Brot und geht pfeifend davon.

Morgane erwachte vom dreifachen Krächzen einer Krähe, die auf der granitenen Einfassung einer sanft sprudelnden Quelle am anderen Ende der Lichtung hockte und sie schräg, fast keck und aufmunternd ansah. Vom Schlaf ein wenig gestärkt dehnte sie sich, bevor sie aufstand und langsam auf die merkwürdige Quelle zuging, während die Schmerzen heftig in jede Faser ihres Körpers zurückkehrten. Die Krähe flog unter dreimaligem Schreien auf und setzte sich auf eine große alte Eiche am Rande der Lichtung, von der sie die Szene aufmerksam zu verfolgen schien.

Vermutlich sprudelte hier nicht die gesuchte *Fontaine de Barenton*, die noch weit entfernt liegen musste, und von der sie ohnehin nicht wusste, warum sie ihr helfen sollte. Vielmehr hatte sie eine ganz andere der einst zahlreichen Quellen des Waldes entdeckt, die heute längst niemand mehr kannte, die wohl längst nicht mehr floss. Ihre innere Stimme hatte sie auf den Weg in den mystischen Wald geführt, die Krähe dann zu dieser Quelle, in einer anderen Zeit. Die beiden Männer im Traum schienen vor vielen Jahrhunderten das hier sprudelnde Wasser zu ihrer Gesundung genutzt zu haben. Quellen können heilen – oder tückisch sein, hielten nicht immer, was sie versprachen, wusste Morgane aus den alten Legenden. Manche waren vergiftet, andere verwandelten den Durstigen in ein Tier, oder schwollen plötzlich zu einem reißenden Fluss an, um den Trinkenden in den Tod zu reißen. Aber warum sollte die Krähe, die sie bisher in ihren Träumen treu begleitet hatte, sie hierhin ins Verderben geführt haben? Und der Traum schien die positive Wirkung des Wassers zu bestätigen. – Im Zweifel handelt es sich um eine ganz normale, wirkungslose, immerhin aber erfrischende Quelle, meldete sich jetzt entscheidend die Vernunft. Doch zuerst fütterte sie die Krähe, der sie ein großes Stück des als Proviant mitgenommenen Baguettes zuwarf. Diese Geste der Höflichkeit und des Dankes gegenüber ihrem gefiederten Begleiter hatte sie im Traum von den Eremiten gelernt.

Dann schöpfte sie das Wasser mit der Hand, um es neugierig zu trinken. Während sie auf die Wirkung wartete, schlief sie müde und entspannt am Beckenrand wieder ein.

Sie erwachte unter klarem Sternenhimmel bei der großen, alten Eiche, auf der immer noch die Krähe saß. Nur dass sie sich jetzt auf einer Wiese in einer hügeligen Landschaft an einem Weg befand – keine Spur von einer Quelle oder dichtem Wald. Sie fühlte sich gelöst und erfrischt. Selbst als sie vorsichtig aufstand, kehrte der Schmerz nicht zurück! Diesen Schub hatte sie dank des wundersamen Wassers offenbar überstanden, freute sie sich, wenn sie auch ahnte, dass eine bleibende Heilung noch ausstand, sich die Krankheit nur einstweilen in ihr Inneres zurückgezogen hatte.

Immerhin hoffte sie, dass sich der Rhythmus verlangsamen würde.

Leider hatte sie vergessen, eine Flasche mit dem heilenden Wasser für spätere Anfälle zu füllen. Vielleicht konnte das alte Wasser in der neuen Zeit ja ohnehin keine Wirkung entfalten. Würde sie die verschollene Quelle wieder finden, wenn sie sie brauchte? Und woher stammte der dichte Nebel, der sie aus der fast baumlosen Gegenwart in den verlorenen Wald zurückgeführt hatte?

Erschien ihr heute und in den Träumen eigentlich immer dieselbe Krähe, sie treu durch die Zeiten begleitend, oder handelte es sich um verschiedene der in Europa recht häufig vorkommenden Vögel, Ausprägungen ihrer Fantasie oder reale Tiere in den Erinnerungen fremder Menschen? In den Träumen schien der Rabenvogel nur zu beobachten, doch heute hatte er geführt.

Morgane musste noch viel lernen.

Neben ihr lag das blaue Fahrrad, das sie auf der nahen Route Nationale schnell nach Rennes zurückbringen würde. Von dort gelangte sie, unsichtbar für den ORDEN, mit dem Zug zurück nach Paris.

9.

De Blois blickte lange nachdenklich durch die Glasfassade des Bürohochhauses über die Seine auf die *Île-de-la-Cité*. Als ehemaliger Präsident der Bank genoss er lebenslang das Privileg eines Büros im obersten Stock der Firmenzentrale, die er seinerzeit gegen den Widerstand des halben Vorstands im Zentrum der Stadt und nicht preisgünstiger in *La Défense* hatte bauen lassen. Nur eine Weisung des damaligen gaullistischen Bürgermeisters ermöglichte die rechtswidrige Baugenehmigung. ›*Tour de Blois*‹ nannten die Firmenzentrale missfällig die Pariser, denen das protzige Gebäude zwischen seinen Nachbarn aus dem späten neunzehnten Jahrhundert schon immer ein Dorn im Auge war, und die in ihm ein Monument des Hochmuts der Bankmanager sahen.

De Blois hatte die junge Meisterin Morgane, die sehr schnell an Stärke gewann, unterschätzt. Offensichtlich nutzte sie intuitiv oder gezielt die alten magischen Mächte, um die er zwar wusste, auf die sich er und sein in Kontakten und Abhängigkeiten denkendes Kabinett aber nicht mehr so recht verstanden. Sie durfte mit diesen Mächten nicht weiter wachsen, musste von Wissen und Erkenntnis fern bleiben, am besten sehr bald sterben. Was hatte sie bereits gelernt und erkannt? Und noch wichtiger: was hatte Sellin vor seinem Tod in ihr schon angelegt? Womöglich den durch ihn tradierten Erinnerungsstrang ihrer Mutter. Deren starker Wille und Charisma hatten sich in Morgane noch deutlich gesteigert. Der Großmeister erkannte in ihr eine Bombe, die er entschärfen würde, bald entschärfen musste. Andernfalls konnte ihre Detonation sogar den ORDEN, sein Lebenswerk, vernichten. Denn die Unruhe wuchs täglich. Das eigentlich dramaturgisch geschickt eingesetzte Symbol der uralten Beile wendete sich gegen ihn, nur weil – und solange – ein einziges Beil seine Aufgabe nicht erfüllte.

Er kannte auch die Schwäche seiner Gegnerin, die Krankheit, die schon ihre Mutter im Laufe der Jahre zermürbt hatte. Nur konnte er diese Schwäche, die unberechenbar mit einem Schub von Schmerzen über Morgane hereinbrach, nicht kommandieren, den Zeitpunkt weder beeinflussen noch vorhersehen. Und wie schnell diese Verbündete ihr zerstörerisches Wirken vorantrieb, entzog sich ebenfalls seiner Kenntnis. Immerhin wusste er, dass der Tod Sellins und der Stress der Verfolgung eine Beschleunigung bewirkten. So spielte die Zeit zugleich für und gegen sie – und ihn.

In schmerzfreiem Zustand, ahnte de Blois, würde sie sich seinem Zugriff durch die Magie der Tarnung entziehen können, für den ORDEN unsichtbar selbst mitten in Paris. Unter Schmerzen schwände ihre Tarnung jedoch schnell, da sie noch nicht die Meisterschaft besaß, ihre Energien auch in Zeiten der Schwäche gezielt einzusetzen, oder sich in starken Phasen gegen die bevorstehende Schwäche zu wappnen. Und schutzlos, bar jeder Tarnung konnte er sie vernichten.

Wo hielt sich die Abtrünnige jetzt auf? Wie konnte sie sich seinem Zugriff immer wieder entziehen, obwohl sich doch alle meisterliche Macht vom Großmeister ableitete? Wer hatte sie, und nur sie, in ihrem bretonischen Haus, dann in Berlin gewarnt? Und schließlich das Desaster mit dem Killer, der statt seines Opfers seinen Vorgänger erschoss, und dies ausgerechnet in einem Moment ihrer Schwäche, wie er wusste, da sie Fehler beging. Halfen Morgane Verbündete – gar aus dem ORDEN?

Die alten, dunklen Mächte der Magie schienen sich noch einmal gegen die vernünftigen Strukturen erheben zu wollen und hatten sich hierzu ausgerechnet dieses kranke Mädchen ausgesucht. Der alte Großmeister fühlte sich bereit und stark genug für diese letzte große Schlacht seines Lebens. Er lächelte, derweil seine Augen auf der Pariser Kathedrale ruhten.

10.

Morgane quartierte sich in Paris wieder in einem kleinen Hotel ein, das sie aus ihrer Zeit beim Auswärtigen Amt kannte. Schon damals hatte sie die Hoffnung aufgegeben, die Zeit der Übernachtungen in kleinen, muffigen Hotelzimmern hinter sich gelassen zu haben. Denn die geringen Übernachtungssätze des Amts ließen nur sehr bescheidene Zimmerchen in der teuren Stadt zu, wenn man einigermaßen zentral für möglichst direkte Verbindungen an die Flughäfen und die Treffen mit den französischen Kollegen aus verschiedenen Ministerien wohnen wollte. Viel lieber wäre sie in einem dieser gleichförmigen, anonymen Motel-One-Hotels abgestiegen, die in allen deutschen Großstädten aus dem Boden sprossen, nicht jedoch in Paris. Das sahen ihre französischen Kollegen allerdings anders, die ihre ›schönen‹, also im neunzehnten Jahrhundert gebauten, Hotels in Berlin vermissten.

Jetzt blickte sich Morgane auf ihren knapp sieben Quadratmetern aus dem neunzehnten Jahrhundert um. Ein kleiner Schreibtisch mit einem Stuhl ließ sogar einen Durchgang neben dem Bett, sofern die Sitzfläche des Stuhls unter den Tisch geschoben wurde. Der Kleiderschrank nahm als praktischer Eckschrank wenig Platz ein und würde für die Nacht ohnehin nicht genutzt. Das Fenster führte zu einem Schacht mit abblätternder gelber Farbe, durch den selbst am helllichten Tag nicht genug Licht fiel, um auf die kleine Lampe verzichten zu können.

Morgane hatte dieses kleine Hotel ausgesucht, weil es zwischen der Sorbonne und Saint-Victor lag, auf historischem Boden, aber nicht so nah und verräterisch wie das letzte. Sie hoffte, dass sie dem Kloster aus ihrem feuchten, dunklen Zimmer einen weiteren Besuch abstatten konnte, womöglich in seinen ersten, seinen besten Jahrzehnten.

Eine schwarze Krähe kreist krächzend über einem Feldlager, auf dessen größtem Zelt weit sichtbar eine weiße Fahne weht. Zwei junge Mönche und ihr Knecht steigen mühsam, vier Pferde führend einen steinigen Weg von einem Hügel hinab zum Lager. Einer der Mönche trägt eine ehemals weiße Kutte, die inzwischen grau erscheint, mit Flecken und Streifen in diversen Erdtönen, der andere eine ehemals schwarze, die ebenfalls ganz offensichtlich und wie ihre Träger unter den Strapazen einer langen Reise gelitten hat.

Der weiße Mönch, Peter, kommt aus einer Bauernfamilie und gehört dem Augustiner Chorherrenstift St. Ulrich und Afra zu Kreuzlingen an. Er ist blond gelockt, hellhäutig, hochgewachsen und feingliedrig mit schmalen langen Händen, denen man bäuerliche Tätigkeiten nicht zutrauen mag. Vermutlich erschien seinen Eltern das Kloster als einzige Möglichkeit, ihren zerbrechlich wirkenden und als Kind häufig kränkelnden Sohn vor den Gefahren und Strapazen der Feldarbeit zu schützen – und den Hof, der nun ungeteilt von seinem jüngeren Bruder übernommen würde, vor einem sichtlich unfähigen Bauern. Fast hätte der aufgeweckte Junge das Kloster wegen einer erheblichen Schreibschwäche schon bald wieder verlassen müssen. Doch glücklicherweise memorierte er den Inhalt des mündlichen Unterrichts ganz ausgezeichnet, konnte das einmal gesprochene Wort leicht wiedergeben. Seine Lehrer erkannten dieses Talent sowie seinen wachen Geist und förderten schließlich den blonden, etwas linkischen Jungen.

Der schwarz gekleidete Mönch, Heinrich, entstammt einem alemannischen Adelsgeschlecht. Er ist etwas kleiner, muskulös, lebenspraktisch geschickt, dunkelhaarig und im Alter von vierzehn Jahren in das Benediktinerkloster Petershausen eingetreten, um das elterliche Erbe dem

Bruder zu belassen. Auch Heinrich hat sich als gelehriger und neugieriger Schüler erwiesen, der schnell die Aufmerksamkeit seines Abts und des Bischofs von Konstanz auf sich zog.

Die jungen Mönche haben eine ganz besondere Ausbildung genossen, die nicht nur die üblichen Lerninhalte Theologie und Philosophie und die andernorts vermittelten ›Freien Künste‹ umfasst, sondern auch uralte, mündlich überlieferte Kenntnisse der Welt und der Menschen. Besonders Peter kommt diese Form des Wissenserwerbs ohne Lesen und Schreiben sehr entgegen.

Beide Klöster liegen vor den Toren von Konstanz, gelten als reformfreudig und schienen deshalb Bischof Ulrich besonders geeignet, sein Bistum in Paris zu vertreten. Er wäre gerne selbst der Einladung von Abt Gilduin von Saint-Victor zum ersten großen Konvent nach der Zeitenwende gefolgt, fühlte sich aber für eine so weite Reise zu schwach. So erschienen ihm Heinrich und Peter als ideale, zukunftsweise Möglichkeit, das fern von Paris liegende Bistum am Aufbruch in eine neue Zeit teilhaben zu lassen.

Erschöpft und vorsichtig nähern wir uns nach langer, kräftezehrender Reise den Zelten mit der weißen Fahne, die auf kirchliche Bewohner hinweist. Die Wachen begrüßen uns freundlich, haben Mitleid mit den geschundenen Mönchen und lassen uns an einem Feuer Platz nehmen, derweil Johann, unser Knecht, die Pferde versorgen hilft. Wir erfahren zu unserer Überraschung, dass sich mit dem Pariser Bischof Étienne und Abt Gilduin von Saint-Victor hohe Gäste auf der Rückreise vom Kloster Clairvaux nach Paris in diesem Feldlager befinden. Mönche versorgen uns mit Wein und guten Speisen, so dass wir uns trotz unserer Müdigkeit bald etwas erholen. Thomas, ein kleiner sympathischer Mönch, gesellt sich zu uns und stellt sich als Prior von Saint-Victor vor. Von unserem Bischof Ulrich wissen wir, dass Thomas ein kluger Berater ist, dem Bischof Étienne und Abt Gilduin in Fragen der Kirchenpolitik und unserer Wissensgemeinschaft blind vertrauen.

»Wir sind auf dem Weg zum Pariser Konvent, als junge Wissensträger und Gesandte unseres Bischofs Ulrich von Konstanz, ein Freund eures Abtes, der aus gesundheitlichen Gründen die Reise nicht selbst antreten konnte«, stellt uns Heinrich vor.

»Es freut mich sehr, euch kennenzulernen! An unserem Konvent werden nicht viele Mönche aus dem deutschen Kaiserreich teilnehmen. Welche Kirchentradition pflegt ihr in Konstanz?«

»Entschuldigt, gibt es verschiedene Traditionen?«

Thomas lacht. »Es freut mich, dass sich die gegnerischen Fraktionen der französischen Kirche bei euch offenbar nicht gebildet haben. In Frankreich hält uns ein trauriger Kirchenkrieg in Atem, der ursprünglich auf einen Streit um die Reformen des letzten Jahrhunderts zurückgeht, die die Diener der Kirche zu mehr Enthaltsamkeit in der Nachfolge der armen Apostel Christi verpflichten sollten. Aber tatsächlich geht es heute auch um eine ganz andere Frage: Beruhen die Mysterien Gottes ausschließlich auf der Bibel, der Überlieferung der Kirchenväter und unserem Glauben, oder der antiken griechischen Tradition folgend auf dem, was unser Verstand erkennen kann, oder besitzen wir schließlich Fähigkeiten, mit denen wir im göttlichen Sinne Kräfte der Natur nutzen, die wir nicht verstehen und als metaphysisch bezeichnen? Und am Ende geht es wie so häufig um Macht, Einfluss und persönliche Eitelkeiten.

Bischof Étienne, Abt Gilduin und in Bescheidenheit auch ich verteidigen die Reformen der Kirche und darüber hinaus die Metaphysik in der Wissensgemeinschaft als eine unserer großen Traditionen. Auf der anderen Seite steht Étienne de Garlande, der nach oder vor dem König mächtigste Mann des Reiches, der als Kanzler der königlichen Verwaltung, Seneschall von Frankreich, Archidiakon von Paris sowie Dekan des Klosters Sainte-Geneviève viele weltliche und kirchliche Ämter auf sich vereinigt. Im Namen der sogenannten Vernunft bekämpft er die Metaphysik in unserer Gemeinschaft. Eigentlich geht es ihm jedoch nur um Macht und Einfluss, und unser Bischof gilt neben Bernard de Clairvaux als sein wichtigster Gegner in der Kirche und bei Hofe. Den von Abt Gilduin unter dem Schutz des Bischofs nach jahrhundertelanger Unterbrechung geplanten Konvent der Wissensträger möchte Kanzler de Garlande verhindern, da Gilduin mit der Versammlung die Grundlage für eine neue starke Gemeinschaft legen und diese vielleicht gar im Kirchenkampf gegen de Garlande nutzen könnte. Der Konflikt spiegelt sich im intellektuellen Disput zwischen dem vom Kanzler unterstützten Petrus Abaelardus, der im Kloster Sainte-Geneviève lehrt, und Hugo, dem neuen, äußerst fähigen Leiter unserer Klosterschule. – Und erst heute habe ich erfahren, dass de Garlande sogar versucht haben soll, die Beile des Schlangenmenhirs zu rauben.«

»Was für Beile?« frage ich verwirrt. Offenbar haben wir in Konstanz nicht nur den Pariser Kirchenstreit verpasst.

»Ihr habt als Wissensträger noch nichts von den Steinbeilen gehört?« fragt Thomas dann auch sichtlich überrascht. »Es heißt, sie bringen großes Unheil in der Hand des Machtgierigen. Ein alter Zauber hält die am Fuße eines großen Menhirs im Herzogtum der Bretagne vergrabenen Beile jedoch gebannt. Dort werden sie von fünf Schlangen bewacht, die in die Basis des Menhirs graviert wurden. Wenn nun ein Mensch versucht, die Beile in böser Absicht zu rauben, werden die Schlangen lebendig und töten den

Dieb. Schon diese Geschichte schützte die Beile, die wohl schon seit Jahrhunderten kein Mensch gesehen hat. Niemand wusste, ob es sie wirklich gibt, und erst recht glaubte niemand so recht an die Schlangen. Aber warum sollte man nach Beilen graben, die vielleicht gar nicht existierten, selbst wenn nur ein minimales Risiko eines tödlichen Bisses bestand?

Nun habe ich aus zuverlässiger Quelle erfahren, dass der solchen Legenden unzugängliche Kanzler mit dem Raub der mythischen Beile einen vertrauenswürdigen Gesandten beauftragt habe. Dieser hatte noch nicht zu graben begonnen, als er von fünf Schlangen gebissen wurde und auf der Stelle verstarb! Ein besonders heilkundiger, mir befreundeter Mönch hat bei der Untersuchung der Bisswunden des Toten ein Gift entdeckt, dass es bei heimischen Schlangen dieser Region gar nicht gibt. Eine recht merkwürdige Geschichte. Es soll eine lebendige Erinnerung zur ursprünglichen Bedeutung der Beile geben, die ich leider nicht kenne.«

»Immerhin ist die Vorstellung beruhigend, dass der vor den Beilen schützende Zauber offenbar noch wirkt«, stelle ich fest.

»In der Tat möchte ich mir die Beile in der Hand des machtgierigen Kanzlers nicht vorstellen. Denn ich glaube durchaus an ihre unheilvolle Wirkung, anders als er. Ich frage mich, warum er sich überhaupt für die Beile interessiert.«

»Wenn er sie gegen die Metaphysiker einsetzen will, mag es ja genügen, dass *diese* an ihre Wirkung glauben, um sie einzuschüchtern«, gebe ich zu bedenken. »Und außerdem kann man mit ihnen vermutlich unabhängig von der Relevanz des Mythos jemanden erschlagen«.

»Das klingt plausibel«, stimmt Thomas zu und nickt nachdenklich. »Übrigens befinden wir uns gerade auf de

Garlandes Gebiet ganz in der Nähe seiner Burg Gournay-sur-Marne.«

»Der Burg des Kanzlers? Ist das nicht sehr gefährlich, sozusagen in Feindesland?« frage ich unsicher.

»Er wagt es nicht, auf seinem eigenen Territorium den Bischof von Paris anzugreifen. Er würde sich Papst und König zu seinen ewigen Gegnern machen. Das wäre selbst für Étienne de Garlande eine zu große Herausforderung. – Doch lasst uns jetzt auf unsere heutige Begegnung im Feindesland und einen erfolgreichen Konvent trinken!«

Als wir unsere Becher erheben, fliegen zwei Krähen von einem benachbarten Zeltdach laut krächzend, ganz offensichtlich erschreckt auf. Dann hören wir in der Ferne, indes rasch näher kommend den schnellen Hufschlag von Pferden. Ich stelle mich auf eine Bank, um einen Überblick zu gewinnen, und sehe etwa zwanzig Ritter in voller Rüstung auf uns zureiten. Jetzt überstürzen sich die Ereignisse: Ungeachtet unserer weißen Fahne, die uns als mittellos reisende Söhne der Kirche ausweist, schlagen die Reiter unsere Wache nieder und sprengen mitten durch das Lager, dessen Zelte sie mit Lanzen und Schwertern verwüsten.

Prior Thomas, Heinrich und ich suchen wie die übrigen Mönche vor den Raubrittern Schutz zwischen den Zelten, die eines nach dem anderen zerschlagen werden. Während der Überfall gerade noch auf wahllose Verwüstung und die Verbreitung von Schrecken gerichtet scheint, stürmt plötzlich eine Gruppe von drei Rittern direkt auf uns zu. Sie stoßen Heinrich und mich aus dem Weg, ergreifen Thomas und erschlagen ihn vor unseren Augen mit Schwerthieben in Hals und Brust.

Einer gibt ein Zeichen mit einer Lanze und die Reiterschar galoppiert aus dem zerstörten Lager Richtung Hügel davon. Heinrich und ich eilen zu Thomas, der in Heinrichs Armen noch einmal die Augen aufschlägt – und stirbt. In wenigen Minuten werden wir umringt von den anderen Mönchen, bis sich eine Gasse für den Bischof und den Abt öffnet.

Am Abend liegen Heinrich und ich vollkommen erschöpft auf Strohmatten mit anderen Mönchen im Zelt. Der heimtückische Überfall und der Meuchelmord an unserem neuen Freund haben uns unserer letzten, gerade erst wieder gewonnenen Kräfte beraubt. Die ohnehin dreckstarrenden und heute mit Blut besudelt Kutten haben wir notdürftig im Bach gewaschen und durch unseren zweiten, gleichfalls nicht mehr besonders frischen Satz Kleidungen ersetzt. Trotz der Müdigkeit kann ich keinen Schlaf finden.

»Heinrich, bist du noch wach?«

»Hmh«, klingt es schwach neben mir.

»Weißt du noch, wie euphorisch wir damals unser behütetes Konstanz am großen See Richtung Paris verlassen haben?«

Heinrich wendet sich mir zu. »Scheint schon eine Ewigkeit her.« Er lächelt müde.

»Jetzt müssen wir froh sein, überhaupt noch zu leben.«

Heinrich legt sich wieder auf den Rücken und nimmt meine Hand. »Wir müssen jetzt vor allem etwas schlafen.« Zwei Minuten später ist er seinem Rat gefolgt.

Ich nicht.

Stattdessen betrachte ich versonnen und liebevoll meinen friedlich schlafenden Gefährten, der mir die Kraft zum Durchhalten in diesen schwierigen Zeiten gibt.

Doch was machen wir hier eigentlich? Warum haben wir unsere friedliche Heimat verlassen? Eher Zweifel als wirkliche Fragen, die ich mir leicht selbst beantworten kann. Und dank meines guten Gedächtnisses kehren die Erinnerungen frisch zurück:

Es begann mit einer ganz harmlos klingenden Frage unsere Bischofs Ulrich: ob wir nicht zu einem Konvent von weisen Mönchen nach Paris reisen wollten. ›Nach Paris reisen?‹ Natürlich wollten wir. Ich weiß noch, wie großartig ich den Vorschlag fand: weit in die Welt hinaus, ein ganz unglaubliches Abenteuer, schon die Reise und dann der Konvent mit seinen außerordentlichen Versprechungen! Meine ausgeprägte Phantasie steigerte die Vorfreude ins schier Unerträgliche, noch bevor ich überhaupt erste Details kannte. Ich male mir die Zukunft wohl stets etwas schwärmerisch und recht bunt aus. Da sie allerdings nicht immer hält, was ich mir von ihr versprochen habe, folgt der Vorfreude häufig Ernüchterung oder gar Enttäuschung. Die Strapazen dieses Abenteuers habe ich mir jedenfalls nicht vorgestellt, obwohl die Beschwerlichkeiten des Reisens allgemein bekannt sind. Und heute kniete ich gar im Blut eines Freundes, den ich gerade kennengelernt hatte!

Jedenfalls war ich unglaublich aufgeregt, als wir endlich unsere weite Reise antraten, deren erste Etappe uns auf dem Rhein nach Basel führte. Von dort sollten wir bis nach Besançon reiten, dann wiederum mit dem Kahn auf der Doubs und der Saône nach Mâcon fahren, und von dort nach Cluny, Dijon und schließlich Paris wieder reiten.

Schwieriger als die Organisation der Transportmittel hatte sich die der Quartiere erwiesen: Klöster lagen auf unserem Weg, der keine Pilgerstraße ist, sehr unterschiedlich verteilt, und andere Übernachtungsmöglichkeiten gab es abgesehen von vereinzelten Bischofssitzen und befreundeten Burgen praktisch nicht. Die wenigen Gasthäuser geziemen sich wegen der rauen Umgangsformen, des Schmutzes und der Läuse nicht für uns junge Kleriker. Nach Anbruch der Dunkelheit schließen zudem die Stadttore und damit auch die Gastzimmer einiger Bischöfe und innerstädtischer Klöster. Nicht alle Klöster, in denen wir übernachten wollten, lagen an ausgebauten Handelsstraßen, so dass Umwege erforderlich waren. Außerdem erwies sich unser Kartenmaterial bald als unzuverlässig, wehte der Wind auf dem Fluss fast immer aus der falschen Richtung und zeigten sich die meisten Straßen des Königreichs in schlechtem Zustand – und die besseren mieden wir aus Angst vor Wegelagerern und Raubrittern.

Wir reisten mit wenig Geld und Proviant, denn wir zählten (meist, aber leider nicht immer zu recht) auf die freigiebige Gastfreundschaft der Klöster nach der Regel des Benedikt. Die Übernachtungen in den Klöstern, wenn wir sie denn erreichten, waren allemal bequemer als diese Matte heute, in einem windschiefen, nach der Verwüstung nur notdürftig reparierten Zelt, durch das der Wind pfeift.

Immerhin leben wir noch.

»So richtig habe ich noch nicht verstanden, was uns in Paris erwartet«, gab Heinrich auf unserer ersten Etappe nüchtern zu bedenken.

»Sicher wird es ganz phantastisch.« Ich hatte in meinem Kopf ein lebendiges Bild angenehmer und kluger, sich offen und verständig austauschender, weiß gewandeter, sympathischer Menschen, die ich mir – warum auch immer – als griechische Philosophen vorstellte, oder als Druiden, jedenfalls nicht als moderne Mönche in Kutten. »Erstmals werden viele weise Gelehrte der abendländischen Christenheit zusammenkommen, berühmte Menschen, von denen einige sogar in unseren unbedeutenden und entfernt liegenden Klöstern bekannt sind!«

»Wenn wir überhaupt ankommen«, mischte sich hier unser rüstiger Knecht Johann mürrisch ein, wohl um meinen Übermut zu dämpfen. Johann kümmert sich während der Reise um das Gepäck, die Organisation der Kähne und die Pferde, und vor allem darum, dass wir unreifen Mönche nicht zu leichtsinnig werden. Als Knecht sollte er uns eigentlich gegen Räuber beschützen, aber er hat nie richtig zu kämpfen gelernt. Da vertraue ich eher der Erstausbildung meines ritterlichen Mitmönchs, der das Reiten und Führen von Schwert und Lanze in den Jahren der klösterlichen Gemeinschaft wohl noch nicht verlernt hat. In erster Linie dient uns Johann als erfahrener Führer. Er hat seinen Herrn, unseren Bischof Ulrich, bereits auf vielen Reisen begleitet, von denen die meisten allerdings nur in eine schwäbische, alemannische oder bayrische Abtei oder Bischofsstadt, oder rheinabwärts nach Mainz, Speyer, Worms oder Köln führten.

In Basel, dem ersten Etappenziel, bewirtete uns Bischof Adalbero als Entsandte seines Freundes Ulrich mit edlen Speisen. So hätte es von mir aus weitergehen können! Er erzählte von seiner Stadt, aber auch von den Mühsalen, die sein Amt mit sich bringe.
»Ich sollte nicht klagen, da mir Gott und der Papst dieses wichtige Amt anvertrauten. Aber anders als ihr, die ihr im Kloster geschützt nach eurem Heil und Gottes Wohlgefallen trachtet, vielleicht die Armen speist und die Kranken versorgt, muss ich mich tagaus, tagein nicht nur mit dem Wohl der Gemeinde meines Bistums, sondern mit allerlei weltlichen Geschäften mühen. Streitfälle werden mir zur Entscheidung vorgetragen, und die Besitztümer des Bistums wollen verwaltet und, so Gott will, gemehrt werden. Gleichzeitig muss ich mich um ein gutes Verhältnis zum Heiligen Vater, zu den Adligen des Bistums und sogar dem Kaiser bemühen, selbst wenn alle miteinander im Streit liegen! Am liebsten wäre ich nur unter einfachen Mönchen wie euch und so freue ich mich über unsere Unterhaltung und die Nachricht von Freunden.«

»Spannungen gibt es selbst bei uns einfachen Mönchen, denn auch wir müssen Gottes Wohlgefallen ergründen«, entgegnete Heinrich, den das Attribut ›einfach‹ wohl provoziert hatte, und so schaute ich ihn überrascht an. »Diese Spannungen mögen nicht stets unseren Alltag bestimmen, aber wir legen sie in der Wahl unserer Lebensweise an. Die Apostel, deren Gemeinschaft uns als Beispiel dient, sind hinaus in die Welt gezogen und haben das Wort Gottes verkündet, wie nach ihnen die Missionare. Die Regel des Heiligen Benedikt, die wir befolgen sollen, fordert dagegen die *Stabilitas*, die feste räumliche Bindung an ein Kloster. Und doch pilgern gute Christen nach Santiago, Rom oder Jerusalem, so wie wir uns jetzt auf den Weg nach Paris begeben.

Eremiten werden als Heilige verehrt, obwohl sie nicht wie die Apostel in Gemeinschaft leben und nicht in die Welt hinausgehen, sondern sich in die Wüste oder die Wildnis zurückziehen, um in der Einsamkeit Gott zu finden und ihm nahe zu sein. Sollen wir Gott allein, oder in der Gemeinschaft, in einem Kloster fern der Welt oder im Dienst an den Menschen in der Unruhe der Stadt gefallen? Als Benediktiner lebe ich nur unter meinesgleichen in der Klausur, während der Regularkanoniker Peter, ein Mönch auch er, bald als Priester einer Gemeinde des Bistums Konstanz vorstehen wird; manche Mönche lehren in Schulen, pflegen Kranke, speisen Arme und verlassen dazu die Gemeinschaft der Mönche. Einige Klöster lehnen die Arbeit und den Dienst an Laien dagegen rundweg ab, da sie vom Dienst an Gott durch Gebet und Liturgie ablenken könnten, andere arbeiten kontemplativ, wieder andere sogar hart für ihre Ernährung auf dem Felde.

Wir schulden dem Abt unbedingten Gehorsam, zudem dem Heiligen Vater in Rom und Peter seinem Bischof, richten uns aber auch danach, was wir selbst als Wille

Gottes erkennen. Die Äbte wiederum schulden dem Papst gehorsam, die meisten dem Bischof; viele müssen sich mit Adeligen, die ihnen Ländereien und Einkünfte zur Verfügung stellen, arrangieren, einige sogar so wie ihr mit dem Kaiser, der wiederum mit den Fürsten, dem Bischof oder gar dem Papst in Zwist liegen mag!

Jesus lehrte seine Jünger nach der Schrift, alles zu verlassen und ihm zu folgen. Eher werde ein Kamel durch ein Nadelöhr gehen, als dass ein Reicher in den Himmel komme. Wir haben uns deshalb für ein Leben in Besitzlosigkeit entschieden. Doch manche von uns leben in Askese, andere im Prunk ihrer reich ausgestatteten Kirchen und samtenen Gewänder bei üppigen Mahlzeiten, zu denen Fleisch nicht nur in den Krankenstuben und an Feiertagen, sondern jeden Tag gereicht wird.

Schließlich: Sind der Drang nach Philosophie oder Schönheit, die Freien Künste, die Wissenschaften von der Medizin und der Natur, ja Bildung für uns Mönche eher eitel und überflüssig, oder im Gegenteil wichtig, da auch Gott Schönheit und Wissen womöglich gefallen?«

Ich beneidete den Bischof nach seiner Rede nicht um den Luxus seiner Umgebung. Allein, die Worte Heinrichs haben mich noch tiefer beeindruckt und wohl sogar beim Bischof eine gewisse Nachdenklichkeit hervorgerufen. Bisher hatte ich die Verhältnisse in meinem Chorherrenstift wohl irgendwie als ›gottgegeben‹ hingenommen, Konflikte zwischen Autoritäten, Aufgaben und unterschiedlichen Formen mönchischen Lebens gar nicht gesehen. Unser Abt erscheint mir gerecht, und zu unserem Bischof, der mich fördert, habe ich ein gutes Verhältnis. Wenn dieser möchte, dass ich mich über das übliche Maß hinaus bilde, kann dies in meinen Augen nicht eitel sein. Im Koster gibt es, anders als bei den Eltern daheim, immer genug zu essen, wenngleich Fleisch nur an Sonn- und Festtagen. Das halte ich für keine Völlerei. Eine Entscheidung zwischen Eremitentum und Gemeinschaft, Klausur und Dienst an den Menschen habe ich nie selbst, sondern meine Eltern für mich vermutlich ohne komplizierte Abwägungen getroffen, da uns das Landleben nicht alle ernährte und das Augustinerstift ihnen offenbar nächstliegend erschien. Vermutlich wollten sie vor allem meinen Geist fördern und dem geliebten, empfindlichen Sohn eine bescheidene Entwicklung fernab der harten Feldarbeit ermöglichen. Und doch muss ich Heinrich jetzt Recht geben, wundere mich, dass ich diese vielen kleinen Entscheidungen und Umstände nie hinterfragt habe, selbst als ich erwuchs und ein vielfältiges Wissen in mich aufsog, ein Wissen, das mir die Vielzahl der Lebensformen in und außerhalb des Klosters vor Augen führte, und das mich dennoch bisher nicht veranlasst hatte, meine eigene Lebensform genauer zu betrachten und vielleicht in Frage zu stellen. Die Zufriedenheit mit meinem sich bisher recht glücklich fügenden Leben motivierte wohl weder Zweifel noch den Wunsch nach Veränderung.

Dabei bin ich eigentlich ein sehr neugieriger Mensch, dem das Leben und die Welt so viel mehr als Konstanz mit seinen Geistlichen und Gemeinden verspricht: unerschöpfliche Quellen des Wissens und vielfältige Formen des Lebens finden sich wohl im Überfluss in Paris, Köln, Brügge, London und anderen großen Städten. Vermutlich gibt es zahlreiche Möglichkeiten, Gott in seinem Werk zu dienen, nicht nur die, in denen Heinrich oder ich gerade mehr oder weniger zufällig leben. Man müsste sie alle kennenlernen und dann seine eigene Entscheidung treffen! Wäre das nicht großartig?

Trotz der bequemen – im Vergleich zu meiner jetzigen Strohmatte sogar *sehr* bequemen – Betten zwischen den Seidentapeten des bischöflichen Palastes zu Basel konnte ich in diesen Gedanken verfangen auch damals keinen

Schlaf finden: Basel, eine Stadt fernab der heimatlichen Erde, und doch nur die erste Station unserer weiten Reise, die so viel Neues bringen sollte! Aufgeregt und mit offenen Augen blickte ich noch lange auf den gemalten Himmel über mir, während Heinrich ruhig neben mir schlief – so wie jetzt. Nur, dass ich jetzt nicht mehr so euphorisch, sondern ganz erschöpft bin und auf keinen Sternenhimmel, sondern auf das geflickte Dach eines trostlosen Zeltes blicke. Viel stärker als damals erfreut mich indes der Gedanke, dass mein liebevoller Gefährte friedlich und ruhig neben mir liegt.

Jedenfalls war ich damals recht müde, als wir in der Früh, gleich nach der Laudes und einem leichten Frühstück aus Basel aufbrachen, um die erste Etappe auf der Straße zurückzulegen. Dummerweise wollte sich mein Pferd nicht so recht mit mir anfreunden, verhielt sich eher wie ein störrischer Esel. Wir gaben wohl ein komisches Bild ab! Dabei hatte ich mir schon als kleiner Junge mit meinen blonden Locken vorgestellt, stolz, gerade und recht ritterlich auf einem Pferd zu sitzen. Es fehlte damals nur das Pferd. Nun gab es ein Pferd. Aber die Realität wich von der kindlichen Vorstellung leider sehr deutlich ab. Vermutlich lag der Grund für diese Diskrepanz in meinem Mangel an Reitkunst. Während Heinrich auf der väterlichen Burg natürlich reiten gelernt hatte, saß ich zum ersten Mal auf dem Rücken eines Tieres, denn bei meinen Eltern gibt es nur Pflüge ziehende Ochsen. In naiver Vorfreude auf das ritterliche Bild hoch zu Ross hatte ich bei der Planung unserer Reise gar nicht an die Möglichkeit von Schwierigkeiten gedacht – und merkwürdigerweise auch sonst niemand. Jedenfalls sank mein Mut immer tiefer, in Richtung Verzweiflung. Johann musste große Überzeugungskraft aufbieten, damit ich nicht entnervt aufgab, und sich das widerspenstige Pferd zumindest langsam in die richtige Richtung bewegte.

»Schade, dass der Rhein hier abknickt und nicht weiter Richtung Paris fließt«, bedauerte ich den notwendigen Umstieg vom Kahn auf das Pferd.

»Schön, dass du deinen Humor nicht verloren hast! Lass uns doch einfach nach Köln statt nach Paris fahren«, lachte Heinrich, der stolz und besonders gerade auf seinem Rappen saß.

Nach vielen guten Hinweisen meiner geübten Gefährten und einer recht langen Weile wurden mein Pferd und ich dennoch Freunde, zeigte sich vielleicht sogar eine Spur von Talent, so dass sich die mangelnde Übung weniger bemerkbar machte. Wir holten sogar die Verzögerung bald auf, da sich die Straßen trocken und in gutem Zustand zeigten. Abends war ich dennoch kreuzlahm und das Besteigen des Pferdes am nächsten Morgen wurde immer wieder zur Qual.

»Wie lebt es sich in einer ehrwürdigen Adelsfamilie auf einer stolzen Burg?« fragte ich Heinrich eines Tags, derweil unsere Pferde gemächlich nebeneinander vor sich hin trotteten. »Ich kenne Burgen ja nur aus der Ferne, doch die eleganten Adligen in ihren farbenfrohen Kleidern auf den Straßen zu Konstanz haben mich stets sehr beeindruckt, und ich bekenne mich gar der Sünde eines leichten Neides für schuldig.«

Heinrich lachte gut gelaunt. »Unsere Familie würde ich eher als alt, denn als ehrwürdig bezeichnen. Mit einem einfachen Hof lässt es sich wohl nicht vergleichen, doch angenehm und bequem mag ich das Leben auf unserer Burg gleichwohl nicht nennen. So fehlt mir das Licht in den feuchten Mauern, besonders im Winter, wenn wir die Fenster gegen die Kälte mit Brettern verschließen. Eine Burg dient ja nicht zuerst dem gemütlichen und praktischen

Wohnen, sondern als Festung der Sicherheit der Familie und der zu ihr gehörenden Bauern vor Raubrittern und anderen Adligen, mit denen wir immer wieder einmal in Fehde liegen.

Als Kind lebt es sich vor allem im Sommer recht unbeschwert und sorgenfrei, zu Essen gibt es meist genug, und wir spielen zum Zeitvertreib mit allerlei kleinen Dingen, mit Steckenpferden und Holzschwertern, am liebsten auf den Wiesen vor der Burg. Ich hatte sogar eine Figur eines Ritters zu Pferde, die sich mithilfe kleiner Fäden bewegen ließ.« Heinrich blickte versunken in seine Erinnerung. »Mit sieben Jahren wird es ernst, denn dann beginnt die Ausbildung zum Knappen durch den Hofmeister. Anders als in der Klosterschule stehen hier nicht Lesen und Schreiben im Vordergrund, sondern die sportliche Ertüchtigung und die Vorbereitung auf den Kampf. So musste ich laufen, schwimmen, klettern, Speere werfen sowie mit dem Bogen und der Armbrust schießen. Im Zentrum stand natürlich der Zweikampf mit Schwert und Schild. Ich stellte mich in diesen Übungen nicht gar zu dumm an, doch zog ich dem Kampf auf dem Pferd das Ross im Schachspiel vor, da ich das Töten eines Menschen als eigentliches Ziel des Kampfes stets und aus der Tiefe meines Herzens verabscheue. Schon deshalb bin ich im Kloster wohl besser aufgehoben als in der Schlacht oder im Turnier. Da meine bereits als Kind hervortretende Neugier und Lernfreude den Eltern und dem Hofmeister wohl ziemlich auf die Nerven ging, schickten sie mich schließlich statt meines Bruders ins Kloster.

Immerhin lernte ich daheim höfische Umgangsformen und auf Französisch zu parlieren, das Spielen auf der Laute und leidlich Verse zu dichten, um die Familie in Gesellschaft nicht zu blamieren.

Der Winter mit seinen kurzen Tagen, niedrigen Temperaturen und reichlich Schnee war immer eine recht langweilige Jahreszeit. Dann gab es keine Märkte, und wir bekamen nur selten Besuch. Fahrende Gaukler, Musikanten, Feuerspucker und Akrobaten, die sonst für ein wenig Kurzweil sorgten, blieben aus. Immerhin verirrte sich ab und an ein reisender Sänger zu uns, der seine Dichtkunst vortrug, meiner Mutter den Hof machte und gern ein paar Tage die Gastfreundschaft unserer Burg in Anspruch nahm. Ansonsten spielte ich unermüdlich Schach, wenn ich denn einen Mitspieler fand.«

»Ich hätte deine winterliche Langeweile sicher meiner Langeweile in der kalten elterlichen Hütte und der Sorge um den Schwund unserer Vorräte vorgezogen.«

»Nun hat uns ja beide die klösterliche Obhut aufgenommen, und so brauchen wir uns weder um das Abnehmen der Vorräte noch um das Töten von Menschen Sorgen zu machen.«

»Ja, so haben wir es beide schließlich gut getroffen.«

Am vierten Tag unserer Reise mussten wir einen großen Umweg reiten: Eine Brücke über die Doubs war offenbar von Schneeschmelze und Frühjahrsregen davongetragen worden, und den hier wohnenden Menschen fehlten entweder die Möglichkeiten oder das Interesse an ihrer Reparatur. Und weit und breit lag kein Nachen zum Übersetzen.

So erreichten wir Besançon erst nach Anbruch der Dunkelheit und dem Schließen der Tore.

Zu allem Unglück fiel ich auf der anschließenden Suche nach einer Herberge erschöpft vom Pferd. Johann kniete sofort neben mir, und dem kühnen Heinrich stand der Schock ins Gesicht geschrieben, während ich meine Gedanken und Glieder zu sortieren suchte. Glücklicherweise hatte ich mir nichts gebrochen, gestaucht oder geprellt, keine tiefen Wunden, sondern nur einige harmlose Schrammen von Brombeeren zugezogen, und so blieb nach dem Schreck nur die Peinlichkeit. (Heinrich erinnert mich zu gerne daran.) Mein kindliches Bild vom stolzen Ritter Peter war nun vollständig zerstört, und ich sehnte mich nach der Flussfahrt im schaukelnden Kahn.

Schließlich trommelten wir einen Bauern aus dem Schlaf, der uns gegen geringes Geld Unterkunft im Stall für die Nacht, allerdings, selbst hungrig, keine Verpflegung anbieten konnte. Gut, dass Heinrich auf der elterlichen Burg die französische Sprache erlernt hatte, da sich eine Verständigung auf Alemannisch oder Latein als nicht möglich erwies.

Ganz ausgehungert kamen wir am nächsten Vormittag endlich in Besançon an, wo wir von Bischof Anseric großzügig bewirtet und die Pferde mit Stroh und Hafer gefüttert wurden. Gern hätten wir hier eine ruhige Nacht verbracht, doch wir mussten weiter, um, glücklicherweise wieder per Boot, das nächste Kloster zu erreichen.

»Das Wasser ist eindeutig mein Element, eine Bootsfahrt stromabwärts, ganz großartig«, freute ich mich.

»Ich bevorzuge festen Grund unter den Füßen, am besten auf dem Rücken eines Pferdes«, entgegnete Heinrich wenig überraschend. »Wer weiß, ob nicht Felsen unseren Rumpf aufschlitzen, und was sich zwischen unserem Nachen und dem Grund des Flusses so alles tummelt?«

»So flach wie er ist, bleibt nur wenig Platz für Wassernixen oder Ungeheuer«, lachte ich übermütig. »Ich fange uns jetzt Fische.«

Mit diesen Worten lehnte ich mich weit über Bord und griff in das kühle Nass. Vermutlich hatte ich im Überschwang der Begeisterung etwas übertrieben. Jedenfalls neigte sich das kleine Boot unter meiner plötzlichen

Bewegung abrupt zur Seite, und ich stürzte kopfüber zu den Fischen und Nixen in den Fluss. Fast wäre sogar das kleine, ganz offensichtlich nicht sehr taugliche Boot gekentert.

Erschrocken und hilflos ruderte ich mit den Armen im kalten Wasser, bis ich mich daran erinnerte, die Technik des Schwimmens im Bodensee erlernt zu haben. Trotz meines nassen, schweren Habits erreichte ich mit einigen kräftigen Zügen ganz ohne fremde Hilfe das rettende Ufer. Unser ernster Knecht war mit Recht sehr verärgert, während sich Heinrich ob meines Missgeschicks köstlich amüsierte. Immerhin half er mir aus meiner nassen Kutte und trocknete mit der seinen meinen vor Kälte zitternden Körper, statt diesen Dienst unserem Knecht zu überlassen. Für einen Moment fühlte ich außer der Wolle des schweren Stoffes auch seinen Blick angenehm wärmend auf meiner nackten Haut.

»Mit dem Wasser, deinem Element, hast du dich ja jetzt vereinigt. Konntest du uns wenigstens Fische fangen, oder Nixen besuchen?« lästerte er. »Was ziehst du nun vor, einen Sturz vom Pferd oder aus dem Nachen ins Wasser?«

Es dauerte eine Weile, bis ich mich in der nun höher steigenden Sonne und trockener Kleidung wieder aufgewärmt hatte. Kleinlaut rührte ich mich für den Rest der Fahrt nicht mehr vom Platz. Plötzliche Bewegungen auf dem Wasser sollte man ebenso wie das Einschlafen auf dem Pferd vermeiden. So lauteten meine ersten Lektionen dieser Reise.

In der folgenden Nacht löste sich der schon am Nachmittag bleiern-grau gewordene Himmel in einem starken Unwetter auf, so dass wir in unserem kleinen, zugigen Kloster nur wenig Schlaf fanden. Am Morgen hatte der Regen zwar nachgelassen, aber die Wege waren durchweicht und diese querende Rinnsale hatten sich in reißende

Bäche verwandelt. Unsere Pferde scheuen vor den Bächen zurück, und so mussten wir häufig absteigen, um die Tiere über einen morastigen Weg oder durch einen Bach zu führen. Zum großen Unglück brach wenige Kilometer vor unserem Ziel auch noch das Packpferd von den Anstrengungen erschöpft zusammen und verendete, so dass wir das Gepäck auf die Reitpferde verteilen und vom Schlamm verdreckt und vom Regen bis auf die Haut durchnässt zu Fuß weiter gehen mussten. Fast mit Wehmut dachte ich an mein unfreiwilliges Bad im Fluss und die sonnige Fahrt auf der Saône. Als wir dann endlich, zu nächtlicher Stunde unser Tagesziel erreichten, waren die Mönche schon im Bett. Immerhin gab es für uns Reisende noch Brot, Käse, eine aufgewärmte Suppe, heißen Wein und ein trockenes Lager für die Nacht.

Wenn nicht die Menschen, so brauchten zumindest die Pferde zusätzlich zur kurzen Nacht einige Stunden Ruhe, so dass wir unsere Kleider trocknen konnten und die nächste Tagesreise erst um die Mittagszeit, nach der Sext antraten. Glücklicherweise trennten uns nur zwanzig Meilen von Cluny, unserem nächsten Ziel, und der Tag begann freundlich. Auf diesen zweifelsfreien Höhepunkt der Reise wollten wir gern mehr Zeit verwenden, um die große und reiche Kirche bei Tageslicht ausgiebig betrachten zu können. Dort würden wir auch ein neues Packpferd erbitten, das uns die braven, doch armen Mönche hier nicht überlassen konnten.

Trotz des späten Aufbruchs erreichten wir Cluny weit vor Sonnenuntergang, der uns so kurz vor dem Pfingstfest erfreulicherweise viel Zeit ließ. Zunächst erblickten wir aus der Ferne die riesige, langgestreckte Klosterkirche von der Seite.

»Irgendwie scheinen die Proportionen nicht zu stimmen, die Kirche ist zu lang«, nörgelte Heinrich, und so traf ihn mein strafender Blick. Bei näherem Hinsehen musste ich ihm allerdings Recht geben: nach unseren ästhetischen Vorstellung war das Gebäude zu lang, oder nicht hoch genug. Wenngleich ich eine angemessene Höhe bei dieser Länge nicht vorzustellen wagte.

»Neuere Techniken erlauben durch die Verwendung von Spitzbögen einen höheren Bau des Langhauses und ein weniger gedrungenes, festungsähnliches Erscheinungsbild«, erläuterte der auch in der Baukunst von Kindheit an geschulte Heinrich. »In Saint-Denis hat Abt Suger eine neue Kirche in Auftrag gegeben, die mit recht schmalen Steinstützen auskommen und durch viele Fenster lichtdurchflutet und nicht so massig wirken soll.«

Als wir die Abteikirche näherkommend von vorne sahen, blieben wir alle wie angewurzelt stehen, tief beeindruckt von den mächtig aufragenden Türmen, wie Felsen, nein, wie ein Gebirge – großartig, atemberaubend! Hier hatte sich die Mutterabtei des mächtigsten Klosterreiches der Christenheit mit seinen zehntausend Mönchen in mehr als sechshundert Klöstern eine beeindruckende, Ehrfurcht gebietende Kathedrale geschaffen. Wir betrachteten sie wohl eine geraume Zeit schweigend, gebannt, staunend, bevor wir demütig unter Hinweis auf Bischof Ulrich Einlass ersuchten.

Ein junger, offenbar für solche Führungen geschulter Mönch zeigte uns mit sichtlichem Stolz die neue Kirche, deren einmalige Pracht uns sogleich fesselte.

»Ich kann die Kritik Bernards von Clairvaux angesichts dieser Opulenz an edlen Formen und Materialien, des vielen Goldes, der riesigen Kandelaber aus Bronze mit ihren leuchtenden Edelsteinen gut verstehen«, formulierte Heinrich dennoch nach einer Weile seinen Zwiespalt, leise und auf Alemannisch, damit uns unser Führer nicht verstünde, während unsere Blicke neugierig und zahllose

Eindrücke aufnehmend über Fenster, Wände, Chorgestühl, Kandelaber und andere Kunstwerke schweiften. »Selbst Clunys heutiger Abt Petrus will seinen Orden wieder zu mehr Gebet und Askese führen. Er hat ja das Amt des Abts zwei Jahre nach ihrer Weihe als Achtundzwanzigjähriger übernommen – und mit ihm die finanziellen Probleme des selbst für das reiche Kloster sehr kostspieligen Baus.«

»Er war erst achtundzwanzig? So jung! Da haben wir ja nicht mehr viel Zeit«, lachte ich und fuhr dann nachdenklich fort: »Als Bauernsohn werde ich wohl nie Abt in einem bedeutenden Kloster. Du mit deinem alemannischen Adel schaffst es vielleicht zum Abt von Petershausen. Wie alt ist der jetzige?«

»Ich weiß nicht, alt. Will ich denn überhaupt in Petershausen bleiben? Bis hierher schaffen wir es jedenfalls beide nie. Abt Petrus ist Großneffe des mächtigen Abts Hugo, der den Neubau initiierte, und Sprössling einer bedeutenden burgundischen Adelsfamilie, die erst selbst ein kluniazensisches Kloster gründete und ihren Pierre dann schon vor seiner Geburt Cluny versprach. So wird man hier Abt.«

»So wie in allen großen und wichtigen Klöstern! Wir hingegen wollen ja ohnehin nur Meister einer Klosterschule in Paris werden«, sprach ich zum ersten Mal – möglichst scherzhaft – meinen Traum aus, der mich seit der Abreise aus Basel begleitete, obwohl ich eigentlich vom Leben in Paris und seinen Schulen rein gar nichts wusste. Denn wie immer ließ mein Unwissen viel Raum für verlockende Phantasien!

Jetzt blieb Heinrich stehen: »Ja, Meister in Paris wollen wir werden, gell?« bestätigte mein so vernünftige Begleiter ganz ernst meine phantastische Idee, und sah mich mit seinen großen braunen Augen unvermittelt klar und offen an.

Mich durchströmten ein schönes, aufregendes und ungeheuerliches Gefühl und die Lust, mich in dieses Augenpaar zu versenken. Stattdessen senkte ich meinen Blick und nickte nur heftig mit dem Kopf. »Ja, lass uns in Paris bleiben«, sagte ich leise, ohne aufzublicken, »und bei Abaelardus oder Hugo studieren. – Wenn ich mir das leisten kann«, fügte ich ungewöhnlich kleinlaut hinzu, denn ich wusste weder, ob ich mein Kloster überhaupt wechseln durfte, noch ob ich den Unterricht und die Kosten für Übernachtung und Speisen in Paris bezahlen müsste. »Ach nein, für einen armen Bauernjungen ist die Ausbildung im Augustinerstift zu Konstanz schon ein großes Geschenk Gottes; mit ihm sollte ich zufrieden sein.« An die Idee einer eigenen wegweisenden Entscheidung über mein Leben musste ich mich trotz meiner Neugier und starken Vorstellungskraft offenbar noch gewöhnen.

»Lass uns erst nach Paris fahren und am Konvent teilnehmen, dann sehen wir weiter. Vielleicht gefällt uns die Stadt ja überhaupt nicht, oder wir finden Hugo und Abaelardus unsympathisch. Konstanz und Bischof Ulrich sind jedenfalls nett«, tröstete mich Heinrich. »Vielleicht gibt es in Saint-Victor auch Stipendien? Immerhin sind wir gelehrig und vor allem Wissensträger. – Wenn du nicht in Paris bleiben kannst, komme ich mit dir zurück, versprochen!«

Ich blickte auf, sehe wieder in die großen braunen Augen und ein unsicheres Lächeln in Peters schönem Gesicht. Ich nickte wieder, während ich meinen Blick senkte. »Jetzt fahren wir erst einmal nach Paris – und wir bleiben zusammen.«

Unseren gutmütigen Führer hatte schon der erste Teil der alemannischen Unterhaltung befremdet, da wir seinen Erklärungen bestenfalls mit halbem Ohr folgten. Jetzt wusste er gar nichts mehr mit uns und der merkwürdigen Stimmung anzufangen und verstummte.

»Verzeihung«, wendete sich ihm deshalb Heinrich aufmunternd wieder auf Latein zu, »wir mussten gerade noch etwas über unsere Reise klären. Deine Ausführungen sind sehr interessant, und wir hören dir wieder aufmerksam zu.«

Vermutlich werde ich Cluny nicht nur wegen der phantastischen Größe und Pracht seiner Abteikirche, sondern vor allem als Ort unseres ersten innigen Gesprächs stets in Erinnerung behalten. Jedenfalls bestimmte die weitere Reise das aufregend wohlige und zugleich beunruhigende Gefühl, das jeder von Heinrichs Blicken, sein Anblick und das Gefühl seiner Nähe in mir hervorrufen, so wie auch jetzt, da ich immer noch seine schlafende Hand halte.

Meine Gedanken kehren von diesem Glück alsbald zurück zum tragischen heutigen Tag, dem Überfall, dem sterbenden Thomas, zur seltsamen Geschichte mit den Beilen und den giftigen Schlangen. Schließlich falle ich in einen unruhigen Schlaf.

Ich träume von Schlangen, die sich züngelnd und zischend aus dem Fuß einer großen Steinstele lösen und eine dunkel gekleidete Gestalt beißen.

Das Bild wechselt: Ich sehe hinter einer Scheibe aus Eis oder durchsichtigem Glas fünf kleine flache Steine mit Nummern vor einem größeren Stein stehen. In diesem sind schlangenförmige Linien graviert. Der Schlangenmenhir? Thomas hat ihn allerdings als riesig, höher als zwei Männer beschrieben, während mir dieser wohl nur bis zu den Knien reichen würde. Plötzlich folgt ein Schlag, ein Knall, und die Scheibe birst. Eine schwarze Hand greift nach den Steinen und legt sie einen nach dem anderen in einen Sack. Mein

Blick haftet angstvoll auf den Schlangenlinien, doch sie bewegen sich nicht, lösen sich nicht tödlich aus dem Stein...

Zwei Schläge einer Glocke schrecken mich unvermittelt aus meinem Schlaf. Im hellen Mondlicht erscheint ein in weißes Tuch gehülltes Skelett, das mit einer Sense auf einem knarrenden Wagen vorüberfährt. In diesem Moment öffnet sich geräuschlos die Tür, und fünf düstere Gestalten mit schwarzen Mänteln und in die Gesichter gezogenen Kapuzen gleiten herein. Vier halten mich fest, während der fünfte zum Schlag ausholt.

Morgane schreckte aus ihrem Traum hoch. ›Es ist soweit, sie werden kommen‹, war ihr erster, verstörter Gedanke. Schon wieder? Doch nein, dies war keine weitere Warnung *Ankous*. Vielmehr träumte der Mönch Peter in seiner lebendigen Erinnerung *ihren* Traum aus dem bretonischen Haus – bereits im zwölften Jahrhundert! Wie hatte Peter die Eindrücke aus der Zukunft erhalten, wie wohl auf sie reagiert? Er erträumte auch den Diebstahl der Beile im Museum von Carnac. Genau wie er sie sah, hatte die Vitrine vor dem Einbruch ausgesehen. Schade, dass die Schlangen nicht lebendig wurden und zubissen! Leider stand im Museum nur eine Kopie der Basis des Schlangenmenhirs, von der man nicht die Wirksamkeit des Originals erwarten konnte. Ob die Legende von den Schlangen überhaupt stimmte, wie Prior Thomas berichtete, und im vorangehenden Traum der Mönch Pierre in der Kutsche nach Petersburg? Warum hatten sie dann nicht ihre schützende Aufgabe erfüllt, als die Beile 1922 ausgegraben wurden? War der Bann schon damals gebrochen, oder reagierte der Zauber nur auf die böse Absicht, die den unwissenden Archäologen fehlte?

Dann dachte sie wieder an Peter, meinte sogar noch die vom Reiten und Marsch im Morast ermüdeten Knochen zu spüren. Sie erinnerte sich an den Schreck nach dem Sturz vom Pferd und die kalte Nässe des Flusses. Sie fühlte die ohnmächtige Verzweiflung bei der Ermordung des sympathischen Priors, aber auch die wärmende Frühjahrssonne auf ihrer Haut und die aufkeimende Liebe für Heinrich.

Sie schmunzelte über den etwas tollpatschigen und naiven Mönch mit seinen romantischen Vorstellungen von der Zukunft, der alles ›großartig‹ fand – und sich darin so wesentlich von ihrer eigenen Nüchternheit unterschied. Sie hatte sich selten konkrete Vorstellungen über bevorstehende Ereignisse, neue Jobs, Menschen und Städte gemacht, was ihr die Vorfreude sicher schmälerte, Enttäuschungen dann aber vermied.

Sie hatte viel erlebt und viel gelernt auf Peters abenteuerlicher Reise. Nur leider hatte sie der wiederholte Traum ihrer drohenden Ermordung zu früh aufgeschreckt, fehlte nun ausgerechnet der Besuch des Konvents im jungen Kloster Saint-Victor. Sie wünschte sich inständig, Peters Erinnerungen so bald wie möglich fortsetzen zu können. Doch nun dämmerte es schon, blieb in dieser Nacht für einen Traum keine Zeit mehr.

11.

»In unserem Intranet fällt kein Wort über Morgane und die Toten«, berichtete Philippe de Kerviler, Leiter des ordenseigenen Geheimdienstes und ranghöchstes Mitglied im Kabinett, dem Großmeister in dessen Büro. »Wir verzeichnen lediglich vorsichtige Nachfragen unter Decknamen in vermeintlich geheimen Blogs, die uns aber natürlich bekannt sind, und einen sehr verhaltenen privaten E-Mail-Verkehr. Dagegen haben direkte Kontakte zwischen Angehörigen, bilateral und in kleinen Gruppen, stark zugenommen, vor allem unter den uns bekannten Metaphysikern und ihren Sympathisanten. Soweit wir die Inhalte dieser Kontakte durch unsere Überwachungen und Verbindungsleute kennen, herrschen große Unruhe und Ratlosigkeit, gemischt mit einer erstarkenden Hoffnung, da sich Morgane immer noch unserem Zugriff entzieht. Die Nachfrage nach metaphysischem Wissen durch Lehrlinge und Gesellen nimmt deutlich zu und kann durch die Meister kaum gestillt werden. Entsprechend stellen wir eine erhöhte Frequenz in metaphysischen Blogs fest, wenngleich ohne direkte Hinweise auf Morgane. Zusammenfassend gibt es deutliche Anzeichen für eine große und wachsende Unruhe im ORDEN, einen Boom der Metaphysik und eine korrespondierende Verunsicherung der rationalen Wissenschaftler. Unverkennbar, obgleich unausgesprochen, nehmen die Sympathien für die Verfolgte zu, die dem ›mächtigen Großmeister‹ die Stirn bietet. Dies gilt vor allem für junge Angehörige des ORDENS, unabhängig von ihrer Position zwischen den Strömungen: der klassische David-gegen-Goliath-Effekt gepaart mit Lust auf Veränderungen. Gerade vor diesen fürchten sich die meisten der älteren und sehen in Morgane eine Gefahr für die Stabilität des ORDENS und ihre Interessen. Unterstützung können wir von ihnen indes nicht erwarten, da sie auf das Funktionieren der Strukturen des ORDENS vertrauen und dem Großmeister mit seinem Kabinett die Lösung des Problems überlassen.«

De Blois wägte die Informationen kurz ab. »Das Bild entspricht also unseren Erwartungen?«

»Ich persönlich hatte es mir nicht ganz so kritisch vorgestellt, und die Dynamik beunruhigt mich noch mehr als die Lage. Die bewahrenden Kräfte lehnen sich zurück, während die veränderungswilligen vielleicht schon bald wieder initiativ werden.«

»Also?«

»Ich schlage vor, uns zunächst auf Morgane zu konzentrieren und hinsichtlich der allgemeinen Lage abzuwarten, zu beobachten und auf Repressalien zu verzichten, da die Situation diffus und angespannt ist. Bevor sie außer Kontrolle gerät, müssen wir allerdings über weitere gezielte Schläge gegen aufrührerische Reformer nachdenken. Ich habe bereits eine Liste von zehn Personen zusammengestellt.« Bei diesen Worten zog er aus der Innentasche seines Jacketts ein Papier, das er entfaltete und dem Großmeister reichte.

De Blois las die Liste wenig überrascht, sorgfältig und nachdenklich. »Bonnet steht nicht auf der Liste?« fragte er schließlich, in dem er die linke Braue hob.

»Wenn wir ihn töten, bestrafen wir den Überläufer. Und die Zusammenarbeit mit dem Kabinett soll sich ja lohnen.«

De Blois wog die Argumente ab. »Es könnte auch so aussehen, als ob er uns das erste Mal so wie Morgane entkommen ist, und wir die misslungene Hinrichtung jetzt nachholen. Wir würden einen Mitwisser los, der noch gefährlich werden könnte. Was halten die Meister von ihm?«

»Die meisten halten ihn für einen Verräter, da es nur fünf Beile für sechs Mitglieder der oppositionellen Kerngruppe gab: es fehlte also ein Beil und die Symbolik wäre unschlüssig, wenn nicht eine Person verschont werden sollte. Hierfür ist die Zusammenarbeit mit uns die plausibelste Erklärung. Diese Geschichte mit den Beilen gefiel mir von Anfang an nicht.«

»Es wäre alles so viel einfacher, wenn wir diese Frau endlich liquidieren könnten. Weiß sie eigentlich, dass sie den Tod von zehn weiteren Menschen provoziert?«

De Kerviler zuckte mit den Schultern. Ob sie es wusste, oder nicht, spielte vermutlich keine große Rolle. Sie würde nicht einfach aufgeben und sich stellen, sondern im Glauben an eine vermeintlich gerechte Sache ihr Leben verteidigen.

Vielleicht könnte man mit dieser Frau verhandeln, ihr offen mit der Tötung weiterer Rebellen drohen, überlegte dennoch der Großmeister, während er, wieder alleine, aus dem Fenster blickte. Weitere Opfer und die neue Angst könnten einen Keil zwischen die Rebellin und ihre Sympathisanten treiben. Jeder hatte seinen Preis, war irgendwie käuflich oder erpressbar. Wie konnte er Morgane kaufen?

Und welches war sein eigener Preis, zu dem er in diesem Kampf nachgeben würde? Außer dem ORDEN und seinem Leben gab es nichts, nichts mehr, das er wirklich schätzte. Das Unternehmen, das er ehrgeizig und meist erfolgreich geführt hatte, verantwortete er nicht mehr. Eine politische Karriere hatte er danach, vielleicht ein wenig zu schnell, ausgeschlagen. Seine Frau lebte seit zwei Jahren nicht mehr, und hatte sich bereits vor vierzig Jahren scheiden lassen. Vor vierzig Jahren! Solange hatte er kein Privatleben mehr geführt. Die beiden Kinder waren mit der Mutter ausgezogen, und nicht einmal in der ihm vom Scheidungsrichter zugebilligten Zeit hatte er sich um sie gekümmert. Sie hatten den Kontakt zu ihm vollständig abgebrochen, sobald er die Unterhaltszahlungen einstellen konnte. Jetzt hatten sie eigene Kinder, wurden selbst alt und warteten vermutlich ungeduldig auf ihr Erbe. Schon vor der Scheidung hatte er nur scheinbar so etwas wie eine Familie gehabt: die Anerkennung als erfolgreicher

Geschäftsmann und der Aufstieg im ORDEN bedeuteten ihm immer mehr als Familie und Heim, mehr als Menschen überhaupt. Sie dienten nur in der einen oder anderen Form seiner Macht, förderten seinen Aufstieg – oder standen ihm im Wege.

Selbst sein Leben, was war es ihm eigentlich noch wert? Sicher, für sein Alter fühlte er sich körperlich und geistig fit. Er benötigte keine Hilfe und lenkte mit dem ORDEN immer noch das mächtigste Unternehmen der Welt. Und doch fühlte er sich ausgehöhlt, leer, eine Hülle, die nur noch durch seine Macht, seine Verantwortung? davor bewahrt wurde, in sich zusammenzufallen. Außerhalb des ORDENS gab es am Ende gar nichts, was er schätzte. Genau das machte ihn unbestechlich und stark in seinem Kampf gegen die junge Frau.

In welcher Lage befindet sie sich? sinnierte er weiter. Sie war praktisch so alleine wie er, hatte weder Mann noch Kinder und die wenigen ihr nahestehenden Menschen verloren: Großmutter und Eltern und schließlich ihren Meister Michael, der ihr seit ihrer Ausbildung als einziger Freund geblieben war. Seinen Tod und den ihrer Eltern hatte er, der Großmeister, persönlich angeordnet und damit im Grunde die Voraussetzung für ihre Unabhängigkeit und Unerpressbarkeit geschaffen. Warum jedoch hatte er Morgane als eine über ihre Eltern und Michael weit hinausgehende Gefahr nicht rechtzeitig erkannt und liquidiert, sondern im Gegenteil sogar in den ORDEN aufgenommen? Wie hatte er ihr Potenzial so falsch einschätzen können?

Sie erschien ihm damals jung, stark und offen, mit einer vielversprechenden Zukunft, ganz im Gegensatz zu seiner eigenen, vielleicht als eine schwierige, eigensinnige, aber sicher würdige Nachfolgerin, Erbin, eine Ersatztochter (wohl eher Enkelin), die sich von seinen eigenen, unfähigen

Kindern so klar unterschied. Doch dann hatte sie zu seiner Enttäuschung offen gegen ihn, den ›Vater‹, aufbegehrt.

Was bedeutete ihr jetzt ihr junges Leben, in dem es außer den toten Verwandten, Freunden und Kameraden sowie der Krankheit auf der einen Seite und ihrer vermeintlichen Bestimmung zur Reform des ORDENS auf der anderen nichts mehr gab? Der Großmeister kannte auch Morganes Ängste vor dem Verlassenwerden, vor dem Entzug von Aufmerksamkeit und Liebe. Wenn es jedoch in ihrem Leben keine nahestehenden Menschen mehr gab, konnten sie ihr Handeln nicht mehr bestimmen. Abgesehen von der Krankheit hatte er selbst schließlich alle gegen sie einsetzbaren Waffen zerstört, sie von Bindungen und Ängsten befreit. Jetzt trieb sie der trotzige Wille zur Fortsetzung der Mission ihres Mentors an, gemischt mit dem Drang, zu überleben, und der Neugier, als junge Meisterin durch die lebendigen Erinnerungen mehr über die Erlebnisse früherer Wissensträger zu erfahren, vielleicht sogar der Wille, zu gestalten, der Wille zur Macht. Anders als er konnte sie noch an die Möglichkeit einer Zukunft, einer Bestimmung, eines Zieles glauben.

Diese Kombination machte die erstarkende Frau gefährlich, und das war zum Zeitpunkt ihrer Aufnahme eigentlich vorhersehbar gewesen. Im Kabinett hatten sich deshalb alle außer ihm gegen sie ausgesprochen. Hatte er sich in der Hoffnung auf eine Erbin so geirrt, oder ihre Herausforderung in Kauf genommen, gar provoziert? Aber warum? Um noch einen letzten Kampf, einen Kampf der Generationen führen zu müssen, sich noch einmal wichtig und mächtig, der Jugend überlegen, lebendig zu fühlen, seiner leeren Hülle einen vermeintlichen Inhalt zu geben?

Warum hatte das eine Beil dann ausgerechnet diese Frau verfehlt, während die übrigen Hinrichtungen so sauber verlaufen waren? De Blois wusste um den mit den Beilen verbundenen Mythos als todbringende Werkzeuge in den Händen der Mächtigen. Obwohl ihm dieser Mythos eigentlich nichts bedeutete, und er die mit ihrem Ursprung angeblich verbundene lebendige Erinnerung nicht kannte, hatte er sie eingesetzt, um möglichst spektakulär seine Macht zu demonstrieren. Denn anders als er maßen die Metaphysiker dem Einsatz der Beile eine große Bedeutung bei, konnte er mit ihnen einen größtmöglichen Schrecken erzeugen. Vermutlich hätte er auf die theatralische Geste der alten, offenbar nicht hundertprozentig zuverlässigen Werkzeuge dennoch verzichten sollen. Die Metaphysiker jedenfalls hätten archaische Waffen, deren Geschichte und Bedeutung sie nicht kennen, sicher gemieden.

Das fünfte Beil symbolisierte jetzt sein eigenes Versagen.

Nachdenklich blickte der Großmeister auf die im Licht der Scheinwerfer leuchtende Kathedrale Notre-Dame.

12.

Schon wenig später und gar nicht weit entfernt erfüllte sich in ihrem Hotelzimmerchen nach einem unruhigen und sehr nachdenklichen Tag Morganes morgendliche Hoffnung auf eine Fortsetzung der mittelalterlichen Reise:

Im Morgengrauen kreist eine Krähe über dem Lager und lässt sich auf dem taubelegten Leinendach eines Zeltes nieder, hüpft und scheint kritisch das notdürftige Flickwerk zu inspizieren.

Ich erwache von einem lauten Krächzen und sehe schlaftrunken die dunklen Fußabdrücke eines großen Vogels auf unserem Dach. Heinrich liegt ruhig atmend neben mir, so wie er gestern eingeschlafen ist. Nur hat sich meine Hand aus der seinen gelöst.

Am Morgen werden wir von Abt Gilduin zum Frühstück gebeten, um über die letzten Stunden seines Priors zu berichten. Ich gebe sie einschließlich der Geschichte vom versuchten Raub der Beile durch de Garlande getreulich wieder, während Heinrich, offenbar noch immer recht müde, stumm bleibt.

»Dass er so weit gehen würde, hätte ich nicht für möglich gehalten«, erwidert Gilduin. »Die Steinbeile sind heilig und unantastbar! Nun, offenbar wirkt der uralte Zauber noch, den der Druide Dukarios vor fast zwölfhundert Jahren wohl erneuerte.«

»Doch ewig wirken wird er nicht.«

Gilduin und Heinrich, plötzlich hellwach, sehen mich fragend an.

»Ich habe in der vergangenen Nacht geträumt, dass die Steine hinter einer Scheibe liegen, nicht mehr vergraben, und statt eines großen Menhirs sah ich nur einen hüfthohen Stein mit fünf Linien. Die Scheibe wurde zerbrochen, die Steine geraubt, ohne dass die Schlangen lebendig wurden. In einer weiteren Szene sah ich ein Skelett mit einer Sense und schließlich eine Reihe unheimlich wirkende Männer in schwarzen Kutten auf mich zukommen, die mich offenbar mit einem, nun zu einem Beil auf einen Griff gesteckten Stein erschlagen wollten!«

»Das ist in der Tat ein beunruhigender Traum. Hoffen wir, dass er dir aus einer sehr fernen Zukunft kam!«

»Gut, dass du rechtzeitig aufgewacht bist«, meinte Heinrich.

»Ich bin an dieser Stelle eigentlich noch nicht aufgewacht«, widersprach ich.

»Was passierte dann?« fragten Heinrich und Gilduin gleichzeitig.

»Ich bin zwar hochgeschreckt, jedoch immer noch im Traum. Ich sah die Welt dann mit den Augen einer Frau, die aufgrund der Warnung in *ihrem* Traum vor der Mordtat rechtzeitig fliehen kann. Ihre Freunde sterben jedoch, werden von den anderen Beilen erschlagen«, ergänze ich traurig. »Sie selbst ist verletzlich und krank, und zugleich eine mutige, eine starke Frau, deren Macht wächst, und die sich den Räubern entgegenstellt. Noch ist sie indes auf der Flucht, dem Bösen nicht gewachsen, fehlen ihr die notwendige Stärke sowie wichtige Informationen aus lebendigen Erinnerungen. Sie braucht – unsere Hilfe! Ergibt das einen Sinn?«

»Ja, durchaus.« Gilduin nickt. »Möge sie in ihrer Zeit deine lebendige Erinnerung träumen, dass sie ihr nütze im Kampf gegen die Machtgierigen! Möge sie diesen die Beile wieder entreißen, um sie in die Obhut der Schlangen zurückzugeben.«

»Warum musste aber Thomas sterben?« fragte Heinrich. »Die Ritter haben nicht euch oder den Bischof, nicht die Wachen oder uns einfachen Mönche getötet, sondern gezielt euren Prior.«

»Thomas spielte eine sehr wichtige Rolle in unserer Pariser Kirche, da er klug und loyal war, so dass sowohl der Bischof als auch ich ihm vertrauten. Er hat Idee und Konzept unseres Konvents entwickelt und dabei auf die Integration aller Traditionsstränge geachtet, um Saint-Victor als einen offenen Ort des Wissens und Austauschs zu begründen. Der Kanzler versucht dagegen, uns zu isolieren und den Konvent zu verhindern, der viele Wissensträger an das Kloster binden würde. Mit Thomas hat er den *Spiritus Rector* des Konvents töten lassen. Natürlich wäre es genauso leicht gewesen, den Bischof oder mich zu ermorden. Doch damit hätte de Garlande sich selbst vernichtet. Die Tötung eines Priors ruft nur Empörung, aber keine echte Vergeltung hervor, selbst wenn König Louis dem Bischof die Bestrafung von Tätern und Hintermännern der Bluttat versprochen hat. Ich hoffe zwar, dass der Kanzler und seine Gefolgsleute durch diesen schamlosen Überfall endlich und für immer in Ungnade fallen, zweifle indes an der auch in der Vergangenheit nie besonders konsequenten Haltung unseres Königs. Immerhin hat er uns eine Eskorte versprochen, und wenn die Ritter morgen früh eintreffen, reisen wir nachmittags ab, andernfalls übermorgen. Einen guten Verlauf ohne Zwischenfälle vorausgesetzt treffen wir rechtzeitig in der Stadt ein, um den Konvent unserer Einladung gemäß zu eröffnen. Es wäre sehr wichtig, diese erste Zusammenkunft der Wissensträger nach so vielen Jahrhunderten wie vorgesehen durchzuführen, zumal zahlreiche der aus der ganzen christlichen Welt stammenden Gäste ihretwillen eine weite Reise zurücklegen. Dies wäre zweifellos der Wunsch des Priors gewesen, der so lange und konsequent auf dieses Ereignis hingewirkt hat und den Triumpf seiner Absage dem Kanzler nicht gönnen würde. Natürlich wird der Konvent unter dem Schatten der Bluttat liegen. Unglücklicherweise wird dort auch Petrus Abaelardus sprechen, ein Protegé des Kanzlers. Seine Teilnahme wird vielen schwer erträglich sein, die in ihm auch seinen gefährlichen Beschützer sehen. Art und Inhalte seiner Lehrtätigkeit sowie sein persönlicher Lebenswandel unterscheiden sich außerdem gar sehr von unseren Idealen. Besonders Hugo, der neue Meister unserer Ordensschule, liegt mit Abaelardus in ständiger Zwietracht, die bisweilen intellektuelle, bisweilen persönliche Züge annimmt.« Gilduin blickt nachdenklich auf den vor ihm stehenden Becher. »Nichtsdestotrotz erschien uns seine Einladung aus vielen Gründen unvermeidbar und sinnvoll. Denn er bleibt ein kluger Wissensträger und brillanter Lehrer, der die Dispute unserer Zusammenkunft befruchten wird – sofern ein offener Streit zwischen ihm und Hugo vermieden werden kann. Und schließlich soll unsere Zusammenkunft Ruf und Stellung des Klosters als reformorientiertes, offenes und intellektuelles Zentrum des Abendlandes stärken. Wir wollen andere Meinungen hören und nicht ausschließen.«

Am späten Nachmittag trifft schließlich König Louis' Eskorte ein. Wir sind erleichtert, dass wir für die letzten Kilometer nach Paris vom direkten Schutz der Krone profitieren. Die französische Hauptstadt erreichen wir so gerade noch rechtzeitig einen Tag vor Beginn des Konvents.

Der Überfall und die Ermordung des Priors Thomas erweisen sich als zentrales Gesprächsthema unter den eintreffenden Teilnehmern. Als Augenzeugen werden wir stetig und neugierig befragt, zumal ich die Verwüstung des Lagers und den gezielten Mord recht authentisch und bilderreich schildere.

Aufgrund ihrer Vielzahl nächtigen die auswärtigen Gäste nicht nur in Saint-Victor, sondern auch in der ehrwürdigen Benediktinerabtei Saint-Germain-des-Près und in der sehr ehrwürdigen Abtei Sainte-Geneviève, die schon vom Frankenkönig Clovis vor mehr als sechshundert Jahren auf dem Berg über der Stadt gegründet wurde. (Nun ja, ›Berg‹ oder gar ›Gebirge‹ nennen ihn die Pariser in ihrer morastigen Ebene. In der Nähe des Schwarzwaldes würde man bestenfalls von einer leichten Anhöhe sprechen.) Und ausgerechnet in Sainte-Geneviève, direkt oberhalb von Hugos Wirkstätte, lebt und lehrt ja sein Widerpart Abaelardus unter Dekan de Garlande!

Durch Heinrichs Zugehörigkeit zu den Benediktinern sind wir Gäste der Abtei Saint-Germain. Hier lebten, so berichten die hiesigen Mönche, vor dreihundert Jahren über einhundertzwanzig Mönche und wirkten in einem der bedeutendsten Skriptorien des karolingischen Reichs. Doch die normannischen Zerstörungen am Ende des neunten Jahrhunderts, die in Paris so manche heute noch sichtbare Wunde gerissen haben, ließen nicht viel übrig von der einst stolzen Abtei. Sie wird recht langsam wiederaufgebaut, und der Kirche fehlt nach der Fertigstellung des Turms und des Langhauses heute noch immer der Chor.

Im Vergleich zu den beiden sehr geschichtsträchtigen Klöstern wirkt Saint-Victor jung und zukunftsoffen, wenngleich die Räumlichkeiten recht bescheiden sind. Man erkennt, dass es als kleine, fortschrittliche Denk- und Lehranstalt dienen soll, in der nicht Hunderte von Mönchen leben, beten und arbeiten. Gleichwohl wird der Klosterkomplex bereits erweitert, hier und da entstehen neue Gebäude für die Unterbringung von Mönchen und Schülern sowie ein größeres für die schnell wachsende Bibliothek. Das Refektorium platzt aus allen Nähten und selbst die Kirche ist eigentlich zu klein. Einladend wirken die Gärten und Weinberge auf dem großzügigen Gelände, das sich bis zur Seine und weit an ihrem Ufer entlang erstreckt. Das Flüsschen Bièvre hat man durch die Gärten des Klosters umgeleitet, damit es dort eine Wassermühle betreibe.

Endlich kann der Konvent beginnen! Da wir im Refektorium des kleinen Klosters kaum Platz finden würden und die Sonne wärmend scheint, bittet uns Abt Gilduin in den sehr harmonischen, ohne Schnörkel und Zierrat gestalteten Kreuzgang.

Nach einer kurzen Begrüßung durch den Pariser Bischof Étienne, unter dessen Schutz dieser Konvent steht, eröffnet Gilduin die Versammlung.

»Liebe Brüder«, begrüßt er uns mit lauter und deutlicher Stimme, damit wir ihn trotz der schwierigen Akustik des offenen Raumes gut verstehen. »Ich freue mich, dass so viele von euch den weiten und beschwerlichen Weg nach Paris auf sich genommen haben!

In diesem Konvent versammeln sich weise Männer und Frauen, um ihr Wissen jetzt und zukünftig in einer weltumspannenden Gemeinschaft auszutauschen und zu mehren, nach Art der gallischen Druiden, deren Tradition wir heute neu begründen wollen.

Doch lassen Sie uns zunächst unseres Priors Thomas gedenken, der gerade einer ungeheuren Meucheltat zum Opfer fiel! Eine Meucheltat, die sich ganz offensichtlich nicht nur gegen Thomas, sondern gegen unseren Bischof und unser Kloster als offener Ort der Begegnung, gegen die metaphysische Tradition sowie diesen, unsere vielfältigen Traditionen aufnehmenden Konvent richtete, und die auf dem Boden Étiennes de Garlandes verübt ward.«

Es folgt eine Minute des stillen Gedenkens.

»Lasst mich nun die bedeutende Lücke beleuchten, die zwischen den letzten druidischen Konventen und unserer heutigen Zusammenkunft als Wissensträger klafft«, fährt Abt Gilduin anschließend fort: »Jahrhunderte vor der Fleischwerdung unseres Herrn trafen sich alle Druiden einmal jährlich im Land der Carnuten, um Rat zu halten, Recht zu sprechen, Informationen auszutauschen und gemeinsam neue Quellen des Wissens zu erschließen. Wann die Tradition begann, können wir nicht bestimmt sagen, doch der letzte Konvent hat kurz nach dem Tod des Imperators Gaius Iulius Caesar stattgefunden, vor fast zwölfhundert Jahren.

Nach der Eingliederung Galliens in das Imperium Romanum etablierten sich römische Gesellschaft, Recht, Philosophie, Religion und Lebensart, Spiele, Wein und Bäder hier rasch. Die Gallier verehrten nun sogar die in den prachtvollen Tempeln in Bildern und Statuen sichtbaren römischen Götter, so dass Ansprache und Auslegung des Willens der unsichtbaren gallischen Götter durch die Druiden verzichtbar wurden.

Gleichwohl: Die meisten Gallier glaubten weiter an den Kreislauf des Lebens, in dem der Aufenthalt auf Erden jeweils nur eine Episode im kosmischen Ganzen darstellt. Sie baten zwar wie die Römer um ein langes Leben, Erfolg und Gesundheit, aber vor allem um eine gute Wiedergeburt und dereinst einen Platz im Paradies.

Das auf Mündlichkeit basierende Wissensmonopol der Druiden schwand schnell. Viele integrierten sich in die römisch-gallische Gesellschaft, andere trafen sich heimlich und unterrichteten eigene Schüler. Diese Kreise wirkten außerhalb der Gesellschaft, sogar gegen sie, überwiegend traditionell-keltisch und anti-römisch, weniger wissenschaftlich im Sinne der griechischen Tradition, mit der das Druidentum über Jahrhunderte eng verbunden war. Schließlich wurde das Wissen fast nur noch individuell von Lehrer zu Schüler, meist in Familien vom Vater auf den Sohn tradiert.

Es begann eine dunkle Zeit. Die Druiden konnten ihre Erfahrungen kaum noch untereinander austauschen und mehren, sich nicht mehr gegenseitig befruchten und überprüfen. Ihre Kenntnisse reduzierten sich häufig auf Formeln und Rezepte für Arzneien und nützliche Weisheiten für das Volk, und manche Bräuche nahmen in der Einsamkeit der keltischen Wälder obskure Formen an. So wurden viele von ihnen zu im Dunkeln wirkenden Außenseitern der Gesellschaft, während einigen wenigen große Macht zugeschrieben wurde.

Immerhin überlebte gerade Dank der vom weisen Druiden Dukarios weitsichtig gewählten Isolation in der Tiefe der bretonischen Wälder ein Kernbestand der druidischen Fähigkeiten und fast wie durch ein Wunder einige lebendige Erinnerungen der vorchristlichen Zeit.

Aus dieser langen Zeit der Isolation wurden uns zwar leider keine neuen Erinnerungen übermittelt, jedoch bemerkenswerte Geschichten von sehr weisen und mächtigen Druiden, die heilten, wundersam wirkten und Könige berieten. Selbst wenn unsere Barden sie zur Unterhaltung der Zuhörer oder aus politischen Gründen wohl ein wenig ausschmückten, erschließt sich uns noch ihr wahrer Kern.

Die Aufgaben der Druiden als eremitisch lebende Weise, Heiler und Ratgeber haben ab dem fünften Jahrhundert vielfach christliche Mönche übernommen, zu deren Nachfahren die hier heute versammelten Wissensträger gehören.

Ein großer Teil des von den heidnischen Druiden übernommenen Wissens erschien in der Auslegung der Kirchenväter allerdings nicht gottgegeben. Wir haben dennoch viele ihrer Gedanken, Methoden und Weisheiten – so wie die der vorchristlichen griechischen und römischen Philosophen, Dichter und Denker – auf unseren Glauben übertragen. Denn wir sehen eine Vielfalt von Wegen und Formen, Gott demütig zu dienen. So nutzen wir die Kenntnisse der Druiden von den wunderbaren Möglichkeiten der Natur nun im Zeichen des Kreuzes. Wir können die uns überlieferten Methoden des Hippokrates durch die Weisheiten des druidischen und später mönchischen Wissens ergänzen und sie so noch besser in den Dienst der Heilung stellen. Und wir nutzen seit vielen Jahrzehnten wieder die wunderbare Technik der Übertragung lebendiger

Erinnerungen von Generation zu Generation, um Wesentliches für die Nachwelt zu erhalten. Ich nenne nur diese wenigen Beispiele, um die gottgewollte Vereinbarkeit unseres Mönchseins mit den vorchristlichen Traditionen zu erläutern, die auf diesem Boden begründet wurden.

Griechische Philosophie und Wissenschaft, christlicher Glauben und die Metaphysik einschließenden druidischen Künste bilden die drei Traditionsstränge, auf denen unsere neue Gemeinschaft basieren möge.

Ab heute versuchen wir, das zerstreute Wissen zum Wohle der Menschheit und zu Gottes Gefallen wieder zusammenzuführen, neues Wissen zu entwickeln und beides weiterzugeben.

Unsere Versammlung ist eine Einladung zum Dialog. In dieser Woche, den kommenden Monaten und Jahren – denn wir müssen bereits heute an die Zukunft denken – sollten wir uns zunächst darum bemühen, unsere Kenntnisse abzugleichen und zur Bildung einer breiten gemeinsamen Basis gegenseitig zu ergänzen, unsere Gemeinschaft sodann durch regelmäßige Treffen möglichst all ihrer Glieder sowie zwischenzeitliche persönliche Kontakte zu stärken, und außerdem Methoden zur Schaffung neuen Wissens zu entwickeln, um es schließlich an unsere Schüler mündlich weiterzugeben.

Der Tradition unserer Schule folgend finden nachmittags zwischen Non und Vesper im Kreuzgang freie Unterhaltungen im Sinne eines familiären Dialogs zur Erörterung unserer Themen statt, anders als sonst in diesen Mauern nicht zwischen Lehrern und Schülern, sondern zwischen gleichberechtigten Meistern.«

Morgens und abends haben wir von Saint-Germain bis Saint-Victor einen recht weiten Weg, da sich beide Klöster in verschiedenen Himmelsrichtungen außerhalb der Stadt befinden. Zugegebenermaßen kann man den auf unserer Seite der Seine liegenden Teil von Paris kaum als groß oder gar urban bezeichnen. Die geringe Dichte seiner Besiedelung hat uns überrascht, befand sich an diesem Ort doch schon ein wichtiges *Oppidum* der Römer, das die Merowinger dann nebst der Insel zum Zentrum des Reichs der Franken ausbauten. Doch nach den Verwüstungen der Normannen, so erfahren wir auf unsere erstaunte Nachfrage, ist dieser Teil der Stadt bis auf den heutigen Tag noch immer kaum bewohnt und den Klöstern, großen Gärten und Weinbergen überlassen geblieben. So queren wir denn auf unserem Weg nach Saint-Victor entweder den kleinen besiedelten Kern der Stadt mit den Resten der römischen Therme, oder wir gehen am Ufer der Seine entlang, oder wiederum durch die südwestlich gelegenen Gärten und Weinberge mit Zeit für Kontemplation und Gespräche. Dabei rivalisieren, so bemerke ich, mein Wunsch nach intellektuellem Austausch mit den interessanten Mönchen und mein Verlangen, mit Heinrich endlich wieder alleine zu sein. Solange die aufregenden Gespräche meine Aufmerksamkeit fesseln, bin ich Teil der neuen Gemeinschaft, doch sobald ich Heinrich sehe, seine Nähe spüre, rast mein Herz nur für ihn. So sehne ich mich trotz der anregenden Umgebung und der tiefen geistigen Befriedigung des Konvents nach unseren altklugen Gesprächen und seiner geistigen und körperlichen Nähe und hoffe, alsbald wieder mehr Zeit mit ihm verbringen zu können – in Paris oder eben in Konstanz. Sehr schade findet diese Ablenkung der Gedanken mein neugieriger Intellekt – doch ganz großartig mein Gefühl.

»Liebe Brüder«, beginnt Abt Petrus von Cluny seine Rede, die den neuen Versammlungstag einleitet. »Ich will euch eine Geschichte von Vorurteilen erzählen, deren Überwindung zu größerer Weisheit führt und die Tradition unseres Christentums mit der wissenschaftlichen Vernunft zu vereinen sucht. Ich durfte jüngst die Stadt Toledo auf der iberischen Halbinsel besuchen, die die katholischen Könige erst vor fünfzig Jahren von den Mohammedanern zurückeroberten. In dieser noch immer in der Nähe des Kalifats der Almoraviden gelegenen Stadt leben und arbeiten seit Jahrhunderten Christen, Mohammedaner und Juden auf dichtem Raum zusammen.

Wir abendländischen Christen wissen erstaunlich wenig über Leben und Wirken von Mohammed, den seine Anhänger den Propheten nennen, den Islam, seine Kultur, seine Gesellschaft. Eine latente oder manifeste Angst schwingt mit, wenn wir von Mohammedanern und ihrer heiligen Schrift, dem Koran, hören oder gar sprechen. Wir haben viele Vorurteile und uns fünfhundert Jahre geweigert, diese als solche zu erkennen, in Frage zu stellen oder gar zu revidieren. Was findet sich Gefährliches in den Worten Mohammeds und in den Erkenntnissen seiner Anhänger? Ohne sie zu kennen, antworte ich selbstbewusst: Nichts! Unser Glaube ist so stark, die christliche Lehre so überzeugend, dass wir die Auseinandersetzung mit dem Anderen nicht scheuen müssen, weder mit Aristoteles noch mit Mohammed. Nur der Kleingläubige, der unter Minderwertigkeitskomplexen Leidende fürchtet die Gefährdung seines Glaubens durch die Beschäftigung mit anderen Religionen und Lebensformen. Wie wir wissen, halten die Mohammedaner die griechischen und römischen Philosophen und Denker seit fünfhundert Jahren in größeren Ehren als wir Christen, pflegen und mehren ihr Gedanken- und Wissenserbe. In Cordoba, Granada und Sevilla befinden sich mehr Schriften von Aristoteles und Platon als in unseren klösterlichen Bibliotheken. In den Wissenschaften der Medizin, der Mathematik, der Astronomie und der

Physik sind uns, so habe ich in Toledo vernommen, die Mohammedaner weit überlegen, nicht nur weil sie Hippokrates besser als wir kennen und ehren, sondern weil sie sich mit eigenem Fleiß diesen Wissenschaften widmen. Von ihnen können wir also viel über die Tradition der antiken Wissenschaft lernen, um sie in unsere neue Gemeinschaft zu übernehmen.

Ich habe nun, um unserer großen Unwissenheit zumindest an einer Stelle abzuhelfen, in Toledo eine erste Übersetzung des Korans in die lateinische Sprache in Auftrag gegeben, damit wir besser verstehen, welche religiösen Überzeugungen und lebenspraktischen Ratschläge auf Mohammed zurückgehen. Nicht, dass ich den Islam für eine Alternative zum Christentum hielte, denn er bleibt eine häretische Abkehr vom wahren Glauben. Doch können wir uns nur vernünftig mit ihm auseinandersetzen, wenn wir ihn überhaupt kennen und verstehen.«

»Ehrwürdiger Abt«, nimmt Petrus Abaelardus den Gedanken seines Vorredners auf, denn die Regel der Versammlung lässt eine direkte Ergänzung oder gar Erwiderung zu. »Ich stimme Ihnen in Ihren Gedanken und Schlussfolgerungen zu und möchte alle ermutigen, hier weiter zu gehen, dem Beispiel der Koranübersetzung folgend. Unsere Gesellschaft ist heute intellektuell und wissenschaftlich leider längst noch nicht so weit entwickelt wie die römische oder griechische vor der Geburt unseres Herrn. Dabei zeigt sich in jeder Lehre eine Form von Wahrheit, die es zu finden gilt. Und alle Wahrheit beruht auf derselben menschlichen Vernunft und kann auf denselben Gott zurückgeführt werden, der alle Menschen: Christen, Mohammedaner, Juden und sogar Heiden nach seinem Bild geschaffen hat. Wenn dem aber so ist, wie müssten wir Kontakt und Diskussion mit Andersgläubigen scheuen? Treffen wir doch am Ende immer wieder auf dieselbe Wahrheit, weil Gott das Weltganze und alle Menschen liebt und als weltbegründende Weisheit das Gute selbst ist.

In diesem Sinne erwarte ich von unserer Gemeinschaft mehr Mut, das in dieser Welt bereits schon lange vorhandene Wissen zu erkennen und wieder zu nutzen und sich weniger hinter den Ängsten und Verboten einer verkrusteten Gesellschaft zu verstecken. Ich fürchte jedoch, dass gerade die Tradition unserer Kirchenväter und die Metaphysik der Druiden zur Verkrustung unserer Gesellschaft selbst beigetragen haben. Insofern stehe ich der den Konvent einleitenden These des ehrwürdigen Abtes Gilduin von einer Art Trinitas von Wissenschaft, Metaphysik und dem christlichen Glauben unserer Kirchenväter skeptisch gegenüber.«

»Sehr verehrter Pierre«, erwidert hier Hugo. »Gibt es nach deiner Auffassung keine Grenzen des Wissensdrangs, dessen, was man Neugier nennt? Stehen am Ende deines Wissens tatsächlich die Wahrheit und die Weisheit Gottes?

Meiner Meinung nach kann der von den griechischen Philosophen verherrlichte Wissensdrang des Intellekts die eine, göttliche Wahrheit nie erreichen. Sicher, zur Logik, Ethik, Mathematik, Physik, zu den vernünftigen Regeln des Argumentierens und des Zusammenlebens dringt der Intellekt vor. Aber er findet nicht die wirkliche Klugheit, die göttliche Wahrheit. Den Herrn können wir in der Schöpfung nicht durch Wissenschaften und Neugier, nicht mit unseren trügerischen äußeren Sinnen und der Logik des Denkens, sondern nur mit einem inneren Blick in Bescheidenheit und der Hilfe seiner Gnade erkennen.

Wenn wir nun zukünftig in einer Gemeinschaft der Wissensträger leben, die alles mit dem Intellekt erreichbare Wissen dieser Welt angesammelt hat. Wofür wäre es gut, wenn wir es nicht in den Dienst der Wahrheit und des

Schöpfers stellten, die wir zuvor ergründen müssten? Was wäre die Alternative? Soll etwa jeder im Dienst seiner *eigenen* Wahrheit, seines *eigenen* Interesses handeln dürfen, wie dies vielleicht in der Isolation notwendig und üblich war? Oder etwa im Dienst unserer neuen Gemeinschaft und ihrer Macht? Niemand wird behaupten, dass wir uns mit einem beachtlichen Aufwand bemühen, an die Traditionen unserer Vorgänger anzuschließen, nur um Wissen des Wissens willen zu sammeln und weiterzugeben. Wir sollten uns sehr wohl und von Anfang an um den Sinn, die Richtung unseres Wissens sorgen. Und diese sehe ich nur in der göttlichen Wahrheit. Insofern warne ich vor der Neugier, einem intellektuellen Drang, der nur auf alles Neue, nicht auf das Wahre gerichtet wäre.«

Bei diesen Worten des angesehenen Meisters breitet sich Verwirrung und Unruhe unter den zuhörenden Mönchen aus.

»Doch wie beschreibst du, verehrter Bruder Hugo, als Lehrer die Wege und Methoden, um zu Gottes Wahrheit vorzudringen, dass du sie deinen Schülern beibringen könntest?« fragt nun Abaelardus. »Die Schriften der Bibel und der Kirchenväter enthalten viele Widersprüche. Ich denke, es bleibt uns nichts anderes übrig, als über den Zweifel und die dialektische Untersuchung der Dinge zur Wahrheit vorzudringen. Wir müssen die Vernunft einsetzten, um zur Wahrheit und zum Glauben zu finden, denn wir können nichts glauben, was wir nicht verstanden haben. Nicht äußere soziale Normen etwa der Kirche, des Königs oder unserer Gemeinschaft bilden den Maßstab für gutes und richtiges Handeln, sondern die innere Haltung des jeweils handelnden Menschen. Insofern schützt nur eine sittlich gute Absicht den Wissensträger vor einem Missbrauch des Wissens in seinem eigenen Interesse oder dem unserer Gemeinschaft.«

»Liebe Brüder«, greift nun Abt Gilduin in die Diskussion ein, da sich die beiden Lehrer in einen endlosen, schon lange über ihre Schriften geführten Disput zu stürzen drohen. »Ich habe großes Verständnis für deine Befürchtungen und gebe dir Recht, Hugo, dass wir mit dem Wissen zugleich die göttliche Wahrheit suchen müssen. Gleichzeitig schätze ich allerdings auch die vernünftige Neugier, die uns vorwärts gehen und Dinge ergründen lässt, nicht um des Neuen willen, sondern des tieferen Verständnisses der Welt als Schöpfung des Herrn. Gegenüber Pierre möchte ich betonen, dass weder ein richtig verstandenes Christentum noch die druidische Metaphysik als solche zur Verkrustung unsere Gesellschaft beigetragen haben. Diese mag von einigen Druiden und Kirchenvätern in einem falschen Verständnis ihrer Traditionen oder aus eigensinnigen Interessen zwar gefördert worden sein. Tatsächlich können wir eine Verkrustung nur durch eine größtmögliche Offenheit für die Vielfalt der Erkenntnis verhindern: die Wahrheit im christlichen Glauben, die metaphysische Kunst der Druiden und schließlich die Vernunft der Griechen.«

Bei diesem Kompromiss belassen es die Mönche. Denn die klösterliche Autorität des Abts setzt selbst dem offenen Gespräch des Konvents Grenzen.

Mich, den bescheidenem Zuhörer, beschäftigen dennoch weiterhin die von Hugo aufgeworfenen Fragen: Woran orientieren sich die Wissensträger und ihre Gemeinschaft beim Einsatz ihres übernommenen und erworbenen Wissens? Wird der uns bekannte Rahmen der Heiligen Schrift und der Kirchenväter weiter gelten, oder im Disput mit Juden, Mohammedanern und heidnischen Philosophen zugunsten einer ›allgemeinen Vernunft‹ mit dem Menschen als Zentrum aufgelöst? Und was würde daraus folgen? Könnte dieses Wissen am Ende sogar den egoistischen

Interessen einzelner Menschen dienen, oder garantieren die ›allgemeine Vernunft‹ und die sittlich gute Absicht des Einzelnen seinen gottgefälligen Dienst? Wer würde die sündige Entscheidung für das Böse bestrafen? Fragen, auf die ich hier keine Antwort erhalten werde.

Mit Erlaubnis Gilduins nutzen Heinrich und ich den Nachmittag zur Erkundung von Paris, jenseits des Seine-Stromes. Denn die Idylle des diesseitigen Teils entspricht so gar nicht meinem Bild vom bunten Treiben einer Metropole. Und so haben wir nun endlich die Gelegenheit, wieder ein Abenteuer zu zweit zu erleben, sobald wir Johann von der mangelnden Gefahr dieses Ausflugs und der Überflüssigkeit seiner schützenden Begleitung mehr oder weniger überzeugt haben. Heinrichs Kenntnisse der französischen Sprache kommen nun zum Einsatz, haben wir doch auf der Hinreise und im Kloster neben unserer Muttersprache fast nur Latein gesprochen.

Über die ›kleine Brücke‹ – sie heißt tatsächlich so – erreichen wir die Insel mit dem auf antiken Grundmauern errichteten Königspalast im Westen und seinem mächtigen, gerade erbauten runden Wehrturm.

Am östlichen Ende der Insel besuchen wir die Basilika Saint-Etienne, die noch aus römischen Zeiten stammende, recht düstere Hauptkirche der Stadt. Nebenan befinden sich die eleganten Wohnhäuser der Regularkanoniker des Bischofs.

»Viel schicker als unser Kloster zu Konstanz und so exponiert an der Spitze der Insel gelegen«, gebe ich neidisch zu und stelle mir vor, einmal selbst mit Blick auf den Seine-Fluss wohnen zu dürfen.

Unser eigentliches Interesse gilt indes dem rechten Ufer, das wir über eine schmale Holzbrücke erreichen. Nach der

Ruhe auf unserer Seite des Flusses und der Insel, die nur durch einen bedeutenderen Straßenzug in Nord-Süd-Richtung durchschnitten wird, wartet hier auf uns eine ganz andere Stadt, eine richtige Stadt, so wie wir sie beide noch nicht gesehen haben. Hier herrscht ein lebhafter Verkehr, vor allem um den Hafen und die angrenzende Place de Grève mit ihren Fisch- und Fleischhändlern. Allerdings entsprechen das wirre Durcheinander, der chaotische Lärm und die meist unangenehmen Gerüche nicht meiner Vorstellung von einer modernen, zivilisierten Metropole.

»Das stinkt ja fürchterlich, lass uns gehen«, klage ich, indem ich mir demonstrativ die Nase gegen den penetranten Fischgeruch zuhalte.

Wir lachen und ziehen vergnügt weiter, über die Rue Saint-Denis, eine der beiden großen Nord-Süd-Achsen der Stadt, zum Markt von Champeaux, wo uns ein buntes Treiben erwartet: Bauern bieten Gemüse, Eier, Hühner und vielerlei Fleisch feil, und Kaufleute aus allen Völkern präsentieren ihre erlesene Ware: Steingut, Wolle, Gewürze, Weine, Öl, edle Steine, feine Tuche und Pelze.

»Hier könnten wir sogar etwas essen: Gebratenes, Gebackenes und Gesottenes, Fisch, Fleisch und Geflügel«, stelle ich überrascht fest.

»Zumindest, wenn wir Geld hätten.«

»So richtig verlockend erscheint mir der Gedanke an ein Essen in diesem Chaos von krähenden Hühnern, quiekenden Schweinen, Marktschreiern und keifenden Frauen nicht. Da esse ich lieber in Ruhe unsere gewohnten, einfachen Speisen im Kreise der Brüder im Refektorium.«

Denn diese abwechslungsreiche und lebendige Geschäftigkeit der Großstadt ist zugleich – und ich fürchte unvermeidlich – laut, unruhig, stinkend und schmutzig. Irgendwie hatte ich das Bild eines zwar bunten, doch gepflegten Handels, Austauschs, Verkehrs und Disputs von gebildeten und wohlgekleideten Menschen ganz unterschiedlicher Herkunft in meinem Kopf, ganz ohne Lärm und Gestank. Ernüchtert erkenne ich, dass das pulsierende Leben mit seinen Bauern und Kaufleuten, in dem die reichen Pariser vielleicht ein seltenes Luxusgut, die ärmeren dagegen einen Laib Brot zu erwerben suchen, auch die überall vorhandene Armut anzieht, Bettler, die die Marktbesucher hungrig bedrängen. Immerhin gewinnen wir hier einen genaueren Eindruck der hiesigen Bräuche und Menschen als in der beschaulichen Landschaft von Abteien und Weinbergen jenseits des Flusses. Unter Abwägung der Alternativen kann ich Guillaume gut verstehen, dass er sich nach dem Rückzug vom Amt des Domschulmeisters mit der dem Heiligen Viktor geweihten Kapelle ein Fleckchen in ländlicher Umgebung zur Kontemplation und konzentrierten Unterrichtung seiner Studenten ausgewählt hat, das dem pulsierenden Zentrum der Stadt zwar entrückt und gleichwohl noch nahe liegt. In diese Beschaulichkeit unseres linken Ufers kehren wir einigermaßen erschöpft von unserem Ausflug in die große Stadt zurück. Ein kleiner Umweg führt uns auf die Anhöhe von Sainte-Geneviève, um auf einem Mäuerchen sitzend die unter uns liegende Landschaft mit ihren vielen Kirchtürmen zu betrachten.

»Unsere Stadt?« fragt Heinrich und blickt mich neugierig von der Seite an.

»Unsere Stadt, ja!« Ich nicke, zur Bestätigung und um meine Zweifel zu zerstreuen, da mein ursprüngliches Bild von Paris einer widersprüchlichen, einerseits idyllischen andererseits rauen Realität weichen musste, in der ich noch nicht ganz angekommen bin.

»Bist du sicher?« Heinrich erkennt meine Zweifel, obgleich er sich selbst von Paris keine konkrete Vorstellung gemacht hatte und es nun so wie es ist akzeptiert. Seine

Neugierde für alle Arten von Eindrücken konnte er heute jedenfalls nach Herzenslust befriedigen.

»Ja«, höre ich mich sagen. »Selbst wenn ich mir nicht sicher wäre, ob Paris *meine* Stadt ist, so denke ich doch, dass sie *unsere* Stadt ist, denn sie lässt uns den nötigen Raum, den uns Konstanz nicht bieten kann. Paris ist groß genug für uns und weit genug weg von daheim. – Was meinst du?«

»Du hast Recht, wir bleiben hier und bitten um Aufnahme in Saint-Victor. Unsere Aufgaben als Wissensträger können wir in Paris ohnehin besser erfüllen als am fernen Bodensee. Jetzt, wo die Zusammenarbeit und der persönliche Austausch wieder möglich und wichtig geworden sind, werden sich die Aktivitäten unserer Gemeinschaft zweifellos hier konzentrieren. Einmal im Jahr zum Konvent zu reisen und im Übrigen kluge Briefe zu schreiben, erschiene mir unbefriedigend.«

»Zumal mir das Briefeschreiben so gar nicht liegt, wie du weißt. Du siehst, es fügt sich alles wunderbar!« stelle ich begeistert fest.

Er legt seine Hand auf die meine, umfasst sie. »Ja, es fügt sich wunderbar.«

Wir sehen uns tief in die Augen, dann wieder auf die in der Abendsonne liegende Stadt – und sind glücklich.

Eine zu Füßen der jungen Mönche hockende schwarze Krähe fliegt lautlos auf und dreht zwei Kreise in niedriger Höhe über Sainte-Geneviève, bevor sie sich krächzend von der Stadt entfernt.

Morgane erwachte erschöpft aus ihrem intensiven Traum, glücklich, dass sie den Anschluss an die zuvor erträumte Reise der beiden Mönche gefunden hatte. Nur schade, dass er schon an dieser Stelle, weit vor dem Ende des Konvents abbrach, obwohl Peter sicher noch viel Interessantes erlebt hatte.

13.

Am folgenden Abend saß Montfort am Ort ihrer ersten Begegnung auf einer Bank und beobachtete eine Krähe, die die Ufermauer entlang lief und bei jedem Schritt den Kopf vor- und zurückbewegte, was dem Schreiten des Vogels einen komischen Ausdruck verlieh.

Wie aus dem Nichts stand auf einmal Morgane neben ihm.

»Sie sehen wieder fitter aus, sehr schön«, begrüßte er sie fast ohne Überraschung über das unvermittelte Wiedersehen. »Waren sie da?« fragte er, in dem er mit seinem Kopf in Richtung des anderen Ufers mit den Universitätsgebäuden der sechziger Jahre des zwanzigsten Jahrhunderts wies.

Morgane nickte ihm freudig zu, so dass er ihre Zufriedenheit deutlich sah. »Ja, ich fühle mich wieder stark, und ja, ich habe Saint-Victor besucht. Und ich freue mich, dass Sie noch leben.«

»Und in welcher Epoche?« fragte er ungeduldig.

»In den dreißiger Jahren des zwölften Jahrhunderts.«

»Unglaublich, die Blütezeit des Klosters! Und Sie durften sie erleben, wie ich Sie darum beneide! Wie war es? Wen haben Sie getroffen? Hugo sicher, den neuen Leiter der Klosterschule, der den sieben ›Freien Künsten‹ die sieben ›Mechanischen‹ hinzufügte und damit die allgemeine Ausbildung revolutionierte!«

»Freie Künste? Mechanische Künste? Die ›freien Künste‹ kamen auch in meiner Erinnerung vor. Mit Kunst in unserem Sinne scheint das nichts zu tun zu haben?«

Montfort lachte. »Nein, es handelt sich um die Lehrinhalte des Mittelalters. Man unterrichte üblicherweise die sieben freien Künste: Grammatik, Dialektik, Rhetorik, Arithmetik, Musik, Geometrie und Astronomie. Hugo ergänzte sie um die ›mechanischen Künste‹, die sich praktischen Techniken widmeten: Bekleidung, Bewaffnung, Navigation, Landwirtschaft, Jagd, Medizin und Architektur. Während die sieben freien Künste der Suche nach göttlicher Wahrheit dienen sollten, dienten die mechanischen Künste dem Wohlergehen auf Erden: Leiden, Krankheit und Hunger zu mildern und uns im Alltag vor feindlicher Umwelt zu schützen. – Aber wen haben Sie noch getroffen? Sicher Gilduin? Vielleicht haben Sie von Pierre Abaillard gehört oder gar von Bernard von Clairvaux?«

Morgane lachte. »Ja, ich habe all diese und viele weitere Personen, von denen Sie sicher schon gelesen haben, getroffen, oder von ihnen gehört.« Und dann erzählte sie ihr durch den Mönch Peter in den vergangenen beiden Nächten erlebtes Abenteuer, aufgrund des starken, lebendigen Eindrucks sehr ausführlich.

»Ich träumte in Peters mehr als neunhundert Jahre alter Erinnerung meinen eigenen Traum von *Ankou*! – Eine wirklich sehr komplexe und merkwürdige Kommunikation über Träume.«

»In der Tat! Sein Traum skizzierte Ihre Lage recht klar und enthielt eine wichtige Botschaft aus der Zukunft für die damalige Zeit. Offenbar haben Sie selbst dem Mönch die für den Traum notwendigen Informationen und Eindrücke vermittelt. Gilduin hoffte gleichzeitig, dass Peter Sie mit seiner Erinnerung unterstützen, also in umgekehrter Richtung wirken könnte.«

Morgane dachte nach und nickte. »Nur schade, dass Peters Erinnerung so wenig zum Diebstahl der Beile sagte, etwa über den Täter, womit ich ihn vielleicht identifizieren könnte! Immerhin können wir davon ausgehen, dass es sich um einen Wissensträger handelte, da Peter dem Tatablauf sonst hätte sicher nicht folgen können.«

Dem Bericht über den Konvent folgte Montfort besonders fasziniert und unterbrach sie nur durch kurze Äußerungen seiner Begeisterung bei der Nennung der zahlreichen ihm bekannten Gelehrten.
»Unglaublich, die in ihren Schriften ausgetragenen Dispute dieser unvergleichlichen Intellektuellen haben Sie selbst gehört. Pierre Abaillard, der mit seiner Dialektik Hegel und mit seiner vernunftbestimmten Glaubenserkenntnis Kant antizipierte, sowie seinen Widersacher, den innovativen Pädagogen Hugo! Sie konnten erkennen, dass Saint-Victor gezielt zu einem einzigartigen intellektuellen Zentrum der offenen Forschung und Lehre entwickelt wurde, das von den Leitern der Lehranstalt vermutlich stärker als von den jeweiligen Äbten geprägt wurde.«
»Ja, Saint-Victor bildete nicht nur ein bedeutendes intellektuelles Zentrum, sondern auch die Speerspitze im Kampf der Pariser Kirchenpolitik und war zugleich der Ausgangspunkt der neuen Wissensgemeinschaft, aus der später, vermutlich im Zuge der Säkularisierung der Klöster, der ORDEN hervorgegangen ist. Und anders als in meinen bisherigen Träumen hatte hier, in den neu errichteten Gemäuern trotz der teils hitzigen Diskussionen eine sehr positive Aufbruchsstimmung geherrscht. Hier lag der Eklat mit der Ermordung des Priors bereits in der Vergangenheit, beherrschte und beendete nicht den Konvent. Und der Abt setzte sich leidenschaftlich für die Zusammenführung von naturwissenschaftlichem, christlichem und metaphysischem

Gedankengut ein. Das war sicher revolutionär und vielleicht einzigartig. Ich sah keinen Terror und keinen Schrecken, sondern viele neugierige Gesichter und leuchtende Augen – nicht nur bei den verliebten, jungen Mönchen. Mein schwuler Lehrer Michael wird diese Erinnerung sicher besonders gemocht haben.

Etwas aufregend Neues fing an, die Geburtsstunde einer Gemeinschaft! Die Menschen sahen eine in die Zukunft gerichtete Aufgabe jenseits des Alltags, eine großartige, wenn auch höchst unklare Aufgabe, von der sie weder wussten, wie sie sich in die gewohnten Bahnen ihres Lebens oder der Gesellschaft einfügen und auf ihren Glauben und Gottes Wohlgefallen auswirken würde, noch ob und wie sie sie überhaupt erfüllen könnten. Doch derartige Zweifel trübten die Stimmung nie grundsätzlich.«

»Eine wirkliche Herausforderung, nicht nur für den ›vernünftigen‹ Abaillard (und den machtgierigen Kanzler), sondern auch für Hugo, der seine Methoden stark im christlichen Glauben verankerte und die Metaphysik wohl nicht zu seinen Lehrinhalten zählte.«

»Bei Peter und Heinrich konnte der Abt vermutlich mehr Verständnis erwarten. Was wohl aus den Mönchen geworden ist. Haben Sie je von Ihnen gehört?«

Montfort schüttelte den Kopf. »Die Namen waren in dieser Zeit natürlich nicht ungewöhnlich. Mit den von Ihnen genannten biographischen Angaben kann ich leider keine Zusammenhänge zu bedeutenden historischen Personen herstellen.«

»Das kommt davon, wenn man als Wissensträger nichts aufschreibt! Man geht der Nachwelt leicht verloren, zumindest der Allgemeinheit. Peter hat später wohl selbst Schüler ausgebildet, um ihnen seine Erinnerung an den ersten Konvent nach der Zeitenwende weiterzugeben. Er war schon damals fähig, das Erlebte in eine lebendige Erinnerung zu fassen – anders als ich heute. Er beschränkte die Überlieferung nicht auf den intellektuellen Austausch, sondern schloss seine Gefühle Heinrich gegenüber ein. Vermutlich hätte er die Erinnerung vor der Weitergabe auch ›zensieren‹ können, denn sie diente ja – anders als das normale Gedächtnis – vor allem als Information und Botschaft für Dritte.«

»In der Tat bemerkenswert, denn den Menschen seiner Zeit und noch vielen Generationen nach ihm erschienen homoerotische Gefühle sündig. Vielleicht war das ein Beitrag, die verkrustete Gesellschaft, in der er lebte, punktuell aufzubrechen, wie es Abaillard gefordert hatte.«

»Konnten Peter und Heinrich ihrem Wunsch entsprechend in Paris, an der Schule der Abtei Saint-Victor bleiben? Lebten sie – glücklich – in irgendeiner Form zusammen? Wie lange?«

»Vielleicht hilft ein Studium der weitestgehend erhaltenen Archive der Abtei. Vermutlich haben sie den Bau der ersten gotischen Kathedralen, der Abteikirche des Klosters Saint-Denis, von dem Peter in Ihrem Traum gesprochen hat, und kurz danach der Kathedrale Nôtre-Dame von Paris, noch erlebt.« Montforts Augen leuchteten, als ob er selbst an der Zeitreise teilnahm. »Beide Kirchen stehen heute noch, während aus dem Paris Ihres Traums fast kein Gebäude intakt überlebt hat. Dieses Jahrhundert war eine spektakuläre Zeit mit großen, nicht nur architektonischen und städtebaulichen, Veränderungen: Der von Bernard von Clairvaux ausgehende Siegeszug der Zisterzienser in Europa, der zweite Kreuzzug und die Entstehung des Templer-Ordens, der Beginn der intellektuellen Auseinandersetzung mit Arabern, Juden sowie der griechischen Antike, die einige Jahrhunderte später die Renaissance kennzeichnen würde, die schnelle Entwicklung der damals ja noch erstaunlich kleinen Städte mit einem erstarkenden

Bürgertum von Kaufleuten und Handwerkern – und natürlich die Herausbildung der Kollegien, aus denen die Universitäten entstehen würden, mit denen sich die intellektuelle Entwicklung des christlichen Europas von den Klöstern und der Kirche emanzipierte. Gerade diese Entwicklung beförderten mit je unterschiedlicher Bedeutung die beiden Widersacher Hugo, der Pädagoge mit neuen Lehrkonzepten, und Abaillard, der seiner Zeit vorauseilende kritische Intellektuelle! In diesen Jahren begann die geistige Aufholjagd des christlichen Abendlands gegenüber dem arabischen Orient, wenngleich sie in den dann folgenden zwei Jahrhunderten recht schleppend verlief.«

»Der erste Konvent der ›Neuzeit‹ fand vermutlich nicht zufällig in dieser aufregenden Zeit des Aufbruchs statt! Sie spiegelte sich im Leben des jungen Mönchs, der mit seinen Zeitgenossen und ganz persönlich so viel Neues erlebte. Die Mönche konnten selbstverständlich viele Fragen stellen, die auch danach jeder junge Meister stellte, so wie ich. Und diese Fragen wurden beantwortet, soweit es in der damaligen Zeit möglich war – beziehungsweise überhaupt möglich ist.«

»Unbeantwortet blieb die Frage nach der göttlichen Wahrheit, auf die Erwerb und vor allem Anwendung des Wissens gerichtet sein sollten. Abaillard bot die sittlich gute Absicht an, damit man nicht dem Bösen diene, sich nicht gegen Gott versündige. Immerhin!«

»Besitzt der heutige Großmeister dieselbe Erinnerung? Fühlt er sich schuldig, wenn er Meister ermorden lässt, oder entspricht dies etwa seiner eigenen, sehr subjektiven sittlich guten Absicht? An allgemeinen sozialen Normen und Gesetzen richtet er sein Handeln jedenfalls nicht aus. Vielleicht meint er mit allen Mitteln den Zusammenhalt des

ORDENS in seiner jetzigen Form erzwingen zu müssen, selbst um den Preis von Menschenleben.«

»Ihren Erzählungen zufolge dient de Blois vor allem seinen eigenen Interessen, vielleicht noch der Macht des ORDENS oder einer kleinen internen Elite wie dem Kabinett, was vielleicht dasselbe ist. Sicher verfolgt er weder irgendeinen sittlich guten Zweck noch dient er dem Wohlgefallen eines Gottes, den er nicht kennt.«

»Die Beile bringen Unheil in der Hand des Machtgierigen, meinte Prior Thomas. Wie Recht er hatte! Ihr Einsatz gegen die Reformer durch den Großmeister war demnach kein Zufall, keine pathetische Geste, sondern ein Ausdruck seines Machtbewusstseins, und zugleich ein Hinweis auf ihren ursprünglichen Zweck, den manche Metaphysiker vermutlich kennen. Der Mönch Gabriel hatte gegenüber Pierre auf dem Weg nach Petersburg von einer uralten Erinnerung gesprochen, in der die Beile vergraben und geschützt wurden. Ich muss ihre ursprüngliche Bedeutung über diese Erinnerung ergründen, um sie wieder in die sichere Obhut der Schlangen geben zu können, wie sich Gilduin ausdrückte. Aber wie? Hätte er es mir nicht verraten können?« Sie schüttelte den Kopf.

»Vermutlich wusste er es selbst nicht, kannte nicht die schützende Magie, mit der Dukarios den älteren Zauber erneuert hatte.«

»Es bleiben so viele Fragen – und Zweifel. Liegt im Fehlen einer befriedigenden Antwort auf die Frage nach der – göttlichen, vernünftigen, sittlichen? – Orientierung beim Gebrauch des Wissens ein Geburtsfehler der Gemeinschaft, der vielleicht vermeidbar gewesen wäre? Kann eine elitäre Gruppe, die mit ihrem Wissen zugleich Macht gewinnt, die Korruption ihres noch so redlichen und guten Gründungsgedankens auf Dauer gar nicht verhindern? Gab es vielleicht eine Zeit, in der die Gemeinschaft alle Strömungen des Wissens, die religiösen, rationalen und metaphysischen, aufnahm? Hatte das Experiment der mittelalterlichen Wissensgemeinschaft eine Weile funktioniert, indem tatsächlich auf Basis dieser Traditionen moralisch gute Ziele verfolgt werden konnten? Könnte man vielleicht heute, im Zeitalter des Internets, die ursprüngliche Idee einer im Dienste des Guten stehenden Wissenselite verwirklichen?«

»Wie geht es nun weiter?« fragte Montfort, der Morganes Fragen natürlich nicht beantworten konnte, wenngleich er große Zweifel an der Realisierbarkeit dieser Utopie hegte. »Über die für die Metaphysik besonders interessante Zeit zwischen dem letzten Konvent der Antike und dem ersten des Mittelalters wird es kaum lebendige Erinnerungen geben. Die erste der ›Neuzeit‹ war die von Ihnen geträumte allerdings auch nicht, denn für die Teilnehmer des Konvents sind diese Erinnerungen bereits eine selbstverständliche Erfahrung.«

»Die Mönche sprachen für die Epoche vom fünften bis zum siebten oder achten Jahrhundert von den ›dunklen Zeiten‹. Vermutlich wurden nach diesen ›dunklen Zeiten‹ auch die ersten neuen lebendigen Erinnerungen entwickelt.«

»Und heute bezeichnen viele das gesamte sogenannte Mittelalter als ›dunkel‹ – eine Differenz von sieben- bis achthundert Jahren!«

»Und ausgerechnet aus den besonders dunklen, auf den Untergang des römischen Reichs folgenden zwei- oder dreihundert Jahren stammen so viele der uns heute noch bekannten Sagen: von Artus und Merlin, von König Gradlon und der versunkenen Stadt Ys, von Tristan und Isolde sowie dem Drachentöter Siegfried! Aus dieser kurzen schriftlosen Zeit voller Kreativität und Vorstellungskraft überleben bis heute Riesen und Zwerge,

Magier und Feen, Drachen und Helden und prägen mit ihren Abenteuern unsere Fantasien, Literatur und Filme. Artus und Merlin sowie die Geschichten der Nibelungen wurden besungen, beschrieben, verfilmt. Wagners ›Ring‹ und ›Tristan‹ spielen in dieser Zeit und wie selbstverständlich bevölkern dieser Epoche entstammende Kreaturen den ›Herrn der Ringe‹ und ›Harry Potter‹. Warum wurden in den vielen Jahrhunderten zwischen Achilles und Artus, und zwischen Artus und heute so wenige Helden mit ihren Taten besungen?«

»Vielleicht werden bleibende Helden nur in sehr unsicheren, ›archaischen‹ Zeiten gezeugt, damit sie den Mangel an Orientierung kompensieren«, bot Montfort eine Erklärung an. »In der Zeit der Völkerwanderung wurden die etablierten Strukturen zerstört und nur sehr langsam durch neue ersetzt. So konnte Artus den von Angeln, Sachsen und später den Normannen bedrängten britischen Kelten als Leitfigur in der Krise dienen, als Hoffnungsträger auf eine bessere, einige Zukunft, die durch den Gral symbolisiert wurde.«

»Oder Bildung, Vernunft und Schrift beschränken unsere Kreativität. Nur in Zeiten, in denen sie in den Hintergrund treten, kann unsere Phantasie die gewohnte Umgebung und Erfahrungen so weit hinter sich lassen, dass neue, nie gesehene, gefährliche oder magische Wesen die Erde bevölkern.«

»Orientierungslosigkeit und mangelnde Bildung – offenbar eine gute Kombination!«

»Doch lebendigen Erinnerungen werden wir in diesen Zeiten leider nicht finden. Wo suchen wir sie jetzt weiter?« Zum ersten Mal gebrauchte Morgane das Wort ›wir‹, fühlte sie sich auf ihrer Suche nach Wissen und Antworten nicht mehr alleine.

»Ich würde mich den Druiden widmen.«

14.

Morgane sieht sich als kleines Mädchen an der Hand ihrer Mutter vor der romanischen Dorfkirche von Loctudy westlich ihres Geburtsortes Sainte-Marine. Über ihnen kreist eine schwarze Krähe.

Sie betreten die Kirche und schauen sich einige Minuten im Halbdunkeln um, bevor sich die Mutter am Fuße einer Säule niederhockt.

»Schau, die schönen Ornamente, hier die Doppelschnecken, und das könnten Palmen sein, dort eindeutig menschliche Köpfe«, erklärt sie begeistert der kleinen Morgane, indem sie auf die Basen und Kapitele der Säulen weist.

Morgane folgt dem Blick ihrer Mutter kommentarlos, nickt, obgleich sie die spröde Schönheit der seltsamen, teils stark verwitterten Motive kaum zu erkennen vermag.

»Es sind uralte, vielleicht keltische, vielleicht vorkeltische Motive, die die christlichen Mönche in ihre Kirche zu Beginn des zwölften Jahrhunderts noch aufnahmen, obwohl der Heilige Tudy schon sechshundert Jahre zuvor die Missionierung der bretonischen Umgebung betrieben und hier seine Einsiedelei errichtet hatte. Das zeigt die Stärke der Motive und ihre ungebrochene Tradition durch die ersten christlichen Jahrhunderte hindurch.«

Das Mädchen nickt wieder, begreift die Erläuterungen nur teilweise, genießt jedoch die seltene Aufmerksamkeit seiner Mutter. Es stellt keine dummen Fragen, um seine Unwissenheit nicht zu zeigen und die Geduld der klugen Mutter nicht zu strapazieren, die sich wohl ganz zu Recht nicht oft mit ihrer begriffsstutzigen Tochter beschäftigt. Ob sie wohl später genauso groß und klug wird und selbst vernünftige Gespräche führen kann?

»Lass uns nach Carnac fahren«, schlägt die Mutter einer spontanen Eingebung folgend vor. Morgane nickt eifrig, obwohl sie weder weiß, was Carnac ist, noch wo es liegt. Die Vorstellung einer Autofahrt und weiterer gemeinsamer Stunden mit ihrer Mutter begeistert sie. So langweilig kann ihre Gesellschaft offenbar nicht sein.

»Geht's dir heute gut?« fragt Morgane auf der Fahrt ihre Mutter, deren Schmerzen in den letzten Tagen die Stimmung zuhause überschattet haben.

»Besser«, sie lächelt ihre Tochter tapfer an, freut sich über die Teilnahme. Gut geht es ihr auch heute nicht, versteht Morgane. Sie spürt, dass sie nie wieder gesund werden, es ihr mit der Zeit eher schlechter gehen wird.

Dann betreten sie das Prähistorische Museum im alten Presbyterium von Carnac.

»Sie haben dieses Museumsgebäude erst in diesem Jahr eröffnet. Es wurde auch wirklich Zeit. Leider ist es viel zu klein für die große Sammlung, denn nirgends gibt es so viele Exponate aus der Zeit der Megalithenkultur wie hier.«

Sie betrachten hunderte von Keramiken, Werkzeugen und Waffen aus Feuerstein oder Knochen, Schmuck mit seltenen Steinen, Muscheln und Perlen, während Morgane stumm den Erklärungen ihrer Mutter folgt.

»Hier lebten schon vor vielen tausend Jahren hoch entwickelte Gesellschaften, die Kontakt zu den Kulturen des Mittelmeers und des Orients unterhielten. Darauf lassen Grabbeigaben schließen. Aus dieser Zeit haben nicht nur die vielen Menhire, Keramiken und Werkzeuge überdauert, sondern sogar seltenes Wissen. Das wirst du erfahren, wenn du einmal groß bist.« Morgane sieht ihre Mutter fragend an, ohne Antworten zu erwarten, denn noch ist sie ja nicht groß.

Schließlich bleiben sie vor einer Vitrine mit der Nachbildung der Basis eines Menhirs mit vertikalen Schlangenlinien stehen, an dessen Fuß fünf recht schlichte, verschieden große Steine auf Plastikständern stehen.

»Diese unscheinbaren, in Wirklichkeit jedoch sehr bedeutenden Steine hat man 1922 ganz in der Nähe am Fuße eines vier Meter hohen Menhirs vergraben gefunden. Wir schauen ihn uns nachher noch an. Die Steine dienten als Aufsätze für Beile, vor mehr als sechstausend Jahren! Selbst erwachsene Menschen, die sich intensiv mit Geschichte beschäftigen, können eine solche Zeitspanne nicht wirklich begreifen.« Morgane lächelt, dass selbst Erwachsene offenbar Schwächen haben.

»Historiker und Archäologen haben sehr wenige Informationen aus dieser Zeit und den folgenden Jahrtausenden. Über die unheilvolle Rolle dieser Steine wirst du später einmal mehr erfahren, und zwar aus uralten Überlieferungen, nicht aus Schriften und Artefakten. – Man hätte sie besser in der Erde und im Schutz des Menhirs und seiner Schlangen gelassen, statt sie ins Museum zu bringen«, fügt sie nachdenklich, düster hinzu. »Leider könnten sie in falschen Händen jetzt wieder sehr gefährlich werden.«

Morgane schaut ihre Mutter nun doch fragend an.

Diese lächelt: »Du hast Recht, auf solche dummen Andeutungen sollte ich verzichten, entweder erklären oder meinen Mund halten.« Sie denkt nach und hockt sich dann zu ihrer Tochter. »Ich weiß, dass ich dich manchmal überfordere, du bist noch so jung. Aber ich hoffe, dass du etwas aufnimmst und möchte die Zeit, die wir haben, sinnvoll nutzen. Das ist nicht sehr mütterlich, nicht wahr? Wenn du erwachsen bist, wirst du dich an unser Gespräch erinnern, und diese Informationen verstehen und einordnen können.

Dann wirst du eine starke Frau sein, sogar eine sehr starke Frau. Deshalb trägst du auch den Namen einer anderen starken Frau, Morgan, die am Anfang unserer uralten Überlieferung steht, und mit ihm eine große Verantwortung. Ich weiß leider nicht, wie ich *meiner* Verantwortung gerecht werden und dir neben meiner eigenen Arbeit eine glückliche Kindheit *und* eine deinem Namen entsprechende Erziehung bieten kann? Ich hoffe, du verzeihst mir, dass ich meinen Aufgaben wohl nicht gewachsen und dir keine gute Mutter bin.«

Morgane versteht nicht die Worte, nur das Gefühl der Hilflosigkeit. Sie breitet ihre Arme weit aus, umschließt fest den Hals ihrer Mutter und schmiegt an ihn ihr kleines Köpfchen, derweil ihre Tränen liebevoll fließen. So nah hat sie sich ihr noch nie gefühlt. Auch ihre Mutter umarmt sie und weint – überfordert und schuldbewusst.

»Morgane, Papa und ich werden uns irgendwann leider gar nicht mehr um dich kümmern können, und du wirst dich sehr verlassen fühlen. In Wirklichkeit wirst du dann aber nicht alleine sein. Denn dich umgibt und unterstützt immer eine starke Gemeinschaft, selbst wenn du sie nicht sehen kannst. Zu dieser Gemeinschaft gehören dann auch deine Eltern. Daran sollst du dich erinnern, dass sie dir Kraft gebe.«

Morgane erwachte mit Tränen in den Augen. *Jetzt* fühlte sie sich sehr verlassen. Und nur der Traum, die Erinnerung, war ihr von der Mutter geblieben. Immerhin war sie ihr geblieben, oder vielmehr zurückgekehrt, und linderte so ein wenig ihre Schmerzen. Wo aber wäre die starke Gemeinschaft, die sie unterstützte? Was hatte ihre Mutter gemeint? Den ORDEN wohl kaum! Zu dieser Gemeinschaft würden auch ihre, nun verstorbenen, Eltern gehören. Wenn die Mutter ihr über den eignen Tod hinaus in der lebendigen

Erinnerung Trost spendete, vermochte das ihr Mentor wohl gleichermaßen.

Womöglich konnten das sogar längst verstorbene Wissensträger, die sie nie erlebt hatte, indem sie ihre Erinnerungen mit ihr teilten: durch ihr Vorbild, die stärkende Gemeinsamkeit der Ideen und Ziele, sogar durch weitsichtige Vorausschau und an sie gerichtete Botschaften! Morgane begeisterte sich an diesen neuen Gedanken. Sie erinnerte sich an die Worte der Mönche in ihren Erinnerungen, die sie ganz gezielt betrafen oder anzusprechen schienen.

Ja, meine Mutter hat sich mit mir unterhalten, wissend, dass ich mich dereinst an das Gespräch erinnern würde, und es mir Kraft und Orientierung gäbe, dachte sie. Auch die Mönche Pierre und Peter wollten mit ihren Erinnerungen nicht in erster Linie historische Ereignisse festhalten, sondern über Jahrhunderte hinweg nachfolgenden Generationen wichtige Hinweise geben, Sorgen und Hoffnungen sowie ermutigende Botschaften an die Nachgeborenen übermitteln und so die Solidarität der Gemeinschaft einfordern und stärken.

Halt würde sie nach dem Tod der Großmutter, ihrer Eltern, von Michael und ihren Kameraden nicht nur bei Montfort finden, sondern auch bei all den Wissensträgern, mit denen sie sich in der Erinnerung identifizierte. Morgane kam die – in ihrer Gesellschaft allerdings kaum noch populäre – Gemeinschaft der Heiligen als Beistand für die Gläubigen und die in vielen Kulturen verbreitete Verehrung der Ahnen in den Sinn, damit sie den heute Lebenden helfen. Und diese viele Generationen zurückreichende, Morgane nun stärkende Gemeinschaft der Wissensträger konnte auch der Großmeister nicht zerstören. Sie durfte in ihrer Suche nach Orientierung und Solidarität sogar in die Zukunft schauen, auf die nachfolgenden Generationen, mit denen sie ihre lebendigen Erinnerungen hoffentlich ebenfalls einst verbinden würden und auf deren mächtigen Beistand sie vertraute. Das meinte ihre Mutter mit der Verantwortung, die sie mit dem starken Namen trage. Aber wie hatte sie in ihrer Tochter die zukünftige Stärke schon zur Zeit ihrer Geburt gesehen, wie konnte sie dieses Vertrauen in das eingeschüchterte kleine Mädchen setzen?

Ihre Stärke hatte auch Michael erkannt. Dank ihr hatte sie offenbar bis heute überlebt – und dank einiger äußerer Hilfen: der Warnung *Ankous*, der Rettung vor dem Mordanschlag durch Montfort und der heilenden Quelle im Wald. Diese äußeren Hilfen gehörten ebenfalls zu ihren Stärken, denn sie lagen nicht nur in ihrer eigenen Person, sondern zugleich in ihrem schützenden Umfeld, einer großen und starken Gemeinschaft. Letztlich musste der Großmeister auch mit Montfort, Michael, ihrer Mutter, den Mönchen Pierre und Peter, weiteren Wissensträgern und sogar dem alten Wald kämpfen, wollte er sie töten, mit vielen Menschen und Mächten, die eigentlich vergangen waren und sich so seinem Zugriff entzogen!

Morganes Gedanken kehrten, getröstet, zum Inhalt ihres Traumes zurück. So war das wohl damals, vor vielen Jahren. Die seltsame Kirche von Loctudy hatte sie erst vor wenigen Monaten besichtigt, als der Besuch mit ihrer Mutter schon längst vergessen schien. Sie erinnerte sich an das damalige Déjà-vu-Erlebnis, eines von vielen in der bretonischen Heimat, in der ihr Vieles unbestimmt-bekannt vorkam.

Die Vitrine in Carnac hatte in ihrem Traum fast genauso wie in der Erinnerung des Mönchs Peter ausgesehen, nur etwas neuer, weniger verstaubt. Wie ›bedeutend‹ die ausgestellten, schlichten Beilaufsätze für Morgane und vor allem ihre Mitstreiter werden würden, ahnte die Mutter vielleicht. Sie sah die von ihnen ausgehende Gefahr, da sie die

Schlangen des Menhirs im Museum nicht mehr sichern konnten. Sie kannte die Bedeutung der Beile aus der Vergangenheit, aus einer Zeit vor mehr als sechstausend Jahren! Bis ins zwölfte Jahrhundert war Morgane schon gelangt, und die druidischen Traditionen der vorchristlichen Zeit wurden damals wiederholt zitiert. Doch müsste die Erinnerung vom Vergraben der Beile in Carnac bis zur Entstehung der Druidenkultur im fünften vorchristlichen Jahrhundert mehr als dreitausend Jahre überbrückt haben, obgleich ein einziges fehlendes Glied in der Kette der menschlichen Wissensträger zum ewigen Verlust führte!

Eine sehr entwickelte Kultur musste deshalb schon früh Strukturen der Sicherung durch parallele Stränge mit wiederholten und systematischen Verknüpfungen geschaffen haben, die wenigstens in Nischen der Gesellschaft und auf einem gewissen Mindestniveau den Erhalt des Wissens garantierten. So war dies offenbar von der römischen Kaiserzeit bis zum frühen Mittelalter nötig und möglich gewesen. Vielleicht gab es seit einer ersten Blüte in der Kultur der Megalithen wiederholt solch dunkle Epochen, in denen tradiertes Wissen gerade noch erhalten und übernommene lebendige Erinnerungen weitergegeben werden konnten. Dann existierten vermutlich zwischen den dunklen Zeiten auch immer wieder Hochkulturen, die die Erinnerungen pflegten, Kulturen, von denen Historiker und Archäologen heute gar nichts mehr wissen, da sie keine sichtbar bleibenden Zeugnisse hinterlassen, möglicherweise ihr Wissen nur mündlich entwickelt und gepflegt haben. Wahrscheinlich lebten die Menschen damals stärker im Einklang mit der Natur, statt sich über sie monumental zu erheben, und im Jetzt, ohne der Nachwelt ein vermeintlich ewiges Erbe aus oder auf Stein oder Pergament hinterlassen zu wollen.

Selbst über die Kultur der Megalithen wusste man ja so gut wie nichts, obgleich sie sehr stark entwickelt gewesen sein musste, schon allein um den Transport und die Aufrichtung der teils hunderte Tonnen schweren Steinstelen mit einem unglaublichen Aufwand an Technik, Organisation und menschlichen Ressourcen zu bewerkstelligen. Gäbe es nicht die von Menschen gesetzten Steine und ein paar Hügelgräber mit Beigaben, die auf den Handel mit fernen Völkern schließen ließen, wäre sie wie viele andere davor, danach oder gleichzeitig existierende Kulturen wohl für immer verschollen.

Über diesen Gedanken schlief sie ein, um sich gleich wieder in ihre Kindheit zu träumen:

Jetzt steht sie als etwa Siebenjährige neben ihrer Mutter an der Pointe de la Torche am westlichen Ende des Finistère. Beide blicken in der Abendstimmung auf das ruhig vor ihnen liegende Meer, während sich eine schwarze Krähe auf einem benachbarten Felsen niederlässt, um die Frauen aufmerksam zu betrachten.

»Dort liegt in weiter Ferne Amerika«, erläutert ihre Mutter und weist mit dem Arm auf das Meer, »und dort sehr viel näher Großbritannien, das während der letzten großen Eiszeit bis vor vielleicht zehntausend Jahren mit dem Kontinent verbunden war, da große Teile der Weltmeere im Eis riesiger Gletscher gebunden waren und der recht flache Ärmelkanal zwischen Großbritannien und dem Festland trocken lag. Menschen und Tiere konnten über Land von hier bis ins heutige Schottland oder Wales, ja bis nach Irland gehen.«

Morgane stellte sich den Weg nicht nur weit, sondern schlammig und nach Algen riechend vor, noch schlimmer als den Strand zwischen Sainte-Marine und Ile-Tudy bei Ebbe. Dass der Ärmelkanal damals Jahrtausende trocken lag, dort dichte Wälder wuchsen und Menschen das ›neue Land‹ besiedelten, das ihnen eine Laune des Klimas vorübergehend ausgeliehen hatte, wusste sie noch nicht.

»Auf diesem heute unter Wasser liegenden Land lebte lange ein reiches Volk. Doch mit dem Ende der Kälteperiode schmolz viel Eis und das Meer stieg im Laufe von einigen tausend Jahren wieder an und überflutete so erneut den Ärmelkanal. Das dort lebende Volk zog sich auf das Festland und eine große, fruchtbare Insel zurück, die Platon ›Atlantis‹ nannte, bis auch diese überspült wurde, und sich die verbleibenden Bewohner auf den Kontinent, vor allem hierhin, in die Bretagne retteten.

Dass das Meer hier noch lange, wenngleich langsamer weiter stieg, sieht man an ganzen Feldern von Menhiren, die vor Carnac – du erinnerst dich an die Stelen und das Museum von Carnac? – heute unter Wasser stehen. So soll noch im sechsten Jahrhundert nach Christus einer Legende zufolge die Stadt *Ys* gar nicht weit von hier in den Fluten versunken sein.

Für die früheren Bewohner des Landes war dieser Zipfel hier das Ende der Welt, genauer das Ende unserer Welt, der Welt der Lebenden. Die Römer gaben dieser Gegend den noch heute gebräuchlichen Namen *Finis Terrae*. Wer von hier aus nach Westen fuhr, drohte nach damaliger Vorstellung in den unendlichen Wassern verloren zu gehen, über den Rand der Erde zu stürzen – oder er erreichte die Insel der Seligen, den Verstorbenen vorbehalten, die den Zyklus der Wiedergeburten verlassen durften. Noch heute wird hier die Legende erzählt, dass *Ankou*, der Herr des Totenreichs, die Seelen der Verstorbenen in seiner Barke zu dieser Insel rudert.

Schon vor Tausenden von Jahren, als man die Menhire hier in der Bretagne und an der gesamten europäischen Atlantikküste errichtete, lag für die Menschen im Westen das Paradies, zu dem die Seelen der Verstorbenen auf einem kleinen Boot gelangen konnten, wenn sie es sich durch ein sehr gutes Leben verdient hatten, was die Winde und das Meer durch eine glückliche Überfahrt belohnten.«

»Und wenn sie es sich nicht verdient hatten?«

»Dann kenterte das Boot oder verfehlte die Insel, und die Seelen traten in einen weiteren Zyklus der Wiedergeburt ein.«

»Sie bekamen also eine neue Chance?« Morgane wirkt erleichtert, da sie die Seelen schon für immer auf dem ungemütlich kühlen Meeresgrund modern sah.

»Ja, sie bekamen eine weitere Chance.« Die Mutter nickt nachdenklich.

Der Ball einer hell-orange untergehenden Sonne hebt sich nun leuchtend vor dem dunkleren Orange des Himmels ab, während das Meer fast schwarz vor ihnen liegt.

»Schau, ein Schifflein!« Begeistert weist das Mädchen auf ein kleines Boot, das unter blutrotem Segel nahe der Küste westwärts, gerade auf die Sonne zuzufahren scheint. Steuert es wohl das im Nebel liegende Avalon an, oder nur die Küste Großbritanniens?

Morgane blickt dem Boot lange nach, Ort und Zeit vergessend, bis es das gleißende Licht der Sonne aufnimmt.

Die Krähe erhebt sich mit dreifachem Krächzen.

Morgane erwachte, überrascht über den erneuten Traum mit ihrer Mutter. Sie hatte nicht gewusst, dass sie so tiefe Erlebnisse mit ihr teilte und freute sich. Hatte sie sich zu Unrecht vernachlässigt gefühlt? Eine allgemeine Vernachlässigung und Minderwertigkeit hatte sie allerdings auch in diesem Traum von dem tatsächlich nicht sehr mütterlichen Gespräch empfunden; sie selbst hatte kein Wort gesagt, wurde eher informiert, vielleicht ausgebildet. Immerhin zeugten die beiden Träume von Aufmerksamkeit, von Wertschätzung und Erwartung, die ihr allemal besser als Nichtwahrnehmung erschienen. Offenbar bereitete die Mutter sie bereits auf den ORDEN vor, ahnte vielleicht, dass die echte Lehrzeit später zu knapp werden könnte. Aber warum hatte sie sich an dieses prägende Erlebnis mit etwa sieben Jahren – offenbar anlässlich eines Besuchs bei der Großmutter, als sie schon in Berlin lebten – vorher nicht erinnert? Gab es weitere gemeinsame Aktivitäten, die in ihrem Gedächtnis vergraben lagen? Morgane wunderte sich noch mehr darüber, dass sie schon als Kind, weit vor ihrer Ausbildungszeit bei Michael, lebendige Erinnerungen registriert hatte, obwohl sie selbst heute noch nicht die Technik ihrer bewussten Speicherung beherrschte.

Sie sann über den Inhalt des Traumes nach, der nicht viel Neues enthielt: Von der Insel der Seligen und vom Untergang des sagenhaften *Ker Is* hatte sie während des Konvents in Saint-Victor gehört. Die Vorstellung, dass *Ankou* die Seelen der Verstorbenen auf eine Insel begleitete, kannte sie aus Geschichten der Großmutter. Sie wusste inzwischen sogar, dass England während der letzten großen Eiszeit mit dem Kontinent verbunden war. Allerdings weckte der Hinweis auf das im Ärmelkanal damals lebende Volk und die mit ihm verbundene Atlantis-Legende ihr Interesse. Sie würde sich bei Gelegenheit über den Mythos der versunkenen Insel, über den ihre Mutter wie über ein historisches Faktum berichtet hatte, informieren.

Schließlich dacht sie an dieses kleine, malerisch der untergehenden Sonne entgegenfahrende Boot mit seinem roten Segel!

Neu erschien ihr außerdem die Vorstellung eines Paradieses in den westlichen Meeren für die Kultur der Megalithen, die eine Erklärung für die Vielzahl der Stelen an einer Westspitze des Kontinents geben könnte. Eigentlich hatte Morgane die Idee von einer Insel der Seligen dem frühen Mittelalter vielleicht sogar einer Tradition der Kelten zugeordnet, die sich allerdings erst mehr als tausend Jahre nach der Errichtung der letzten Menhire in der Bretagne ansiedelten. Vermutlich hatten diese wie die meisten Invasoren Teile der vorgefundenen Kulturen und Traditionen übernommen, und Morgane schien es jetzt plausibel, dass die vorkeltische Bevölkerung der Bretagne eine Vorstellung vom Paradies in den westlichen Meeren eher gepflegt haben würde, als die aus der Mitte des europäischen Kontinents einwandernden Kelten, die der Bretagne bezeichnenderweise den Namen Armorika, Land am Meer, gaben. Kein Küstenvolk würde je auf den Gedanken kommen, sich selbst so zu nennen.

Am selben Abend traf Morgane Montfort wieder am Seine-Ufer. Die von einem heißen Tag aufgewärmten Pflastersteine gaben die Wärme nun langsam an die milde Luft zurück. Jetzt herrschte ein reger und entspannter Betrieb junger Touristen, die paarweise oder in Gruppen mit reichlich Rotwein den Sommerabend genossen, während sie von irgendwoher Gitarrenmusik und Gesang hörten, oder selbst musizierten. Hier lebte noch ein romantisches Bilderbuch-Paris.

Montfort sah sie nicht kommen, sie stand plötzlich vor ihm, da wo eben noch eine Krähe gehockt hatte.

»Wie machen Sie das?« fragte er sie neugierig zur Begrüßung.

Morgane atmete die warme Luft tief ein. »Ein schöner Abend, so liebe ich Paris! Bonsoir, Monsieur le Commissaire.«

»Bonsoir, Madame Guennec! Wie machen Sie das mit ihren plötzlichen Auftritten aus dem Nichts?«

Morgane lachte. »Verzeihen Sie, ich hätte wohl klopfen sollen. Im Ernst, sie verstehen, dass ich gerade hier in der Stadt des ORDENS möglichst unsichtbar bleiben möchte. Außerdem spüren Sie offenbar, wenn ich Sie sprechen möchte. Sie sitzen ja nicht jeden Abend, oder ganz zufällig hier am Ufer der Seine und schauen Krähen zu.«

»Nur, dass Sie unsichtbar bleiben möchten, bedeutet ja nicht unbedingt, dass Sie auch unsichtbar sind«, beharrte Montfort.

»Gut, ich versuche eine Erklärung: Sie kennen sicher Menschen, die ohne erkennbaren Grund die Aufmerksamkeit der Anwesenden auf sich ziehen, während wir andere übersehen, obwohl sie sich in unserer Nähe aufhalten. Die wahrgenommene Präsenz hängt von der Ausstrahlung der inneren Energien ab. Wer über schwache innere Energien verfügt, kann auch nicht viel ausstrahlen, wer über starke verfügt, protzt mit ihnen häufig, genießt die Aufmerksamkeit. Allerdings können wir diese Ausstrahlung auch kontrollieren, steigern – oder bis zur Unsichtbarkeit reduzieren, wenngleich die Meisten von dieser Möglichkeit bestenfalls unbewusst Gebrauch machen.«

»Wow, das klingt interessant. Könnte ich auch mal präsenter, mal unsichtbar sein? Das wäre in meinem Job sehr hilfreich.«

»Fast jeder kann diese Fähigkeit in gewissem Umfang erwerben, mit der entsprechenden Übung, die je nach Begabung zwischen zwei und zwanzig Jahren liegen dürfte. Ich muss allerdings zugeben, dass ich die Fähigkeit zur Tarnung selbst nicht ganz genau verstanden, sondern gemeinsam mit Pierre in der Kutsche nach Petersburg 1710 ›aktiviert‹ habe. Michael hatte sie mir offenbar unbewusst beigebracht, in mir angelegt.«

»Ok.« Montfort würde also heute nichts Genaueres erfahren. »Und was bedeutet die Krähe? Das irritiert mich!

Immer wenn ich jetzt Krähen sehe, und es gibt leider eine Menge davon in Paris, denke ich, dass Sie gleich erscheinen könnten!«

»Ja, Krähen scheinen meine Vögel zu sein, sie begleiten mich in der Gegenwart wie in meinen Träumen. – Doch was gibt es Neues in meinem Fall, oder besser in den Fällen meiner getöteten Kameraden?«

»Sie wissen ja, dass ich im Mordfall Fouchon nicht mehr ermittle. Man erfährt über die Kollegen das ein oder andere von den Entwicklungen in diesen recht ungewöhnlichen Fällen, die sehr schleppend zu verlaufen scheinen. Über Ihren sechsten Kameraden, Bonnet, habe ich selbst recherchiert. Er hat seit der Mordnacht nicht mehr gearbeitet und wird inzwischen vermisst, obwohl auch er keine nahen Angehörigen oder Freunde zu haben scheint. Wir wissen also weiterhin nicht, ob er ohne ein prähistorisches Beil ermordet wurde, oder wie Sie entkommen konnte, oder aber nach einem Verrat untergetaucht ist.

Für die ermittelnden Behörden ergibt die Mordserie ohne die Puzzleteile, die nur Sie und ich besitzen, kein schlüssiges Bild. Den Zusammenhang über den ORDEN hat natürlich niemand hergestellt, die Spur des ›Ordre du mérite‹ als verbindendes Element wird offenbar nicht weiter verfolgt, und so tappen alle im Dunkeln. Immerhin wurde die Theorie eines einflussreichen multinationalen Syndikats aufgegriffen. Einige meinen, die Handschrift einer italienischen, russischen oder gar chinesischen Mafia zu erkennen, andere sehen Hinweise auf eine Terrororganisation wie den Islamischen Staat, wieder andere vermuten hinter den Taten den amerikanischen, englischen oder russischen Geheimdienst. Interessanterweise spekuliert niemand über die Bedeutung der Beile und fragt, warum ausländische Mächte ausgerechnet archaische Waffen aus der Bretagne verwenden sollten?«

»Das ist in der Tat sehr enttäuschend. Gerade die Beile müssten die Phantasie der Presse und Polizei anregen!« Morgane spielte Empörung. »Da hat der ORDEN so plakative Mordinstrumente eingesetzt, und die Menschen denken an Strukturen, die bekanntermaßen eher mit modernen Handfeuerwaffen oder mit Informationen aus dem Internet und Datenbanken arbeiten!«

»Die Menschen trennen offenbar zwischen einer Fantasy-Welt der Romane, Filme und Computerspiele mit Helden, Magiern und Drachen und ihrer realen Welt, die für außergewöhnliche Mordwaffen keinen Platz hat. Mit der Übertragung der beiden französischen Fälle an den phantasielosen Kollegen Kerleau besteht jedenfalls kein Risiko, dass man sich hier intensiver mit der Bedeutung der steinernen Beilaufsätze beschäftigen wird. Die Archäologen kennen sie nicht, also erscheinen weitere Mutmaßungen sinnlos. Natürlich wurde aufgrund der Ungewöhnlichkeit der Fälle und des hohen Organisationsgrads der gleichzeitigen Morde vor allem in der Presse viel spekuliert. Doch da das Feuer der mysteriösen Ereignisse keine neue Nahrung erhält, glimmt es nur noch schwach vor sich hin, und so werden die Ermittlungen wohl irgendwann eingestellt. Dann ist die Mafia oder der Geheimdienst offenbar zufrieden, und die Menschen schlafen wieder ruhig.«

»Wollen wir hoffen, dass dieses Feuer keine neue Nahrung erhält! Solange die Beile ungeschützt sind, droht weiteres Unheil. Sie wollen Ihren Kollegen keinen Hinweis geben?«

»Die Polizei kann diesen Fall gar nicht lösen, das kann, wenn überhaupt nur Ihnen gelingen. Wie sollten wir Ihre lebendigen Erinnerungen in die Ermittlungen meiner Kollegen in Vannes, Toulouse, London oder Berlin einbringen? Mit solchen Hinweisen würde ich mich nur lächerlich machen – außer im ORDEN! Und ich nutze Ihnen lebendig sicher mehr als tot.«

Morgane lächelte dankbar. »Davon bin ich überzeugt. Und Sie sind der einzige, dem ich vertrauen kann.«

»Ich habe mich schon ein wenig in die Geschichte Galliens eingelesen; nicht mein Fach, doch sehr interessant. Vielleicht kann ich dabei helfen, auch Ihren nächsten Traum einigermaßen kompetent zu deuten.« Montfort mimte den Streber.

»Ich habe zwischen die großen Ausflüge in die Geschichte letzte Nacht Kindheitserinnerungen eingeschoben, Erlebnisse mit meiner Mutter.«

Montfort blickte sie fragend an, und Morgane gab die beiden kurzen Träume wieder.

»Nicht, dass Sie gleich in die Megalith-Kultur springen, wo ich mich doch gerade mit den Druiden beschäftige! Schon über die Gallier wissen wir verhältnismäßig wenig, und über die Megalithen finden Sie vermutlich in allen Bibliotheken und Museen der Welt nicht mehr viele gesicherte Informationen.«

»Dann müssen wir wohl auf lebendige Erinnerungen zurückgreifen! – Stört es Sie eigentlich nicht, dass Sie seltsame Geschichten anhören und mich mit historischer Kompetenz unterstützen müssen, statt ganz normal einen Fall zu lösen?«

Montfort lachte: »Eigentlich gibt es keine ›normalen‹ Lösungen, gehören seltsame Geschichten zu vielen Mordfällen, und dieser Fall ist so groß und ›unnormal‹, dass man ohnehin von den klassischen Aufklärungsmethoden abweichen muss. Der Fall ist sogar so groß, dass es selbst für einen guten Kriminalisten nicht peinlich wäre, ihn *nicht* zu lösen. Im Gegenteil wäre seine Lösung die eigentliche Überraschung. Der gute Kerlau wird schon aufgrund seiner Zuständigkeit für diesen ›unmöglichen‹ Fall in die französische Kriminalgeschichte eingehen, ohne einen Finger krümmen zu müssen. Außerdem ermittle ich ja nicht selbst, sondern berate Sie als Freund und Historiker quasi im Rahmen eines alten Hobbies. Und schließlich geschehen auch noch nach den ›Beilmorden‹ Kapitalverbrechen in Paris, so dass ich immer noch genug Fälle ›ganz normal‹ lösen kann. Oder ganz einfach: Nein, es stört mich nicht, ihre seltsamen Geschichten zu hören und Sie zu beraten, ganz im Gegenteil: es ist mir eine Ehre und macht mir Spaß. Außerdem konnte ich Sie ja sogar schon – ganz klassisch – vor einem Mörder retten.« Er lachte gewinnend. »Die Konvente der Druiden müssen Sie übrigens im Land des gallischen Stammes der Carnuten suchen, vermutlich irgendwo zwischen den heutigen Städten Chartres und Orléans, das damals *Cenabum* hieß. Dort lag nach ihrer Berechnung der geographische Mittelpunkt Galliens, und in diesem Zentrum trafen sie sich Caesar zufolge alljährlich. Allerdings gibt es keine Quellen, die den genauen Ort und die Jahre der letzten Zusammenkünfte überliefern. Sie müssen sich also mit einer gewissen Ungenauigkeit dorthin träumen.«

Auch Morgane lachte. »Auf ein satellitengesteuertes Navigationssystem werde ich also verzichten müssen!«

Montfort blickte ihr offen und tief in die Augen. »Ich würde Sie sehr gerne, nachdem das alles einmal vorbei ist, ganz entspannt in einem Café oder Restaurant und nicht nur bei Wind und Wetter am Ufer der Seine treffen.«

»Sehr gern! – Wenn es denn ein ›nachdem‹ gibt. An einem Abend wie diesem geht allerdings nichts über Wein mit Käse am Ufer der Seine! – Haben Sie hier nie gepicknickt, nicht einmal als Jugendlicher? Vermutlich machen das nur Touristen. Für heute habe ich uns jedenfalls einen Picknickkorb gepackt.« Und tatsächlich holte sie aus dem

Rucksack eine Flasche Rotwein, Baguette, Artischocken und Käse.

Montfort lachte, ehrlich überrascht und kopfschüttelnd. »Eine wunderbare Idee!«

Nach dem entspannten Abend ging es Morgane trotz ihrer kritischen Lage eigentlich ausgezeichnet. Sie hatte endlich wieder geplaudert, sogar ein wenig geflirtet mit einem sympathischen und gut aussehenden Mann. Zum ersten Mal nach Michaels Tod vertraute sie einem Menschen. Sie fühlte sich in seiner Gegenwart sicher, ohne Ängste, und offen für eine Freundschaft, vielleicht sogar für eine Partnerschaft. Er würde ihr Schutz geben und sie nicht verletzen. Diese Zuversicht nährte sogar ihre Hoffnung, dass sie tatsächlich dereinst ganz entspannt mit Montfort in einem Café sitzen, es ein Leben nach diesem Albtraum geben würde, aus dem sie derzeit nur ab und zu erwachen durfte. Noch musste sie allerdings auf Distanz bleiben, durfte sich nicht binden, wollte sie ihn nicht wie Michael oder ihre Eltern verlieren.

Sie schritt auf dem Weg der Erkenntnis voran, lernte die Vergangenheit kennen, um vielleicht am Ende wichtige Schlussfolgerungen für ihr heutiges Leben zu ziehen. Sie hatte sogar ihre Mutter etwas besser kennengelernt und befreite sich von dem Gefühl ihrer Nichtwahrnehmung, ja Geringschätzung, das sie immer bedrückt hatte. Gut getarnt bewegte sie sich relativ frei quasi unter den Augen des Großmeisters, ohne ein Gefühl der konkreten Gefahr.

Doch ausgerechnet jetzt kroch ihre Krankheit wieder hervor, mit der sie nach dem Trank aus der heilenden Quelle nicht so früh gerechnet hatte. Ein wenig hatte sie gar gehofft, diese Schmerzen vielleicht überhaupt nicht mehr ertragen zu müssen. Und nun würde sie doch wieder mit ihnen ringend nachts wach liegen und so geschwächt, ihrer Tarnung ledig, auf dem geistigen Radar des Großmeisters auftauchen. Gerade als sie begann, ein neues Lebensgefühl zu entwickeln, befand sie sich schon wieder in Lebensgefahr. Sie musste versuchen, die heilende Quelle im alten Wald *Brec'helean* wieder zu finden, bevor sie dem ORDEN ins Netz ging. Sie wusste, dass dieses Netz seit dem letzten Ausbruch der Krankheit, seit ihrem letzten Besuch des bretonischen Waldes sehr viel dichter geknüpft war, dass sich die Energien und die Aufmerksamkeit des ORDENS nun auf sie und ihre Schwäche konzentrierten.

De Blois sah sie klar, als sie sich unter Schmerzen und ohne Tarnung mitten in der Nacht am Bahnhof Montparnasse in einen Zug Richtung Rennes setzte. Jetzt würde sie ihm nicht mehr entkommen. Der Auftragsmörder stieg zwei Stationen später zu – nachdem sie allerdings bereits das erste Mal den Zug gewechselt hatte. Der ORDEN ermittelte alle Routenvarianten mit Umsteigemöglichkeiten und setzte ein Dutzend Killer ein, die auf Bahnhöfen warteten und in Züge stiegen.

Als Morgane ahnungslos mit ihrem blauen Fahrrad in Rennes ausstieg, wurde sie bereits von einem Herrn Anfang vierzig mit einer ledernen Aktentasche erwartet, der ihr umsichtig folgte. Er telefonierte weisungsgemäß mit dem Großmeister, der Auftrag und Zielperson bestätigte. Da sich im Bahnhof und auf dem Vorplatz schon zu dieser frühen Stunde weitere Menschen aufhielten, müsste er ihr in ruhigere Straßen folgen. Morgane bestieg auf dem Bahnhofsplatz das Rad und fuhr trotz ihrer Schmerzen zügig los, gefolgt von einem cremefarbenen Mercedes CLK mit offenem Verdeck, in dem die Baretta bereits griffbereit auf dem mit hellbraunem Leder bezogenen Beifahrersitz lag. Nachdem sie die Vororte der Stadt auf der N 24 hinter sich gelassen hatten, schien dem Killer der richtige Moment für die Ausführung seines Auftrags gekommen. Er fuhr langsam vor, um Morgane von der Seite aus nächster Nähe zu erschießen.

Mit ohrenbetäubendem Kreischen flog in diesem Moment wie aus dem Nichts ein Krähenschwarm direkt auf seinen Wagen zu. Er versuchte auszuweichen, geriet leicht ins Schleudern, hielt an und warf seine Arme schützend gegen die aggressiven Vögel über den Kopf. Doch genauso plötzlich wie sie aufgetaucht waren, schienen sie im nächsten Augenblick wieder verschwunden zu sein. Ganz friedlich und unschuldig hockten auf der angrenzenden Wiese einige Krähen, die der Mann noch unter Schock kritisch musterte. Dann fiel sein Blick auf die Pistole, die ihn an die Erledigung des Auftrags erinnerte. Er suchte auf der Straße vor sich die Zielperson, die er gerade in einem dichten Nebel verschwinden sah. Er fuhr vorsichtig hinein und konnte sogleich keine fünf Meter mehr weit sehen. Irgendwann müsste er die Frau ja einholen, solange es keine Abzweigungen gab.

Morgane fühlte sich trotz der Schmerzen deutlich fitter als bei ihrem ersten Ausflug in den alten Wald. Gut, dass sie nicht zu lange gewartet, sondern auf das Aufkommen der Krankheit schnell reagiert hatte. Nun musste sie die alte heilende Quelle wieder finden.

Sie hatte Rennes verlassen und – gespannt auf die Wiederholung ihres Abenteuers – den langsam hinter ihr herfahrenden Mercedes kaum beachtet. Die Krähen auf dem Feld grüßte sie als gutes Zeichen, denn sie hoffte, in Kürze von einer ihrer Artgenossen zur Quelle geleitet zu werden. Gleichzeitig wuchs die Angst vor einer Enttäuschung. Konnte sie den möglicherweise nur zufällig gefundenen, verschlungen-schmalen Weg zu der heilenden Quelle aus der Vergangenheit so einfach wieder nehmen?

Würde sich das nebelige Tor der Vergangenheit wieder öffnen, eine Krähe sie führen?

Morganes Fragen fanden bald ihre Antwort, denn wie damals tauchte sie in ein Nebeltal ein, wie damals verengte sich die Straße zu einem Weg, der Weg zu einem holprigen Pfad, der bald von allen Seiten grün umschlossen schien. Und tatsächlich flog ihr wieder eine rufende Krähe den Weg weisend voran. Im Schutz des Nebels spürte sie eine starke Ruhe und Geborgenheit, sich sicher vor den Augen des Großmeisters und den Schergen des ORDENS, vertraute der führenden Krähe. So fand sie abermals die freundliche Lichtung mit der sanft plätschernden Quelle, auf deren granitenen Einfassung sich der Rabenvogel bereits niedergelassen hatte und ihr, so schien es, stolz entgegensah. Jedenfalls pickte er die zugeworfenen Brotkrumen als eine selbstverständliche Gabe ruhig auf. Ein merkwürdiger Vogel, dachte sie und wagte kaum, sich der Quelle zu nähern, aus Furcht, ihn so zu verscheuchen. Als ob er ihre Zweifel verstanden und nachdem er den letzten Krumen gegessen hatte, flog er auf und setzte sich beobachtend in das Geäst der alten Eiche.

Morgane füllte zunächst eine große Flasche mit dem Quellwasser, für schlechte Zeiten, bevor sie an das Becken trat und so viel Wasser wie möglich trank, bis sie entspannt einschlief.

Als sie aufwachte, erleuchtete der Mond hell die alte Eiche mit der Krähe. Wie beim letzten Mal war die Lichtung einer hügeligen Wiese gewichen, durch die ein Weg führte. Morgane fühlte sich erquickt, gestärkt und vor allem gesund. Sie dehnte sich wie nach langem, erholsamem Schlaf und blickte dann auf ihre große Flasche: sie war leer. So einfach konnte man den Zauber einer längst versiegten Quelle offenbar nicht in die Gegenwart retten. Sie musste froh sein, dass dies ihrem Körper gelang. Und vielleicht hatte die große Menge der getrunkenen Flüssigkeit eine längere Wirkung als beim ersten Mal? Jedenfalls durfte sie jetzt hoffen, bei Bedarf zu dieser Quelle der Gesundheit zurückkehren zu können. Sie kannte den Weg in Nebel und Wald, vertraute auf das Krähengeleit.

Mit leerer Flasche aber voller Hoffnung schwang sie sich auf ihr Fahrrad, fuhr den Wiesenweg bis zur Route Nationale, und auf dieser Richtung Rennes, als sie auf dem Seitenstreifen der anderen Straßenseite einen Mercedes CLK mit offenem Verdeck sah, der in eine Hecke gefahren war. Sie näherte sich und erkannte den verlassen wirkenden Wagen, der ihr auf dem Hinweg gefolgt war. Als sie die Baretta 92 mit Schalldämpfer auf dem Beifahrersitz liegen sah, verstand sie, in welcher Gefahr sie sich befunden hatte, vielleicht noch immer befand. Doch welcher Auftragsmörder lässt seine Waffe offen auf dem Sitz seines Autos liegend zurück, um sich die Füße zu vertreten oder pinkeln zu gehen? Weit und breit war im hellen Mondlicht kein Mensch zu sehen. Morgane legte die Pistole umsichtig in das Etui einer vor dem Beifahrersitz stehenden Lederaktentasche, in der sich eine weitere Waffe und Magazine befanden, und nahm die Tasche sicherheitshalber mit, obwohl sie schon ahnte, dass der Killer diese Waffen ohnehin nicht mehr einsetzen konnte, dass ihn der bretonische Nebel, der sie schützend aufgenommen und in eine andere Zeit geführt hatte, nicht mehr lebend freigeben würde.

Der zweite Mörder, der geduldig vor dem Bahnhof in Rennes auf die Rückkehr seines Kollegen wartete und dabei eine drollige Krähe beobachtete, die offenbar versuchte, eine Nuss zu knacken, sah sie nicht kommen, sah nicht, dass sie mit einer Ledertasche und einem blauen Fahrrad den Zug nach Paris bestieg und davonfuhr.

Auf den Schutz des alten Waldes als magischer Verbündeter im Kampf gegen den Großmeister konnte sie sich also verlassen. Einstweilen lagen ihre Aufgaben indes noch außerhalb der Bretagne.

15.

Außer sich vor Zorn schmetterte de Blois dem Leiter des Geheimdienstes de Kerviler die heutige Ausgabe der bretonischen Tageszeitung ›Le Télégramme‹ aus Rennes auf den Tisch, mit dem Foto eines verrenkten Körpers und der Überschrift ›Teufelswerk?‹ als Aufmacher. ›Etwa hundert Meter von einem am Straßenrand verlassenen Mercedes wurde heute Morgen die Leiche eines etwa vierzigjährigen Mannes gefunden, die mehrere Brüche der Wirbelsäule und wirr ausgerenkte Glieder aufweist. Die Polizei zeigt sich sehr verwundert über den Zustand des Toten, zumal nichts auf einen Kampf hinweist. Der Mann lag in einem Weizenfeld ohne Spuren zur Straße, so als ob er von einem Orkan oder einer anderen Macht aus dem Wagen gehoben, in der Luft zerschmettert und fallengelassen worden wäre. Es geht das Gerücht, dass ihn der Teufel geholt habe. Vermutlich wird der noch nicht identifizierte Tote schnell und für immer in die Geschichten der Bretagne eingehen.‹

De Kerviler fühlte sich durch den Zornausbruch nicht persönlich angegriffen und blieb ruhig, denn der Großmeister hatte die Liquidation von Morgane Guennec zur Chefsache erklärt und damit persönlich das Kommando und mit ihm die Verantwortung übernommen.

»Wieder einer unserer besten Leute, der versagt hat. Warum verlässt er das sichere Stadtgebiet, um den Auftrag auszuführen?« fragte ihn de Blois ungeduldig.

»Weil es dort zu viele Zeugen gegeben hätte. Er konnte ja nicht wissen, dass es den alten Wald offenbar immer noch gibt, selbst nachdem fast alle Bäume gefallen sind.«

»Wer mag diese dunklen Mächte, die sich unserem Einfluss entziehen, der Rebellin zum Schutz gerufen haben? Sie selbst kann über diese Magie noch nicht verfügen. Und als er starb«, de Blois zeigte mit einer abschätzigen Bewegung auf das Foto, »war sie so geschwächt, dass sie nicht einmal die Gefahr ihrer unmittelbar bevorstehenden Tötung spüren konnte. Wie sollte sie da die dunklen Kräfte beschwören? Vielleicht hat sie einen Beschützer im ORDEN, der unsere Absichten kennt?«

De Kerviler ahnte, dass sich der Verdacht gegen ihn selbst richtete, den Vertrauten des Großmeisters, den Einzigen, der außer dem Dutzend oberflächlich informierter Auftragsmörder den Plan kannte und außerdem mit den dunklen Mächten dieses Ortes vertraut schien.

Doch konnte er ihnen gebieten? fragte sich der Großmeister zweifelnd. Er wusste von keinem Meister seiner Generation, der über diese Macht noch verfügte, und kannte de Kerviler, der seines Wissens nie Verbindungen zur Metaphysik unterhalten hatte, recht lange und gut.

»Auf *Brec'helean*«, de Kerviler verwendete den bretonischen Namen des alten Waldes, »liegt ein starker Zauber, heißt es in der metaphysischen Überlieferung. Niemand muss seine Macht heute beschwören. Er handelt quasi selbst.«

»Es gibt diesen Wald nicht mehr, nur noch ein paar Bäume«, beharrte der Großmeister. Die Vorstellung des Einsatzes alter Magie durch einen Meister behagte ihm schon nicht, wenngleich er mit ihr rechnen musste. Aber die Vorstellung eines abgeholzten Waldes, der sich aufgrund eines alten Zaubers dem ORDEN widersetzte, fand er unerträglich. Am liebsten hätte er noch die letzten

Bäume der Forêt de Paimpont fällen lassen – nur dass der Tote weit entfernt von ihnen lag.

»Es heißt, dass ein sehr mächtiger Druide aus gallischer Zeit den Wald und seine druidische Gemeinschaft mit einem starken Zauber geschützt habe, zu seinen Lebzeiten vor allem vor den Römern. Doch schirmte er das Rückzugsgebiet der Druiden vorausschauend auch gegen späteren Wissensträgern drohende Gefahren ab, um die Kontinuität der Überlieferung so lange wie möglich zu sichern.«

»Dukarios!« rief de Blois aus. »Schon wieder verdunkelt sein uralter Schatten unser Werk.«

»Vergesst nicht, Großmeister, dass es den ORDEN und euer Amt ohne Dukarios, seine Voraussicht und seine Macht, gar nicht geben würde, dass das Band der lebendigen Erinnerungen wohl längst gerissen wäre, bevor der erste nachchristliche Konvent es wieder festigen konnte. Er galt als großer Kenner der antiken Wissenschaft und Philosophie und vermutlich haben die Werke vieler Gelehrter in den Wäldern Armorikas länger überlebt als in Rom oder Athen.«

»Er wurde gegen Ende seines Lebens bizarr und hat sich der Metaphysik verschrieben! Und dieses ›Ende‹ hat nach unserer Kenntnis vierzig lange Jahre gewährt. – Aber kann seine schwarze Magie so lange, bis heute wirken?«

»Seit dem Mittelalter und der Rodung des Waldes in den vergangenen Jahrhunderten sind uns ähnliche Vorkommnisse in der Tat nicht bekannt, so dass niemand mehr an die Wirksamkeit des über *Brec'helean* liegenden Zaubers geglaubt hatte. Es muss einen triftigen Grund für sein Wiederaufleben geben. Morgane scheint ihm besonders wichtig zu sein.«

»Ihm? Dem Wald? Dem Zauber? Dukarios?« De Blois riss die Geduld.

»Ja«, antwortete de Kerviler verlegen und nachdenklich. »Irgendwie so. – Übrigens wurden die Waffen nicht gefunden«, wechselte er das Thema. »Weder durch unsere Leute noch durch die Polizei. Morgane wird sie mitgenommen haben.«

»Was suchte sie schon zum zweiten Mal in dieser Gegend, welche Arznei hat ihr geholfen? Sie ist wieder beschwerdefrei und konnte sich unseren Leuten und meinem Blick entziehen.«

De Kerviler wunderte sich über die Ignoranz des Großmeisters. Sein scharfer Verstand ließ bedrohlich nach, wenn es um Metaphysik ging. »Sie suchte und fand eine heilende Quelle im *Brec'helean*«, erklärte er schlicht. »Nein, wir können diese Quelle nicht austrocknen, so wie wir den Wald nicht fällen können, da es beides nicht mehr gibt«, kam er dem Einwand des Großmeisters zuvor.

»Sie sucht und findet eine heilende Quelle, die es nicht mehr gibt?«

»Es gibt sie nicht mehr in unserer Zeit, doch der auf dem Wald liegende Zauber führte sie zu ihr.«

»… in eine andere, längst vergangene Zeit.«

Jetzt hat er es begriffen, dachte der Bretone de Kerviler, für den die Geschichte so unglaublich nicht zu sein schien.

Doch laut sagte er: »Ich fürchte jedenfalls, dass die Geschehnisse Unruhe nicht nur in die Dorfbevölkerung, sondern auch in den ORDEN tragen, in dem die Metaphysiker ohnehin erstarken.«

»Haben Sie noch die Liste?«

»Welche Liste?«

»Der zu liquidierenden Metaphysiker. Ich denke, dass der Zeitpunkt gekommen ist, ein starkes Zeichen gegen den magischen Wahn zu setzen. Schrecken ist immer noch eines der wirksamsten Herrschaftsinstrumente. Statt sich gegen den Herrscher zu solidarisieren, hoffen die Geängstigten nur noch, irgendwie davon zu kommen, der Gefahr zu entgehen. Sie verkriechen sich in ihre Löcher, als ob wir sie dort übersähen«, sinnierte de Blois.

»Sehr wohl, ich werde die Liste holen. Das Thema des Überläufers ›Bonnet‹ hat sich inzwischen erledigt. Er hat sich am Griff einer Zimmertür erhängt.« Er verbeugte sich gegenüber dem Großmeister und verließ das Büro.

De Blois ging nachdenklich auf und ab. Konnte er seinem Geheimdienstchef noch trauen? Er schien sich als Bretone mit der Tradition seines Volks mehr als nötig zu identifizieren und gefährliche Sympathien für das Mädchen zu entwickeln. »Den Bretonen können wir Franzosen nie trauen«, hatte ihn seine Mutter einmal gewarnt. »Sie haben uns nie verziehen, dass wir ihr Herzogtum in das Königreich eingegliedert haben, und erst recht nicht, dass sie jetzt unsere Sprache sprechen müssen. Sie haben sogar mit den Deutschen kollaboriert!« De Kerviler hatte sich ihm gegenüber immer loyal verhalten und ihn schon unterstützt, als seine Anwartschaft auf das Amt des Großmeisters noch sehr umstritten war, sogar gegen den schließlich offenen Widerstand seines Vorgängers. Es konnte immerhin nicht schaden, ihn überwachen zu lassen.

Jetzt musste er vor allem verhindern, dass Morgane ein weiteres Mal den alten Wald betrat und in ihm womöglich für immer verschwand – oder dass sie gar die Macht über die Beile zurückgewann.

Er würde an jedem Bahnhof einen Killer postieren, Tag und Nacht, und die nächste Phase ihrer Schwäche sicher erfolgreich nutzen.

16.

Morgane quartierte sich am nächsten Abend in einem kleinen Hotel im Zentrum von Orléans ein.

In einer kleinen Buchhandlung kaufte sie sich ein Buch über die Gallier, um sich mit dem alten Volk vertraut zu machen, in dem die Druiden zumindest bis zur römischen Eroberung durch Caesar lebten und wirkten. ›Les Gaulois‹ erschien in einer Serie, die sich dem Umschlagtext zufolge an Studenten und Geschichtsinteressierte richtete und ihnen Allgemeinbildung über die wichtigsten untergegangenen Kulturen vermittelte. Ein geeigneter Einstieg, dachte sie, begann die Lektüre in einem kleinen gemütlichen Café und stellte überrascht fest, dass Caesars knappe Beschreibung der Druiden in ›De bello gallico‹ – ihrem ersten historischen Text im Lateinunterricht – die ausführlichste erhaltene antike Quelle über die gallischen Priester und ihr gesellschaftliches Umfeld darstellte. Der römische Feldherr hatte allerdings die darin enthaltenen Schilderungen überwiegend älteren Texten entnommen, aus dem Zusammenhang gerissen und politisch gefärbt.

Erst als sie sich gar nicht mehr konzentrieren konnte und nach einem Kaffee eine Flasche Rotwein getrunken und sich so einigermaßen entspannt hatte, suchte sie mit einer zweiten Flasche ihr Hotelzimmer auf, das wieder eigentlich zu klein war, um sich außer zum Schlafen hier aufzuhalten. Für ein Glas Wein reichte es noch.

Dann schlief sie ein und träumte... von einem Diebstahl. Sie hatte ihren Rucksack unachtsam in einem Haufen von Taschen gelassen und ihn dann nicht wieder gefunden.

Sie erwachte erleichtert und zugleich etwas enttäuscht, da sie nicht direkt in einem Konvent der Druiden gelandet war. Vorsichtshalber kontrollierte sie ihren Rucksack, in dem sich ja ihr gesamtes Vermögen befand. Es fehlte nichts. Sie hatte wie so oft von einem Verlust geträumt, neben Verfolgungen und Verspätungen ihre wichtigste Traumgattung. Ihr Blick fiel auf die Ledertasche mit den merkwürdigen Schusswaffen, die sie jetzt auch noch mit sich herumschleppte, ohne dass sie etwas mit ihnen anzufangen wusste. Sie lag eine gute Stunde wach, bevor sie gegen sechs Uhr morgens in einen unruhigen, traumlosen Schlaf fiel. – Und das war's für diese Nacht.

Der Tag wurde freundlich und nicht zu heiß, so dass Morgane nach einem üppigen Frühstück – sie merkte erst jetzt, dass sie gestern fast nichts gegessen hatte – durch die Stadt spazierte, die sie von Paris aus erst einmal zu einer Veranstaltung des Deutsch-Französischen Jugendwerks besucht hatte. Auf einem hübschen Platz mit einer schattenspendenden Platane bestellte sie sich einen *Café crème* und setzte ihre Lektüre fort. Die Karte Galliens vor der römischen Eroberung bestätigte ihren Eindruck, dass das Land der Carnuten eigentlich deutlich nördlich und auch etwas westlich vom geographischen Zentrum Galliens lag. Deshalb hatte sie auch das etwas süd-östlicher gelegene Orléans und nicht Chartres für die Übernachtung gewählt, wenngleich dieses unter dem Namen ›Autricum‹ dann Hauptstadt der römischen ›Civitas Carnutes‹ wurde. Ob der nach den Quellen in einem Heiligtum unter freiem Himmel durchgeführte Konvent in der Nähe einer von den Römern ›Oppidum‹ genannten stadtähnlichen, geschützten Agglomeration oder in einem tiefen Wald stattfand, war ohnehin nicht klar. Leider enthielt das in einem bemerkenswerten Renaissancebau untergebrachte ›Musée historique et archéologique‹ von Orléans abgesehen von einigen Skulpturen keine brauchbaren Hinweise auf die gallische Vergangenheit, erst recht nicht auf den Versammlungsort der Druiden. Vielsagende Exponate und konkrete Hinweise auf örtliche Gegebenheiten hätten ihre Fantasie womöglich mehr beflügelt, einen träumenden Besuch stärker inspiriert als das Taschenbuch, das über den Ort der Konvente nur einen dürren Satz aus Caesars ›Gallischem Krieg‹ wiederholte: ›Zu einer bestimmten Jahreszeit versammeln sich die Druiden an einem heiligen Ort im Land der Carnuten, das man für das Zentrum Galliens hält.‹ Caesar hatte die dann folgende knappe Beschreibung der Versammlungen, in denen unter der Leitung eines obersten Druiden Recht gesprochen und wichtige politische, religiöse und philosophische Fragen erörtert wurden, aus der heute verschollenen ›Geschichte‹ des seiner Zeit weit vorausdenkenden griechischen Geographen, Historikers und Ethnologen Poseidonios von Apameia übernommen. Da diese ›Geschichte‹ etwa einhundert Jahre vor Christus, also rund fünfzig Jahre vor dem ›Gallischen Krieg‹ verfasst wurde und teilweise wiederum mit älteren Quellen und dem Hörensagen arbeitete, erscheint die Fortführung dieser alljährlichen Konvente bis in Caesars Zeit heute allerdings zweifelhaft.

In die Lektüre vertieft bestellte Morgane einen weiteren Kaffee und ein Stück hausgemachter *Tarte aux pommes*. Am Nachmittag durchstreifte sie gedankenverloren und auf der vergeblichen Suche nach versteckten Hinweisen auf das zentrale Heiligtum der Gallier die Altstadt von Orléans.

Auch in der zweiten Nacht konnte sie keine lebendige Erinnerung an die Zeit der Druiden erzwingen. Vielleicht besaß sie sie gar nicht, hatte Michael ihre Ausbildung an diesem Punkt noch nicht vervollständigt, oder sie selbst gar nicht besessen. Dann wäre sie unvermittelt in eine Sackgasse geraten. Bisher hatten ihre Reisen in die Vergangenheit so wunderbar funktioniert, dass sie wie selbstverständlich davon ausgegangen war, hier einen weiteren großen und entscheidenden Schritt zu den Ursprüngen des mündlich überlieferten Wissens gehen zu können. Michael hatte die räumliche Nähe zu den historischen Ereignissen als relevant für das Erträumen einer Erinnerung bezeichnet. Ohne diese blieben ihr wichtige Erkenntnisse über die Tradition des Wissens und die Ursprünge des ORDENS verschlossen. Dann wäre es wohl wirklich das Beste, sich vor dem ORDEN in den Schutz der Bretagne zurückzuziehen, wo ihr ja noch die Hoffnung auf eine lebendige Erinnerung aus der Zeit der Megalithen blieb, die ihre Mutter und der Mönch Gabriel angedeutet hatten. Diese Erinnerung benötigte sie zwingend, um den entscheidenden Hinweis auf die Bedeutung der Beile, ihre Macht und die Möglichkeit, sie zu beherrschen, zu erhalten. Aber hatte sie sie überhaupt je erworben? Vielleicht war sie schon jetzt an ihrem viel zu frühen Ende der Reise in die Vergangenheit angekommen.

Mit diesen Zweifeln quälte sich Morgane an ihrem dritten Tag in Orléans, an dem die Sommersonne heiß von einem wolkenlos blauen Himmel schien. Erst nach Mitternacht und reichlichem Rotweinkonsum ging sie in ihrem stickigen Hotelzimmer zu Bett.

Am wolkenlosen Himmel fliegt in der Mittagssonne eine schwarze Krähe mit kräftigem Flügelschlag über die Stadt am Meer, dessen dunkelblaue Farbe sich am Horizont deutlich vom helleren Himmel abzeichnet. Die klare Luft verdankt die Stadt den vom Massif central auf das Mittelmeer herabfallenden Winden, die zugleich für eine unangenehme Kühle an diesen ersten Frühlingstagen sorgen. Die Krähe landet mit einem krächzenden Ruf auf dem rot geziegelten Dach des auf einem Hügel errichteten und der Schutzgöttin der alten griechischen Stadt, Artemis von Ephesos, geweihten Tempels.

»Dukarios, der Imperator ist in Rom ermordet worden, von seinen eigenen Freunden! So melden römische Kaufleute, die heute Morgen hier eingetroffen sind.«

So schnell wie der kräftig wehende Mistral verbreitet sich die Nachricht vom Tod des Gaius Iulius Caesar in den Gassen, auf der Agora und den Märkten von Massalia. Die Menschen trauern nicht um den ermordeten Römer, der erst vor fünf Jahren ihre stolze Stadt belagert, besetzt und ihrer militärischen und politischen Unabhängigkeit samt aller Privilegien beraubt hat, nachdem sie sich unglücklicherweise auf die Seite seines Widersachers Pompeius geschlagen hatte. Glücklicherweise hielten sich dann die Zerstörungen bei Belagerung und Einnahme der Stadt in Grenzen, wurde sie nicht geplündert, und konnten die Geschäfte und das gewohnte Leben langsam wieder zur Zufriedenheit ihrer Einwohner aufgenommen werden.

Als ich von meinem aufgeregten Schüler Momoros die Neuigkeit erfahre, bin ich gerade in das Studium des sagenhaften Atlantis in Platons *Kritias*-Dialog vertieft.

»Der Tod des römischen Feldherrn markiert für uns eine Zeitenwende«, erwidere ich von meinen Schriften aufblickend ruhig dem überraschten Schüler, der die Nachricht eher als aufregenden Klatsch aus der fernen Stadt weiterverbreitet hat, der unsere kleine Welt nur am Rande tangiere. »Im politischen Chaos des Reichs drohen nun Unruhen, und wir Druiden stehen vor der wichtigen Entscheidung, ob wir zu einem Aufstand aufrufen, uns in die bequeme römische Gesellschaft eingliedern, oder versuchen, unsere alten Traditionen fern der neuen, modernen Städte zu pflegen und von römischen Einflüssen freizuhalten. Du wirst sehen, Litavikkos wird uns sehr bald noch einmal, ein letztes Mal zu einer Versammlung rufen.«

»Ein Konvent?« Momoros ist aufgeregt. Er hat von den legendären Zusammenkünften der Druiden im Land der

Carnuten nur aus Erzählungen vernommen und nicht erwartet, noch selbst eine zu erleben. Denn mit den Feldzügen des Römers vor vierzehn Jahren, also bevor seine Ausbildung überhaupt begonnen hatte, waren die jährlichen Sitzungen eingestellt und seitdem nicht wieder aufgenommen worden. »Darf ich mitkommen?«

»Du wirst mich begleiten, so wie alle meine Schüler. Allerdings wirst du an der Versammlung der Druiden nicht teilnehmen dürfen, denn du hast noch lange nicht ausgelernt.«

Ich habe bereits sechs Druiden vollständig ausgebildet, die heute über Gallien verteilt leben, und unterrichte derzeit zehn Schüler, die seit zwei bis achtzehn Jahren bei mir lernen. Adlige Familien aus der gesamten Provinz schicken mir ihre Sprösslinge zu einem Vorstellungsgespräch. Ich wähle nur die Besten, die Interessantesten. Meinen schwächeren Schülern bringe ich wohl nicht immer hinreichende Geduld und Beschäftigung entgegen und bei den guten frage ich mich bisweilen, ob ich in ihnen kleine gallische Provinzfürsten, römische Stadthalter oder noch echte Druiden erziehe.

Meine Heimat, das Land der Veneter auf der Halbinsel Armorika am anderen Ende Galliens und am anderen Meer, habe ich bereits vor zwanzig Jahren verlassen, um hier in der griechischen Kolonie ein möglichst großes Wissen zu erwerben. Nicht nur, dass die Stadt über eine beachtliche Sammlung griechischer Schriften verfügt. Sie ist auch eine der kosmopolitischsten Städte des Römischen Reichs. Schon seit ihrer Gründung lebt sie vom regen Austausch zwischen den aus der kleinasiatischen Stadt Phokäa stammenden griechischen Kolonisten und den sie umgebenden Galliern, die sich stets offen und neugierig gegenüber der fremden Kultur mit den seltsamen Götterfiguren und steinernen Häusern zeigten und nur ab und zu versuchten, die reiche Stadt zu erobern. Der Seehandel mit vielen Ländern der Welt, selbst jenseits der Meerenge von Gibraltar, und die spätere Nähe zum Römischen Reich ergänzen den internationalen Charakter Massalias. Die Griechen, deren Familien schon seit Jahrhunderten hier leben, sehen sich als Gelehrte und Philosophen, als Teil der großen über die Welt verteilten Kulturnation, selbst wenn die meisten vom Handel leben und einige kaum lesen und schreiben können. Sie betrachten die ›arrivierten‹ Römer, überwiegend Soldaten und Kaufleute mit ihren Familien, recht abschätzig. Die Römer wiederum, die anders als die Griechen keine Bärte tragen, sehen in diesen eine intellektuell-verweichlichte Gesellschaft und lehnen es überwiegend ab, ihre seltsame Sprache zu lernen und sich mit ihrer alten Kultur zu beschäftigen. Die Eroberung und Eingliederung der Stadt in ›ihr‹ Reich bestätigt ihre eigene Stärke und Überlegenheit. Die Gallier, deren Provinz und Volk die Stadt landseitig umgeben, fühlen sich hier als Gäste, selbst wenn sich einige von ihnen bereits vor langer Zeit innerhalb ihrer Mauern niedergelassen haben. Sie fallen zwischen den dunkelhaarigen Griechen und Römern nicht nur durch die überwiegend blonden Haare und Schnurbärte, sondern vor allem durch ihre bunte Kleidung auf, die in der Stadt als ausgesprochen provinziell gilt. Die jungen, blonden, großgewachsenen, häufig gut trainierten und auf ihr Äußeres sehr bedachten Gallier beeindrucken allerdings so manche Tochter aus griechischer oder römischer Familie, so dass nicht wenige von ihnen trotz der allgemeinen Zurückhaltung in etablierte Kreise einheiraten.

Die Sprache der Römer und vor allem der Griechen habe ich in kurzer Zeit sprechen und vor allem lesen gelernt, um mir die Weisheit ihrer Schriften anzueignen. Hierfür bleibt im Leben eines Menschen ohnehin nur wenig Zeit, und mein Aufenthalt in dieser Stadt neigt sich schon seinem Ende entgegen. Einige Druiden werfen mir meinen modernen Lebensstil in der griechischen Stadt fern der gallischen Dörfer und Wälder vor: ich sei angepasst an die griechisch-römische Kultur und meinem eigenen Volk und Stand entfremdet. Und in der Tat frage ich mich selbst manchmal, ob ich mich nicht zu sehr assimiliert habe, statt unsere alten druidischen Weisheiten und Künste zu pflegen. Denn um diese muss ich mir nun Sorgen machen, nicht um die der Griechen oder Römer, denen ohnehin die Zukunft gehört. Wehmütig denke ich an meinen alten Lehrer Vertiskos, den Meister unserer alten Künste, der mit Kräutern heilte, die Zukunft las, mit Vögeln sprach und die Elemente beschwor. Das erschien mir damals im Vergleich zur griechischen und römischen Philosophie und Wissenschaft so altmodisch und dumpf, gerade gut genug für die dunklen Wälder Armorikas – aber nicht für mich! Wie dumm ich war. Was hätte ich alles in den letzten zwei Jahrzehnten lernen und für die Nachwelt sichern können. Nun, es bleibt ja noch Zeit.

Wie erwartet erreicht mich schon wenige Tage später der Ruf zum Konvent, das beim nächsten vollen Mond, also in vierundzwanzig Tagen, stattfinden soll. Bis dahin bleibt für alle Druiden ausreichend Zeit zur Anreise. Zwar liegt Massalia fast am weitesten entfernt vom zentralen Heiligtum der Carnuten, das seit zweihundert Jahren allen Druiden als Versammlungsort dient und zu diesem Zweck erweitert wurde. Doch die Straßen von Massalia durch die Täler von Rhône, Saône und Loire sind als zentrale Handelsrouten des Landes so gut ausgebaut und sicher, dass ich mit meinen Schülern das Ziel in vierzehn Tagen reitend erreichen kann, ohne die Pferde wechseln zu müssen.

»Das gute Straßennetz verdankt Gallien der Einfuhr und dem schnellen Transport römischen Weins, der bei unseren zahlreichen Festen bekanntlich in Strömen fließt!« erkläre ich am nächsten Vormittag, der dem Unterricht in der Gruppe gewidmet ist, mit einer Spur von Ironie den ungläubigen Schülern. »Diesen luxuriösen und wohl fatalen Genuss haben wir Druiden leider nicht zügeln können – anders als die Menschenopfer – und vielleicht indirekt an ihn sogar unsere Macht verloren.« Ich muss zugeben, meinen Weinkonsum in den vergangenen Jahren selbst deutlich gesteigert zu haben, und nicht nur seines Genusses willen, sondern auch aufgrund seiner entspannenden, ja gar leicht berauschenden Wirkung, so dass ich auf dieses Getränk nur ungern verzichten mag. »Während unsere Landsleute im Grunde einfach und zugleich lebensklug und gottesfürchtig sind, verkörpert der Wein den Genuss und die Bequemlichkeit der Zivilisation des Mittelmeeres, nach dem sie nun zunehmend verlangen. Sie wollen nicht mehr mit ihren Herden auf dem Land leben, nicht mehr die Felder bestellen und ihren Handwerken nachgehen. Der Wert der Freiheit und Beweglichkeit des Einzelnen, seiner Familie und seines Stammes verliert gegenüber der gediegenen Ruhe der Sesshaften an Bedeutung. Das Holz mit dem wir unsere Häuser und Tempel eben da errichtet haben, wo wir sie gerade brauchten, soll jetzt der vermeintlichen Ewigkeit des Steins weichen. Unseren Adel zieht es mächtig in die Arenen, Theater und heißen Thermen nach römischer Mode, wo er Ablenkung von Politik, Krieg und dem harten Alltag sucht. Noch vor wenigen Jahren haben wir die menschlichen Figuren der Götter verlacht, die sich Römer und Griechen als albernes Abbild ihrer selbst fertigen. Heute jedoch gelten die großen Marmorfiguren von Zeus, Artemis und Apollon auch in besseren gallischen

Kreisen als besonders schick, unsere eigenen Heiligtümer dagegen als zu bescheiden, karg und unwürdig. Als ob sich die Götter an der Eitelkeit *unserer* Ebenbilder erfreuten! Mit diesen Häppchen von Luxus in der Provinz erzieht sich das römische Reich seine kleinen gallischen Fürsten effektiver zu sklavischen Statthaltern als mit all seinen Legionen.

Die Zeiten, in denen wir die Mächtigen zu allen bedeutenden Fragen des Krieges und des Friedens berieten, Recht sprachen, zuverlässig den Willen der Götter vermittelten sowie selbstverständlich Moral und Ordnung hüteten, nähern sich ihrem Ende. Diese Entwicklung hat die Eroberung Galliens durch den großen römischen Feldherrn, der unsere eigentlich zum Zwecke des Weintransports (!) gut ausgebauten Straßen für seine raschen Truppenbewegungen nutzte, nur beschleunigt, nicht erst in Gang gesetzt. Erst kam aus Rom der Wein, dann die Soldaten, zuletzt das Recht. Wer wird einen Druiden darum bitten, römisches Recht auszulegen? Als nächstes folgen Tempel und Arenen. Das nennen sie dann Zivilisation – und schreiben es auf.«

»Dabei wächst in unseren südlichen Regionen inzwischen ein Wein von guter Qualität, wie du weißt, der es mit dem römischen durchaus aufnehmen kann«, wirft Momoros scherzhaft ein. »Wir wären also auf die Römer gar nicht mehr angewiesen!«

»Diese Erkenntnis kommt leider zu spät, sie sind nun da«, bemerkt Akko trocken.

»Und ausgerechnet die politischen Aufzeichnungen des gerade ermordeten Imperators könnten unser Bild in der unwissenden Nachwelt prägen! Es gibt doch viel intelligentere Schriften über uns, etwa vom Griechen Poseidonios. Warum ausgerechnet ›Der gallische Krieg‹?« fragt Catos, ein jüngerer, sehr belesener Schüler verwundert.

»Schriften sind sehr empfindliche Wissensträger. Ob die guten oder die schlechten, die genauen oder die ungenauen die Jahrhunderte überdauern, können wir nicht beeinflussen. Aufgrund seines einzigartigen Ruhmes wird Caesar seinen Nachfolgern in Rom als Referenz dienen, sein Name die Jahrhunderte überleben. Sein Werk über die Eroberung Galliens wird deshalb tausende Male abgeschrieben werden und so vielleicht ewig leben. Seien wir froh, dass Caesar uns in seinen Kriegsbeschreibungen überhaupt und nicht einmal abfällig bedenkt. Außerdem bezieht er sich zu unserem Vorteil auf eine bereits vergangene Zeit, in der wir tatsächlich noch Einfluss hatten.«

»Sollten wir nicht ausnahmsweise selbst ein umfassendes Werk über Gallien, seine Völker und uns Druiden verfassen? Dies könnte unsere Aufgabe, unsere Verantwortung gegenüber der Nachwelt sein!« Der Bücherliebhaber Catos scheint von seiner Idee begeistert, bis er meinem strafenden Blick begegnet, und kleinlaut hinzufügt: »Ich weiß ja, wir schreiben nichts auf.«

»Wenn schon die Schriften des Poseidonios die Nachwelt nicht erreichen werden, warum sollte es dem Werk einiger Druiden gelingen? Wer verfasst die Tausenden Kopien, damit wenigstens eine überdauert, wo doch die meisten von uns noch nie im Leben einen zusammenhängenden Satz geschrieben haben? Abgesehen davon haben wir, wie ihr wisst, ein viel besseres Mittel, unser Wissen weiterzugeben.«

»Das gesprochene Wort«, antworten gleich mehrere der jüngeren Schüler eifrig.

»Und vor allem die lebendigen Erinnerungen«, fügt Akko nachdenklich hinzu.

»Und die mündliche Überlieferung überdauert länger als die Schrift?« zweifelt Catos.

»Das ist eine Frage des Systems. Der einfache Wissensstrang von Meister zu Schüler würde irgendwann und vermutlich recht früh reißen, so wie der einfache Faden aus Flachs. Es kommt deshalb darauf an, ihn mit anderen zu verweben, so dass das in einem gerissenen Faden verlorene Wissen aus einem anderen wieder ergänzt werden kann. Je mehr Stränge miteinander verflochten sind, so wie die Fäden aus Flachs zum festen Tau, desto länger bleibt das Wissen gewahrt. Dies gewährleistet die Gemeinschaft der Druiden, in der wir uns austauschen, wir Meister untereinander und mit unseren Schülern. Dem großen allgemeinen Austausch aller Druiden dient der Konvent.«

»Der allerdings nicht mehr sehr oft stattfinden wird«, gibt Akko zu Bedenken.

»Du hast Recht, und hier liegt ein Problem, das wir lösen müssen. Wir werden deshalb nach dem Konvent, zu dem wir zwei Tage vor Neumond aufbrechen, nicht wieder hierher zurückkehren, sondern in meine Heimat, das Land der Veneter, oder gar noch westlich zu den Osismern weiterreisen, in das vor der römischen Zivilisation schützende Exil.«

»Warum kehren wir nicht wieder zurück? Ihr habt uns stets gelehrt, dass wir hier wie in keiner anderen Stadt vom Fremden lernen können«, wendet Momoros ein.

»So war es richtig. Allerdings ist das Fremde nun zu einer Bedrohung unserer Kultur geworden. Ihr werdet in Zukunft nur noch von mir, anderen Druiden und voneinander lernen, so wie es Brauch war in den alten Zeiten. Ihr könnt natürlich hier bleiben, müsstet dann aber die Ausbildung beenden.« Einige von ihnen haben feste Bindungen in der Stadt und können sich auf einen endgültigen Aufbruch nicht ohne weiteres einlassen. Dennoch werden wohl alle folgen, abgesehen von Autaritos, der die Tochter eines griechischen Kaufmanns heiraten möchte.

Einige Schüler wundern sich trotz meiner eindeutigen Rede gegen den Sittenwandel unserer Landsleute über meine Entscheidung, da sie ›diese lebendige Stadt mit ihrer bequemen Kultur‹ als den natürlichen Rahmen ihrer Ausbildung und ihres Lebens gesehen haben, den ihr Lehrer bisher sehr geschätzt zu haben schien. Leben sie hier nicht eine moderne, zeitgemäße Form des Druidentums, das mit den langen Haaren die alten gallischen Zöpfe abgeschnitten hat?

»Warum habt ihr euer Geburtsland als Ziel für uns gewählt?« Akko mag sich als Kind des Südens die neue feucht-kühle Heimat nicht vorstellen.

Ich muss lächeln. »Nun, sie liegt am Ende der Welt, *finis terrae*, wie die Römer meine Heimat nennen. Die große Entfernung von der sogenannten Zivilisation, der römischen Kultur mit ihren Arenen, Tempeln und Thermen, und von den neuen Machtzentren sowie die Undurchdringlichkeit seiner Wälder werden das Druidentum mit seinem Wissen vor der Auflösung in der gallo-römischen Gesellschaft schützen. Die keltischen Völker auf den Inseln jenseits des Kanals eröffnen uns die Möglichkeit der Vernetzung und des Zusammenhalts sowie notfalls eines weiteren Rückzugs. Die Veneter sind erfahrene Seeleute und unterhalten einen regen Austausch mit ihnen. Im Süden und Zentrum der gallischen Provinz könnten wir dagegen nur noch bescheidene Lehrer der konservativen Adeligen werden.

Es gibt indes noch weitere Gründe für die Wahl dieses Landes: Dort herrscht eine sehr alte druidische Kultur, die mein Lehrer Vertiskos pflegte, und an die ich gerne anknüpfen möchte. Sehr nahe der venetischen Hauptstadt, die die Römer jetzt Darioritum nennen, liegt ein besonders heiliger Ort. Dort wurden vor unzähligen Menschenaltern und lange bevor die keltischen Stämme das Land einnahmen, die Verstorbenen in Kammern zwischen Steinplatten beigesetzt und riesige Steine in Reihen, Quadraten, Kreisen oder einzeln stehend errichtet. Grabkammern und Steinstelen findet man über Armorika verstreut, besonders an ihrer südlichen Küste westlich von Darioritum. In meiner Kindheit und Jugend bildeten sie einen selbstverständlichen Teil unseres Lebensraums, ohne dass wir ihre Bedeutung recht verstanden. Von meinem Lehrer Vertiskos weiß ich, dass die Stelen dereinst von den Menschen einer großen, längst vergangenen ›Kultur der Steine‹ errichtet wurden, um den Verstorbenen den Weg ins Paradies zu weisen. Er vermutete, dass die vergleichsweise junge Kultur der Druiden über dunkle Jahrhunderte hinweg auf die damalige ›Kultur der Steine‹ zurückgeht. Er besäße sogar eine lebendige Erinnerung aus dieser Zeit, die er mir mitteilen würde, wenn die Zeit reif sei. Vielleicht ist die Zeit nun reif, vielleicht habe ich aber auch den richtigen Zeitpunkt während meines vieljährigen Aufenthalts in Massalia verpasst.«

»Lebt euer Meister denn noch?« fragt Momoros.

»Ich habe von seinem Tod noch nicht gehört. Er zählt heute mehr als achtzig Jahre und wird vermutlich am Konvent nicht mehr teilnehmen. Auf der anschließenden Reise zu unserem Ziel im Westen Armorikas werde ich ihn jedoch besuchen.«

»Und im Westen Armorikas werden wir dann bleiben?«

»Dort werde ich bleiben. Später, wenn ihr ausgelernt habt, werdet ihr eigene Schüler ausbilden und vielleicht weiterziehen. Um das Wissen gegen Kriege, Invasionen, Naturkatastrophen und Seuchen zu sichern, die mit einem Schlag viele Menschen auf großen Flächen vernichten können, müssen wir es mit uns über Armorika und die keltischen Inseln verteilen und so das Risiko seines vollständigen Verlusts begrenzen. Einige von euch werden deshalb nach Britannien und sogar Irland übersiedeln, dort ihre Schüler ausbilden und das Wissen verankern. Ich hoffe, wir können die dort schon lebenden Druiden in unsere Gemeinschaft einbinden. So bieten wir uns gegenseitig Zuflucht vor mancherlei Gefahren, die langsamer als wir Menschen die Meere überqueren mögen. Solange wie möglich müssen wir regelmäßig zusammenkommen, so wie bisher im Konvent, uns austauschen und Schülern die Lehre bei einem anderen Druiden ermöglichen. Nur so kann unsere Gemeinschaft des Wissens lebendig bleiben. Später wird unser Austausch indes schwierig und selten, unsere Welt dunkler werden. Die Stränge unserer Tradition werden sich vereinzeln und verarmen. Aber ganz erlöschen wird das Licht des Wissens nicht.«

Immerhin freuen sich einige Schüler über die Aussicht einer engeren Zusammenarbeit mit ihrem Meister, da ich mich ihrer Meinung nach doch recht häufig mit Lektüre und ›fremden Erwachsenen‹ beschäftigt habe, so dass für ihre Ausbildung, einzeln, paarweise oder in der Gruppe, nicht immer genug Zeit blieb.

»Welche eurer geliebten Schriften werdet ihr auf die Reise mitnehmen?« fragt mich Catos.

Ich schüttele den Kopf. »Keine. Ich liebe nicht Schriften, sondern das in ihnen enthaltene Wissen. Wir reisen mit leichtem Gepäck, wie es bei uns üblich ist, und lassen die Schriftrollen in der Stadt der Griechen. Ihr Wissen befindet sich jetzt auch hier«, und dabei deute ich mit dem rechten Zeigefinger auf meine Stirn. »Zumindest ein wichtiger Teil.« Catos zweifelt nicht daran, dass ich die Hälfte der in Massalia vorhandenen Werke auswendig kenne, nur ist ihm selbst die Lektüre sehr viel angenehmer als das mündliche Erlernen ihres Inhalts.

Am Abend sitze ich gedankenverlorenen auf den Stufen des Apollon-Tempels und blicke auf das dunkle Meer und die abgesehen von einigen Fackeln nur schemenhaft erkennbare Stadt: die Agora, das Theater in der Ferne, der große, die gesamte Längsseite der Stadt flankierende Hafen mit seinen Schiffen und Lagerhallen, die Kulisse des Artemistempels und das Gassengewirr. Über allem wölbt sich ein prächtiger Sternenhimmel, den ich gegen meine Gewohnheit nicht genauer betrachte. Der kalte Wind aus dem Norden hat sich gelegt, und statt seiner weht eine für die Jahreszeit ungewöhnlich milde Brise vom Meer durch die Stadt. Aus einem reich verzierten Kelch trinke ich einen fruchtigen, nach Kirschen und roten Beeren schmeckenden gallischen Wein.

»Sie wird Euch mehr fehlen, als ihr es uns heute glauben machen wolltet, die lebendige Stadt mit ihrer bequemen Kultur.« Momoros hat sich unbemerkt genähert und setzt sich neben mich.

Ich atme die Meeresluft tief ein, wehmütig über die nahende Abreise und halb getröstet durch die Nähe meines Lieblingsschülers, dem ich den Kelch reiche. »Ja, der Abschied von der Stadt wird mir schwerer fallen, als ich dachte. Ich liebe ihr buntes Treiben, das Klima, diesen Blick von den Stufen des Tempels und, ja, auch den Wein. Sicher, es gibt auch ein Meer in meiner Heimat. Doch das feuchte Klima dort, in dem es im Sommer nie heiß und im Winter nicht kalt wird, und der Mangel an Austausch mit Fremden, kurz: all das, was mich vor zwanzig Jahren zum Aufbruch bewogen hat, erwartet mich jetzt wieder. Eigentlich sollte man nie dahin zurückkehren, von wo man schon einmal weggegangen ist.«

Momoros nimmt mich tröstend in den Arm, selbst wenn sich das für einen Schüler gegenüber seinem Meister nicht geziemt. Ich lasse es zu und lehne mich sogar ein ganz klein wenig an seinen Körper.

»Ich bin jedenfalls gespannt auf die neue Heimat und zuvor den Konvent. Warum findet er eigentlich im Land der Carnuten statt, gilt es als besonders heilig?«

»Caesar meinte, wir hielten dieses Land für das Zentrum Galliens. Der geographische Mittelpunkt liegt jedoch südöstlicher, und wir Druiden sind in allen Fragen der Vermessung sehr genau. Diese Region bietet sich gleichwohl an, da sie selbst die Druiden von den Inseln in einer vernünftigen Zeit erreichen. Sie können mit ihren Schiffen vom Meer direkt in den Fluss fahren, an dem das Heiligtum liegt, und selbst der nördliche Strom fließt in verhältnismäßig geringer Entfernung am Heiligtum vorbei. Insofern ist die Idee des Zentrums nicht ganz falsch, allerdings mehr in Reisezeit als geographisch gerechnet. Die Carnuten bilden außerdem einen besonders frommen und zugleich bescheidenen Stamm, der nie um eine Vorherrschaft in Gallien gekämpft hat. Und so fiel seinerzeit die Wahl auf ihr zentrales Heiligtum, da es für die Druiden der rivalisierenden Stämme ohnehin nicht einfach war, sich auf einen gemeinsamen Ort zu einigen.«

Unsere Schar der elf Reiter sammelt sich bei Sonnenaufgang zwei Tage vor Neumond am Haupttor mit seinen mächtigen Wehrtürmen im Westen der Stadt. Wir bilden eine auch äußerlich bunte Gruppe, denn meine Schüler, die die weiße Farbe noch nicht tragen dürfen, haben je nach Vorliebe römische, griechische, aber vor allem gallische Kleidung angelegt, während ich mich im Gewand der Druiden auf meinem weißen Pferd von ihnen abhebe. Abgesehen von ein wenig Proviant und Kleidung zum Wechseln führen wir kein Gepäck mit uns, denn als Druide mit seinen Schülern genieße ich auf den Höfen und in den

Dörfern großen Respekt und Gastfreundschaft. Obwohl die Vorräte der letzten Ernte in den Speichern zur Neige gehen und unsere Gruppe recht groß ist, muss ich mich um Dach und Verpflegung nicht sorgen.

»Eigentlich fühlt sich der Moment des Aufbruchs gar nicht so schlecht an«, vertraue ich Momoros an, nachdem wir die erste Stunde geritten sind. »Wieder auf dem Rücken eines Pferdes zu sitzen (in den letzten Jahren habe ich zahlreiche Reisen mit dem Pferd durch Gallien und sogar zweimal nach Rom unternommen), mein Heim hinter mir und Gewohntes loszulassen, das gibt mir ein Gefühl der Offenheit, vielleicht der Jugend, so wie damals als ich das Land meiner Väter verließ. Ich bin froh, dass ich in der lebendigen Stadt leben durfte, und weiß, dass ich jetzt alles mit mir führe, was ich liebe: meine Schüler und das Wissen. Irdische Güter mögen unseren Aufenthalt auf der Erde angenehmer gestalten, indes beschweren sie unser Hirn, unser Herz und vor allem unsere Seele als überflüssiger Ballast.

Wir sind eine bunte Gemeinschaft für einen kleinen Neubeginn, und die meisten meiner bereits zu Druiden ausgebildeten, über Gallien verstreuten Schüler werden uns verstärken. Die Vielfalt der Charaktere und Interessen ist neben Begabungen und Lernfähigkeit bei der Wahl meiner Schüler ausschlaggebend. Es wird uns deshalb nicht an Anregungen und Ideen mangeln, so dass wir ein Leben lang voneinander lernen können.

Im Laufe der bevorstehenden dunklen Epoche muss unsere Gemeinschaft den Kern unserer Traditionen in den Wäldern Armorikas bewahren, bis wieder hellere Tage dämmern. Diese Tage werden die Druiden nicht mehr sehen, aber die Gemeinschaft der Wissenden wird sich dann in anderer Form neu erfunden haben.« Bei diesen

Worten blicke ich in die Ferne, als ob ich dort diese neue Gemeinschaft schon sehen könnte.

»Woher wisst ihr das alles, Meister? Habt ihr diese Erkenntnisse in den Sternen, im Vogelflug, oder gar aus den Zahlen gelesen?«

Lachend schüttele ich den Kopf. »Bei dieser Lektion sind wir in der Tat noch nicht angekommen. Ich betrachte mit großem Interesse und Respekt das nächtliche Himmelsgewölbe und kann aus den Sternen und ihrem Lauf viele Informationen über die Beschaffenheit des Kosmos und der Erde ableiten, Standort und Richtung bestimmen. Einen Blick in die Zukunft erlauben sie mir indes nicht, wenngleich einige Druiden aus ungewöhnlichen Geschehnissen am Himmel, wie etwa Sternschnuppen, einem Kometen, seltenen Konstellationen der Sterne oder der Verdunkelung des Mondes, durchaus Schlüsse für bevorstehende Ereignisse ziehen.

Die Zahlen dienen zu allerlei Berechnungen: von Entfernungen, der Zeit, von Menschen und Gütern, Gewichten und Stücken. Sie lassen komplexe Betrachtungen zu und weisen, wie Pythagoras zeigte, sogar eine philosophische Dimension auf. Allein, die Zukunft zu berechnen, gelingt mir auch mit ihnen nicht.

Die Vögel schließlich gelten uns Druiden als Boten des Himmels, dessen Sphäre sie angehören. So einiges verraten uns die Vögel in der Tat über unsere Zukunft und über die Vergangenheit, manche begleiten, weisen und schützen uns. Rabenvögel gelten als besonders klug und in der Schlacht als Künder des Sieges. Und wirklich begleiten mich Krähen auf meinem Weg durch Raum und Zeit.

Gleichwohl *verkünden* sie mir nicht die ferne Zukunft. Ich bilde mein Bild von ihr aus dem Studium der Vergangenheit, den Veränderungen und aus der genauen Betrachtung der Gegenwart und ihrer Strömungen. Obwohl sich die Geschichte nicht wiederholt, gibt es Ereignisse, die unter vergleichbaren Bedingungen in ähnlicher Form wiederkehren. Das Druidentum existiert nicht seit ewigen Zeiten und wird es auch nicht immer geben. Unsere Geschichte reicht nur ein paar hundert Jahre zurück, und anfangs bildeten wir nur eine einfache Priesterschaft, eine Gruppe unter vielen anderen der keltischen Gesellschaft. Im Laufe der Zeit konnten wir uns große Anerkennung und Einfluss verschaffen: als Mittler der Götter, als Seher und Hüter des Rechts, als Gelehrte, Lehrer der Jugend und Berater der Mächtigen. Keine Entscheidung über Leben und Tod, Krieg und Frieden, Aussaat und Ernte wurde ohne uns getroffen. Doch jetzt neigt sich unsere Zeit ihrem Ende entgegen, und wir verlieren nacheinander unsere Aufgaben, bis wir für die Gesellschaft und ihre Entwicklung bedeutungslos geworden sind.

Nun, solche Entwicklungen halte ich für im Einzelfall bedauerlich, aber eigentlich ganz normal. Sie prägen den Lauf der Menschheitsgeschichte. Hätten wir Druiden uns an die neuen Bedürfnisse der gallischen Stämme anpassen und unseren Niedergang so aufhalten können? Hätten wir unseren Göttern menschlichere Antlitze geben und sie dem Volk näherbringen sollen, wie die Griechen und Römer? Doch Götter sind keine Menschen, und wir sollten uns möglichst gar kein Bild von ihnen machen, sondern auf ihr Wirken vertrauen und uns bemühen, ihren Willen zu erforschen, um ihnen zu dienen. Sicher, die unseren moralischen Vorstellungen entsprechende Auslegung dieses Willens hat den Mächtigen häufig nicht gefallen, da wir ihre Willkür einschränkten. Das war unbequem. – Wie dem auch sei: Es gab Wissensgemeinschaften vor uns Druiden, und es wird welche nach uns geben, wenngleich sich ihre Dauer und Qualität sicher stark unterscheiden. Aus dieser Annahme ziehe ich meine Gelassenheit.«

»Und das wird ewig so weiter gehen, mit ihrem Kommen und Gehen?«

»Bis die Feuer aus der Tiefe die Erde zerbersten und die unterirdischen Wasser sie überfluten, oder das Himmelsgewölbe auf unseren Kopf stürzt.« Ich werfe Momoros einen ironischen Blick zu, da ich von diesen gallischen Weisheiten nicht ganz überzeugt bin, sie gleichwohl als mögliche Szenarien einer unsere Welt zerstörenden Katastrophe nicht grundsätzlich ablehnen möchte. »Bis dahin muss das Wissen erhalten werden, nicht sein jeweiliges Gefäß.«

»Wir müssen also sicherstellen, dass unser Wissen die Priesterschaft der Druiden überlebt und in einer vielleicht fernen Zukunft in ein neues, starkes und haltbares Gefäß umgegossen werden kann. Das scheint mir keine leichte Aufgabe zu sein, da ihr als sehender Meister vermutlich schon relativ bald, wir als eure Schüler etwas später sterben, und auch das nun seinem Ende entgegen gehende Druidentum das Umgießen in einer fernen Zukunft kaum mehr selbst vornehmen kann.«

Ich lächle ob der klugen Betrachtung meines Schülers. »Du hast Recht, wenngleich ich mir mit dem Sterben etwas Zeit lassen werde. Das Druidentum als organisierte Priesterschaft wird das Umgießen nicht mehr vornehmen können, allerdings einzelne Druiden, die die Tradition des Wissens wahren. Ich erwähnte noch nicht eine weitere Form meines Sehens, die jenseits der vernünftigen Betrachtungen der Vergangenheit und der Gegenwart liegt und deshalb viel weiter in die Zukunft zu weisen vermag: die träumende Vorausschau, die mir Mut und Kraft für die vor uns liegende Aufgabe gibt.«

»Was träumtet ihr?« Momoros wird, wie alle meine Schüler, immer besonders hellhörig, wenn ich von meinen, leider nicht sehr ausgeprägten, metaphysischen Fähigkeiten spreche.

»In ferner Zukunft, lange nach dem Ende unserer einst mächtigen Priesterschaft werden einige vereinzelte Druiden in den keltischen Wäldern meiner Heimat und der Inseln ihre Kenntnisse an die ersten Träger einer neuen Wissensgemeinschaft übergeben. Während dann viele unserer heutigen Weisheiten verloren sein werden, konnten andere Fähigkeiten, die wir in den kommenden dunklen Zeiten dringender benötigen als heute, wachsen. Schon bald wird dann neues Wissen das alte ergänzen, und die Wissensgemeinschaft wieder eine große Bedeutung erlangen. Und das Wichtigste bleibt durch die Zeiten erhalten: die lebendige Erinnerung! Selbst wenn die letzten Druiden und ersten neuen Wissensträger sie weder verstehen, noch bilden können, werden sie sie weitergeben, bis dass die nachfolgende Gemeinschaft ihre Kunst wieder vollkommen beherrscht.

Und so lebe ich für die Aussicht, dass trotz des großen Verlustes von Wissen meine Erfahrungen und mit ihnen dieses Gespräch noch lange nach der dunklen Zeit lebendig erträumt werden. Das erscheint mir durchaus ein lohnenswertes Ziel!«

»Unsterblichkeit durch ewige Erinnerung!« Momoros Gesicht hellt sich auf bei diesem aufregenden Gedanken.

Ich lächle. »Bis die Feuer aus der Tiefe die Erde zerbersten und die unterirdischen Wasser sie überfluten, oder das Himmelsgewölbe auf unseren Kopf stürzt.«

»Aber was müsst ihr, was könnt ihr tun, um diese Vision wahrwerden zu lassen, oder tritt sie ganz ohne euer Zutun ein?«

»Eine ganz ausgezeichnete Frage! Tatsächlich habe ich mir die Aufgabe gestellt, die Realisierung der Vision mit all meinen Kräften in der mir verbleibenden Zeit zu ermöglichen. Leider weiß ich selbst noch nicht, wie ich das bewerkstelligen kann. Ich hoffe jedoch, das hierfür notwendige Wissen im Land meiner Väter vor allem von Vertiskos zu erwerben.«

»Ich habe gelernt, Meister, dass die Seele unabhängig von unserem Körper existiert, und ihn anlässlich des Todes für immer und während des Traums vorübergehend verlässt, um mit anderen Seelen und sogar himmlischen Göttern zu verkehren«, fährt Momoros nach einer kurzen Zeit des Nachdenkens fort. »Diese Freiheit erlaubt ihr Visionen, die dem wachen Bewusstsein verschlossen bleiben. Ich kenne die lebendigen Erinnerungen und stelle mir vor, dass sie unseren Seelen von den Seelen der Verstorbenen, den Ahnen, im Äther der Träume übermittelt werden. Ich habe mich an ihnen mit wechselndem Erfolg erprobt, wie ihr wisst. Doch das Erträumen der Zukunft habt ihr mich noch nicht gelehrt. Die Ahnen können eurer Seele die Ereignisse der Zukunft unmöglich anvertrauen. Nutzt ihr etwa die Wirkung von Pflanzen, um diesen hellsichtigen Zustand herbeizuführen?«

»Nein«, ich muss lachen, »mit Hilfe der Pflanzen und ihrer vergorenen Früchte kann ich wohl alles Mögliche sehen, doch meist nicht sehr klar und schon gar nicht die Zukunft. Mir ist bekannt, dass andere Druiden Arzneien verwenden, um ihre Seele vom Körper zu befreien und auf diese Art neue Einsichten zu gewinnen. Die Kunde von Pflanzen und Arzneien gehört allerdings nicht zu meinen Stärken. Vielleicht solltest du hierzu unseren Fachmann Keltillos befragen. Aus seiner Familie stammen die besten gallischen Ärzte. Für meine Visionen benötige ich keine Hilfsmittel, nur einen ungestörten, die Seele befreienden Schlaf. Ich kann sie nicht erzwingen. Die Seele nimmt sie in ihrer kosmischen Freiheit auf, oder eben nicht. Vielleicht kann man es sich so vorstellen: Wenn deine Seele mit der deiner Ahnen verkehrt, erfährst du etwas von ihnen, während diese vermutlich gleichermaßen etwas von dir erfahren. Wenn im Äther die Zeit nicht so wie bei uns auf Erden wirkt, sind die Ahnen womöglich noch gar nicht verstorben, wenn ihre Seelen mit deiner kommunizieren. Diese hätten also ihre Körper auch nur vorübergehend im Traum verlassen. Sie erhielten dann von dir Informationen aus der Zukunft, so wie du sie von Ihnen aus der Vergangenheit erhältst. In dieser Vorstellung würden meine Visionen von Wissensträgern aus einer fernen Zukunft stammen. Das ist natürlich nur eine Hypothese. Bewusst beobachten konnte ich die Seelen leider bei ihrem Gedankenaustausch noch nicht!«

Wie erwartet kommt unsere kleine Gruppe rasch voran, ohne die Pferde übermäßig zu beanspruchen. In einer Vielzahl von Gesprächen mit wechselnden Partnern vergeht die Zeit für alle wie im Flug. Obwohl sich die Schüler wöchentlich zumindest an zwei Vormittagen gesehen und ausgetauscht haben, lernen sich einige von ihnen erst auf dieser Reise besser kennen, überrascht über die Vielzahl der Interessensgebiete und Charaktere der Kameraden. Während sich bisher die älteren Schüler von den jeweils jüngeren eher gesondert hielten, geht in der Atmosphäre des gemeinsamen Abenteuers diese Hierarchie schnell verloren. Die früher trennenden Unterschiede der regionalen und sozialen Herkunft werden zu interessanten Gegenständen des Dialogs. Außerhalb der Gemeinschaft gibt es jetzt keine Ablenkung, kein Privatleben und keine Beziehungen. Einige haben ihre Freundin oder ihren Freund in Massalia zurückgelassen.

Akko ist ganz aufgeregt über diese neue Erfahrung. »Massalia mit den vielen Menschen und abwechslungsreichen Unterhaltungen, mit dem Theater und zahlreichen

Schriften, mit Hafen und Meer, imposanten Tempeln und marmornen Götterbildern ist schon so weit weg! Selbst dieser einzigartige Blick von den Stufen des Apollon-Tempels.«

Ich antworte nachdenklich. »Richtig, so eine Reise, ein Aufbruch in der Gemeinschaft eröffnet neue Dimensionen, lässt uns in das Jetzt und nach vorne schauen, nicht zurück. Allerdings werden die Erinnerungen an die Stadt und ihre Reize, an die zurückgelassenen Menschen wiederkommen, wenn wir unsere Reise beendet und einen neuen Alltag begonnen haben. Dann werden wir diesen mit dem früheren vergleichen: die Menschen, die Arbeit, die Umgebung. Nicht für alle und nicht in jeder Stimmung werden die Vorzüge des neuen Lebens überwiegen. So wirst du dich während der Winterstürme oder einem zweiwöchigen Landregen sicher in den Süden zurücksehnen.«

»Wenn das alles wäre!«

»Unterschätze das berüchtigte Wetter Armorikas nicht. Zwar ist es im Süden der Halbinsel besser als im Norden, doch steigt auch hier das Risiko von Depressionen. Was meinst du wohl, weshalb ich vor zwanzig Jahren ausgewandert bin? Es wird dort selbst im Sommer nie wirklich heiß, und das Bad im Meer, so erinnere ich mich, bleibt immer erfrischend.« Ich werfe einen ironischen Blick auf den neben mir reitenden Schüler, der die trockenen, heißen Sommer des Südens und das Bad im gut gewärmten Meer besonders liebt. »Gleichwohl erfreut mich der Gedanke an den lange vermissten Nebel dieses Landes! Er schützt vor fremden, neugierigen Augen, dämpft Farben, Konturen und Geräusche, wirft den Menschen befreit von starken äußeren Reizen auf sich und seine innere Stimme zurück und ermöglicht so eine von den Sinnen, die allzu oft vom Wesentlichen ablenken, unbeeinflusste Erkenntnisse. Sicher, er verlangt Vertrauen, mag Fremde irren lassen, während sich der Ortskundige souverän und beschwerdefrei in ihm bewegt. Wie der undurchdringlich scheinende Wald wird uns der Nebel immer wieder und für lange Zeit vor Verfolgung schützen.«

Akko schien bei meiner Schilderung zu frösteln. »Immerhin haben wir jetzt großes Glück mit dem Wetter auf unserer Reise! Die Sonne scheint, die Temperaturen sind wohltuend, selbst abends, und es regnet nicht.«

»Glück? Wenn sich dreihundertsechzig Druiden auf eine Reise begeben, von denen zumindest jeder Vierte das Wetter beeinflussen kann, muss die Sonne selbstverständlich in ganz Gallien scheinen.«

»Meister, ich weiß immer noch nicht so recht, wann ihr ernst sprecht, und wann ihr euch über mich lustig macht.«

Ich muss schmunzeln. »Ich mache mich nicht über dich, sondern allenfalls über mich selbst lustig. Denn manchmal weiß auch ich nicht, welche Magien meine Mitdruiden wirklich beherrschen. Für viele Künste gibt es keine Anleitung, keine Formeln, wie wir sie für Arzneien kennen. So wie ich meine Visionen der Zukunft nur bis zu einem gewissen Punkt erklären kann, geht es anderen Druiden mit ihren Fähigkeiten. Einige behaupten, Einfluss auf die Elemente oder zumindest das Wasser auszuüben. Mein Lehrer Vertiskos konnte angeblich das Wetter beeinflussen – eine starke Macht, insbesondere für ein Leben an der See. Ohne Wind können die Boote nicht segeln, bei starkem Sturm kentern sie. Sturmfluten überschwemmen Küsten und vernichten bisweilen ihre Städte. Als Schüler fragten wir vergeblich nach Proben seiner Künste und nach beschwörenden Sprüchen, die er uns beharrlich vorenthielt: Denn mit dem Wetter müsse man sehr sorgsam umgehen, da es in einem kosmischen Gleichgewicht stehe und dem himmlischen Gewölbe zugeordnet sei. Nur im Fall großer Not und im Einvernehmen mit dem göttlichen Willen dürfe der Druide in dieses Gleichgewicht eingreifen. Keinesfalls soll der Mensch diese starke Macht leichtfertig einsetzen oder gar missbrauchen. Ich verstand, dass ich mit dieser Fähigkeit den venetischen Landregen auch nicht abstellen dürfte, und verlor ein wenig die Begeisterung für das Wettermachen. Immerhin schien Vertiskos in der Zeit meiner Lehre mehrere große Stürme besänftigt zu haben, obgleich natürlich kein Zusammenhang zwischen seinen Beschwörungen und der Beruhigung des Unwetters bestehen musste. Ich bin mir bis heute nicht sicher, ob er uns die Fähigkeit nicht lehren wollte, weil er uns für zu unreif hielt, oder ob er sie gar nicht besaß, oder nicht erklären konnte. Vielleicht erscheine ich ihm heute würdiger für das Geheimnis als der übermütige Dreißigjährige, der ich damals wohl war.«

»Diesen übermütigen Dukarios kann ich mir gar nicht vorstellen.«

Ich gerade auch nicht.

»Hallo Momoros, schon Heimweh?« frage ich anschließend meinen ungewohnt still vor sich hin reitenden, sonst hellwach und zu Scherzen aufgelegten Lieblingsschüler.

Er blickt überrascht auf. »Ich weiß nicht, ja, nein. Ich habe nicht lange in Massalia gelebt und gleichwohl fehlt mir die Stadt ein wenig, vor allem Alexander, mein griechischer Freund. Ich vermisse ihn.«

»Ich verstehe das gut. Du hättest bei ihm bleiben können, ich habe es euch freigestellt. Autaritos hat das Angebot angenommen, um seine griechische Freundin zu heiraten.«

»Ich weiß, aber hätte ich wegen eines Jungens bleiben dürfen?«

»Du weißt, dass uns weder unser Glauben noch unsere Moral in Fragen der Liebe Vorschriften macht; dies unterscheidet uns von den Gesetzen und Vorstellungen der Römer und sogar der Griechen. Unsere Krieger bieten ihren Kameraden, mit denen sie gemeinsam kämpfen und die sie lieben, auch ihren Körper an, und sie schlafen zwischen und mit ihren beiden Waffenträgern, so dass sich vielfache Bindungen aufbauen, die eine Schicksalsgemeinschaft begründen und festigen. Uns Druiden steht die Wahl unserer Lebensform – mit Frau oder Mann, mit oder ohne Kinder – vollkommen frei. So kannst auch du dich für die Liebe zu einer Frau oder zu einem Mann entscheiden. Diese Entscheidung folgt deinem Gefühl, das du nicht begründen musst, und als dein Lehrer erziehe ich dich zur Selbständigkeit. Du bist allerdings noch recht jung, und wenn du mich gefragt hättest, hätte ich dich gebeten, mir zu folgen; nicht, weil man einen Jungen eher verlassen könnte als ein Mädchen, sondern weil du noch viel von mir lernen solltest. Außerdem bin ich sicher, dass du bald einen anderen Jungen kennen lernen wirst, bei dem du bleiben möchtest und kannst.« Vor allem hätte *ich* ihn sehr vermisst!

Momoros sieht mich zweifelnd und zugleich ein wenig hoffnungsvoll an, bevor er nachdenklich weiterspricht. »Ihr habt meines Wissens nie mit einer Frau oder einem Mann zusammengelebt und keine Familie gegründet. Darf ich fragen, weshalb?«

»Für mich sind die Schüler meine Kinder, und das Wissen mein Gefährte. So bleibt kein Raum für eine Partnerschaft«, weiche ich der Frage aus und verschweige, dass mich wohl auch die große Angst vor Verlusten von starken persönlichen Bindungen an einen einzigen Menschen abhält. Tatsächlich habe ich Liebe in recht verschiedenen Formen kennengelernt: die väterlich-liebende Verantwortung des Lehrers gegenüber seinen Schülern, die euphorisierende Liebe der geistigen Nähe, die verlangende Liebe der Sexualität, die nur langsam wachsende Liebe des Vertrauens und der Loyalität. Diese verschiedenen Formen habe ich gleichzeitig oder nacheinander verspürt, auf verschiedene Menschen verteilt oder auf einen vereint, klar voneinander getrennt, oder miteinander undurchsichtig verwoben, oder ineinander übergehend. Manchmal bemerkte ich meine Liebe nach der Begeisterung des Zusammenseins erst in der Abwesenheit des geliebten Menschen. Tatsächlich meinte ich einst, den Gefährten gefunden zu haben, auf den ich alle Lieben für mein ganzes Leben konzentrieren wollte. Doch er verließ und verletzte mich, ohne dass ich begriff, warum. Schmerz und Enttäuschung trieben mich dann aus der Heimat, stärker als ihre geistige Enge – oder das feuchte Klima. Die Wunde heilte selbst in der Ferne nur sehr langsam, und noch heute schmerzt sie bisweilen, mahnend. Mit einigen meiner Schüler, die kommen und gehen, versuche ich auf der Basis von Sympathie väterlich-liebende Freundschaften aufzubauen, die sich zu Loyalität entwickelt ein Leben lang halten, gelegentlich aber auch brechen können, ohne mich aus dem Gleichgewicht zu werfen. Und doch schmerzt jeder Verlust, jeder endgültige oder auch nur vorübergehende Entzug von Liebe und Aufmerksamkeit, bisweilen sehr.

»Muss ich auch des Wissens willen auf einen Gefährten verzichten?«

Ich lache über meine unsinnige Erklärung und sein naives Vertrauen. »Nein, das musst du nicht! Vielleicht hätte ich besser formulieren sollen: ›So lasse ich keinen Raum für eine Partnerschaft.‹ Du wirst einen Gefährten haben und viele Schüler, sogar sehr viele Schüler. Das sehe ich, mein Sohn, klar für dich bestimmt. Viele meiner Hoffnungen ruhen auf dir, denn du wirst uns alle überleben, selbst mich, deinen alten, zähen Meister, und so unsere Kenntnisse weit in eine unsichere Zukunft tragen.«

Er blickt mir offen und verstehend in die Augen: »Mit oder ohne einen Gefährten, ich werde immer bei dir bleiben, Vater.«

Er sieht meine Einsamkeit, meine Ängste – und er meint und wird sogar halten, was er verspricht. Er tröstet mich, selbst wenn ich mir eigentlich immer noch mehr wünsche als die Liebe des Schülers, des Sohnes für seinen Vater.

Wenig später schließe ich zu dem vor uns reitenden Keltillos auf. »Du solltest mich nun in der Kunde der Pflanzen und Arzneien unterrichten.«

Er schaut mich von der Seite überrascht an, nicht nur weil sich Druiden eigentlich nicht von ihren Schülern unterrichten lassen. »Ich dachte, ihr interessiert euch nicht für die Kunde der Pflanzen – wenn ihr sie nicht bei Hippokrates studiert.«

Ich weiß, dass sich Keltillos aufgrund seines von der Familie übernommenen Wissensschwerpunkts von mir nicht ausreichend gewürdigt fühlt. »Ich habe mich während meines Aufenthalts in Massalia auf das Wissen konzentriert, das ich nur dort erwerben konnte, da es in Büchern steht und zumeist von Griechen stammt. Nun habe ich dieses Wissen erworben und die Stadt verlassen. Neues Wissen über die Pflanzen und ihre Verwendung kann ich bei Hippokrates nicht mehr lernen, sondern bei dir.«

»Die Pflanzen sprechen nicht zu euch, sagtet ihr einst.« Keltillos klingt offener, wenngleich noch immer gekränkt.

»Jeder von uns hat seine Stärken und Schwächen. Deine Stärke sind Pflanzen und Arzneien. Unter anderem deshalb habe ich dich damals als Schüler aufgenommen, sogar deine Eltern darum gebeten, dich mir anzuvertrauen. Ich kenne sie gut, und dein Vater hätte dich als weiser Druide selbst ausbilden können. Er wollte, dass du dich auch mit anderen Wissenschaften beschäftigst, die eher zu meinen Stärken zählen. Nun kommt für mich die Zeit der Beschäftigung mit der Wissenschaft von den Pflanzen, um meine bisher bescheidenen und den Schriften entnommenen Kenntnisse zu vergrößern. Dort, wo wir hingehen, gibt es viele Pflanzen und ein Meer reich an heilenden Substanzen, die für unser zukünftiges Wirken eine große Rolle spielen werden. Ich möchte meine Schüler in der Kunde dieser Arzneien ausbilden können, und muss sie zuvor natürlich selbst erwerben. Deshalb bitte ich dich, mir schon auf der Reise einige Lektionen zu erteilen, um sie dann vor allem in der neuen Heimat praktisch zu ergänzen. Weise mich unterwegs auf besonders wirksame Pflanzen hin, die dir am Wegesrand auffallen. Man kann nicht früh genug anfangen, Neues zu lernen.«

»So einfach verhält es sich allerdings mit Arzneien nicht.« Keltillos freut sich über die Gelegenheit, seinen Lehrer lehren zu können. »Nicht jede Pflanze heilt bei verschiedenen Menschen die vermeintlich selbe Krankheit. Es gibt keine eindeutige Zuordnung von Arznei zu Krankheit. Vielmehr hängt die Genesung, die zunächst eine Aufgabe des Patienten – nicht des Arztes oder der Arznei – ist, von vielen Faktoren ab. Manche Wirkungsweisen sind klar, zuverlässig und einfach. Häufig benötigen wir zur Unterstützung der Heilung allerdings eine Kombination von Wirkstoffen, die nicht in einer einzigen Pflanze, ja vielleicht nicht nur in Pflanzen, sondern in Tieren oder Gesteinen enthalten sind. Diese muss der Arzt extrahieren und neu zusammenstellen. Manche Stoffe entnehmen wir der jungen, andere der reifen oder der getrockneten Pflanze, ihren Blättern, Stielen, Blüten, Früchten oder Wurzeln. Ihre Konzentration, ja manchmal ihr Vorhandensein hängt sodann wesentlich vom Standort ab, etwa von der Beschaffenheit des Bodens, der Versorgung mit Wasser und der Sonneneinstrahlung. Manche Ärzte legen sogar besonderen Wert auf Technik und Umstände des Sammelns, schneiden etwa bestimmte Pflanzen nur mit einer goldenen Sichel bei Vollmond. Ich halte das für übertrieben, wenngleich die Nacht und sogar der Mond auf manche Pflanzen bestimmte Reize ausüben, die sich dann auf ihre Beschaffenheit im Zeitpunkt des Erntens auswirken mögen. Einen unmittelbaren Zusammenhang zwischen diesen speziellen Formen des Sammelns und dem Heilungserfolg haben jedoch weder meine Eltern noch ich je beobachtet. Die meisten Kräuter sammelt man am besten in der frühen Nachmittagssonne und keinesfalls nass, und selbstverständlich dürfen Schneidwerkzeuge und Gefäße nicht verunreinigt sein.

Das ist erst der Anfang der Kräuterkunde. Noch haben wir den Menschen nicht betrachtet, obwohl er es doch ist, der genesen soll. Und Menschen sind im Vergleich zu Kräutern sehr kompliziert, mit ihnen wird der Arzt vom Handwerker zum Wissenschaftler – oder Künstler. Viele Arzneien wirken auf unterschiedliche Menschen etwas anders, und manche Patienten vertragen bestimmte Arzneien nicht, ihr Körper weist sie zurück.«

»Und wie erkennt dies der gute Arzt?«

»Der gute und erfahrene Arzt muss sich zunächst intensiv mit dem Patienten beschäftigen, bevor er sich seiner Krankheit widmet. Er studiert ihn, lernt ihn kennen, ihn lesen, ihn verstehen. Dann versucht er, zu begreifen, worunter er leidet. Er erfasst die Symptome nach den Beschreibungen des Patienten und seiner eigenen intensiven Untersuchung und betrachtet sie vor dem Hintergrund der leidenden Person. Was fehlt ihr, was funktioniert nicht richtig, welche Energien fließen nicht? Wie kann er eine

Heilung befördern? Erst jetzt beginnt er, eine Arznei zu bestimmen und gegebenenfalls zu mischen. Manchmal benötigt er indes Substanzen, über die er gar nicht verfügt. Er muss sie erst beschaffen, also sammeln, tauschen oder kaufen, sie notfalls durch andere ersetzen, was die Heilung beeinträchtigen könnte. Dieses Problem besteht zu meinem Bedauern auch bei eurer Krankheit. Ich benötige unbedingt eine bestimmte Alge, die ich bisher partout nicht finden konnte.«

»Meine Krankheit?« frage ich überrascht und betroffen.

»Ja, eure in unregelmäßigen Abständen wiederkehrenden Schübe von Schmerzen.«

»Du bemerkst sie?« Ich habe mir eingebildet, die Schmerzen vor den Schülern verbergen zu können.

Keltillos lächelt, da ich ihn ganz offensichtlich unterschätzt habe, und antwortet lakonisch die Schultern zuckend: »Ich bin Arzt.«

»Kennst du die Krankheit, ist sie gefährlich, werden sich die Schübe weiter verstärken und häufiger auftreten?« frage ich beunruhigt.

»Ihr erduldet die tückische Krankheit in bemerkenswerter Weise. Daran erkenne ich die Stärke eurer Energie. Andere Menschen wären unfähig, überhaupt noch klare Gedanken zu fassen, während ihr euch und die Krankheit weitgehend zu beherrschen vermögt. Dennoch werden euch, wenn wir ihnen nicht erfolgreich entgegenwirken, die stärker werdenden Schmerzen auf die Dauer mürbe machen, euren Schlaf und mit ihm die Lebensenergie rauben, vielleicht sogar den Gebrauch eurer Gliedmaßen beeinträchtigen. Häufig entwickelt sich die Krankheit in den ersten Jahren schneller als später; umgekehrt können die akuten Schübe der Anfangszeit auf die Dauer zu chronische Einschränkungen führen. Allerdings können wir den genauen Verlauf dieser Krankheit mit ihren tausend

Gesichtern nicht bestimmt vorhersagen, da Symptome und Entwicklung von Patient zu Patient stark variieren.«

»Und wie kannst du sie diagnostizieren?«

»Ich beobachte euch lange und kenne euch deshalb sehr gut, euch und eure Reaktion auf die Schmerzen. So kann ich mancherlei Rückschlüsse auf die Krankheit und die Möglichkeit eurer Heilung ziehen.«

»Und hierfür benötigst du zwingend eine bestimmte, offenbar schwer beschaffbare Alge? Gibt es keine Alternative?«

»Ich fürchte nicht. Ich bin allerdings zuversichtlich, dass wir die Alge in unserer neuen Heimat finden werden. Sie soll an den dortigen Küsten heimisch, für einen längeren Transport jedoch nicht geeignet sein, weshalb wir sie im Süden nicht verwenden können. Zur kurzfristigen Schmerzlinderung stehen notfalls andere Wirkstoffe zur Verfügung. Doch möchte ich auf ihre Anwendung möglichst verzichten, da sie nicht nur die Schmerzen lindern, sondern auch den Geist benebeln. Ihr würdet auf ihre entspannende Wirkung möglicherweise nicht mehr verzichten wollen, so dass wir vielleicht einen exzellenten Druiden und Lehrer verlören.«

»Du enthältst mir eine berauschende, offenbar euphorisierende Substanz vor, nur um an meinem vermeintlich klaren Unterricht teilnehmen zu können?«

»Ja, so ist es, verzeih meinen Egoismus. Den entspannenden Genuss des Weines vermögt ihr ja, den Göttern sei Dank, noch zu beherrschen. (Keltillos kennt mich offenbar besser als ich ihn, gestehe ich mir ein.) Bevor ihr ihn übertreibt, sollten wir indes zu anderen, wirksameren, immerhin weniger berauschenden und enthemmenden, leider die Abhängigkeit verstärkenden Mitteln wechseln. Aber ich setze mein Vertrauen noch in die venetische Alge, hoffe, dass sie euch hilft und die Schübe bis dahin nicht zu schmerzhaft werden oder zu chronischen Beeinträchtigungen führen – und dass ihr dann euren Wein nicht zur Linderung benötigt, sondern einfach genießen könnt.«

»Ich fürchte, in unsere neue Heimat gelangt weder der römische noch der südgallische Wein, weder zum Genuss noch zur Dämpfung von Schmerzen. Ohne römische Zivilisation gibt es auch keinen Wein – nur Hydromel!« seufze ich. »Und vielen Dank!«

»Meister?«

»Ja?«

»Ich wollte immer schon darüber reden, habe es aber bisher nie gewagt.« Keltillos stockt einen Moment. Doch der Verlauf unseres Gesprächs, in dem er seine spezifischen Fähigkeiten unter Beweis stellte, ermutigt ihn nun zum Weiterreden. »Ich freue mich ja, von einem weisen und viel gerühmten Lehrer ausgebildet zu werden, habe jedoch stets das Gefühl der Unterlegenheit gegenüber meinen klugen, witzigen und so schnell denkenden Kameraden, die irgendwie alle perfekt sind. Ich fürchte, dass nicht meine Anlagen und Fähigkeiten, sondern eure Freundschaft zu meinen Eltern zu meiner Aufnahme in diesen Kreis von intelligenten Schülern geführt hat, in dem ich doch nur der kräutermischende Außenseiter bleibe.«

»Das ist Unsinn«, widerspreche ich, obwohl ich mir eingestehe, dass mein bisheriges Verhalten dieses Gefühl eher verstärkt, als abgeschwächt haben dürfte. Der zurückhaltende, introvertierte und unscheinbare Keltillos band weder mit seiner Persönlichkeit noch mit seinen spezifischen Kenntnissen meine Aufmerksamkeit. Tatsächlich hielt er sich abseits von unseren intellektuellen, manchmal selbstverliebten und eitlen Disputen, denen er aus Desinteresse oder geistiger Langsamkeit kaum folgte, geschweige denn eigene Akzente verlieh. Sein Abseitsstehen habe ich als eine unangenehme Mischung aus Desinteresse, Unfähigkeit und stillem Vorwurf empfunden. Statt auf ihn zuzugehen, ließ ich ihn meist am Rande der Gruppe stehen, selbst wenn ich mir in den Stunden des Unterrichts Mühe gebe, ihn für den jeweiligen Stoff zu interessieren, meist sogar mit schönem Erfolg, der sich nicht immer sofort, dann jedoch bleibend einstellt.

»Du hast sehr spezifische Stärken, Keltillos«, fahre ich fort. »Und du hast Schwächen wie jeder andere deiner Mitschüler – und wie dein Meister. Zweifellos denken und reden Andere schneller als du, aber meist kommt es nicht auf das Tempo, sondern auf die Gründlichkeit und Präzision des Lernens, Denkens und Sprechens an. Du vergisst nie, was du dir einmal erarbeitet hast. Das ist in unserer Ausbildung sehr wichtig. Du unterscheidest dich indes nicht nur durch dein Interesse für Arzneien, sondern auch durch deine distanziert wirkende Persönlichkeit von mir und den meisten Schüler; das erschwert deine Integration in die Gruppe. Umgekehrt habe ich es dir wohl nicht leicht gemacht. Darin erkenne ich eine Schwäche des Lehrers. Denn obwohl ich dich gerade wegen deiner Persönlichkeit und deiner Interessen einst als Schüler aufgenommen habe, um die Gruppe zu bereichern und meinen Horizont zu erweitern, nutzte ich anschließend deine Potenziale nicht sinnvoll. Das möchte ich jetzt ändern.«

»Vielen Dank für die Ermutigung!« Keltillos wirkt sichtlich befreit. »Ich habe auch einmal mit Momoros darüber gesprochen.«

Ich horche auf: was hat wohl Keltillos meinem Lieblingsschüler geklagt, was dieser dem Außenseiter geraten? »Und?«

»Auch er hat mich auf die sehr unterschiedlichen Stärken und Schwächen deiner Schüler hingewiesen. Er hält sich selbst für zwar schnell, indes weniger gründlich, für phantasievoll, aber eben auch naiv. Er meint, dass alle Schüler sich und die Anderen fragen, warum ausgerechnet sie in deinen Kreis aufgenommen wurden, teils aus echtem Selbstzweifel, teils aus Koketterie. Schließlich zähle doch die Auszeichnung, dabei zu sein, von euch unterrichtet zu werden. Nur darauf komme es am Ende an, und darauf, dabei zu bleiben. Jetzt, wo wir uns auf der Wanderung befinden, sei für die Mitreisenden die Gefahr eines Ausschlusses nicht mehr gegeben. Damit hat er wohl Recht.« Keltillos lächelt.

Mich amüsiert zunächst diese recht pragmatische Einschätzung. Obwohl mir der gute Ruf und die Attraktivität meines Unterrichts aufgrund der hohen Anzahl von Bewerbungen und positiven Rückmeldungen bekannt sind, habe ich mir über die große Bedeutung der Zugehörigkeit zu meiner kleinen Gruppe noch keine Gedanken gemacht und fühle mich jetzt, zugebenen, ein wenig geschmeichelt. Und über den offenbar bestehenden Druck, der auf den Schülern wegen der Möglichkeit des Ausschlusses lastet, hatte ich nie wirklich nachgedacht. Natürlich ist die vorzeitige Verabschiedung eines Schülers, der meinen Erwartungen nicht entspricht, mit dem ich nicht arbeiten kann, immer unangenehm. Selbstverständlich wetteifern die Schüler bewusst oder unbewusst mit Witz, Tempo und Intellekt um die Anerkennung ihres Lehrers. Doch was für den einen Ermunterung und Ansporn sein mag, ist für den anderen eine starke Belastung, die er vielleicht nur durch einen Rückzug aus der Gruppe ertragen kann, wissend, dass sein Abseitsstehen die Gefahr des Ausschlusses noch erhöht.

Ich führe auch mit den anderen Schülern Gespräche, um sie auf die neue Situation einzustimmen, wissend, dass einige nun aufblühen werden, andere zu verkümmern drohen. Die Abende und Mittagsrasten verbringen wir entspannt in unserem Kreis, abends zumeist in Gesellschaft unserer Gastgeber, Besitzer großer Höfe oder der Dorfgemeinschaft. Unsere Gruppe wächst beständig, da sich uns auf dem Weg Druiden anschließen, unter ihnen auch zwei meiner früheren Schüler, Viridomaros und Bituitos, die von meinen älteren Schülern als alte Freunde herzlich willkommen geheißen werden.

»Ich werde dir nicht in das Land der Veneter folgen«, erklärt mir am nächsten Morgen neben mir reitend Viridomaros, mein erster Schüler.

Ich nicke. »Das habe ich nach unserem freudigen Zusammentreffen beim gestrigen Abendmahl bereits gespürt. Du kehrst zurück zu deinem neuen Volk?«

»So sehen meine Pläne es vor, ja.«

»So wie ich dich kenne, willst du dort kein Hauslehrer des reichen Adels werden.«

Viridomaros ist intelligent und praktisch veranlagt, anpackend und ungeduldig, loyal und zugleich eigensinnig, so dass ich ahne, was in seinem Kopf vorgeht.

Bei dem Gedanken, die verzogenen Kinder der gallischen und römischen Elite zu unterrichten, lacht er bitter. »Du kennst mich recht, und so wirst du dir meine Lösung für unseren Konflikt denken.«

»Da du so klug bist, den Ernst der Lage so wie ich zu erkennen, wirst du nicht davon ausgehen, dass unser Leben einfach so weitergeht. Und da es jetzt prinzipiell nur drei Möglichkeiten gibt, von denen du zwei ausgeschlossen hast, wirst du dich für die dritte, den aktiven Widerstand gegen die Römer entscheiden.«

Viridomaros nickt. »Ich weiß, dass du mich verstehst und gleichzeitig meine Idee für unsinnig hältst, sonst hättest du sie für dich nicht verworfen. Ich bin kein Feldherr, doch die Menschen meines Volkes vertrauen mir und erwarten von mir Unterstützung bei unserem Kampf gegen Rom. Aufgrund der Unruhe nach dem Tod des Imperators wäre jetzt ein günstiger Zeitpunkt für einen Aufstand. Neben den Aquitaniern werden sich wohl auch die Belger unserem Widerstand anschließen.«

»Du siehst selbst die geringen Chancen für einen Erfolg?«

Wieder nickt er ernst. »Ich kann mich dennoch nicht so wie du am Ende der Welt verkriechen und auf bessere Zeiten warten.«

»Lieber Viridomaros«, ich wende mich ihm bei diesen Worten direkt zu. »Ich werde am Ende der Welt nicht einfach warten, sondern für meine Mitmenschen und die Nachwelt das aus meiner Sicht Notwendige und Mögliche tun. Du bist wie immer sehr ungeduldig.«

»*Deine* Geduld, die die Spanne deines Lebens um ein Vielfaches übertrifft, ist wirklich bewundernswert.«

»Immerhin vertraue ich auf das Überleben meiner lebendigen Erinnerungen und habe die vage Hoffnung, dass meine Seele einst wiedergeboren wird und an den Früchten meiner Geduld teilhat.«

»Sofern sie sich nicht aufgrund deines tadellosen und vorbildhaften jetzigen Lebens für immer aus dem Gefängnis des Körpers befreit und in den Kosmos eingeht.«

»Diese Ironie hast du von mir!«

»Ich meine es ernst – halb.«

»Das sage ich ja.« Und wir lachen beide.

Zwei Tage vor dem letzten Vollmond des Winterhalbjahres im Monat *Cutios* erreichen wir die heilige Stätte im Land der Carnuten. Ein wenig wehmütig erinnere ich mich bei ihrem Anblick an frühere Konvente, besonders meine ersten zwei, drei, in meiner Jugend. Obwohl ich heute weiß, dass die

Relevanz dieser Versammlungen für die gallischen Völker schon damals gegenüber früheren Zeiten stark abgenommen hatte, kam ich mir nach meiner zwanzigjährigen Ausbildung sehr wichtig vor: endlich dazuzugehören und so viele weise Männer um mich herum zu wissen, mitreden zu dürfen – selbst wenn ich beim ersten Mal wohl nicht ein einziges Wort gesprochen habe. Für Viridomaros und Bituitos wird die Situation heute ähnlich sein, nur dass sie meine damalige Vorfreude auf weitere Versammlungen nicht mehr teilen können. Immerhin nehmen sie an der möglicherweise bedeutendsten Sitzung unserer Epoche teil: der letzten, die sicher in die Geschichtsbücher eingehen würde, wenn sie denn jemand aufschriebe.

Neben dem Heiligtum steht noch immer das nur während des Konvents bewohnte ›Dorf der Druiden‹ mit seinen kleinen Hütten, in denen jeweils ein Druide mit zwei Schülern oder vier Schüler ihre Schlafplätze finden. Nach dem letzten Konvent stand es jahrelang leer und fing an zu verfallen, so dass es jetzt, trotz eiliger Ausbesserungsarbeiten, keinen besonders einladenden Eindruck macht. Nun ja, für ein paar Nächte wird es uns genügen.

Bevor ich das Innere des heiligen Orts durch das große, reich dekorierte Tor betrete, wende ich mich dem Tal zu und genieße den großartigen Blick auf das Land im vielfältigen Grün der jungen Blätter. Unter mir liegt der Strom, der hier seinen nördlichsten Punkt erreicht, und dessem Weg zum Atlantik wir bald folgen werden. Die schon niedrig stehende Sonne verleiht der Landschaft besonders klare Farben und Konturen, eine fast überirdische Schönheit, die meine Stimmung hebt.

Ich fühle mich nun bereit und betrete den noch menschenleeren heiligen Ort, der sich seit meinem letzten Besuch vor fünfzehn Jahren kaum verändert hat: Die von einem äußeren Graben und von hohen Mauern umschlossene, fast freie und deshalb sehr großzügig wirkende Fläche des größten gallischen Heiligtums misst wohl dreihundert mal dreihundert Fuß. Zur rechten befindet sich der heilige Hain mit seinen alten Eichen und in der Mitte die überdachte Opferstelle. Vor den Bäumen bleibe ich respektvoll stehen, denn sie wurzeln in der Unterwelt (mit ihren Göttern und den auf eine Wiedergeburt wartenden Seelen), verbinden sie durch ihre Stämme mit der Erdoberfläche (auf der wir Menschen eine Zeit lang leben), und diese wiederum mit dem Himmelsgewölbe, in das ihre Kronen ragen. Hier leben nach unserem Glauben die überirdischen Götter, die Vögel und auch die geläuterten Seelen der Verstorbenen, die ein ethisch gutes, den Göttern dienendes und körperlich tüchtiges und reines Leben geführt haben und den Zyklus der Wiedergeburt verlassen durften. Der heilige Hain zeigt, wie schmal die Erdoberfläche im Vergleich zur tiefen Erde darunter und dem hohen Himmel darüber doch ist, und mahnt uns so zu Bescheidenheit.

Morgen und in den nächsten Tagen wird dieser Ort von hunderten Druiden und ihren Schülern bevölkert sein, Menschen, die sich und ihre Zusammenkunft sehr wichtig nehmen. Die heißen Diskussionen und anregenden Unterhaltungen werden dann keinen Raum mehr für eine solche Kontemplation lassen, der Hain dann mehr Kulisse als Zentrum sein.

Danach wird der Ort noch einige Jahrzehnte von den Carnuten für ihre politischen Versammlungen und Feste genutzt werden, bis er langsam zerfällt, ohne Opferstelle und Wände nur noch von Eichen bewachsen, von einfachen Bäumen, die ohne die von der profanen Umwelt schützenden Mauern und Gräben keinen heiligen Hain mehr bilden.

Doch heute ist es noch nicht soweit. Am Vorabend der Versammlung opfern wir hier den Göttern und feiern. An diesen gemeinschaftlichen Festen vor, während und nach dem Konvent nehmen auch unsere Schüler teil. Nach einer klar festgelegten hierarchischen Ordnung sitzen wir in einem großen Kreis um den überdachten Altar, Litavikkos am östlichsten Punkt und ich zu seiner Rechten, uns gegenüber die jüngsten Druiden. Die Schüler sitzen hinter uns in einem zweiten Kreis.

Bevor wir selbst speisen, nähren wir die Götter. Ein großer, alter Stier wird hereingeführt, fast geschoben, da er sich offensichtlich kaum noch selbst bewegen kann. Vier Schüler halten ihn fest, was vermutlich nicht nötig wäre, denn er sackt an der Opferstelle unter der Anstrengung des Aufstiegs ohnehin zusammen. Ob er schon seit vierzehn Jahren auf seine Bestimmung geduldig wartet? Selbst bei unserem höchsten Fest, dem Konvent, gönnen wir den Göttern vor allem die ehrwürdigen Tiere, während wir uns selbst mit dem jüngeren und unreiferen Fleisch begnügen.

Litavikkos nähert sich dem Tier, gestützt auf zwei Druiden und seinen goldenen, reich verzierten Stab, der mich früher so stark beeindruckt hat. Mit einem geschickten Schnitt seiner goldenen Sichel öffnet er dem kurz zuckenden Stier die Halsschlagader, so dass das dunkle Blut über eine Rinne auf der Altarplatte in die tiefe, kreisförmige Mulde der Opferstelle fließen kann, um zur Labung der unterirdischen Götter in der Erde zu versickern. Anschließend zerlegen die Ovaten, unsere Opferpriester, das mächtige Rind in große Teile und entfachen aus Buchenholz ein großes Feuer auf dem Altarstein, in das sie nach und nach die Teile des Opfers werfen, damit sie die überirdischen Götter im Rauch als Gabe annehmen und dem Konvent einen glücklichen Verlauf geben.

Nachdem die Götter bedient sind, werden die ersten Schalen mit Hydromel gereicht, aus denen wir trinken, um sie dann nach rechts weiterzugeben. Zumindest im Konvent hat sich der römische Wein also noch nicht durchgesetzt. Auf der heißen Platte, auf der noch die verkohlenden Reste des Stiers im Feuer liegen, wird nun das vorbereitete Fleisch der jüngeren Rinder und Schweine für die Menschen zubereitet und der Hierarchie entsprechend den Druiden und ihren Schülern gereicht. Die Knochen und Reste werden eingesammelt und ins Feuer geworfen. So werden die Götter auch während unserer Mahlzeit weiter bedient – sie können ja entscheiden, ob sie diese minderen Gaben noch annehmen oder verwerfen – und zugleich die Essensreste sauber entsorgt. Es gibt keine Ansprache zur Eröffnung der Opferung oder des Essens und die Unterhaltung folgt keiner Regel, ist aber aus praktischen Gründen auf die jeweiligen Nachbarn zur Rechten und Linken beschränkt. Erst zu der den Konvent abschließenden Feier werden Verse rezitiert und Musik gespielt werden.

»Ich bin glücklicherweise zu alt, um noch eine Position beziehen zu müssen«, antwortet mir Litavikkos auf meine Frage nach seinen Vorstellungen für ein Ergebnis des Konvents. »Weder für einen Aufstand gegen die Römer, noch für eine Integration in die herrschende Gesellschaft noch schließlich für die Fortführung unserer Tradition in der Ferne könnte ich glaubhaft einstehen.«

»Du bist ehrwürdig, weise und hochgeachtet, Litavikkos. Dein Rat würde zählen, auch wenn du ihm selbst nicht mehr folgen kannst.«

Er schüttelt den Kopf. »Ihr Jungen werdet ohnehin das von euch als richtig erkannte tun, egal was ich sage. Würdest du mir etwa folgen, wenn ich zur Weiterführung unserer Tradition im Rahmen der gallo-römischen Gesellschaft, oder zu einem Aufstand riete? Du möchtest mich auf deine Seite ziehen, Dukarios, und andere weise Druiden haben dies bereits versucht. Ich bin froh, dass ich die Last der Verantwortung nicht mehr lange tragen muss, und vielleicht zu sehr ein Mann der Vergangenheit, um jetzt noch eine klare Meinung zu vertreten. Ich habe die Veränderungen wohl zu lange ignoriert, wollte auf dem Weg der Väter einfach weitergehen, und in der jetzigen Wirrnis fehlt mir die Orientierung.«

»Du weißt, dass wir uns heute wohl zum letzten Mal zu einem Konvent treffen. Wir tragen eine schwere Verantwortung nicht nur für uns Druiden, sondern auch für die Menschen von heute und morgen.«

Litavikkos atmet resigniert tief durch. »Wenn ich es auch eigentlich nicht wahrhaben will, sehe ich dies doch genauso wie du. Gerne würde ich die von mir geforderte Verantwortung für den Konvent weitergeben, vielleicht an dich. Indes lassen dies unsere Regeln, wie du weißt, nicht mehr für diese, sondern erst für die nächste Versammlung zu, die es vermutlich nicht mehr geben wird.«

»Ich verstehe deinen Konflikt und respektiere deine Haltung, wenn sie mir auch nicht sonderlich gefällt.« Erwartungsgemäß hat es keinen Sinn, zu insistieren.

Litavikkos lächelt ein wenig erleichtert, denn er hat mit der Erörterung dieses unangenehmen Problems gerechnet und ist froh, dass ich mich nun den unerschöpflichen und heute erfreulichen Themen des Essens und des Wetters zuwenden werde.

Am nächsten Morgen beginnt die Sitzung, die sich der Zukunft unserer Gemeinschaft widmet. Die früher den Konvent einleitenden Gerichtsverhandlungen finden schon lange nicht mehr statt, nachdem uns erst nach und nach fast alle gallischen Fürsten und nun grundsätzlich die römischen Machthaber die Befugnis zur Klärung von weltlichen Streitigkeiten entzogen haben. Auf die üblichen Diskussionen neuester wissenschaftlicher Erkenntnisse sowie einzelner Fragen der Religion, Moral und Politik werden wir ebenfalls verzichten. Die einst sehr rituelle Form der Sitzung wurde unter Litavikkos schon längst auf die für den Ablauf notwendige Ordnung beschränkt. Wir sitzen ohne unsere Schüler im selben Kreis wie gestern Abend und sehen gespannt dem Verlauf des heutigen Tages entgegen.

Litavikkos eröffnet die Sitzung, in dem er der verstorbenen Druiden gedenkt, deren Seelen geläutert in den Himmel eingegangen sein mögen. Die Liste ist im Vergleich zu früheren Konventen sehr lang und umfasst einhundertzwanzig Namen. Einige Todesnachrichten erhalte ich erst heute, während mich die meisten bereits in Massalia oder während meiner Reisen erreicht haben. Wenige Namen kommen mir unbekannt vor, teils junge Druiden, die ich nie kennengelernt habe, teils unscheinbare, die ich wohl nie gesprochen oder anderweitig wahrgenommen habe.

Dann berichtet Litavikkos, ebenfalls der Tradition entsprechend, über die Ereignisse seit dem letzten Konvent. Dieser Bericht sprengt in noch stärkerem Maße die übliche Dauer, da er nicht nur einen langen Zeitraum umfasst, sondern auch sehr wichtige Veränderungen, in deren Mittelpunkt die Eroberung Galliens durch den römischen Prokonsul Caesar steht: von seinen ersten Schlachten gegen die Helvetier, die ihr Land Richtung Westgallien verlassen wollten, und die Belger bis zur Kapitulation des Vingetorix in Alesia, den letzten Feldzügen in Gallien, der Belagerung Massalias und dem großen Triumphzug vor zwei Jahren.

Litavikkos hat über die letzten Ereignisse schon recht langsam gesprochen und muss jetzt erschöpft eine längere

Pause einlegen. Zwei Diener tragen ihn auf einem Stuhl in seine Hütte, damit er sich ausruhen kann. Wir haben bisher praktisch nichts Neues erfahren und reagieren etwas ratlos auf die Unterbrechung und die Abwesenheit unseres Oberdruiden.

Nach einer Stunde wird er zurückgetragen, entschuldigt sich für seine Schwäche und tritt in die Beschreibung der Lage ein. Hier hören wir sehr genau zu, um die Nuancen einer Wertung zu erkennen. Doch Litavikkos gibt sich große Mühe einer ausgeglichenen Darstellung, die zugleich schonungslos ist.

»Wir können immerhin versuchen, wenn nicht die gesamte Entwicklung, so doch ihren schärfsten Schluss umzukehren«, schlägt mein ehemaliger Schüler Viridomaros im anschließenden Disput nach dem Austausch von Höflichkeiten vor. »Die römische Herrschaft ist in unseren Ländern noch keineswegs gefestigt und nach dem Tod des Imperators herrscht eine große Unordnung in Rom, die wir für uns nutzen sollten. Wenn es uns Druiden gelänge, die gallischen Völker zum Aufstand zu motivieren und sie in diesem erfolgreich zu begleiten, würden wir nicht nur die römischen Besatzer mit ihrer Gesellschaft verjagen, sondern einen Teil unserer Glaubwürdigkeit wiedererlangen!«

»Dem muss ich widersprechen«, Tasgetios sitzt zwei Plätze zur Linken Litavikkos' und gilt als wichtigster Verfechter der prorömischen Druiden. »Ich halte wie der Oberdruide die Entwicklung unserer Gesellschaft und unserer Rolle für unumkehrbar.« Bei diesen Worten verneigt er sich gegenüber Litavikkos, der sich allerdings gerade bei einem kleinen Schläfchen erholt. »Es ist müßig, sie zu bejammern, und anachronistisch, sie umkehren zu wollen. Ich sehe jedoch auch in dem vom sehr verehrten

Druiden Dukarios«, nun verneigt er sich höflich zu mir, »vorgeschlagenen Exil eine Sackgasse, da es unsere in der Bevölkerung nach wie vor geschätzten wissenschaftlichen Erkenntnisse, moralischen Anschauungen und die Autorität in Glaubensfragen aus der Mitte der Gesellschaft entfernte und in den Wäldern Armorikas verkümmern ließe. Wollen wir den Fischern und Bauern die Sternbilder erklären, ihre Steuern oder Paläste berechnen, sie in moralischen, religiösen und philosophischen Fragen unterrichten?«

Hier greift mein Schüler Bituitos in die Diskussion ein: »In welcher Mitte der Gesellschaft siehst du dich? Schon sehr bald werden die Gallier in den Tempeln der römischen Götter opfern und die Gladiatoren in den Arenen anfeuern! In diesem ehrwürdigen Heiligtum«, er beschreibt mit dem rechten Arm eine raumumgreifende Geste, »werden morgen Abend unsere Götter ihr letztes Opfer empfangen. Ich sehe diese Mauern verfallen, die Opferstelle verwahrlosen, Unkraut wuchern und die wilden Tiere über den heute noch so heiligen Boden laufen. Nach einem Greisenleben, von heute gerechnet, wird unsere bis dahin noch als exzentrisch geduldete Religion von den Römern offiziell verboten und die letzten Druiden schließlich verfolgt werden! Tasgetios, wie siehst *du* unsere Heiligtümer, unsere Religion, unseren Stand in neunzig Jahren?«

Die Fragen an Tasgetios pariert sein Schüler Braneos. »Liegt dir, Bituitos, mehr am Stand der Druiden oder an der Ehrung der Götter? Die Götter werden es wohl schätzen, wenn ihnen die einfachen Menschen in schönen Häusern selbst opfern dürfen, und sie nicht mehr auf die Vermittlung weniger Druiden angewiesen sind, die ihren göttlichen Willen manches Mal im eigenen Interesse ausgelegt haben mögen.«

»Ehrlich gesagt, geht es mir primär weder um die Druiden noch um die Götter, sondern um unsere Kultur«, ergreife ich schließlich selbst das Wort. »Unsere besonderen Fähigkeiten und Kenntnisse möchte ich fern der Herrschaft der Römer sichern, da diese sie ablehnen und bekämpfen werden. Meine Sorge gilt vor allem unseren mündlichen Wissenstraditionen mit den lebendigen Erinnerungen, die älter sind als die Kulturen der Kelten, Römer oder Griechen. Diese Traditionen benötigen einen geschützten Raum, den wir in der Profanität der neuen gallo-römischen Gesellschaft, die allzu sehr dem geschriebenen Wort vertraut, nicht finden.

Besonders möchte ich diejenigen unserer Weisheiten und Fähigkeiten bewahren, die jenseits ihrer Wissenschaften liegen. Die Römer und Griechen teilen weder unsere Vorstellung von der Wiedergeburt der Seele noch können sie wie wir in die Zukunft schauen oder die Elemente durch ihren Willen beeinflussen, vor allem das Wasser in seinen vielen Formen. Ich halte das vom fruchtbaren Meer umspülte Armorika mit seinen zahllosen Quellen für einen idealen Ort zur Übung und Weitergabe dieser Künste.

Die Römer und Griechen verstehen desgleichen nicht unseren Umgang mit Pflanzen und Arzneien, deren Wirkungen nicht nur von ihrer Zusammensetzung, sondern auch von der Art ihres Sammelns, ihrer Zubereitung, ihrer Kombination und nicht zuletzt von den Patienten stark abhängen. Selbst den geschätzten Hippokrates mögen in vielen Fällen unsere weisen Ärzte übertreffen.« Bei diesen Worten denke ich an Keltillos und nicke seinem Vater freundlich zu. »Auch diese Künste bedürfen einer besonderen Pflege im Schutz der Wälder, da sie auf *unserer* jahrhundertelangen Erfahrung beruhen und sich einer Erklärung und Diskussion in der Tradition des Hippokrates entziehen. Dass ihr mich nicht falsch versteht: Ich halte unsere metaphysischen Kenntnisse keinesfalls für bedeutender als die Schlussfolgerungen der griechischen und römischen Vernunft, eher ergänzen sich diese beiden sinnvoll, wie die zurückliegenden Jahrhunderte eindrucksvoll zeigen. Doch die römische Gesellschaft wird unsere Künste verbieten oder ersticken, so dass wir zu ihrem Schutz auf die gegenseitige Befruchtung mit fremden Kulturen einstweilen wohl oder übel verzichten müssen.« Mit diesen Worten überrasche ich meine Zuhörer, besonders meine Schüler, die mich nicht als Anhänger der metaphysischen Fähigkeiten unserer Gemeinschaft kennen.

»So ein Unsinn!« schaltet sich hier plötzlich der eben noch geistig abwesend scheinende Litavikkos mit uns alle überraschend starker, schneidender Stimme ein. »Metaphysik, Seelenwanderung, Wettermacher, Elemente – alles Quatsch! Ich hatte dich immer für einen zivilisierten und vernünftigen, den Griechen nahestehenden Menschen gehalten, Dukarios. Und jetzt tust du so, als ob du an unsere magische Rhetorik für Volk und Adel tatsächlich glaubtest und drohst, unsere Gemeinschaft zu spalten, nur weil du selbst nie Oberdruide geworden bist! Wenn das Druidentum überleben will, muss es modern und geschlossen bleiben und sich nicht in den dunklen Wäldern Armorikas mit magischen Spielereien vereinzeln. Wir bleiben vernünftig auf unserem Posten in der galloromischen Welt. Es gibt weder einen Aufstand, noch ein metaphysisches Exil! So lautet das verbindliche Wort eures Oberdruiden.«

Selbst die prorömische Fraktion ist über die resolute, ja autoritäre Erklärung des gerade noch vor sich hindämmernden Litavikkos erstaunt, alle anderen versteinern. Kein Aufstand, kein Exil? Viridomaros und ich schauen uns ungläubig an. Wir hatten angenommen, dass wir uns ohnehin im Zeitpunkt der Auflösung unserer Priesterschaft befänden, eine gemeinsame Linie deshalb verzichtbar wäre und am Ende jeder seines Weges zieht. Litavikkos hatte mir am Vorabend noch erklärt, dass er sich nicht positioniere, zumal wir ihm ohnehin nicht folgen würden. Und jetzt spricht er ein von ihm nie gehörtes Machtwort, um unsere Gefolgschaft zu erzwingen! Der alt und entkräftet wirkende Oberdruide will die Reihen doch noch einmal schließen, seine bröckelnde Autorität durchsetzen, selbst wenn er damit viele brüskiert. Er beabsichtigte wohl ursprünglich, den offenen Konflikt zu umgehen. Getarnt mit Müdigkeit und Schwäche hoffte er auf eine klare Meinung zugunsten der Integration in die römische Welt. Unser Exil hätte er wohl hingenommen, aber meine überraschende Sympathie für die Metaphysik droht die Druiden in seinen Augen zu spalten, da ich der großen, den alten druidischen Werten und Künsten verpflichteten Gruppe eine starke Führung geben könnte. Und diese Spaltung will er trotz seiner womöglich bestehenden eigenen Zweifel um jeden Preis vermeiden.

Welche Konsequenzen werden wir ziehen? Nach unserem Gesetz droht die Todesstrafe auf Ungehorsam gegenüber dem Oberdruiden, der eine einheitliche Haltung der im Übrigen verstreut lebenden und eigenständig wirkenden Druiden verbindlich festlegen kann. In den letzten Jahrzehnten wurden allerdings wegen der abnehmenden Relevanz unsers Standes und mangels Durchsetzbarkeit keine Befehle mehr gegeben. Auf das Ableben von Litavikkos kann Viridomaros nicht warten, da er das augenblickliche Machtvakuum in Rom für seinen Aufstand nutzen muss. Und auch ich will mit meinen Schülern keinesfalls nach Massalia zurückkehren, zumal ich in ein paar Jahren für einen Neustart in den Wäldern Armorikas zu alt und mein Lehrer vermutlich tot wäre. So entscheiden wir uns beide für den Ungehorsam. Denn welche Macht besäße der greise Litavikkos, der schon wieder zu schlafen scheint, unsere Pläne zu stoppen?

Dennoch bin ich nun misstrauisch, rät mir meine innere Stimme zur Eile.

Nach dem abendlichen Festessen, das in äußerst gedrückter Stimmung stattfindet, wecke ich inmitten der Nacht meine mir treu ergebenen derzeitigen und ehemaligen Schüler und dränge zum Aufbruch. Den Wachen erzähle ich, dass wir überraschend zurück nach Massalia reisen müssen, so dass wir das Ende des Festes am folgenden Tag leider nicht abwarten können. Natürlich würde Litavikkos meine Pläne durchschauen. Doch glücklicherweise haben wir die Reise mit einem Boot auf dem Strom zum Meer und weiter bis zum Golf von Darioritum bereits genau geplant, und ihr vorgezogener Beginn bereitet keine Probleme.

Unversehens befinden wir uns auf der Flucht, wenn wir auch nicht wissen, wen oder was wir fürchten sollten. Den greisen Litavikkos, seine Entschlossenheit und seinen Einfluss dürfen wir jedenfalls nicht unterschätzen.

Später erfahre ich, dass Viridomaros in der Nacht unserer Abreise vergiftet wurde! Zwar beteiligen sich einige Druiden dennoch an den dem Tod des mächtigen Imperators folgenden Aufständen. Aber es fehlt die zentrale Führung und die strategische Qualität meines Schülers, um den Römern wirklich gefährlich zu werden.

Den Göttern sei Dank sind wir mit unserem frühzeitigen Aufbruch einem Anschlag auf unser Leben dagegen zuvorgekommen. Wir reisen rasch und ohne Zwischenfälle gen Westen. Schon bald weicht der erste Schock einer besseren Stimmung, und wir berichten den Schülern ausführlich vom überraschend dramatischen Verlauf des Konvents. Das klare Verbot des Oberdruiden wird einige anderen Druiden zunächst davon abhalten, sich uns anzuschließen. Doch zweifle ich nicht, dass sich unsere Schar spätestens nach seinem Tod mehren und gut organisieren wird.

Als wir uns auf ruhiger See dem kleinen Hafen im Golf von Darioritum nähern, bemerken wir an Land zu unserem Entsetzen römische Legionäre, unter ihnen Bogenschützen, die uns offenbar feindlich gesinnt erwarten. Litavikkos muss uns mit irgendeinem Vorwurf, der uns schnell Reisende überholen konnte, gegenüber den Römern denunziert haben. Wir wollen die Bucht wieder verlassen, um in der Nacht eine andere Landungsmöglichkeit zu finden. Doch die schmale Öffnung zum Meer versperren jetzt römische Schiffe. Wir sitzen in der Falle, können weder vor noch zurück. Ich versuche, mit den römischen Legionären zu sprechen, um das Missverständnis aufzuklären. Immerhin beherrsche ich ja ihre Sprache. Doch noch bevor wir uns auf Rufweite nähern, hagelt es Pfeile vom Himmel. Wir sind wehr- und waffenlos. Ich werfe mir vor, mich und meine Schüler durch meinen Starrsinn in Todesgefahr geführt zu haben. Reißen hier gleichzeitig fast alle von mir gesponnenen Fäden des Wissens und damit ein wichtiger Teil unserer Tradition, deren Zukunft ich doch gerade sichern wollte? Was wird aus meiner Vision einer Kontinuität der Wissensgemeinschaft über die aufziehenden dunklen Jahrhunderte hinweg?

Plötzlich und ohne Vorankündigung ist ein starkes Unwetter aufgezogen. Während wir in der fast vollständig durch Landzungen umgebenen Bucht von Sturm und meterhohen Wellen einigermaßen geschützt bleiben, werden die römischen Schiffe wie Spielzeuge auseinander getrieben. In kurzer Frist kentern sie oder zerschellen am Felsen. An Land harren die Soldaten indes aus und das offene Meer bietet uns keinen Ausweg, solange der Sturm tobt. Lange können wir wenig seetauglichen Druiden in dieser Lage nicht verharren.

Unvermittelt verfinstert sich jetzt der ohnehin von dunklen Wolken verhangene Himmel zu einem unwirklich tiefen Schwarz. Ist es ›nur‹ eine neue Dimension des Unwetters, oder stürzt der Himmel tatsächlich über uns ein? Starr vor Schock erwarten wir das Ende der Welt. Dann erkenne ich in der Dunkelheit den Schlag von Tausenden Krähenflügeln, die mich in ihrer ungeheuren, düsteren Masse erschrecken.

Nach wenigen Minuten dieser unheimlich-bedrohlichen Szene lichtet sich der Himmel so plötzlich wie das Unwetter aufgezogen war, reißen die Wolken auf, und vom riesigen Schwarm ist kein einziger Vogel mehr zu sehen. Der Wind legt sich, und die Sonne bescheint wieder die Landschaft, in der wir jetzt die mir aus meiner Jugend vertrauten zahllosen Steinstelen sehen – während die römischen Soldaten wie die Krähen spurlos verschwunden sind. Nicht einmal einen Bogen oder einen Pfeil erblicke ich bei unserer Ankunft im Hafen. Stattdessen erwartet uns im Sonnenschein auf einen Stock gestützt, mit makellos weißem Gewand und langem Bart mein alter Lehrer Vertiskos!

Als ich ihn an Land freudig umarme, spüre ich unter dem Tuch nur noch Haut und Knochen.

»Ich kann noch nicht sterben, du musst noch viel von mir lernen«, lacht er mir ins Gesicht.

»In der Tat, das hast du gerade eindrucksvoll demonstriert und vom Unwetter bis zum riesigen Krähenschwarm ein beachtliches Repertoire entfaltet. Nur hättest du uns fast zu Tode erschreckt, statt uns zu retten.«

»Ach was, so schnell stirbt man nicht vor Schreck, wenn das Herz noch intakt ist. Und ihr seid ja noch jung.« Er blickte mir ins Gesicht. »Na ja, relativ jung. – Außerdem wollte ich dir helfen, einige deiner noch zweifelnden Schüler von Sinn und Macht der alten druidischen Magie zu überzeugen. Und einen mittelmäßigen Sturm hätten sie wohl der Natur und einem glücklichen Zufall zugeschrieben.«

»Das scheint dir gelungen zu sein.«

»Du wirst unsere alte Magie brauchen, wie du nun selbst weißt, um dieses Land und unsere Überlieferung auch in der Zukunft zu schützen. Das kann ich nicht. Zwar beherrsche ich die Kunst, doch mir fehlt die erforderliche Energie. Du bist stärker als ich, immer gewesen, und besonders jetzt, da meine Kräfte langsam abnehmen. Vor allem musst du den Wald mit seinen tiefen Nebeln gegen Eindringlinge schützen und die Beile bannen, dass die Obhut der Schlangen nicht zu früh erlahme, und sie nicht in falscher Hand wieder Unheil in die Welt bringen. Auch das vermagst nur du. Die lebendige Erinnerung aus der ›Kultur der Steine‹ wird dir dabei helfen. Du bist jetzt so weit.«

Ich nicke nachdenklich.

»Wo sind eigentlich die römischen Soldaten geblieben?«

»Die Soldaten?« fragt er mit gesenkter Stimme zurück. »Ich habe sie in Steine verwandelt.« Dabei schlägt er mit seinem Stock an einen großen Menhir. »Das war der Kommandant.« Nach einem listigen Blick in mein verdutztes Gesicht, lacht er los. »Das war ein Scherz!«

Was mit den Soldaten wirklich geschah, würde ich wohl erst später erfahren, in einer der noch ausstehenden Lektionen. Vielleicht waren sie nur eine Illusion, die uns der große Meister Vertiskos ans Ufer gestellt hatte?

»Die Legionäre waren wohl echt«, bemerkt in diesem Augenblick Momoros, der schweigend neben mir hergelaufen war, und hob einen römischen Pfeil auf. »Den scheinen die Krähen beim Aufräumen übersehen zu haben.«

Ich blicke zurück auf das nun fast spiegelglatte, schwarze Meer meiner alten und neuen Heimat, in dem gerade eine große orangefarbene Sonne untergeht. Dort sehe ich ein kleines Boot mit rotem Segel, das geradezu in die Sonne zu fahren scheint und schließlich vom Licht umschlossen meinem Blick entschwindet. In diesem Moment fliegt eine Krähe krächzend von einer großen Stele auf und lenkt meine Aufmerksamkeit von diesem poetischen Bild ab.

Erschöpft erwachte Morgane aus ihrem Traum. Sein glückliches Ende und die Freude über das Zusammentreffen mit dem alten Lehrer konnten den in den Knochen sitzenden Schrecken über das vorangehende apokalyptische Szenario und die Todesangst im Anblick der römischen Soldaten noch nicht vollkommen überstrahlen.

Der Blick auf das merkwürdige kleine Boot mit seinem roten Segel vor der untergehenden Sonne ähnelte verblüffend dem Ende des Traums mit ihrer Mutter an der Westspitze der Bretagne. Das gleiche Boot vor mehr als zweitausend Jahren!

Erst allmählich kehrten ihre Gedanken zum letzten druidischen Konvent zurück, der den Mönchen in Saint-Victor als wichtigste Referenz gedient hatte. Auch er hatte überraschend in einem Streit über die metaphysischen Wissenstraditionen geendet.

Morgane schmunzelte über Dukarios' offenbar reichlichen Weingenuss. Dann wurde sie nachdenklich, denn die Symptome seiner Krankheit, die er mit Wein zu betäuben suchte, entsprachen denen ihrer eigenen MS-Erkrankung. Und auch sie trank ganz offensichtlich zu viel, obwohl der Alkohol nur eine weitere Abhängigkeit begründete. Vielleicht hatte Keltillos für Dukarios in dessen neuer, alter Heimat die heilende Alge gefunden, ihm mit der Arznei die

Schmerzen für immer genommen! Und vielleicht konnte die bretonische Alge auch ihr helfen!« Morganes Blick hellte sich auf. Dazu müsste sie sie allerdings erst identifizieren, dann finden – wenn sie nicht ausgestorben war – und schließlich richtig kombinieren, ohne die Hilfe des Arztes Keltillos. Ihr Blick verdunkelte sich wieder.

17.

Montfort fuhr am Nachmittag nach Orléans, denn er spürte, dass Morgane ihn dort dringend sehen wollte. Der Ausflug passte überhaupt nicht zu seinen Ermittlungen in einem komplizierten Doppelmordfall, und so könnte er seine Mitarbeiter wohl kaum von der Notwendigkeit seines Besuchs in der rund einhundert Kilometer entfernten Stadt überzeugen. So gab er sich nicht einmal besondere Mühe, sondern redete nur irgendetwas von einer ›dringenden Verpflichtung‹. – In der *Brigade* kannte man die Eigenwilligkeit ihres Chefs, wunderte sich kaum und ärgerte sich trotzdem. Nur leider würde dieses Mal sein eigensinniges Vorgehen nicht einmal zur Lösung des Mordfalls beitragen.

Er traf Morgane zu einem Spaziergang am Ufer der Loire, den sie für einen ausführlichen Bericht ihres jüngsten Traums nutzte. Montfort folgte ihren Schilderungen neugierig und aufmerksam, um sie anschließend durch wenige recherchierte Fakten zu ergänzen, da ihm sein derzeitiger Fall kaum Zeit für historische Forschungen ließ, und im Netz praktisch nichts zu den gallischen Druiden zu finden war.

Beiden fiel auf, dass Dukarios viele Hintergrundinformationen in die Erinnerung aufnahm, um nachfolgenden Generationen ein möglichst verständliches Bild vom Konvent zu geben. Es war ihm so in der Tat gelungen, anlässlich eines singulären Ereignisses Informationen über die Druiden und ihren historischen Kontext anzulegen, die stabiler und authentischer überlebten als die als Steinbruch verwendeten und dann verloren gegangenen Aufzeichnungen des Poseidonios. Wie der Mönch Peter kombinierte er ganz bewusst die Wissensvermittlung mit seiner persönlichen Motivation und Botschaften an die Nachwelt.

»Zumindest haben Ihre Träume einen auffälligen Bezug zu Ihren eigenen Problemen«, bemerkte Montfort. »Sie befassen sich mit denselben Streitigkeiten und Kämpfen um das Wissen und seinen Charakter, mit denselben Fragen über seine Bedeutung für die Menschheit.«

»Ja.« Morgane erinnerte sich an Michaels Erläuterung der lebendigen Erinnerungen. »Ich träume für mich relevante Erfahrungen, die sich mit meinen Fragen, Problemen und Kämpfen beschäftigen, um womöglich Lehren aus ihnen zu ziehen. – Und immer wieder kommt es zum Eklat bei einem Konvent, wegen desselben Konflikts, und immer wieder folgen Spaltung und Flucht, treffe ich auf meine eigene traumatische Erfahrung! Warum besteht durch die Zeiten hindurch dieser unsinnige Antagonismus zwischen den naturwissenschaftlichen und den metaphysischen Fähigkeiten der Menschen?«

»Vermutlich bestand er nicht immer, sondern eskalierte vor allem in den von Ihnen erträumten Erinnerungen, weil Sie ihn selbst so dramatisch erleben. Dazwischen gab es offenbar Phasen der gegenseitigen Befruchtung der Traditionen, die dann vielleicht nicht einmal als grundsätzlich verschiedene Systeme wahrgenommen wurden. Das galt wohl zumindest für die Blütezeit der druidischen Antike, auf die sich Dukarios bezieht, und vielleicht auch im Anschluss an den ersten nachchristlichen Konvent.

Möglicherweise ist der Antagonismus immer schon ein Zeichen des Verfalls, wenn die jeweilige Wissensorganisation eine Integration nicht mehr fördert?«

Morgane nickte. »Dann würde auch der ORDEN verfallen, wäre gar nicht reformierbar?«

»Das kann durchaus sein. Aber wir haben mit Ihren wenigen Erinnerungen nur Momentaufnahmen und wissen zu wenig über die Entwicklung der Strukturen der Wissensgemeinschaften über die Jahrtausende. Im Zweifel gab es auch erfolgreiche Reformen, nicht immer einen kontinuierlichen, unaufhaltsamen Zerfall.«

»Der ORDEN leidet offenbar bereits seit mehr als dreihundert Jahren an diesem Antagonismus. Vielleicht wurde er zwischendurch oder sogar früher bereits reformiert – mit zeitlich begrenztem Erfolg.«

Morganes Gedanken kehrten zu Dukarios zurück. »Dieser Dukarios kam mir nicht nur klug, sondern auch sehr sympathisch vor, seine Sprache, sein Äußeres, seine Gestik und Mimik waren angenehm und unaufdringlich. Er war nicht perfekt und bekannte sich zu seinen Schwächen als Mensch und als Pädagoge. Ich habe mich ihm sehr nahe gefühlt, und dieses Gefühl hat sich selbst jetzt, viele Stunden nach dem Traum, nicht abgeschwächt. Ob das wohl eine notwendige Konsequenz der Identifikation mit dem Erinnernden ist? Würde sich auch de Blois dem Druiden Dukarios oder dem Mönch Peter nach dem Erträumen ihrer Erinnerungen so nahe fühlen wie ich? Und dann dennoch Metaphysiker verfolgen? Vielleicht träumt man nur die Erinnerungen von ›verwandten Seelen‹, der Großmeister also vermutlich die des Litavikkos und des Abts aus dem achtzehnten Jahrhundert? Wahrscheinlich habe ich lediglich mit den mir verwandten Erinnerungen aus naheliegenden Gründen begonnen, während die anderen später folgen und dann eine ganz andere Perspektive einnehmen werden.«

Von der Krankheit, dem Alkoholkonsum und der Einsamkeit, die Dukarios mit ihr verbanden, sprach sie heute noch nicht, auch nicht davon, dass sie Momoros' Versprechen, stets bei seinem Lehrer zu bleiben, zutiefst berührt und getröstet hatte, so als ob er sie selbst über die Jahrtausende hinweg in sein Versprechen einbezog! Sie sah seine treuen, offenen, tief blickenden Augen noch vor sich. Momoros schien auch *ihr* Freund zu sein, der immer bei ihr bleiben würde.

»Kann es im Geflecht der lebendigen Erinnerungen eine Freundschaft durch die Zeiten geben, bei der sich die Freunde gar nicht persönlich kennen und einer schon längst tot ist?« fragte sie dann wieder laut. »Dann wäre man nie wirklich alleine. Ich teilte mein begrenztes Leben auf Erden – und vielleicht darüber hinaus – mit den befreundeten Seelen meiner Eltern, von Michael, Pierre, von Peter und Heinrich, Dukarios und Momoros? Und wer würde sich diesem Bund wohl noch anschließen, über die lebendigen Erinnerungen meiner Vorgänger, aber auch aus dem Kreis meiner möglichen Nachfolger, die über meine eigenen Erinnerungen noch Jahrhunderte nach meinem Tod mit mir Kontakt halten mögen!«

Montfort zweifelte – und war zugleich ein wenig neidisch auf die Idee einer immerwährenden Freundschaft der Wissensträger.

»Womöglich ist das nur eine Illusion«, relativierte Morgane kopfschüttelnd ihren Gedanken, »ein tröstender Nebeneffekt der Lebendigkeit der Erinnerungen, da sie mich in meinen eigenen Hoffnungen und Ängsten besonders ansprechen.«

»Die Erinnerung des Dukarios enthält jedenfalls eine interessante These zur Qualität der lebendigen Erinnerungen.«

»Ja, die Idee, dass sie uns die verstorbenen Seelen im Äther des Traums übermitteln – und wir sogar umgekehrt unseren Vorgängern Informationen und Botschaften aus der Zukunft zu deren Lebzeiten übermitteln könnten!« Diese Vorstellung würde ihren Traum von *Ankou* und dem bevorstehenden Anschlag in der Erinnerung des mittelalterlichen Mönchs Peter erklären. Und sie konnte den Gedanken eines freundschaftlichen Bundes jenseits von Tod und Zeit verbildlichen. »Solange wir keine bessere Theorie haben, sollten wir uns ihr gegenüber jedenfalls offen zeigen«, ergänzte sie auf Montforts kritischen Blick.

»Was mochte Dukarios in seinem verbleibenden Lebensabschnitt zum Schutz der Beile und des Waldes geleistet haben?«

»Vermutlich hat er seine schon vorhandene Begabung für Visionen zumindest um die Fähigkeiten seines Lehrers zur Beeinflussung des Wetters und des Wassers ergänzt. Ich selbst habe wohl von Dukarios' Schutz durch den alten Wald mit seinen Nebeln, Quellen und Krähen profitiert, obwohl es diesen Wald gar nicht mehr gibt! Für einen so nachhaltigen Zauber muss Dukarios sehr mächtig geworden sein. Außerdem hat er nach Meinung von Abt Gilduin den Bann der Beile am Fuße des Schlangenmenhirs verstärkt –seinen schließlichen Bruch allerdings nicht verhindern können. Er schien hinsichtlich seiner Lebenserwartung ja recht optimistisch, was ihm Zeit für Lehre und Wirken gegeben hätte. Sein Lehrer Vertiskos war zur Zeit der Erinnerung bereits Mitte achtzig und Druiden beherrschten sicher die für ein gesundes und langes Leben erforderlichen Künste.« Morgane stellte sich vor, wie aus dem belesenen und rationalen Wissenschaftler Dukarios in den Wäldern Armorikas ein mächtiger Magier wurde.

»Auf die lebendige Erinnerung des Vertiskos aus der längst vergangenen ›Kultur der Steine‹ mag sich die Andeutung deiner Mutter bezogen haben. Dukarios könnte sie von seinem Lehrer erworben und weitergegeben haben, bis sie über viele Glieder schließlich deine Mutter, Michael und dich erreichte.«

Morgane wiegte zweifelnd den Kopf. »Wir werden sehen, ob sie mich wirklich erreicht hat. Ohne Dukarios, der die Gefahren für die mündliche Überlieferung in der römisch geprägten Gesellschaft ebenso erkannte wie die für die schriftliche in den Zerstörungen der Völkerwanderung, und der sogar die neue Wissensgemeinschaft der Mönche visionär voraussah, würde es die lebendigen Erinnerungen heute jedenfalls kaum mehr geben.«

»Vielleicht wäre das ja sogar besser gewesen.«

Morgane nickte und dachte an den Großmeister und sein Kabinett, sie dachte an die viel zu jung verstorbenen Eltern, Freunde und Mitstreiter, die keine Schüler mehr ausbilden, kein Wissen mehr weitergeben würden. Obwohl sie gerade erst die Meisterprüfung abgelegt und jetzt ganz andere Sorgen hatte, verspürte Morgane plötzlich Lust, selbst Schüler auszubilden. Denn vieles hatte sie gelernt, von ihrem eigenen Meister, den Wissensträgern der Vergangenheit und dem Abenteuer ihres Lebens. Noch fehlte ihr jedoch die entscheidende Kenntnis von der Anlage und Übermittlung der lebendigen Erinnerungen.

»Wer weiß, ob ich überhaupt noch die Gelegenheit habe, eigene Schüler zu unterrichten. Womöglich endet in mir ein Wissensstrang, reißt ein weiterer Faden im dünner werdenden Tau? Und welche Fehler würde ich als Lehrerin wohl begehen? Würde ich Konflikte zu sehr scheuen wie mein eigener Mentor oder die Lieblingsschüler einem Außenseitern vorziehen wie Dukarios?«

»Zweifellos werden Sie wie alle Lehrer Ihre eigenen Defizite haben, die Ihre Schüler und die Nachgeborenen dann kritisieren können«, erwiderte Montfort lakonisch. – »Die nächste Station wird dann Ihre Bretagne sein?«

Morgane lächelte. »Ja auf heimatlichem Boden finde ich hoffentlich die Lösung des Rätsels. Denn nur die Erinnerung aus der ›Kultur der Steine‹ kann mir Aufschluss über die ursprüngliche Bedeutung der Beile geben, nur mit ihr kann ich die Macht über die Beile gewinnen und die des Großmeisters brechen. Aber zunächst möchte ich noch ein paar Tage bei den Druiden und in Orléans bleiben, um mir die Gegend anzuschauen. Auf der Basis meines Traums kann ich vielleicht das alte Heiligtum wiederfinden, einen wichtigen Ort für archäologische Ausgrabungen. – Ach übrigens, ich möchte Ihnen noch diese Tasche geben.« Morgane hatte die lederne Aktentasche zur Verwunderung Montforts die ganze Zeit wie selbstverständlich getragen und über das Gespräch fast vergessen.

Er sah sie fragend an.

»Sie enthält zwei Pistolen. Ich gehe davon aus, dass man mich mit ihnen auf dem Weg von Rennes zum alten Wald erschießen wollte.«

»Der Tote, den der Teufel geholt hat! Ich dachte es mir fast«, nickte Montfort in Anspielung auf die Schlagzeile vor drei Tagen.

»Bitte?« Morgane hatte die Zeitungen nicht gelesen.

»Man hat kurz nach unserem letzten Treffen an der N 24 in der Nähe von Rennes die Leiche eines einundvierzigjährigen Mannes gefunden, dessen Wirbelsäule mehrfach gebrochen und Glieder ausgerenkt waren. Da die Leiche einhundert Meter entfernt vom Auto wie fallengelassen und ohne Spuren von einem Kampf und zum Auto in einem

Getreidefeld lag, spricht die Bretagne von einem übernatürlichen Todesfall.«

»Zumindest ein *metaphysischer* Todesfall wird es gewesen sein. Der Wald schützt mich offenbar auf seine sehr archaische Weise. Die Tasche mit den beiden Pistolen befand sich jedenfalls im Auto, und da ich fürchtete, der Killer könnte sie noch gegen mich einsetzen, habe ich sie mitgenommen. Und hier sind sie nun!«

»Und was soll ich jetzt damit anfangen?«

»Sie können immerhin mit Schusswaffen umgehen, als Polizist. Erschießen Sie böse Menschen, wenn Sie Ihre Dienstwaffe nicht einsetzen wollen, oder werfen Sie sie in den Fluss – wie Sie wollen.«

Montfort wurde nachdenklich. »Wenn Ihnen der Wald nicht geholfen hätte, wären Sie jetzt tot.«

»Auf Dukarios' Wirken im *Brec'helean* kann ich mich verlassen. Aber er wirkt leider nicht überall. In Paris oder Rennes hätte mich der Mann wohl töten können.«

»Seien Sie vorsichtig, und bleiben Sie nicht zulange hier, denn auch hier kann der Wald Sie nicht schützen!«

»Solange ich frei von Schmerzen bin, wird mich der ORDEN nicht finden. Das Quellwasser gibt mir hoffentlich ausreichend Zeit vor dem nächsten Schub. Und wer weiß, vielleicht finde ich Unterstützung von weiteren mächtigen Wissensträgern.«

»…, die wie Dukarios bereits viele Jahrhunderte tot sind«, folgte Montfort noch immer ein wenig skeptisch ihrem Gedanken einer generationsübergreifenden Gemeinschaft.

»… viele Jahrhunderte oder wenige Monate.« Morgane dachte an Michael. »Andere leben möglicherweise jetzt, wieder andere sogar noch nicht.«

Als Morgane verschwunden war, schüttelte Montfort zweifelnd den Kopf. Er wunderte sich, wie weit er sich auf die metaphysische Welt Morganes eingelassen hatte. Seine Kollegen der *Brigade*, die mit seiner ungewöhnlich intuitiven Arbeitsweise immerhin vertraut waren, würden ihn für das gerade geführte Gespräch jedenfalls schlicht für verrückt erklären.

18.

Die Nachricht verbreitete sich schnell über die europäische Presse: Übernacht waren alle Beilaufsätze aus dem Polizeigewahrsam der ermittelnden Dienststellen gestohlen worden. Die Sicherheitsvorkehrungen seien ›ganz normal‹ gewesen, da niemand das Risiko einer Entwendung der Tatwaffen in Betracht gezogen hatte. Mangels Fortschritts der Ermittlungen waren ein Prozess und ihre Verwendung als Beweismittel sehr fraglich erschienen. Staatsanwaltschaften und Presse fragten deshalb ratlos nach Motiv und Interesse an der Unterdrückung der Tatwaffen. Führten sie am Ende doch auf eine heiße Spur? Warum hatten die Täter sie dann überhaupt demonstrativ am Tatort zurückgelassen? Immerhin mussten die Steine – anders als beim ersten Mal – gleichzeitig an vier verschiedenen Orten und aus polizeilicher Sicherung gestohlen werden. Obwohl an der entsprechenden Fähigkeit des Syndikats kein Zweifel bestand, blieb die beunruhigende Frage nach dem Grund unbeantwortet.

Im ORDEN kannte man ihn: Keine Beweismittel sollten unterdrückt, sondern eine symbolische Tatwaffe wiederbeschafft werden, um mit ihrer weiteren Verwendung zumindest zu drohen. Aber wen sollte die Gewalt des

Großmeisters diesmal treffen? Eine klar abgrenzbare Gruppe von Anführern gab es nicht mehr. Zwei, drei Namen von bekannten, älteren Metaphysikern wurden zwar immer wieder genannt. Doch hätten es auch fünfzehn sein können. Es waren fünf Beile, und so würde es wohl wieder fünf Opfer geben.

Beim letzten Mal blieb es indes bei vier (und einem Ersatz). Morgane lebte noch. Und sie las die auch für sie bestimmte Nachricht vom neuerlichen Diebstahl der Steine weder in der Zeitung noch im Internet. Tatsächlich hofften nicht wenige Angehörige des ORDENS, dass der Großmeister ihrer bald habhaft werden würde, damit der Schrecken ein Ende fände. Zu ihnen gehörten selbst Metaphysiker, die gerade noch mit ihr sympathisiert hatten, jetzt allerdings um ihr eigenes Leben fürchteten. Solange Morgane lebte, würden wohl weitere Angehörige des Ordens sterben, immer fünf.

Bei anderen wuchs dagegen ihr Ruf als standhafte Rebellin, die dem Kabinett erfolgreich die Stirn bot. Dass der Tote bei Rennes ein auf Morgane angesetzter Auftragsmörder gewesen war, konnte man sich denken. Die Magie des alten Waldes hatte ihn zerschlagen, kämpfte an Morganes Seite gegen den Großmeister, der zu so starken Demonstrationen der Macht greifen musste, weil er die junge Meisterin ernsthaft und mit Recht fürchtete.

De Kerviler war dem Ruf des Großmeisters gefolgt und betrat dessen Büro, indem er die Tür wie stets sehr sorgsam hinter sich schloss.

»Vielen Dank, Monsieur de Kerviler, dass Sie meiner Einladung gefolgt sind«, begrüßte ihn der Großmeister ungewohnt höflich, was den Leiter des Geheimdienstes misstrauisch stimmte.

»Selbstverständlich, Großmeister, womit kann ich Ihnen dienen?«

»Ich habe Gewissheit erlangt, dass die auf ihrer Liste stehenden Personen von unseren Planungen informiert wurden und möchte mir nicht vorstellen, dass unsere öffentlichkeitswirksame Aktion in einem kompletten Fehlschlag endet. Das Überleben Morganes stellt unsere Handlungsfähigkeit bereits mehr als ausreichend in Frage. Sollten die nächste Aktion alle oder fast alle Zielpersonen überleben, wäre das unser politisches Ende. Dann hätten wir unsere Unfähigkeit und Schwäche nachdrücklich bewiesen.«

»Das wäre in der Tat eine Katastrophe für das Kabinett«, stimmte de Kerviler nachdenklich zu.

»Ich habe weiter erfahren, Monsieur de Kerviler, dass *Sie* für die Indiskretion selbst verantwortlich sein sollen.« De Kerviler wollte vehement widersprechen, doch de Blois unterbrach ihn im Ansatz. »Sagen Sie nichts, meine Quellen sind zuverlässig und die Beobachtungen stichhaltig. Sie wissen, wie der ORDEN Geheimnisverrat ahndet?« Er wartete die Antwort wieder nicht ab. »Nun, wir können die Sache auf sich beruhen lassen, wenn Sie die notwendigen Konsequenzen selbst ziehen.« Bei diesen Worten wies er auf eine kleine silberfarbene Pistole, die auf seinem Schreibtisch lag und eher wie ein Spielzeug aussah. Ich werde jetzt den Raum verlassen, um Ihnen die Möglichkeit zum Nachdenken zu geben. Machen Sie es gut, Monsieur de Kerviler!«

Dann drehte er seinem durch lange Jahrzehnte engsten Gefährten den Rücken zu und ging ohne Hast zur Tür. De Kerviler griff nach der Waffe und richtete sie ohne Zögern auf den Kopf des Großmeisters.

Dieser blieb stehen, ohne sich umzudrehen. »Die Patronen sind übrigens in der Schublade.« In Ruhe verließ er den Raum und schloss die Tür hinter sich.

Der Leiter des Geheimdienstes brauchte zum Nachdenken keine fünf Minuten, dann fiel der Schuss.

Schade, dachte de Blois, so enden langjährige Freundschaften, wenn es einmal wirklich ernst wird. Ohnehin standen nicht die richtigen Namen auf der Liste. Er entfaltete eine andere Liste mit fünfzehn Namen. Unter fünf von ihnen war mit grüner Tinte ein Strich gezogen.

Schon in der folgenden Nacht schlugen die Beile wieder zu: Rom, Barcelona und wieder Paris. Die Opfer waren wie beim ersten Mal Männer und Frauen in beruflich leitenden Positionen. Zwei der Toten hinterließen ihre Partner und Kinder, ein kinderloses Ehepaar wurde zusammen ermordet. Das Vorgehen ähnelte dem ersten Schlag, nur dass dieses Mal fast überall Widerstand geleistet wurde. Die durch den Raub der Beile alarmierten Metaphysiker hatten sich eingeschlossen, bewaffnet und gewehrt. Es kam sogar zu Schusswechseln, aber die Opfer hatten keine Chance gehabt, da die hochprofessionellen Mörder auf den Widerstand vorbereitet waren. Und keines der Opfer wusste ja konkret, dass es auf der Todesliste stand, niemand hatte die Bedrohung persönlich empfunden. Nach der Ermordung der Anführer im ersten Schlag gab es keine nachvollziehbare oder gar voraussehbare Reihenfolge. Außerdem hatten Gerüchte zirkuliert, die gefährdeten Personen seien aus dem Kabinett gewarnt worden. Wer nicht gewarnt wurde, konnte nicht auf der Liste stehen, lautete der Trugschluss.

Jetzt breitete sich echte Panik aus: Wieder waren Meister ermordet worden, und es würden möglicherweise noch mehr sterben. Von der Möglichkeit weiterer Morde gingen nun auch die ermittelnden Behörden und die Öffentlichkeit aus. Nicht nur die doppelte Mordserie, sondern auch die Dreistigkeit, dieselben Beile wieder zu beschaffen und zu verwenden, ließen die Polizei und die hinter ihnen stehenden Staaten als machtlose Zuschauer gegenüber dem organisierten Verbrechen erscheinen. Der Ruf nach einer Stärkung von Europol wurde lauter. Kerleau bereute es jetzt, mit diesem unmöglichen Fall befasst zu sein, und bat mit Hinweis auf den zweiten Mord in Paris vergeblich um die Übernahme durch die dortige Mordkommission.

Merkwürdigerweise waren trotz der fünf gestohlenen Beile wieder nur vier Menschen gestorben. Den fünften Todeskandidaten, den Leiter des Büros des Bevollmächtigten für die deutsch-französischen Kulturbeziehungen, trafen die Mörder in seiner Wohnung in Berlin nicht an. Er war aus seinem Urlaub in der Bretagne nicht planmäßig zurückgekehrt, da das Flugzeug in Brest einen Motorschaden hatte und kurzfristig nicht ersetzt werden konnte. So blieb das schon für Morgane bestimmte Beil abermals unbenutzt.

De Blois regte sich zwar über den einzelnen Fehlschlag auf, war aber insgesamt mit dem Erfolg der Aktion zufrieden, da sie ohne Zweifel die zur Rechtssicherung unfähigen Staaten und vor allem die Metaphysiker unter eindrucksvoller Demonstration der Macht des ORDENS eingeschüchtert hatte. Diese würden sich nun vor Angst in ihren Häusern verkriechen und Kontakt untereinander meiden. Die Nachfrage nach ihrem Wissen würde abbrechen. So gewaltig und fürchterlich hatte noch kein Großmeister seinen ORDEN beherrscht! Das alte Rezept der Schreckensherrschaft funktionierte selbst in modernen, aufgeklärten Zeiten noch immer überraschend gut als Instrument des Machterhalts.

De Blois konnte seine Aufmerksamkeit wieder voll und ganz Morgane zuwenden. Für den ORDEN war indes auch sie eigentlich schon tot. Ihre früheren Sympathisanten hatten große Angst, mit ihrem Namen verbunden zu werden, und würden sich auf das eigene Überleben konzentrieren, so dass ihre bloße Existenz den Großmeister nicht mehr gefährden konnte. Möge sie sich im Wald der Bretagne aus vergangenen Zeiten verstecken und nie wieder in die heutige Zeit zurückkehren. Dann hätte das Morden ein Ende. Vielleicht würde sie sich jetzt sogar stellen, um die Metaphysiker vor einer weiteren Todeswelle zu schützen?

19.

Morgane las und hörte allerdings nach wie vor keine Nachrichten, sondern erkundete mit dem Fahrrad oder zu Fuß die Gegend um Orléans, nahe dem nördlichsten Punkt der Loire. An einigen Stellen fühlte sie sich dem ehemaligen Heiligtum nahe, doch müsste sich die Landschaft seit damals sehr verändert haben. Einige Orte, die vom Ufer aus infrage zu kommen schienen, waren unzugänglich, da sie sich in Privatbesitz befanden, oder zu dicht bebaut, um eine Ähnlichkeit mit dem Platz der Versammlung aufweisen zu können. Es machte ihr dennoch Spaß, nach den Spuren der Druiden zu suchen, und sie genoss die Wanderungen durch Vorstädte und Natur. Drei Tage später hatte sie immer noch keine verwertbaren Hinweise auf den Versammlungsort der Druiden und so entschloss sie sich zur nächsten Etappe aufzubrechen, dem Golf de Morbihan mit seinen Dolmen und Menhiren in und um Carnac, dessen Museum wohl noch auf die Rückgabe seiner Beile wartete. Dort, in der heimatlichen Bretagne, würde sie sich fern der Macht des Großmeisters ganz in Ruhe dem wohl entscheidenden Abschnitt ihrer Reise in die Vergangenheit widmen und hoffentlich wichtige Kenntnisse über die Steine von Carnac erlangen. Doch ausgerechnet jetzt, in diesem kritischen Augenblick kurz vor Erreichen des sicheren Bodens, traf sie unvermittelt ein neuer Schub ihrer Krankheit. Warum hatte sie nur so lange gewartet und sich in unsinnige archäologische Abenteuer verstiegen? In die Vergangenheit reiste sie in ihren Träumen, nicht durch archäologische Spurensuche im Wald und auf Feldern. Sie hätte Carnac ganz bequem rechtzeitig vor dem Schub erreichen können, um notfalls von dort in den alten Wald zu gelangen, ohne auf dem Schirm des Großmeisters aufzutauchen. Hatte sie sich vor dem nächsten, ihr gewaltig erscheinenden und womöglich entscheidenden Schritt gescheut, oder gar vor einer herben Enttäuschung?

Sie konnte nun nicht mehr direkt nach Carnac fahren, musste zuerst in den alten Wald, mit dem großen Risiko, einem der Auftragsmörder in die Arme zu laufen, die vermutlich schon überall zwischen Paris und dem Finistère auf sie warteten. Jetzt bereute sie es ein wenig, die Waffen Montfort übergeben zu haben. Vielleicht hätte er sie das Schießen lehren können? Der Gedanke war absurd.

Mit Rucksack, Fahrrad, Schmerzen und großer Angst bestieg Morgane am Abend den Zug nach Rennes, wo sie zwei Herren Anfang vierzig mit entsicherten Pistolen erwarteten.

20.

»Ein Kommissar Kerleau möchte sie sprechen, Monsieur le Président, es handele sich um den Fall Morgane Guennec«, meldete die Sekretärin de Blois.

»Stellen Sie durch!«

»Kommissar Montfort am Apparat. Ich soll Sie von Madame Guennec grüßen«, log Montfort.

Montfort, nicht Kerleau? De Blois wunderte sich, denn er hatte dafür gesorgt, dass Montfort, über den er sich gründlich informiert hatte, der Fall entzogen worden war. Er hatte auch nicht damit gerechnet, dass Morgane mit der Polizei in Verbindung stand, die ihr doch ohnehin nicht helfen konnte, und versuchte Zeit und Informationen zu gewinnen. »Ich habe angenommen, dass das Kommissariat in Vannes in dem Fall ermittelt.«

»Das ist richtig.« Die beiden Männer tasteten sich vorsichtig vor.

»Und weshalb wollen Sie mich dann sprechen?«

»Ich bin ein Freund und Berater von Madame Guennec, handele sozusagen als Privatperson.«

Über diese Bekanntschaft hatten die Akten nichts enthalten. Bluffte er?

»Was wollen Sie?« fragte der Großmeister.

»Ich möchte Sie sprechen.«

»Dann kommen Sie in mein Büro. Lassen Sie sich von der Sekretärin einen Termin geben.«

»Das wird leider nicht gehen. Ich müsste Sie bitten, mich hier zu treffen, allein, an der Westspitze der Île Saint-Louis.«

»Vielen Dank, für Ihre Polizeiromantik habe ich keinen Sinn!« Für wen hielt sich dieser Polizist eigentlich?

»Madame Guennec folgte den Spuren des Druiden Dukarios und befindet sich jetzt in Carnac.« Montfort wagte sich aus der Deckung und hoffte, dem Großmeister mit diesem Manöver keine nützlichen Informationen zu geben. Er vertraute auf die Einschätzung Morganes, die die westliche Bretagne für ein sicheres Gebiet hielt. Ob sie sich tatsächlich schon in Carnac befand, wusste der Kommissar nicht, doch dann würde diese Falschinformation sie vielleicht schützen. Nach dem Diebstahl der Beile und den neuerlichen Todesfällen musste er handeln, notfalls unorthodox und unter Lebensgefahr. Anders als Morgane könnte er sich dem Blick des Großmeisters nicht entziehen und schon in wenigen Stunden als Leiche in der Seine schwimmen.

»Was bieten Sie mir?« De Blois versuchte, sich seine Verunsicherung nicht anmerken zu lassen. Die Meisterin hatte Fortschritte gemacht und die lebendige Erinnerung von Dukarios erträumt, die vielen Metaphysikern als zentrales Argument für ihre Tradition galt. Doch was suchte sie jetzt in Carnac? Sollte sie dem Mythos einer lebendigen Erinnerung aus neolithischer Zeit folgen, der sich ebenfalls auf Dukarios stützte? Er selbst hielt deren Existenz für zweifelhaft, denn Dukarios hatte zumindest zum Zeitpunkt des Konvents nur seinen Lehrer von der megalithischen Erinnerung sprechen hören, sie selbst nicht erworben. Wenn es diese Erinnerung dennoch gäbe, müsste er, der Großmeister, sie doch kennen! Zwar verfügten nicht alle Meister über dieselbe Sammlung von Erinnerungen, doch zentrale Überlieferungen gehörten zum Allgemeingut des ORDENS und mussten dem Großmeister mitgeteilt werden. Zweifellos gälte dies für die mit Abstand älteste der Wissensgemeinschaft. Ganz ausschließen konnte er indes die Möglichkeit nicht, dass sehr wenige eingeweihte Metaphysiker ihre älteste Erinnerung seit Generationen selbst vor dem Kabinett als Geheimnis hüteten.

»Madame Guennec hat von den neuen Beilmorden gehört, und möchte mit Ihnen über die Konditionen zur Beendigung der Tötungen verhandeln«, log Montfort.

De Blois dachte kurz nach. Vielleicht würde sie sich wirklich stellen, um das Blutvergießen zu beenden, das er ohnehin nur theoretisch beliebig fortsetzen konnte. Dann wäre es für sie auch sinnvoll, über einen Mittelsmann zu verhandeln. »Ich werde in einer Stunde bei Ihnen sein.« Er legte auf und ließ sich erschöpft in seinen großen Ledersessel fallen, in dem sich gestern de Kerviler das Leben genommen hatte.

Montfort setzte sich auf die schmalen Stufen der zur Straße hinauf führenden Treppe. Ob hier in einer Stunde zwei Killer oder der Großmeister erscheinen würden, ob er mit dieser spontanen, seiner Intuition folgenden Aktion Morgane helfen oder ihr schaden würde, wusste er nicht. Er hatte hoch gepokert und sich ganz alleine, ohne polizeiliche Unterstützung, mit dem gefährlichsten Verbrecher und mächtigsten Mann Europas angelegt. Das Beobachten der Krähen am Ufer beruhigte ihn etwas. Vielleicht würden ihn diese Tiere gegen den Großmeister schützen, da sie offenbar wie er an der Seite Morganes kämpften.

Unvermittelt zog dichter Nebel auf. Und obwohl er das Seine Ufer in eine unheimliche Kulisse verwandelte, gab er Montfort ein Gefühl der Geborgenheit und des Schutzes. Er erinnerte sich an den Nebel, der Morgane in den alten Wald geführt und vor dem Auftragsmörder gerettet hatte. Nur dass er selbst als einfacher Mensch und fern der Bretagne wohl kaum auf Dukarios' weitreichende Magie vertrauen durfte.

De Blois verabschiedete sich von seiner Sekretärin und ließ sich von seinem Chauffeur bis zum Pont de la Tournelle fahren. Dort stieg er aus und überquerte die Brücke zu der in dichten Nebel gehüllten Insel, nahm rechts die Treppe zum Ufer hinab, unterquerte den Pont de Sully und erreichte nach wenigen Minuten den kleinen Park an der Westspitze der Insel, der dem Gebiet des früheren Klosters Saint-Victor gegenüber lag.

»Monsieur le Commissaire, Sie haben sich einen geschichtsträchtigen Ort für unser Treffen ausgesucht, Respekt.« De Blois blickte in Richtung des südlichen Seine-Ufers, das jedoch wegen des Nebels nicht zu sehen war. »Die Universitätsgebäude haben diesen Ort leider schrecklich verunstaltet.«

Montfort folgte dem Blick. »Das ist richtig, wenngleich zum Zeitpunkt ihres Baus von dem bedeutenden Kloster schon lange nichts mehr stand.«

De Blois nickte. »Das wissen Sie von Madame Guennec?«

»Ich habe mittelalterliche Geschichte an der Sorbonne studiert, da lag das Kloster in mehrfacher Hinsicht nahe. Heute könnten wir es ohnehin nicht sehen. Dieser Nebel – wie in der Bretagne.«

De Blois verstand die Anspielung und überging sie. »Was wissen Sie von Madame Guennec?«

»Das, was man in einem halben Dutzend intensiver Gespräche erfahren kann. Vor allem kenne ich die von ihr erträumten lebendigen Erinnerungen, die den meisten Raum unserer Treffen einnahmen.«

»Dann hat die Meisterin also gegen ein jahrtausendealtes strenges Verbot verstoßen und einem Unwissenden Geheimnisse des ORDENS anvertraut! Das haben wir immer mit Ausschluss oder Tod bestraft.«

»Das Risiko ist sie wohl eingegangen. Sie hatte nicht mehr viel zu verlieren. Denn mit dem Tod gehen Sie ja recht großzügig um«, erwiderte Montfort verächtlich.

»Dann wissen Sie auch, auf welch gefährliches Spiel Sie sich eingelassen haben.«

Montfort nickte.

»Ich hätte Sie sofort erschießen lassen können.«

»Sie interessieren sich jedoch für meinen Kontakt zu Morgane. Ich nutze Ihnen lebend mehr als tot, zumindest jetzt noch.« Montfort lächelte.

»Welches Angebot lässt Sie mir unterbreiten?«

»Zunächst möchte ich Sie bitten, einen Blick auf diese Waffe zu werfen.« Er öffnete ruhig die Ledertasche mit einer darin liegenden Pistole. »Kennen Sie sie?«

De Blois fuhr bei ihrem Anblick zusammen und griff im Reflex nach seiner silbernen Pistole in der Jackentasche, ohne sie zu ziehen. »Eine Baretta 92, ich kenne das Modell«, gab er zu. »Im Etui fehlt eine zweite.«

Montfort zuckte die Achseln. »Madame Guennec hat sie so gefunden und mir übergeben, offenbar sollte sie mit ihr erschossen werden.« Montfort wusste in diesem Augenblick selbst nicht, warum er das Gespräch in diese Richtung lenkte.

»Ich habe Sie um ihr Angebot gebeten«, beharrte de Blois.

In die kurzzeitige Stille klingelte sein Mobiltelefon, und er wusste nach einem Blick auf die Nummer, dass er auf das Angebot nicht mehr eingehen musste. Morgane war offenbar nicht in Carnac, sondern hatte sich am Bahnhof von Rennes gerade selbst ausgeliefert. Obwohl er sich ärgerte, dass er überhaupt hier stand, lächelte er, als er das Gespräch annahm, um ihre Tötung den Killern zu bestätigen. Kein Wald dieser Welt, kein alter Druide würde sie jetzt noch retten.

Montfort las die Gedanken des Großmeisters in dessen selbstgefälligem Lächeln: Morgane stand vor ihren Mördern.

In diesem Moment zog eine schrill schreiend auffliegende Krähe de Blois' Aufmerksamkeit auf sich. Und instinktiv, ohne nachzudenken schoss ihm der Kommissar mit der zweiten Baretta eine Kugel durchs Herz.

Den gedämpften, dumpfen Laut schluckten der Nebel und das ferne Rauschen des Verkehrs auf dem Pont de Sully. Der Großmeister schlug auf das feuchte Pflaster.

Montfort betrachtete den schmächtigen, alten Körper. Vor diesem Greis erzitterten die weisen Meister des starken ORDENS. Und seine dicht verzweigten, schlagkräftigen Machtstrukturen stellten die europäische Polizei stärker als Terroristen infrage! Er musste den Toten mit dem Fuß nur ein wenig schieben, bis er mit dem Mobiltelefon und der silbernen Pistole in den dunklen Strom fiel und im Nebel davontrieb.

Montfort dachte voller Zärtlichkeit an Morgane, freute sich, dass er ihr wieder helfen konnte, hoffte vor allem auf ein baldiges Wiedersehen. Doch zuvor musste sie noch einmal tief zurück in die bretonische Vergangenheit. Der Tod des Großmeisters war zwar ein wichtiger Schritt. Doch solange die Beile nicht wieder gebannt waren, sie jederzeit wieder in die Hand seines Kabinetts fallen konnten, drohte weiteres Unheil, lebte Morgane in Lebensgefahr.

21.

Morgane bemerkte die beiden Herren in der Bahnhofsvorhalle und erkannte die Todesgefahr. Sie trugen keine Ledertaschen, sondern bereits entsicherte Pistolen unter den Mänteln. Es sollte hier geschehen, jedenfalls bevor sie das Stadtgebiet verlassen konnte. Kein Wald würde ihr hier helfen und keine Krähen. Der eine der beiden Männer telefonierte, sie wusste mit wem. In ein, zwei Minuten würde sie wohl sterben. Wie lange dauerte so ein Telefonat? Sollte sie rennen, losfahren? Sie blieb ruhig und schob ihr Fahrrad durch die Halle in Richtung Ausgang. Der Mann musterte jetzt kritisch sein Telefon. Die kurzzeitige Verbindung war abgebrochen, signalisierte er seinem Partner. Ohne eine telefonische Bestätigung durften sie nicht handeln. Er versuchte es ein zweites Mal. Morgane hatte die Straße erreicht und fuhr zügig los. Die beiden Männer folgten ihr laufend, jedoch ohne zu schießen, und der Abstand vergrößerte sich. Schließlich gaben sie auf. Sie hätten ohnehin ungern einen Auftrag vor so vielen Zeugen ausgeführt, trotz der hohen Entlohnung. Schon die Verfolgung hatte erhebliche Aufmerksamkeit auf sie gezogen.

Offenbar hatte ein glücklicher Zufall oder ein Zwischenfall das Telefonat mit dem Großmeister unterbrochen und so Morganes Leben gerettet. Jetzt gewann sie die so leichtsinnig in Orléans verlorene Zeit wieder zurück, die sie für ihren nächsten Schritt benötigte. Sie erhielt noch eine Chance, die sie gewissenhaft nutzen wollte.

So schnell es ihre schwachen Kräfte erlaubten, verließ sie die Stadt, fuhr in den schützenden Nebel und den alten Wald, erreichte der Krähe folgend die magische Quelle, deren heilende Wirkung sie nach erholsamem Schlaf abermals von den Schmerzen befreite.

Ihrer Kraft und Tarnung konnte sie wieder vertrauen. Und so kehrte sie zum Bahnhof von Rennes zurück, obwohl sie ihn wirklich nicht mehr mochte, und bestieg unbemerkt von den Killern den Zug nach Vannes, von wo sie Carnac mit einem lokalen Anschlusszug bald erreichte.

Sie fühlte sich sogar deutlich besser als nach den letzten Besuchen im Wald, so erleichtert, als ob ein unabhängig von der Krankheit auf ihr lastender Druck nachgelassen hätte. Jetzt sah Morgane noch einmal die in der Seine treibende Leiche aus der Erinnerung des Mönchs Pierre aus dem frühen achtzehnten Jahrhundert und erkannte in ihren Zügen de Blois, der wie diese eine Nickelbrille trug. Der Großmeister war im Augenblick des Telefonats gewaltsam gestorben und trieb nun selbst im Strom. Pierres Beobachtung war heute Realität geworden, seine Vision hatte sich erfüllt. Entweder hatten den Großmeister Kräfte des ORDENS oder – wahrscheinlicher – ihr Freund und Beschützer Montfort getötet, ihr so das Leben gerettet und die Zeit gegeben, ihrer großen Verantwortung doch noch gerecht zu werden!

Als erstes kaufte sie in Carnac einige überregionale und internationale Zeitungen, um präzisere Informationen zu erhalten. Zum Tod de Blois' fand sie noch keine Nachrichten, dafür umso mehr zu einer zweiten Beilmord-Serie, die sie zutiefst erschütterte. Sie konnte sich die Stimmung im ORDEN gut vorstellen, die Panik unter den Metaphysikern, die Angst vor dem Kabinett. Die Namen der Toten überraschten sie. Der erste Anschlag galt den bekannten Anführern, die alle einen großen Teil ihrer Zeit der Reform des ORDENS gewidmet hatten. Jetzt wurden selbst Menschen mit Familie getötet, die sich für die metaphysischen Traditionen lediglich interessiert, aber nicht besonders engagiert hatten. Mit diesen Morden sollten keine gefährlichen Personen liquidiert, sondern Schrecken verbreitet werden.

Wieder waren mit den fünf Beilen nur vier Menschen erschlagen worden.

Eine kleine Notiz in der Tageszeitung ›Le monde‹ meldete den Selbstmord de Kervilers in de Blois' Büro, und auch hier erschloss Morgane die wahre Geschichte seines Todes. Der Verrat am Großmeister überraschte und rührte sie. Bretonen sollte man wohl weder unterschätzen noch gegen andere Bretonen aufhetzen – die Solidarität ihrer Landsleute hatte sich im zentralistischen Frankreich gegen Vernunft und fremde Loyalitäten erhalten.

Nach dem Fund der Leiche des Großmeisters würden sich im ORDEN schnell Entspannung und zugleich Ratlosigkeit ausbreiten. Wer konnte ihm folgen und mit welcher Politik? Mit de Kerviler lebte auch die Nummer Zwei der ORDENS-Hierarchie nicht mehr. De Blois hatte so viel verbrannte Erde hinterlassen, dass eine weitere Arbeit für jedes neue Kabinett und unabhängig von der Zugehörigkeit zu einer Gruppe oder Strömung sehr schwierig werden würde. Eine Zeit der Orientierungslosigkeit würde folgen, vielleicht eine Zerreißprobe. Stünde sie auch im neuen Kabinett auf einer Todesliste, oder konnte sie auf einen gemeinsamen Neuanfang hoffen? Morgane spürte trotz der guten Nachricht keinerlei Lust, sich mit der Politik des ORDENS noch einmal zu beschäftigen. Sie würde sich jetzt den Beilen widmen und eine alte Erinnerung suchen.

Sie hatte keine Eile und mietete sich als erstes im ›Hôtel du Tumulus‹ ein schönes Zimmer. Wenn sie schon einmal in Carnac wohnte, und nicht wie früher von Sainte-Marine mit dem Auto anreiste, dann direkt am Tumulus Saint-Michel, dem berühmtesten und größten Hügelgrab der Stadt, auf dem seit dem siebzehnten Jahrhundert eine kleine Kirche stand. Von hier aus stattete sie dem zu Fuß bequem erreichbaren ›Schlangenmenhir‹ am Grabhügel von *Le Manio* bei herrlichem Sommerwetter mit für die Bretagne ungewöhnlich hohen Temperaturen von achtundzwanzig Grad einen Besuch ab. Hier lagen vielleicht sechstausend

Jahre die unheilvollen Beile von Carnac, bevor sie 1922 ausgegraben wurden und jetzt acht Menschen töteten!

Nichts drängte sie mehr und so würde sie sich Zeit lassen für die Besichtigung der megalithischen Zeugen der Stadt: die geschlossenen und die mit einem Gang zur Welt der Lebenden offen stehenden Dolmengräber aus dem fünften und vierten vorchristlichen Jahrtausend, die *Cromlec'h* genannten runden Aufstellungen von Menhiren und die viereckigen *Quadrilatères* sowie ihre vielleicht mysteriösesten Anordnungen in mehrfachen Reihen, den *Alignements*. Hinzu kamen einzeln stehende Steine, die es überall in der Bretagne gab, und die häufig einen besonderen Ort markierten: wie eine Quelle oder ein Grab. So weist der ›Schlangenmenhir‹ seit vielen Jahrtausenden auf den Grabhügel von *Le Manio* hin.

Morgane besuchte noch einmal das Museum, in dem die fünf Steine fehlten. Zwar war das zerbrochene Glas der Vitrine bereits ersetzt, aber die Hinweise auf die Steine unter den Nummern 26 bis 30 hatte man einfach stehen gelassen, ohne ihr Fehlen zu erläutern.

Dann betrat sie die dem Museum gegenüber stehende, im Stil der Renaissance im siebzehnten Jahrhundert erbaute Hauptkirche des Orts. Die *Église Saint Cornély* trägt den Namen des im dritten Jahrhundert aus Rom vertriebenen Papstes Cornelius, der sich der Legende zufolge in die Bretagne geflüchtet und die ihm nachstellenden kaiserlichen Soldaten in Steine verwandelte haben soll – eine der gewagtesten Erklärungen für die Entstehung der *Alignements*. Morgane erinnerte sich an den ›Scherz‹ des Vertiskos, der das Verschwinden der die Druiden um Dukarios erwartenden römischen Legionäre mit ihrer Verwandlung in Menhire erklärt hatte.

An einer Figur des Heiligen Antonius zündete sie eine Kerze für Michael an. Antonius war eine Art Hausheiliger seiner katholischen Familie gewesen. Obwohl sie selbst dem Heiligenkult früher recht fern stand, faszinierte sie die Idee einer Gemeinschaft der Heiligen, seit sie über eine Gemeinschaft der Wissensträger nachdachte, die ebenfalls den Tod und die Zeiten überbrücken mochte. Außerdem tat es ihr gut, bei solchen Gelegenheiten an ihren verstorbenen Mentor zu denken. Michael hatte fast jede Kirche betreten, die auf seinem Weg lag, aus kunsthistorischem und ästhetischem Interesse sowie aus Pietät. Wo befand er sich wohl jetzt? Im Himmel oder im Fegefeuer? Hatte er sich im Nichts aufgelöst, oder wartete seine Seele auf ihre Wiedergeburt? Hatte sie vielleicht bereits einen neuen Körper gefunden? Die Vorstellung der Seelenwanderung gefiel ihr. Alles fängt wieder an: ein neuer Start, eine neue Chance, neue Abenteuer. Das überirdische Glück der Seelen in einem ›Himmel‹ genannten Abstraktum hatte sie schon als Kind nicht verstanden, da es ihre Vorstellung überstieg.

Schließlich fuhr sie nach Locmariaquer auf einer kleinen Halbinsel im Golf de Morbihan, um sich noch einmal den *Grand Menhir brisé* anzusehen. Die in vier Teilen auf dem Boden liegende steinerne Stele wird ihrem Namen gerecht, denn sie war mit einer Höhe von über zwanzig Metern der größte bekannte Menhir des Neolithikums. Wann und vor allem wie der dreihunderttonnen schwere Stein hierher transportiert und aufgerichtet worden war, wozu er gedient hatte und wann und warum er zerbrach, blieb den Archäologen ein Rätsel. Wahrscheinlich bildete er den krönenden Abschluss einer imposanten Reihe von weiteren, etwas kleineren Stelen, die ebenfalls zerbrachen oder zerschlagen wurden und dann als Baumaterial für Gräber dienten. Beim *Grand Menhir* waren selbst die einzelnen Teile wohl zu schwer, um sie einer weiteren Nutzung zuzuführen. Morgane wunderte sich, dass die Basis der riesigen Stele nach Nordwesten, die übrigen drei Teile jedoch nach Südosten gestürzt waren. Sie konnte also nicht – etwa aufgrund einer für das Gewicht unzureichenden Verankerung – in eine Richtung gefallen und beim Aufprall zerborsten sein.

So viele Rätsel stellten diese steinernen Zeugen. Immerhin gab es sie noch, nach all den Jahrtausenden, während die sehr viel später lebenden Druiden weder Schriften noch steinerne Hinweise auf ihr wichtigstes Heiligtum hinterlassen hatten.

Hier, in der süd-westlichen Bretagne führten alle Stränge zusammen:

Aus dieser Gegend stammte Dukarios, und hierher kehrte der Fünfzigjährige zurück, um die druidischen Traditionen vor der Zivilisation der Römer und den Turbulenzen der Völkerwanderung zu schützen – eigentlich sogar bis in die heutige Zeit, bis zu ihr. Hier lernte und wuchs der weise Druide noch einmal mit seinen Kräften, um sich zu einem der vermutlich wirkungsmächtigsten Magier zu entwickeln.

Von hier zog der Fischerjunge Gallus zu Beginn des siebten Jahrhunderts an den Bodensee, um dort neben dem Christentum die Tradition der Wissensüberlieferung zu begründen, in der die Mönche Peter und Heinrich fünfhundert Jahre später den Konvent im hochmittelalterlichen Paris besuchten.

Wie Gallus stammte der Mönch Pierre, der zu Beginn des achtzehnten Jahrhunderts zum Konvent nach Paris reiste und dann weiter nach Petersburg ins Exil floh, aus dem westlichsten Zipfel der Bretagne.

Und hier lag auch die Heimat von Morganes Eltern – und ihre eigene, die sie als Kind und jetzt wieder verlassen musste. An der *Pointe de la Torche* und in Carnac hatte ihre Mutter sie auf die Bedeutung der Steinbeile und die uralte

Wissenstradition hingewiesen. Sie hatte ihr zugleich eine große Stärke mit einer ebensolchen Verantwortung prophezeit und die Unterstützung durch eine mächtige Gemeinschaft angekündigt.

Würde sie hier nun auf die andere starke Frau treffen, die am Anfang der uralten Überlieferung stand und deren Namen sie trug? Dann schlösse sich der Kreis.

Morgane war froh, dass sie ein angenehmes Zimmer im ›bretonischen Stil‹ mit Blick auf die Stadt bewohnte. Hier würde sie gut schlafen und sich in dieser greifbaren, wenn auch rätselhaften historischen Umgebung hoffentlich bald in die Zeit der Megalithen-Kultur träumen, um entscheidende Hinweise auf die ursprüngliche Bedeutung der fünf unheilvollen Beile und vielleicht gar auf die Möglichkeit ihrer Rückgewinnung zu erhalten.

Über der langen Reihe monumentaler Steine unweit des Meeres kreist eine schwarze Krähe und lässt sich auf der dem Meer nächst stehenden, größten, fast drohend in den blauen Himmel aufragenden Stele nieder. Von weither sind die Steine zu sehen und von noch weiter her kommen nun die Menschen zusammen, um an den Festtagen teilzunehmen. Nur alle fünf oder sechs Jahre versammeln sich die fünf Brüder, die als Fürsten über die Inseln sowie große Teile der westlichen Küste des europäischen Kontinents herrschen, unter der Leitung ihres Königs als *Primus inter pares*. Genau genommen sind sie keine echten Brüder, sondern die jeweils ältesten männlichen Nachkommen der Familien, die von den fünf Söhnen des legendären Königs und Reichsgründers Troklet abstammen. Von ihm wird berichtet, dass er als Sohn des großen Meeresgottes mit seinem Volk vom einst trocken liegenden Grund des Meeres stammt. Nach seinem Tod sei kein Herrscher in der

Lage gewesen, das so große, weit verteilte und durch Meere getrennte Land zu regieren, so dass er es unter seinen Söhnen nach praktischen Gründen aufteilte. Der älteste Sohn wurde König über das Reich sowie Herrscher über das fruchtbare Kernland, und ihm folgend jeweils seine erstgeborenen männlichen Nachkommen. So lautet die Gründungsgeschichte, und so lautet die dynastische Regel noch heute. Als das Meer später in sein vorübergehend den Menschen geliehenes Bett zurückfloss, zog sich das Volk an die Küsten und auf die Inseln zurück. Die Könige behaupteten zunächst ihre glänzende Hauptstadt, die nun nicht mehr auf einer Anhöhe, sondern auf einer Insel lag.

Ihre Gebiete regieren die Brüder in den meisten Angelegenheiten selbständig: Sie geben und überwachen ihre Gesetze, sie bestrafen und belohnen, lassen hinrichten und begnadigen nach eigener Weisheit. Doch wichtige, das Reich in seiner Gesamtheit betreffende Fragen von Krieg und Frieden, zu Nachfolgezweifeln und Uneinigkeiten zwischen den Fürsten müssen gemeinsam, gegebenenfalls mehrheitlich entschieden werden. Da das Reich und seine Bewohner zumeist in Frieden, Zufriedenheit und Wohlstand leben, müssen diese Fragen weder häufig noch dringend besprochen und geklärt werden. Deshalb treffen sich die Fürsten nur im Wechsel von fünf und sechs Jahren, zumal die großen Entfernungen zwischen ihren Residenzen das Reisen zeitaufwändig, beschwerlich und bisweilen gefährlich, vom Gefallen des großen Meeresgottes abhängig machen. Wenn sie sich dann treffen, so wie heute, wird vor und nach dem Rat mit dem Volk gefeiert und dem großen Gott des Meeres geopfert, aus Dank für das erworbene Glück und um ihn für die Zukunft gnädig zu stimmen. Denn er lieh ihnen ja dereinst sein Land und trennt und verbindet jetzt ihre Reiche. Er versorgt sie mit Fischen und Schalentieren sowie mit allerlei heilenden Substanzen, die er in seiner Weisheit und seinen Wellen für die Menschen bereithält. Doch fordert er auch immer wieder Tribut, sogar Menschenleben. Er bestimmt die Ordnung des Lebens und des Zusammenlebens dieses an seinen Ufern siedelnden Volkes.

Auf der großen Stele, die in der Mitte des Platzes steht, sind die recht einfachen Regeln des Gottes für die Fürsten verzeichnet, die der große König Troklet von diesem erhalten habe: ›Gerechtigkeit, Bescheidenheit, Güte und Weisheit sollen stets ihre Regentschaften prägen, Selbstbereicherung und Willkür ihnen dagegen fern liegen. Nie dürfen sie gegeneinander die Waffen erheben, sondern mögen beieinander Rat suchen und einander gegen äußere Bedrohungen stets beistehen.‹ Früher, so die Überlieferung, standen die Gebote auf einer Säule aus Messing im Tempel des großen Meeresgottes in der Mitte der Mutterinsel, die der Gott allerdings vor vier Menschenaltern endgültig in sein Reich zurückgenommen hat. Den Fürsten ist es über die Jahrhunderte gelungen, die Tugenden im Allgemeinen zu wahren und dennoch den eigenen Wohlstand sehr beträchtlich zu mehren. Und so feiern sie ausgelassen ihr Fest im Anblick der mächtigen, mahnenden Stele.

Für den heutigen nächtlichen Rat gibt es eigentlich keine wichtigen Punkte, da in den Ländern und an ihren Grenzen weiterhin Friede herrscht, und Fluten, Erdbeben oder andere Herausforderungen, die einer gemeinsamen Handlung bedürften, weder in jüngster Zeit erlitten wurden noch in nächster Zeit zu erwarten sind. Das behaupten jedenfalls die Priesterinnen, deren Visionen in die Zukunft reichen. Da der Meeresspiegel nur noch langsam steigt, die Städte damit sicher scheinen, und auch sonstige Katastrophen äußerst selten geschehen, haben die Priesterinnen schon viele Jahrzehnte eigentlich nichts Bedeutendes mehr gesehen.

Als letztes großes Unglück verzeichnen die Annalen des Reichs den Untergang der Mutterinsel. Dort hatten seit jeher die Residenz des Königs und der große Tempel des Meeresgottes gestanden, selbst als die Insel noch gar keine Insel, sondern ein von festem Land umgebenes Hochplateau zwischen dem Kontinent und dem mit diesem seinerzeit verbundenen Britannien bildete. Die Mutterinsel war durch Natur und Klima besonders begünstigt, gleichermaßen reich an warmen und kalten Quellen wie an Bodenschätzen, an zu sammelnden und angebauten Pflanzen wie an zahmen und wilden Tieren. Die kunstvolle Verarbeitung der gewonnenen Materialien und der Handel mit vielen Völkern des Kontinents ergänzten Landwirtschaft, Jagd und Bergbau zum großen Glück ihrer Bewohner. Prächtige, dem Handel und der Verteidigung dienende Flotten mit herrlichen Schiffen lagen in den Häfen und vor der Küste. Den Ruf der Insel prägten Schönheit und Reichtum der beim Bau von Tempel, Königspalast, Badeanstalten und öffentlichen Plätzen verwendeten Materialien wie Gold, Silber, Elfenbein und Messing.

Der Untergang dieses Paradieses auf Erden hatte sich lange angekündigt und erfolgte in mehreren Schritten, von den ersten Überschwemmungen der Küsten bis zur Räumung des Palasts und des Tempels, die fast an der höchsten Stelle des Plateaus lagen. In diesem Zeitraum strömten von der dicht bevölkerten Insel viele Tausende Menschen in Schüben auf die anderen Inseln und vor allem das Festland, bis hin zum Umzug des Königshofs an die der Insel naheliegende Küste des Kontinents, wo heute das große Fest gefeiert wird. Da die dort bereits siedelnden Völker trotz ihres relativen Wohlstands die anspruchsvollen, aus ihrem Paradies vertriebenen Einwanderer ›vom königlichen Hof‹ nicht problemlos aufzunehmen vermochten, entstanden kleinere und größere Zwistigkeiten, die sich über Generationen bis auf den heutigen Tag fortsetzen. Dass nur wenige Menschen in den nicht ruhig und gleichmäßig ansteigenden, sondern mit Stürmen und Fluten über die Insel hereinbrechenden Wassermassen ertranken, verdankte man den Vorhersagen der Priesterinnen.

Diese dienen als Mittlerinnen zwischen den Menschen und dem großen Gott des Meeres und der Wasser, was ihnen nicht nur das Wissen über seinen Willen, sondern auch bisweilen die Macht gibt, Stürme zu beschwören oder zu besänftigen. Gleichermaßen lassen sie Flüsse anschwellen oder austrocknen und verleihen den Quellen des Reiches Gesundheit und Fruchtbarkeit. Sie nutzen darüber hinaus die in den Wellen des Meeres treibenden pflegenden und heilenden Substanzen zum Wohl der Menschen. Nicht immer entspricht der von den Priesterinnen geäußerte Wille des großen Gottes indes der Meinung und den Interessen der Fürsten, und da das Meer schon lange nicht mehr gewaltsam und strafend über seine Ufer trat, übergehen die Fürsten den von den Priesterinnen vorgetragenen Willen des großen Gottes bisweilen und begründen so Spannungen zwischen der weltlichen und der priesterlichen Macht.

Auch die Bestattungsriten der Priesterinnen und Fürsten weichen voneinander ab: Während sich Letztere mit Beigaben für die Reise ins Jenseits zwischen Steinplatten beisetzen lassen, damit ihre Gebeine nicht davonschwimmen, falls dereinst der Meeresspiegel weiter steigt, lassen sich die Priesterinnen nach ihrem Tod verbrennen, die Asche in einem Boot dem Meeresgott übergeben und zu ihrem Gedenken einen senkrechten Stein in der Nähe des Heiligtums errichten. Sie glauben nämlich an eine Wiedergeburt der Seele aus dem Meer in einem neuen

Körper, so dass ihnen Grabbeigaben nutzlos erscheinen, während die Fürsten offenbar von einer weiteren Verwendung irdischer Güter im Jenseits ausgehen. Die etwas wohlhabenderen Einwohner des Reichs folgen der Sitte der Priesterinnen, da sie sich eine fürstliche Bestattung nicht leisten können und nicht einfach verscharrt werden möchten, damit die Fische ihre Knochen nicht nagen, wenn der Meeresspiegel weiter steigt. Doch auf die Boote verzichten sie meist und lassen die Asche direkt an ihrem Gedenkstein beisetzen, wo ihre unsterblichen Seelen den Nachkommen Rat und Beistand geben können.

Aufgrund dieser Bestattungsriten sind in der Nähe des heutigen Festortes im Laufe der Zeit mehrere Reihen von Stelen entstanden, die bei den viermal jährlich stattfindenden Feiern vor der Opferung an den großen Gott zur Anrufung der Seelen der Ahnen abgeschritten werden. Die Steinreihen markieren so die Grenze und den Übergang zwischen Diesseits und Jenseits, Leben und Tod und zugleich zwischen dem Land und dem Meer. Sie sollen vor dem weiteren Ansteigen des Meeres schützen sowie vor dem Tod, schirmen beides aber nicht hermetisch ab, sondern erlauben den Durchgang in beiden Richtungen: die Nutzung der Früchte und Schätze des Meeres durch die Bewohner des Landes ebenso wie die Flut, die Kommunikation mit den Seelen der Ahnen ebenso wie ihr Erscheinen in mancherlei Gestalt unter den Lebenden und das unvermeidbare Eindringen des Todes, der den Übergang der Seelen markiert. So bilden die Reihen nicht nur die Summe der Steine als Erinnerungen und zur Anrufung der Ahnen, sondern erfüllen weitere, den Menschen sehr sinnvoll erscheinende Aufgaben.

Einige Fürsten sind inzwischen dazu übergegangen, ihr mit einem Erd- oder Steinhügel geschütztes Steinplattengrab *zusätzlich* mit einer Stele zu kennzeichnen, denn es kann ja nicht schaden, wenn es die Priesterinnen so handhaben. An den heiligen Stätten sind so die Ahnen immer präsent und werden geehrt.

Offenbar gibt es für den heutigen Rat doch ein bedeutendes Anliegen, denn die alt-ehrwürdige Hohepriesterin Uguen möchte den fürstlichen Brüdern eine recht ungewöhnliche Geschichte vortragen, die womöglich einer gründlicheren Beratung und Entscheidung bedarf.

Aber zunächst soll geopfert und gefeiert werden: Fünf Stiere werden im Weihbezirk des großen Gottes freigelassen, die die fünf Fürsten nur mit Holzknüppeln und Schlingen zur Freude der jubelnden Menge jagen. Das dem Gott wohlgefällige Opfer, das sie schließlich einfangen, führen sie zur höchsten Stele und erschlagen es mit fünf steinernen Beilen auf hölzernem Schaft. Sie füllen das Blut des Tieres in einen Krug und verbrennen seine dem Gott geweihten Glieder, bevor jeder Fürst mit einer goldenen Schale aus dem Krug schöpfend ein Trankopfer in das Feuer gießt. Dabei schwört er der Sitte gemäß, die auf den Stelen geschriebenen Gesetze des Gottes beim folgenden Rat und in der Zukunft zu achten, und Übertretungen der Verbote zu bestrafen. Nachdem jeder Fürst solchermaßen geopfert und geschworen hat, beginnt das eigentliche Fest, indem zunächst die Sänger die Geschichte des Reiches in wohlgesetzten Versen erzählen und sodann reichlich gegessen und getrunken wird. Nachdem das Opferfeuer niedergebrannt ist, endet das Fest bei Anbruch der Dunkelheit an diesem längsten Tag des Jahres.

Nun legen die Fürsten herrliche dunkelblaue Gewänder an, löschen alle Fackeln und Feuer und lassen sich an der Opferstelle nieder, um Rat zu halten.

Gemeinsam mit vier weiteren Priesterinnen begleite ich die Hohepriesterin bei ihrem Gespräch mit den Fürsten.

»Eure Majestät, fürstliche Herren! Ich würde Euch nicht mit diesem Fall behelligen, wenn ich ihn nicht für besonders erheblich hielte. Entscheidet nun selbst, ob Ihr Euch mit ihm befassen wollt, oder nicht.« Mit diesen Worten leitet Uguen etwas umständlich ihr Anliegen ein. »Die Priesterinnen des großen Gottes beschäftigen sich seit geraumer Zeit nicht nur, wie Ihr wisst, mit dem Erforschen der Zukunft, sondern auch mit dem Erhalt des Wissens der Vergangenheit. Ihr möget meinen, dass es keine große Kunst sei, die Geschichte zu kennen, doch gilt dies nur für die persönlichen Erfahrungen, und selbst hier verblassen die Eindrücke recht schnell. Die Erinnerungen unserer Ahnen kennen wir nur vom Hörensagen und nach vielen Jahrzehnten und Jahrhunderten entstehen Mythen und Legenden. Stellt Euch nun vor, wir könnten uns statt ihrer tatsächlich an die Gründung des Reichs durch den großen König Troklet, oder an die verlorene, fruchtbare Mutterinsel erinnern, und zwar so, als ob wir sie selbst erlebten.«

König Oriak runzelt die Stirn, da ihm dies sowohl recht schwierig als auch nicht unbedingt erstrebenswert erscheint. Vielleicht stammte Troklet gar nicht vom Meeresgott ab, oder hat mit ihm etwas anderes vereinbart, als die Gründungsgeschichte besagt, und sein Anspruch auf den Thron würde in Frage gestellt. Nicht, dass er irgendwelche konkreten Zweifel hegte, aber eine genauere Kenntnis der Vergangenheit könnte wohl eher schaden als nutzen. Er bevorzugt, gesteht er sich ein, Mythen und Legenden, da sie eine angenehme Unschärfe enthalten und nach Bedarf als Legitimation verwendet oder als reine Erfindung abgetan werden können.

»Und viele Generationen nach uns mögen sich lebhaft an den heutigen Festtag erinnern«, ergänzt Uguen die Perspektiven.

Auch diese Vorstellung missfällt dem König. Wer will schon in der Zukunft über die genauen Erinnerungen von Priesterinnen kontrolliert, von nachfolgenden Generationen auf dieser Grundlage beurteilt werden?

»Wer wäre im Besitz dieser Erinnerungen?« fragt Karadek, der Jüngste der Fürsten, neugierig.

»Die Begabung für diese Erinnerungen leitet sich vom großen Meeresgott ab, so dass die Priesterinnen in ihrem Besitz wären.«

»Und seit wann beherrscht ihr diese Technik?«

»Wir Priesterinnen arbeiten seit vielen Jahrzehnten, vielleicht Jahrhunderten an ihrer Verfeinerung, doch bisher funktionierte sie nicht recht. Jetzt haben diese fünf jüngeren Priesterinnen, unter ihnen meine gelehrteste Schülerin Gwendal« - ich horche auf, denn normalerweise vermeidet Uguen das Aussprechen ihres Namens und gar eines Lobs – »die Technik verfeinert und offenbar einer Anwendung zugeführt. Natürlich fehlt die Erprobung über die Jahrhunderte. Immerhin ist es Gwendal wohl gelungen, die neunzig Jahre alte Erinnerung einer längst verstorbenen Hohepriesterin im Traum zu erleben, so als ob sie damals zugegen, als ob sie sie *selbst* gewesen wäre.«

»Ihr verfügt persönlich nicht über diese – *Erinnerungen*?« will der König wissen.

»Ich bin sicher schon zu alt, um diese schwierige Technik zu erlernen«, heuchelt Uguen und offenbart mir so ihre List, die Fürsten gegen die lebendigen Erinnerungen und die sie beherrschenden Priesterinnen aufzubringen, von denen sie sich selbst in falscher Bescheidenheit distanziert. Sie lenkt der Fürsten Eifersucht auf unser Wissen, auf dass sie in ihm kein nützliches Instrument für ihre tugendsame

Herrschaft, sondern ein Werkzeug zu ihrer kritischen Kontrolle durch die Priesterschaft sehen. Stets hat sie in Gwendal die Rivalin gesehen, die schneller begreift, klüger kombiniert und trotz ihrer Jugend schon weiser entscheidet. Gutes konnte Gwendal von ihr nie erwarten. Dass Uguen aber in ihrer Eitelkeit und ihrem Neid sie gemeinsam mit den begabtesten Nachwuchspriesterinnen denunzieren, vernichten lassen, und so den eigenen priesterlichen Stand dermaßen und vielleicht für alle Zeiten schwächen könnte, überstieg meine Vorstellungskraft! Und ausgerechnet die für den Dienst an der Menschheit entwickelten lebendigen Erinnerungen, die uns mit so großem Stolz erfüllen, legt sie nun als Strick um unseren Hals!

»Und was erwartet ihr von uns?« fragt der König gedehnt die Hohepriesterin.

»Dass Ihr im Rat entscheidet, ob Ihr diese Erinnerungen pflegen und zum Wohle des Reichs nutzen lassen wollt.«

»Und wenn wir sie *nicht* pflegen lassen und nutzen wollen? Verzichten dann die Priesterinnen etwa auf ihre Anwendung?«

»Diese Erinnerungen sind wie die Visionen eine Begabung und Kenntnis der Priesterinnen, die sie vom Meeresgott, nicht vom König ableiten. Ich fürchte, sie könnten nicht auf sie verzichten.«

»Und nur diese fünf Priesterinnen beherrschen diese Form der Erinnerung?«

»Nur sie sind die Trägerinnen des Wissens. Ohne sie müsste es spurlos verwehen«, sprach Uguen den entscheidenden, den tödlichen Satz aus.

»Vielen Dank, Hohepriesterin, wir werden dieses Anliegen beraten. Ihr möget euch mit den Priesterinnen zurückziehen.«

Inzwischen haben auch die anderen Priesterinnen, die vorhin noch so stolz der Hohepriesterin zu den Fürsten gefolgt sind, die von ihrem Reden ausgehende Gefahr erkannt und verlassen bleich den Rat. Seinen späteren Schluss hat mir meine Vorsehung bereits verraten.

Als die Sonne am nächsten Morgen aufgeht, schreiben die Fürsten der Tradition gemäß ihren Urteilsspruch auf eine goldene Tafel und weihen sie dem großen Gott, als dass ihn jeder jetzt und in Zukunft lesen könne. Gefasst nähern wir uns dem heiligen Ort, an dem das Verdikt unsere Hinrichtungen verzeichnet ist: Nach Sonnenuntergang sollen wir sterben, als Priesterinnen unserem Meeresgott geopfert werden so wie gestern der Stier, unter den Hieben derselben Beile! Trotz unserer Vorahnung und Bereitschaft zu sterben, entsetzt uns die bestialische Art dieser Strafe. Möge der große Gott dieses ungerechte und unwürdige Opfer von sich weisen und stattdessen die Hohepriesterin und die Fürsten für diesen Frevel strafen, für die Missachtung der in der großen Stele verzeichneten Gesetze gerechter Herrschaft!
Die Schergen des Königs legen uns schandvoll in Ketten, als ob sich stolze Priesterinnen durch Flucht einer Strafe entzögen! Wir fürchten den Tod nicht, wissend, dass er uns nicht bindet, sondern nach mehr oder weniger langem Aufenthalt in der Tiefe des Meeres in einen neuen Körper entlässt.

Währenddessen gehen die Feierlichkeiten weiter, obgleich das Volk den königlichen Richterspruch mit großem Schrecken lesend die Freude am Fest verliert. Seit Menschengedenken hat es keine so freche Ausübung weltlicher Macht über göttliche Priesterschaft gegeben.
Ruhig und gefasst blicke ich fast den ganzen, langen Tag auf das dunkelblaue, friedlich vor mir liegende Meer, das sich mit einer scharfen Horizontlinie vom helleren, nur

leicht bewölkten Himmel abhebt. Vor diesem Hintergrund ragt die Reihe der mächtigen Steine wie ein Gebirge auf, eine großartige Demonstration des vermeintlichen Triumphs des menschlichen Willens über die Natur. Ein herrlicher Sommertag, der nach dem Spruch der Fürsten unser letzter sein soll.

Die Sonne wird man heute dennoch nicht im Meer versinken sehen, um unsere Hinrichtungen einzuleiten. Denn im Laufe des Nachmittags löst sich aus der Linie des Horizonts eine dunkle Wolkenwand und nähert sich dem heiligen Ort. Gwendal hat einen Sturm heraufbeschworen, der bereits die Sonne verhüllt und den Himmel verdunkelt, ein Sturm, der das Meer mit dem Druck der heutigen Springflut bis zu den Füßen dieser Stelen treiben soll. So strafe der Meeresgott die Fürsten für ihr Urteil und erzwinge unsere Begnadigung!

Indes hat Uguen ihre Pläne durchschaut. Sie kennt die Gezeiten so gut wie ihre Schülerin und liest die Zeichen des Himmels. Mit all ihrer Macht lehnt sie sich gegen den Sturm. Zwar vermag sie ihn nicht zu verhindern, was Gwendal, die Schülerin, wohl mit einem gewissen Stolz erfüllt. Ihr Triumph bleibt jedoch hohl, da Uguen mit ihren schwindenden Kräften dem Unwetter immerhin die entscheidende Stärke zu nehmen und so die Fluten vom heiligen Ort fernzuhalten vermag.

Gwendal konzentriert ihre Energien jetzt auf die Henker, versucht ihre schwachen Sinne zu trüben. Aber auch diesen Versuch pariert die erfahrene Uguen mit Geschick und verflucht tödlich die Beile – bis auf eines, das Gwendal im Streit mit der Eitlen zu segnen vermag, auf dass es nie töte.

Gegen unsere Hoffnungen und Beschwörungen werden dann im schweren Sturm, zwischen Blitz und Donner die

Hinrichtungen eine nach der anderen vollzogen. Die Scharfrichter, die den Umgang mit diesen Opferbeilen nicht gewohnt sind, müssen mehrfach zuschlagen. Ein schreckliches Gemetzel, dem die Fürsten, die Schar der Priesterinnen hinter der Hohepriesterin und eine kleine Gruppe Schaulustiger aus dem Volk beiwohnen. Schon liegt die dritte Gefährtin erschlagen in ihrem Blut.

Die Henker zerren nun Gwendal zu der mit dem Blut unserer unschuldigen Schwestern besudelten heiligen Stele, die schwarz und drohend und noch riesiger als sonst in den blitzdurchzuckten Himmel ragt. Wie erträgt sie es nur, wie erträgt es der große Gott?

Das herabstürzende Beil zertrümmert Gwendals Schädel.

Zum Gott des Meeres stoße ich, die aus dem Meere geborene, Morgan, nun empor in das schwarze Firmament die konzentrierten Energien meines Zorns.

Er wirft sie zurück auf die Erde: mächtig gesteigert, als ein gewaltiger Blitz schlagen sie in die Stele, erleuchten hell die Stätte des Grauens und lassen die Erde erbeben. Alle blicken erschrocken und gebannt auf den gewaltigen Stein, der im Lichte der überall zuckenden Blitze zu wanken scheint. Der tatsächlich wankt! Er wankt – und zerbricht mit markerschütterndem Krach. Nachdem sich die Zeit beim Schwanken gedehnt zu haben schien, überstürzt sie sich nun: Die Basis des Menhirs fällt nach links und erschlägt die den Hinrichtungen aus nächster Nähe beiwohnende Uguen, während der obere Teil in drei Stücken nach rechts stürzt, und dabei den stolzen König selbst unter sich begräbt! Ein würdiges Grab, fast zu viel der Ehre für den Frevler, denke ich ruhig in diesem Augenblick des Schreckens; kein König besaß je einen so gewichtigen Grabstein! ›Gerechtigkeit, Bescheidenheit, Güte und Weisheit sollen stets ihre Regentschaften prägen, Selbstbereicherung und Willkür ihnen dagegen fern liegen‹ steht auf ihr als Schuldspruch für den Regenten und Mahnung an die überlebenden Fürsten und ihre Nachfolger geschrieben, bis ihn die Zeit mit der Schrift dereinst tilgt. Gar ewig mögen diese Worte indes in meiner Erinnerung leben!

Obgleich ich der Stele am nächsten gestanden, sie fast berührt habe, bleibe ich unverletzt.

Im Moment der Katastrophe ist die Menge in Panik geraten, und niemand folgte den sich überschlagenden Ereignissen so klar wie ich. Und da der aus der Stele gebrochene Stein den König vollständig bedeckt, suchen die Menschen noch lange ihren obersten Herrscher in der schlammigen Landschaft, bis sie mit Erschrecken oder Genugtuung seinen gewaltsamen Tod annehmen.

Mein eigenes Schicksal wird der nächste Rat entscheiden, der schon auf die folgende Nacht angesetzt wird, und dem nun der erst fünfzehnjährige Sohn des verstorbenen Königs als neuer König vorsitzt. Die Fürsten stehen vor einem großen Dilemma: Den Zorn des großen Gottes gegen die Hinrichtung können sie einerseits nicht ignorieren, doch andererseits wurde mein Todesurteil, meine Opferung, bereits unauslöschlich auf die dem Gott geweihte goldene Tafel geschrieben, müsste meine Begnadigung die Autorität der Fürsten als gerechte Richter in Frage stellen. Außerdem könnte ich nach Uguens und Gwendals Tod das Amt der Hohepriesterin beanspruchen und für den Rest meines Lebens, eine vermutlich lange Zeit, unter dem bereits klar und öffentlich bekundeten Schutz des großen Gottes die Fürsten herausfordern. Trotz des mir nach wie vor drohenden Todes sehe ich recht neugierig dem schwierigen Urteil entgegen.

Der nach dem gestrigen Sturm wieder sonnige Tag wird durch die Rituale zum Tode der Verstorbenen geprägt: Die fünf Priesterinnen werden unseren Sitten gemäß verbrannt und ihre Aschen in Booten dem Meer übergeben. Für die Hohepriesterin wird zudem eine große Stele errichtet. In ihre Basis werden für die Priesterinnen fünf Schlangenlinien eingemeißelt, die die Flüsse des Wassers und durch sie die Fruchtbarkeit symbolisieren. Zu deren Enden, am Fuß des Steines werden mit den Scheiden auf die Linien weisend die fünf Beile vergraben, die erst den Stier, dann meine Gefährtinnen erschlugen.

Um die von Uguen verfluchten mordenden Steine an dieser Stelle ewig zu halten und vor bösen Händen wirksam zu schützen, belege ich die fünf gemeißelten Linien mit einem starken Zauber, dass sie zu lebenden, tödlich-giftigen Schlangen werden, sollte der König, ein Fürst oder ein anderer machtgieriger Mensch die Beile aus ihrem Grab zu stehlen suchen, um weitere Menschen zu töten.

Den König belässt man in seinem göttlichen Grab, das seiner Tradition gemäß mit einer Steinplatte geschützt ist, da wir ohnehin nicht über die Technik zur Hebung des riesigen Bruchstücks verfügen. Kein heute lebender Mensch begreift, und keine Erinnerung oder Legende erhellt, welche Kräfte seinerzeit wirkten, die gewaltige Stele dem großen Gott hier zu errichten. Ob er sie wohl selbst aus dem Fels brach, hierher verbrachte und aufstellte? Vermutlich werden ihre Teile noch in vielen Jahrtausenden an diesem Ort liegen und von dem großen Verbrechen künden, selbst wenn die Kunde dann niemand mehr versteht.

Dem langen Tag folgt eine kurze Nacht des Rats. Wieder tragen die Fürsten ihre blauen Gewänder, derweil sie über mein Schicksal entscheiden, das am Morgen auf eine weitere Platte geschrieben wird.

Ich finde keinen Schlaf und betrachte den vielleicht schönsten Sternenhimmel meines Lebens, froh, dass mir dieser Anblick noch vergönnt ist. Zum Greifen nah und dicht an dicht stehen, leuchten, funkeln die Sterne am Firmament. Immer wieder scheinen neue, kleinere aus dem Dunkel aufzutauchen. Es heißt, sie seien an der Himmelskuppel aufgehängt, in der die Vögel, die Seelen und die Götter leben. Doch sie bewegen sich, ziehen Bahnen im Laufe der Nacht.

Derweil ich den Blick auf ihre langsamen, nur im großen zeitlichen Abstand wahrnehmbaren Bewegungen richte, falle ich in einen Halbschlaf, in dem ich mich zu ihnen in den Himmel zu heben scheine. Von dort blicke ich zurück auf unsere Erde, eine dunkle Kugel. Als ich mich ihr wieder nähere, erkenne ich die Linie dieser Küste wieder, die indes nun anders verläuft. Auch das Land scheint verändert, die Wälder gerodet, die großen Stelen am heiligen Ort nun alle zerstört. Immer noch liegt hier der mächtige, zerbrochene Stein, die Grabplatte des Königs des so reichen und stolzen, nun längst vergangen Reiches. Das so schmählich verletzte Gesetz des großen Meeresgottes ist mit der Inschrift, die es festhielt, ausgelöscht. Ich erblicke meine Heimat in einer für Menschenalter unermesslich weit entfernten Zeit. Und doch stehen dort noch immer Reihen von Steinen, die wir unseren Toten errichteten, während andere wohl unter der Oberfläche des inzwischen angestiegenen Meeres liegen. Ich erkenne sogar die Stele mit den fünf Flusslinien, die heute – die einst – zu unserem Gedenken errichtet wurde. Noch viel mehr Blut haftet jetzt an ihren Beilen, frisches Blut, von weiteren Morden nach langer Zeit. So haben meine Schlangen die durch Uguen auf ewig tödlich verfluchten Steine nicht für immer halten können, wurde mein schützender Bann schließlich gebrochen. Ein einziges Beil, das für mich bestimmte, das gute, von Gwendal ewig gesegnete, ist auch in dieser Zukunft rein geblieben, hat nie getötet.

Schließlich erblicke ich zwischen den Trümmern des großen Menhirs die Frau, die unter diesem Beil in jener fernen Zukunft sterben sollte, und nicht starb. Ich erblicke – mich.

Auch sie scheint mich zu erkennen und liest in meinen Augen: »Gewinne die Macht über die verfluchten Beile! Banne sie erneut im Schutze der Schlangen, auf dass sie keine weiteren Menschen mehr töten, so wie ich es für Jahrtausende tat – denn das vermagst jetzt nur du!«

Sie blickt mir tief, ermutigend in die Augen, flößt mir eine große Kraft ein, die Kraft zu leben, über die Jahrtausende hinweg.

Bewegt und erschöpft von dieser außerordentlichen Begegnung und ihren starken Botschaften erwachte Morgane in ihrem Hotel in Carnac.

»Das vermagst jetzt nur du!« wiederholte sie laut. Sie hatte ihre Aufgabe verstanden und nun, dank der stärkenden Botschaft des Traums, auch die hierfür erforderliche Kraft.

In diesen frühen Morgenstunden scheiterte der noch vom Großmeister angeordnete dritte Diebstahl der fünf Beile. Drei Täter wurden beim Einbruch von der Polizei gefasst, einer konnte die Sicherung nicht überwinden und der fünfte hatte einen Unfall auf dem Weg zum Tatort. Die europäische Polizei feierte einen großen Erfolg, selbst wenn sie in den nun folgenden stundenlangen Verhören keine Informationen über die Hintermänner oder Motive der Tat erlangte.

Montfort verstand dagegen den eigentlichen Grund für den Fehlschlag: Morgane hatte es geschafft, die entscheidende Erinnerung aus der ›Kultur der Steine‹ zu erträumen und mit ihrer Hilfe Macht über die Beile zu gewinnen. So deuteten die Ereignisse auch viele Meister, unter denen sich der gewaltsame Tod des Großmeisters schon herumgesprochen hatte. Mitglieder des Kabinetts tauchten aus Angst vor Bestrafung mit gefälschten Papieren unter, während besonders die Metaphysiker auf ein neues starkes Zeichen Morganes hofften, obgleich sie seit langem keiner gesehen hatte.

Doch Morgane wollte nach der Begegnung mit der Priesterin Morgan und dem kräftezehrenden Schutz der Beile erst einmal nachdenken – und ausgiebig frühstücken. Stärker als die Lage des ORDENS beschäftigte sie die Frage, wie und vor allem mit welcher Begründung sie die Beile aus dem Gewahrsam der Polizei wieder in den Schutz der Schlangen am Fuß des Menhirs – und nicht zu seiner Kopie im Museum – bringen lassen könnte. Sie müsste außerdem verhindern, dass sie in ferner Zukunft ein weiteres Mal ohne böse Absicht von Archäologen der magischen Sicherung entzogen und sodann von Machtgierigen entwendet werden könnten, jetzt wo ihre schreckliche Existenz bekannt war. Vermutlich wäre es sinnvoller, Uguens ›ewigen‹ Fluch endlich zu brechen und die tötenden Beile in einfache Steine in einer staubigen Museumsvitrine zu verwandeln! Doch diese Aufgabe, die offenbar Gwendal, Morgan und selbst den mächtigen Dukarios überfordert hatte, müsste sie ganz alleine, ohne die Unterstützung einer Erinnerung erledigen.

Was war wohl aus der Priesterin Morgan, ihrem anderen Ich, vor Jahrtausenden geworden, war die zweite Frage, mit der sie sich beim Frühstück beschäftigte. Da sie ihre damalige Erinnerung weitergegeben hatte, konnte sie nicht unmittelbar nach den erträumten Geschehnissen der vergangenen Nacht hingerichtet worden sein, was Morgane sehr beruhigte. Sie erhoffte sich eine Fortsetzung des Traums in der kommenden Nacht.

Dann dachte sie an Montfort, ihren Helden, ohne den sie es nie bis hierher geschafft hätte, und der sicher bereits vom gescheiterten Diebstahl der Beile erfahren hatte. Sie lächelte und freute sich über den Gedanken, ihn bald wiederzusehen. Sie wusste, dass er sie an diesem Wochenende in Carnac besuchen würde, um sich detailliert ihre Träume und Erlebnisse schildern zu lassen. Umgekehrt brannte sie darauf, Details über den Tod de Blois' zu erfahren. Nicht sie, kein starker Meister, sondern ein ›einfacher‹ Polizist hatte den Schrecken des mächtigen Großmeisters Einhalt geboten!

Jetzt endlich würden sie sich ganz entspannt in einem Café und nicht nur bei Wind und Wetter am Ufer der Seine treffen, so wie sie es sich an jenem romantischen Abend vorgenommen hatten. Im Laufe des großen gemeinsamen Abenteuers hatte sich die anfängliche Sympathie über eine Verliebtheit in Liebe verwandelt, und Morgane wünschte sich sehnlichst eine echte Beziehung, eine Liebe fürs Leben, die Dukarios wohl (zumindest in seinen ersten fünfzig Jahre) versagt geblieben war, und die sie für die schwulen Mönche im Mittelalter erhoffte, eine Liebe, die sie sich wohl immer, und ganz besonders in ihrer Einsamkeit seit Michaels Tod gewünscht hatte.

Erst beim anschließenden Spaziergang durch die Altstadt von Carnac dachte sie an den ORDEN. Würde er zerfallen, oder gäbe es einen Neuanfang, in der die Metaphysik wieder eine große Rolle spielte? Böte der ORDEN für diesen weiteren Versuch noch die richtige Form oder müsste man das Wissen in ein neues, haltbares Gefäß gießen? Welche Rolle würde sie selbst beim Übergang spielen? Sie wusste, dass sich die Aufmerksamkeit der Meister jetzt auf sie richtete, spürte eine große Verantwortung. Vielleicht hatte ihre Mutter seinerzeit auch diese, vorwärts gerichtete, gestaltende Verantwortung gemeint, nicht nur die im Kampf ums Überleben, gegen den Großmeister und die unheilbringenden Beile. Wollte sie diese Verantwortung wahrnehmen, müsste sie selbst noch viel lernen. Am liebsten würde sie die Metaphysik in die Mitte der Gesellschaft tragen, nicht nur in ein geschlossenes Netzwerk. Eine starke, in sich geschlossene Priesterschaft erschien ihr nur sinnvoll als moralisches Gegengewicht zu einer Willkürherrschaft von Fürsten, wie in den Gesellschaften des atlantischen Neolithikums oder des antiken Galliens. Das Konzept eines geheimbündischen ›Staates im Staat‹ wie den ORDEN in einer modernen Demokratie überzeugte sie nicht. Aber gäbe es für die Welt der Magie in unserer modernen Gesellschaft überhaupt einen Platz, oder wäre dies eine noch viel größere Utopie als die von Abt Gilduin verfolgte Dreiheit der christlichen, griechischen und druidisch-metaphysischen Traditionen in der immerhin übersichtlichen und klugen Gemeinschaft der Wissensträger? Auch darüber wollte sie mit Montfort sprechen, der die Welt außerhalb des ORDENS sicher besser kannte als sie.

Die Zukunft erschien ihr jedenfalls endlich wieder offen, weit und hoffnungsvoll, nicht mehr nur auf den nächsten Schritt ihrer Flucht oder eine Erkenntnis gerichtet. Sie könnte etwas Neues beginnen, etwas aufbauen.

Zunächst aber freute sie sich auf die kommende Nacht und die Fortsetzung ihrer Erinnerung aus der Kultur der Steine.

Über den monumentalen Stelen unweit des Meeres kreist eine schwarze Krähe, lässt sich auf deren größten verbliebenen nieder und inspiziert neugierig die Trümmer des großen Menhirs.

Gestärkt von der nächtlichen Begegnung mit der Frau, die unter dem Beil in jener fernen Zukunft sterben sollte, und nicht starb, die mich erkannte, verstand und ermutigte, lese ich am nächsten Morgen auf der goldenen Tafel mein Urteil: ›Die Priesterin Morgan wird dem vorangehenden Spruch gemäß bei Sonnenuntergang ihrem Gott geopfert. Jedoch soll das Opfer nicht durch das Beil vollzogen werden, da der Gott diesen Übergang vom Diesseits in sein jenseitiges Reich für sie nicht angenommen hat. Vielmehr wird die Priesterin ihren Riten gemäß dem großen Meeresgott auf einem Boot gesandt. Sie wird an den Mast gebunden und dem Meer übergeben, das entscheiden möge, in welcher Form es sie zu sich holt.‹

Ein weiser Spruch, mit dem die Fürsten einen Ausweg aus dem Dilemma suchen, dem göttlichen Zeichen gerecht zu werden und mich dennoch zu töten. Sie werden sich große Mühe geben, dass der Gott das Opfer diesmal annehme, um sich von meiner Last zu befreien. Und sie werden sofort eine neue Hohepriesterin bestimmen, damit das Amt für den Fall, dass ich je zurückkehre, besetzt sei.

Immerhin erlebe ich wie ein Geschenk einen weiteren, herrlichen Sommertag, den kein abendlicher Sturm stören wird. Wieder betrachte ich das Meer, das nun wahrhaft zu meinem Schicksal wird. Geht die Rechnung der Fürsten auf, werde ich inmitten dieses großen Wassers verdursten oder in einem Sturm ertrinken. Meint es der Meeresgott dagegen gut mit seiner Dienerin, spült er mich an ein neues Land. Möge er mich nur nicht an diesen von fürstlichem Frevel und dem Blut Unschuldiger entweihten Strand zurückwerfen.

Selbst mein ›Totenboot‹ besitzt unserer Tradition gemäß ein kleines rotes Segel, das allerdings mit meinen Händen an den Mast gebunden ist, damit es sich nicht entfalten und das Boot in eine günstige Richtung ziehen kann. Bei ruhiger See, Windstille und einsetzender Ebbe werde ich kurz vor Sonnenuntergang am Ausgang der Bucht auf das schnell abfließende Wasser entlassen, das mich auf das offene, fast schwarze Meer hinausträgt, von dem sich das dunkle Orange des Himmels mit dem Ball der hell-orange untergehenden Sonne leuchtend abhebt. Selbst die weißen Linien der Strömung der Ebbe, die mir den Tod bringen soll, wirken malerisch in der Poesie dieses Abends.

Während mich der Sog des zurückfließenden Wassers vom Land entfernt, löse ich mit den geschickten Fingern einer Priesterin Hände und Segel. Hier haben es sich meine Henker zu leicht gemacht, oder mir die Lösung absichtsvoll ermöglicht. Jedenfalls ist das Erstaunen an Land groß, als sich plötzlich und entgegen der Ankündigung unserer Seherinnen von mir gerufen ein kräftiger Ostwind erhebt und sich das kleine Segel vor dem blutroten Abendhimmel der untergehenden Sonne bläht. Und schon führt mich, Morgan, die aus dem Meer Geborene, mein kleines Boot bei ruhiger See nach Westen, der Küste Britanniens entgegen. Ich sehe meine Zukunft nun offen, weit und hoffnungsvoll, mit der Aussicht, Neues zu beginnen, etwas aufzubauen, das weit über mich und meine Zeit hinaus wirkt.

Chronologie der historischen Ereignisse

12.000 bis 10.000 v.Chr.	Aufgrund der Eiszeit sind die britischen Inseln mit dem Kontinent verbunden; in dieser Zeit entsteht im Ärmelkanal das Reich von Atlantis[1]
5.000 v.Chr.	Aufgrund der steigenden Meeresspiegel nach dem Ende der Eiszeit geht das zur Hauptinsel gewordene Zentrum von Atlantis unter[2]; die Hauptstadt des Reichs übersiedelt auf das benachbarte Festland in das heutige Carnac/ Bretagne[1]
5.000 bis 1.500 v.Chr.	Im Neolithikum (Jungsteinzeit) werden besonders in der Bretagne aufrecht stehende Steine (Menhire) einzeln und in Gruppen angeordnet sowie zum Bau von Grabanlagen verwendet
4.200 v. Chr.	Der mit einer Höhe von mehr als zwanzig Metern und einem Gewicht von knapp 300 Tonnen größte Menhir auf europäischem Boden zerbricht in vier Teile; als ›Grand Menhir brisé‹ liegen sie noch heute in Locmariaquer in der Nähe von Carnac Fünf steinerne Beilaufsätze werden am Fuße des Schlangenmenhirs in Carnac vergraben[1]
800 bis 750 v.Chr.	Entstehung der keltischen Kultur (Hallstattkultur) in Mitteleuropa nördlich der Alpen
600 v. Chr.	Gründung der Kolonie Massalia (Marseille) durch griechische Seehändler aus Phokäa in Kleinasien

---

[1] Hypothese
[2] Vgl. Platons Atlantis-Erzählung im „Kritias"-Dialog

500 bis 100 v.Chr.	Die Druiden erlangen als Priester, Wissenschaftler, Richter, Lehrer und Berater entscheidenden Einfluss in vielen keltischen Stämmen und treffen sich zu jährlichen Versammlungen
58 bis 50 v. Chr.	Eroberung Galliens durch Gaius Iulius Caesar; sein Werk ›De Bello Gallico‹ dient heute als wichtige Quelle für die gallische Gesellschaft und die Druiden
49 v. Chr.	Eroberung Massalias durch Caesar
44 v.Chr.	Ermordung Caesars Die Druiden halten ihre letzte Versammlung ab[1]
Ab 500 n.Chr.	Christianisierung des europäischen Festlands durch aus Britannien und Irland einwandernde Missionare
11. Jahrhundert	Kirchenreformen (u.a. durch Papst Gregor VII.) sollen die Kirche zum Idealzustand der Urkirche zurückführen
1070 bis 1147	Étienne de Garlande gewinnt als Kleriker und Ritter entscheidende kirchliche und weltliche Ämter in Paris, mächtigster Gegner der Kirchenreformen in Frankreich
1113	Gründung des Klosters Saint-Victor unter dem Kirchenreformer Abt Gilduin durch König Ludwig IV.
1133	Der Philosoph und Theologe Pierre Abaillard kehrt unter dem Schutz von Étienne de Garlande ans Kloster Sainte-Geneviève nach Paris zurück

---

[1] Hypothese

1133	Hugo wird Leiter der Lehranstalt von Saint-Victor
	Ermordung des Priors von Saint-Victor, Thomas, durch einen Vertrauten von Étienne de Garlande
	Erster Konvent der Mönche als Wissensträger in Saint-Victor in der Tradition der Druiden[3]
1643 bis 1715	Ludwig der XIV., König von Frankreich
1703	Gründung von Petersburg durch Zar Peter I.
1710	Abspaltung der Metaphysiker aus der Gemeinschaft der Wissensträger beim Pariser Konvent und Flucht nach Sankt Petersburg[4]
1811	Abriss der Kirche Saint-Victor und Errichtung von Weinhallen
1922	Am Fuße eines Menhirs mit Schlangenlinien am Grabhügel ›Le Manio‹ werden fünf Beilaufsätze gefunden und in das ›Musée de la Préhistoire‹ von Carnac verbracht
2016	Initiative der Metaphysiker zur Reform des ORDENS führt zu ihrer rücksichtslosen Verfolgung unter Einsatz der aus dem Museum gestohlenen Steinbeile[5]

---

[3] fiktiv
[4] fiktiv
[5] fiktiv

Danke!

Ganz herzlich danke ich Susanne und Philipp für die kritische Lektüre des Manuskripts und ihre konstruktiven Vorschläge.

Literatur:

Die Geschichte des Romans und ihre Figuren sind frei erfunden. Zur Schaffung eines möglichst authentischen historischen Handlungsrahmens habe ich zahlreiche literarische Quellen genutzt. Zu ihren wichtigsten gehören: Platon, Kritias-Dialog, dessen Atlantis-Erzählung ich als Grundlage zur Beschreibung der megalithischen Gesellschaft nutzte; Serge Cassen, Exercice de Stèle; Gaius Iulius Caesar, Der Gallische Krieg; Jean-Louis Brunaux, Les Druides; Patrice Sicard, Hugues de Saint-Victor et son école; Arno Borst, Lebensformen im Mittelalter.